Claudia Puhlfürst

Claudia Puhlfürst

EISES-KÄLTE

Kriminalroman

*Bibliografische Information
der Deutschen Bibliothek*
Die Deutsche Bibliothek verzeichnet diese
Publikation in der Deutschen Nationalbibliografie;
detaillierte bibliografische Daten sind im Internet
über http://dnb.ddb.de abrufbar.

Besuchen Sie uns im Internet:
www.gmeiner-verlag.de

© 2005 – Gmeiner-Verlag GmbH
Im Ehnried 5, 88605 Meßkirch
Telefon 0 75 75/20 95-0
info@gmeiner-verlag.de
Alle Rechte vorbehalten
1. Auflage 2005

Lektorat: Claudia Senghaas, Kirchardt
Umschlaggestaltung: U.O.R.G. Lutz Eberle, Stuttgart
unter Verwendung eines Fotos von photocase.de
Gesetzt aus der 9,5/13 Punkt GV Garamond
Druck: Fuldaer Verlagsanstalt, Fulda
Printed in Germany
ISBN 3-89977-659-3

1

Fassungslos starrte die Frau auf den Bildschirm. Ihr Gesicht spiegelte sich in der glatten Glasfläche, ohne Einzelheiten wiederzugeben.

Sie saß auf ihrem Sofa, hatte wie immer die Beine hochgelegt und hielt die Fernbedienung wie eine Waffe auf den Fernseher gerichtet. Unruhig zuckten die Finger über die Knöpfe. Die grün schimmernden Zahlen in der linken oberen Bildecke wurden kleiner, als sie die Lautstärke verminderte. Man musste nun genau hinhören, um die Personen noch zu verstehen.

Gerade sprach ein Uniformierter. Das war sicher ein Polizist.

Der Mund redete und redete.

Davon, dass schon seit Stunden Hundertschaften das nahe gelegene Waldstück durchkämmten. Davon, dass Beamte die gesamte Nachbarschaft befragten, davon, dass sich die Polizei sicher war, das Mädchen habe sich nur verlaufen.

Sie würden sie finden.

Bald.

Unverletzt.

Und nun noch einmal zu den bekannten Tatsachen.

Die grün schimmernden Zahlen auf dem Bildschirm erhöhten sich.

Die Frau wollte nun ganz genau zuhören, jedes Wort verstehen. Vielleicht gab es neue Erkenntnisse, Tatsachen, die sie noch nicht kannte, vielleicht hatten die Beamten etwas übersehen, vielleicht fielen auch ihr selbst beim Zuhören noch Dinge ein. Konnte doch sein. Die Erinnerung ist nicht immer abrufbereit, manchmal vergisst man auch wichtige Sachen. Das war alles schon vorgekommen.

Sie tastete nach dem Glas auf dem kleinen runden Tischchen neben der Couch, ohne die Augen vom Fernseher zu nehmen.

Ihr Mund war so furchtbar trocken. Die Zunge fühlte sich wie ein mit Paniermehl bestäubtes Stück totes Fleisch an. Wie ein noch ungebratenes Schnitzel lag sie in der Mundhöhle und konnte sich nicht bewegen. Das Mineralwasser befeuchtete die Schleimhäute nur kurzzeitig und das Prickeln der Kohlensäure schmerzte im Rachen.

» ... wurde gestern Nachmittag gegen fünfzehn Uhr zuletzt gesehen.« beendete der Schnauzbart gerade seinen Satz. »Da war sie auf dem Weg zu einer Schulfreundin.« Er zeigte mit einem teleskopähnlichen Stab auf eine Übersichtskarte von Zwickau. Die Kamera zoomte heran. Auf den abgebildeten Straßen war der vermutliche Weg des Kindes mit einer roten Linie eingezeichnet.

»Hier – «, die Spitze des Zeigestabes tippte auf zwei sich kreuzende Wege in einer Gartensiedlung, »– hier wurde sie zuletzt gesehen. Dann verliert sich ihre Spur. Auch das Fahrrad ist bisher nicht gefunden worden.«

Der Beamte hielt inne, leckte sich die Lippen und räusperte sich.

»Ich fasse noch einmal zusammen.« Er wiederholte im Telegrammstil das eben Gesagte.

Die Frau vor dem Bildschirm repetierte im Geiste jedes seiner Worte. Vor ihrem inneren Auge radelte das Mädchen zielstrebig auf dem unebenen Weg entlang, nicht ganz gerade, sehr ernsthaft, und besorgt die Balance halten zu können. Sie solle nicht auf der Straße fahren, hatte ihre Mutter ihr gesagt. Das sei für ein Kind ihres Alters zu gefährlich.

Dann blendeten sie wieder das Foto des Mädchens ein.

Sie sah ängstlich aus. Mit seitlich geneigtem Kopf schaute sie in die Kamera. Kein Lächeln zog ihre Mundwinkel nach oben. Die bernsteinfarbenen Augen waren ein wenig verschleiert, nicht trübe, aber auch keine Fenster, durch die man in die Seele hineinblicken konnte. Der zerrupfte Teddy in ihren Armen fühlte sich von der Zange der um ihn geschlungenen Finger erdrückt. Das Kind trug einen selbstgestrickten dunkelroten Pullover, an dessen Ärmelbündchen kleine Knötchen auf häufigen Gebrauch hindeuteten. Es war kein aktuelles Bild, aber in der Eile hatten sie kein besseres gefunden.

Der Sprecher erklärte den Zuschauern, was die Kleine angehabt hatte, als sie verschwand. Sie würden ähnliche Sachen besorgen und den Zuschauern zeigen. Auch das Kinderfahrrad beschrieb er. Auch davon würde man schnellstens ein Foto besorgen.

Und jetzt, so sprach er zu den Zuhörern, jetzt wird sich die Mutter noch einmal an sie wenden und um ihre Mithilfe bitten.

Die Frau im Fernsehen war jung, aber die Haut in ihrem Gesicht hatte eine graue Farbe. Ihre großen rauchblauen Augen blickten in die Ferne, schienen dort aber nichts wahrzunehmen. Sie glänzten stark, als trüge sie Kontaktlinsen. Es konnten auch unterdrückte Tränen sein. Der Mund war ein bisschen geöffnet, die Lippen zitterten ganz leicht.

Auf der Stirn hatten sich quer über den Augenbrauen zwei feine Falten eingekerbt, die noch neu aussahen. Ihre glatten Haare hingen formlos wie dünne Fäden bis auf die Schultern herunter, die blonden Strähnchen spiegelten das Licht der Scheinwerfer nicht wieder.

Andere hätten sie als hübsch bezeichnet. Sie selber hielt sich wohl eher für durchschnittlich. In den Händen knetete sie ein schmutzig aussehendes Taschentuch.

Dann sprach sie.

Ein Appell an die Leute. Man möge ihr helfen. Ihre Tochter sei das Einzige, was sie habe.

Ihre Stimme wurde leiser. Eine Träne löste sich aus dem See ihrer Augen und rann über die Wange. Sie merkte es nicht.

»Bitte geben Sie mir meine Tochter wieder.« Man konnte die Tränen in ihrer Stimme hören, bevor sie aus beiden Augen zu Tal stürzten. Dann wandte sie den Kopf zur Seite und schluchzte schniefend. Schluckauf schüttelte ihren Körper. Die Kamera verweilte noch eine Weile sensationslüstern auf der weinenden Frau und wendete sich dann gnädig ab, um wieder zu den Beamten zurückzukehren.

Die Telefonnummer für zweckdienliche Hinweise wurde eingeblendet. Von einer Belohnung sprach niemand. Vielleicht würde bald eine ausgesetzt, wenn sie nichts fanden. Alle hofften das Beste.

Die Frau vor dem Fernseher hielt die Fernbedienung noch einen Augenblick unschlüssig in der Hand und legte sie dann beiseite. Nahm ihr Glas und stellte es wieder hin. Dann drehte sie im Zeitlupentempo den Kopf hin und her, wie ein Waran auf der Suche nach Nahrung.

Ihre Augen folgten der Bewegung nicht. Blind starrten sie auf die Nachrichtensprecherin im Fernsehen, die zu anderen Meldungen übergegangen war.

Sie hatten den Namen gar nicht noch einmal gesagt, aber die Frau wusste ihn natürlich.

Das verschwundene Mädchen hieß Josephine.

Und es war **ihre** Tochter.

2

Doreen hörte Norberts Pfeifen im Treppenhaus schon, als er noch im ersten Stock war. Sonst war er fast immer eher da, als sie, und er war immer pünktlich. Die Triller wurden lauter. Von Zeit zu Zeit hielt er zwischen den Tönen kurz inne, schnaufte wahrscheinlich ein bisschen und setzte dann die ›Melodie‹ oder was er dafür hielt, fort.

Sie verbiss sich ein Lächeln. Norbert wollte immer sportlich und trainiert erscheinen. Wenn sie gemeinsam die Treppen nach oben stiegen, bemühte er sich, verhalten zu atmen, damit sie nur ja nicht merkte, dass er außer Atem kam, und ihn wegen seines Zigarettenkonsums rügte.

Über seine Pfunde ganz zu schweigen. Im Sommer, nach dem Krankenhausaufenthalt, hatte er doch tatsächlich versucht, sich das Rauchen abzugewöhnen und einige Wochen durchgehalten. Die Ärzte hatten ihm eindringlich nahe gelegt, dieses Laster aufzugeben. Doreen hörte die Worte des Chefarztes bei der Entlassung noch. *Sonst sterben Sie früher, als ihnen lieb ist, Herr Löwe. Ihr Körper ist untrainiert, ihre Lunge geschädigt.* Und Herr Löwe hatte sich bemüht. Sehr sogar.

Doreen war furchtbar stolz auf ihn gewesen und deshalb hatte er sich dann auch große Mühe gegeben, vor ihr zu verbergen, dass er wieder rauchte. Eines Tages glimmte dann ganz ›zufällig‹ eine Zigarette in seiner aus dem Autofenster hängenden Hand. Rauchen war für Norbert eine Möglichkeit abzuschalten, sich zu entspannen, aber auch, sich zu konzentrieren. Er hatte sich vorgenommen, aufzuhören, aber es war beim Vorsatz geblieben.

Und jetzt rauchte er wieder wie ein Schlot. Das ganze Büro stank permanent. Und er war genauso kurzatmig und untersetzt wie eh und je, was nichts an Doreens Zuneigung zu ihm änderte. Es ging nicht um Äußerlichkeiten.

Dabei mochte sie den würzigen Duft seiner Zigaretten, wenn sie nicht direkt im Qualm sitzen musste. Der Gestank kam erst später, wenn der Rauch kalt geworden war.

Die Eingangstür wurde schwungvoll aufgestoßen, prallte gegen die Wand und schwang zurück.

Norbert stürmte herein. Eine Tüte mit der obligaten Tagesration an Streuselschnecken baumelte an seinem linken Handgelenk.

»Guten Morgen, Süße!« Die in Richtung Schreibtisch fliegende Tüte hätte diesen bald verfehlt, landete dann aber auf der Kante und blieb liegen.

Doreen hasste diese Kosenamen, aber wenn von ihr kein Einspruch dagegen kam, konnte Norbert sich einbilden, seine Besitzansprüche an sie untermauert zu haben.

»Guten Morgen.« Ihr Kopf drehte sich nur ein bisschen seitwärts. Er konnte ja sehen, dass sie gerade beim Abwaschen war. Die Kaffeetassen vom Vortag hatten an den Innenseiten braune Kreise, die sich nur nach längerem Einweichen wegschrubben ließen.

Auch bei ihr blieb es immer beim Vorsatz. Es wäre doch eine kleine Mühe, das Geschirr bereits am Abend, bevor sie das Büro verließen, noch abzuspülen. Das Orangenaroma des Spülmittels mischte sich mit dem Karamellduft der Streuselschnecken und Norberts neuem ›After Shave‹. Sie schwenkte die letzte Untertasse durch den Wasserstrahl, schloss den Hahn energisch und ging zu Norbert, der schon an seinem Schreibtisch saß. Das eine musste man ihm lassen, er bemühte sich, immer gepflegt zu sein. Zu keiner Zeit ging von ihm jener unangenehm tierartige Geruch der Männer, die sich tagelang nicht waschen, aus. Der gepflegte Mann fingerte in der Bäckertüte herum. Sein Gesicht glänzte, wie bei einem Kind, das ein neues Spielzeug begutachtet.

»Das riecht gut.« Doreen sog ruckartig schnüffelnd die Luft ein. Das duftete nach harzigem Kiefernholz, nach Wald, nach Zedern und Wacholderbeeren, nach Urlaub in der Toskana.

»Lecker.« Sie wich vorsichtig zurück. »Was ist das?«

»Das habe ich ganz neu. Es heißt ›Green Vetiver‹. Jetzt trinken wir erst einmal Kaffee und besprechen das Tagesgeschäft. Holst du bitte die Tassen und den Kaffee?«

Schon gruben sich seine Zähne in das Kuchenstück. Jeden Morgen die gleiche Zeremonie.

Sie kochte als Erstes Kaffee, wusch dann das Geschirr vom Vortag ab, während der Chef-Superdetektiv mit seiner ›Beute‹ vom Bäcker beschäftigt war.

Sie trocknete das Geschirr ab und platzierte es auf ihren beiden, sich gegenüberliegenden Schreibtischen.

Sie holte die Kanne von der Warmhalteplatte und goss ihm ein, während der Chef-Superdetektiv seine Hauer in das erste Beutestück schlug, abbiss, krümelte, kaute und schluckte nur, dass er nicht schmatzte.

Sie reichte ihm die Kaffeesahne und goss sich selbst ein.

Sie aß Joghurt, während der Chef-Superdetektiv seine Hauer in das zweite Beutestück schlug, abbiss, krümelte, kaute und schluckte.

Während all dieser Ereignisse herrschte andächtiges Schweigen. Nach der dritten Streuselschnecke pflegte sich Norbert mit einem Papiertaschentuch über den Mund zu wischen und legte dann los. In seinem Kopf war das Programm für den jeweiligen Tag komplett geordnet und systematisch aufbereitet. Doreen hatte schon mehrmals darüber nachgedacht, was er antworten würde, wenn sie ihn *vor* dem Frühstück nach den Plänen fragte. Ob er dann das Konzept auch schon fertig hätte, oder ob noch alles unsystematisch und durcheinander war.

»Also.«

So fing es auch fast jeden Morgen an. Mit ›also‹.

»Da hätten wir zum einen den Fall Thomas Bäumer.« Norberts Daumen erhob sich für die Zahl eins.

Thomas Bäumer erschien in Doreens Kopfkino. Eine Ratte. Klein, unscheinbar, kurz geschorene, ergrauende Haare, ein ebenmäßiges Allerweltsgesicht. Die Nase zeigte gen Himmel, Schweinenase nannte sie das für sich. Eine Ratte mit der Nase eines Schweins.

Persönlich nahe waren sie ihm noch nicht gekommen, aber er wirkte schon auf dem Foto arrogant, ein Schnösel, ein Ratten-Schweine-Schnösel, einer von der schlimmsten Sorte.

Er arbeitete auf dem Bau. Er *sollte* auf dem Bau arbeiten, korrigierte sie sich. Thomas Bäumer war schon seit Monaten die meiste Zeit krankgeschrieben. Zwischendurch arbeitete er ein, zwei Wochen, dann war er wieder krank. Stets mit unklaren Diagnosen, mal war es der Rücken, dann plagte ihn die Grippe, dann hatte er einen Reizmagen, immer bescheinigt von einem anderen Arzt. Meistens erfuhr sein Arbeitgeber die Diagnose jedoch gar nicht erst, schließlich war Herr Bäumer ja nicht verpflichtet, ihm diese mitzuteilen.

Das private Bauunternehmen, bei dem der chronisch Kranke beschäftigt war, hatte nun die Nase voll. Ein Detektivunternehmen sollte den Hypochonder observieren und entlarven und die Detektei Löwe hatte gegenüber anderen annehmbare Stundensätze.

Der Chef, ein relativ kleiner, bulliger, sehr agiler Mann war am vergangenen Freitag bei ihnen gewesen.

Doreen hatte gar nicht damit aufhören können, seine Hände anzustarren. Das Wort ›Pranken‹ hatte für sie bisher immer nur eine theoretische Bedeutung gehabt. Diese Schaufeln hier waren doppelt so groß wie Norberts, die Finger wie Besenstiele, die schrundigen, rissigen Handflächen, so schien es ihr, geeignet, um ein A4-Blatt zu bedecken. Wie es wohl wäre, von solchen Handflächen berührt zu werden –

»Doreen, hörst du mir eigentlich zu?« Norberts Stimme löschte ihren abwesenden Gesichtsausdruck.

»Natürlich habe ich dir zugehört.« Sie holte den Nachklang seiner letzten Worte hervor und sprach sie aus.

»Herr Röthig möchte, dass wir seinen Angestellten von acht Uhr früh bis achtzehn Uhr abends beobachten.«

Er nickte, hatte nichts von ihren Gedanken bemerkt: »So lange, bis man ihn bei etwas Unerlaubtem erwischt.«

»Das wird schwierig«, fiel sie ihm ins Wort. »Die Gesetze, was ein Kranker darf und was nicht, sind schwammig. Wir müssten zuerst herausfinden, was er hat, um uns dann zu informieren, was er mit dieser Diagnose legal alles unternehmen kann.«

»Ganz richtig.« Norbert nickte. »Das machen wir auch als Erstes. Wir begeben uns nachher gleich zu Herrn Röthig in die Firma und dann kann es schon morgen früh mit der Observation losgehen. Ad zwei.« Sein Zeigefinger gesellte sich zum erhobenen Daumen. »Da wir keine weiteren aktuellen Fälle haben, werden wir heute Nachmittag unseren liegengebliebenen Papierkram in Ordnung bringen.«

Seine blauen Murmelaugen prüften Doreens Gesicht. Es gelang ihr nie vollständig, ihren Unwillen zu verbergen. Während sich die Augen um eine Winzigkeit verengten, erschienen in den äußeren Winkeln feine Fältchen. Wenn sie *sehr* unmutig über das Gesagte war, gesellte sich noch eine senkrecht verlaufende, gezackte Linie zwischen den Augenbrauen hinzu.

Die Linien erschienen.

Norberts Mundwinkel wanderten nach oben und sofort wieder nach unten, um sie nicht noch mehr zu verärgern.

»Wenn es unbedingt sein muss.« Ihr Tonfall glich dem eines maulenden Kindes.

»Es muss.« Seine Hand deutete auf den turmhohen Stapel Papier am Rande ihres Schreibtischs. »Das da liegt schon viel zu lange.«

»Aber zuerst gehen wir zu Herrn Röthig.« *Lass uns zuerst die Schaufelhände noch einmal begutachten.* An das dazugehörige Gesicht konnte sie sich gar nicht mehr erinnern.

3

»Agnes ...«, linkisch versuchte Ralf, seinen Arm um sie zu legen. »Wein doch nicht ...«

Er hatte selbst Tränen in den Augen. »Sie wird bestimmt bald gefunden. Komm –«, er fingerte an der Klebelasche einer Packung Tempotaschentücher und versuchte, ihr eines davon in die Hand zu drücken, »– nimm das hier.«

Dass sich ihre Schultern unter dem Gewicht seines Armes noch weiter nach oben gezogen hatten, wurde ihm gar nicht bewusst. Das Papiertaschentuch blieb unbeachtet auf ihrem Oberschenkel liegen. Ihre Hand bewegte sich keinen Millimeter, lag wie ein Stück totes Fleisch auf dem Bein. Der Fernseher plärrte noch immer laut in den Raum. Ralf stellte den Ton leiser. Es kam ihm so vor, als habe Agnes während der gesamten Nachrichtensendung seine Anwesenheit gar nicht wahrgenommen, als sei er aus ihrer Welt völlig ausgeblendet gewesen. Und das war wohl auch ihr gutes Recht, schließlich handelte es sich nicht um *seine* Tochter, die seit gestern Nachmittag verschwunden war.

»Lass uns doch noch einmal alles in Ruhe besprechen. Vielleicht fällt uns noch etwas ein.« Hilflos schielte er von der Seite auf ihre Nasenspitze, die ein bisschen gerötet war.

Sie blickte gar nicht auf. Wusste sie überhaupt, dass er hier, neben ihr, auf dem Sofa saß? Die ganze Zeit schon neben ihr gesessen hatte, seit gestern nicht von ihrer Seite gewichen war, versucht hatte, sie zum Essen zu überreden?

Sie wollte nicht essen, sie wollte das Schlafmittel von der Ärztin, das diese dagelassen hatte, nicht nehmen, sie wollte nicht mit ihm reden. Sie trank ab und zu einen Schluck Wasser. Das war alles. Wenn sie doch nur sprechen würde. Er war überzeugt davon, dass dies ihr die Bürde erleichtern würde. Man musste über die Dinge reden. Agnes hatte auch nicht geweint. Tränen sollten doch angeblich helfen, mit dem Schmerz fertig zu werden. Ralf schien es, als ob sie sich in einer Art Totenstarre befand.

Mit gebeugtem Rücken, den Kopf nach unten gesenkt, schaute Agnes stumpf auf das Rhombenmuster im Teppich und zählte die Kästchen, wieder und wieder. Wie sollte es jetzt weitergehen? Wie konnte es weitergehen? Was konnte sie tun?

Abrupt sprang sie vom Sofa auf. Das unbenutzte Taschentuch segelte zu Boden. Ralf starrte ihr nach, wie sie im Zimmer ihrer Tochter verschwand, blieb einfach da sitzen, als habe sich ihre Starre auf ihn übertragen, unschlüssig, ob er ihr nachgehen sollte oder nicht. Vielleicht wollte sie ein bisschen allein sein. Obwohl niemand seine Geste sehen konnte, hob er einige Male die Schultern und ließ sie wieder fallen.

Im Kinderzimmer war es zu warm. Irgendwer hatte die Heizung auf Stufe fünf gestellt. Agnes verspürte einen heftigen Anfall von unbeherrschter Wut.

Was für eine Verschwendung! Am Ende summierten sich so in der Nebenkostenabrechnung Hunderte von Euro bloß für die Heizung.

Der weiße Plastikknopf ließ sich nur schwer zurückdrehen und sie riss unwirsch daran. Ihr Zorn verflog so schnell wie eine davon wirbelnde Windhose.

Sie starrte aus dem Fenster.

Die Dunkelheit ergriff Besitz von der kubistischen Neubauwelt draußen, überstrich die verschiedenfarbigen Balkons mit Einheitsgrau, ließ die Farben der geparkten Autos ausbleichen. Trübsinnig bewegten sich ein paar blattlose, schieferfarbene Äste wie mahnende Skelettfinger vor dem dunklen Glas hin und her.

An der linken Fensterscheibe klebten noch zwei Weihnachtsbilder, Überbleibsel aus der Adventszeit, die längst schon hatten entfernt werden sollen.

Ein feister amerikanischer Nikolaus im purpurnen Gewand mit weißem Pelzkragen, auf einem von Rentieren gezogenen Schlitten grinste den Betrachter dümmlich an. Dazu ein goldlockiger Engel mit überdimensionalen Glitzerflügeln, die Hände segnend ausgestreckt.

Zwei Scheusale der Kitschindustrie. Was ihre Tochter nur daran gefunden hatte!

Agnes mochte diesen Ramsch nicht und Josephine hatte ihr versprochen, die gesamte Dekoration selbst zu entfernen und alle Spuren von Weihnachten Anfang Januar zu beseitigen. Dazu hätte auch das Reinigen der Fenster gehört. Irgendwie war ihr entgangen, dass dies nicht geschehen war.

Sie ging dichter zum Fenster und beugte sich schwerfällig nach vorn, bis ihre Stirn die kalte Scheibe berührte.

Der Asphalt verschluckte das inquisitorische gelbe Licht der Straßenlampen. Aus dem Auspuff eines dunklen Autos entwichen weiß-graue Schwaden und verwirbelten in der frostigen Luft.

Ein Totenmonat. Nichts Lebendes da draußen. Alles war im Herbst gestorben und hatte nur Unrat und Schwärze hinterlassen. Im Takt ihres Atems beschlug die Scheibe und wurde wieder durchsichtig. Immer wiederkehrend. Milchig trüb und wieder klar.

Was wäre, wenn sie einfach aufhörte zu atmen? Änderte das irgendetwas?

Ihr Blick tastete sich zurück von der Straße, wanderte am gegenüberliegenden Betonquader nach oben, sprang von Stockwerk zu Stockwerk, von Balkon zu Balkon, hangelte sich über die Straße, landete auf dem eigenen Fensterbrett und kam nach innen. Dunkel und kalt starrten ihre Augen sie von der schwarzen Scheibe aus an.

Aus den Öffnungen des Heizungsgitters stieg noch immer die nach vertrocknetem Staub riechende Luft nach oben. Es war erst fünf und schon völlig dunkel. Dunkel, kalt, grabesstill.

Agnes zog die Übergardinen zu. Keiner sollte in das verwaiste Kinderzimmer hineinblicken können. Vorsichtig lösten sich ihre Gedanken aus der Paralyse und das Karussell begann sich zu drehen. Was könnte eine Mutter denn jetzt als nächstes tun? Was wäre denn sinnvoll? Vielleicht weitere Fotos heraussuchen, hatten die Polizisten gesagt. Sie würden irgendwann im Laufe des Nachmittags wiederkommen, mit ihr sprechen und ihr von den Fortschritten berichten.

Es war doch schon längst Nachmittag. Später Nachmittag. Eigentlich schon früher Abend, schließlich war es schon dunkel. Sie hätten längst da sein sollen. Vielleicht war doch schon etwas entdeckt worden?

Agnes schloss die Augen. Da drinnen war es auch dunkel. Die Gesichtszüge erschlafften, ihre Schultern sackten nach unten.

Sie musste irgendetwas unternehmen, um nicht vollends verrückt zu werden. Diese furchtbaren Gedanken abschalten. Ständig wollten Bilder wie faulige Gasblasen aus dem Schlamm einer Fäkaliengrube nach oben kommen, an die Grenze zum Bewusstsein schwimmen, Bilder, wie man sie im Fernsehen sah, tote Kinder, weggeworfen wie Unrat, vergraben im Wald, entsorgt in einer Mülltonne, versteckt in einer Kühltruhe, zerteilt von einem Fleischbeil, als aufgedunsene Wasserleiche im See schwimmend, tote Kinder überall, ihre gebleichten Schädel grinsten mit gebleckten Zähnen, schwarz die Höhlungen ihrer Augen ...

Sie musste etwas unternehmen, schnell. Sofort.

Jetzt.

Gleich.

Augen wieder auf!

Agnes sah sich im halbdunklen Zimmer um, schlurfte zum Lichtschalter und drückte müde auf den Knopf. Die papierne Ballonlampe mit dem daran hängenden albernen Korb verdrängte die Schatten in die Ecken des Raumes.

Josephine hatte unbedingt *diese* Lampe haben wollen, keine andere war in Frage gekommen. In diesem Fall war sie starrsinnig bei ihrer Meinung geblieben, auch wenn Agnes ihr das Unpraktische dieses Papierballons deutlich zu machen versucht hatte. Nicht einmal ordentlich abwischen konnte man das blöde Ding. Nein – die Tochter hatte darauf bestanden. Die Leute in dem Laden waren schon aufmerksam geworden, deshalb hatte Agnes schließlich nachgeben müssen. Und da hing das unzweckmäßige Teil nun. Vielleicht war die Tochter in ihrer Fantasie in den Korb eingestiegen und weit weg geflogen, weit weg aus der trüben Neubauwelt. Agnes ließ ihren Blick durch das Zimmer gleiten.

Der Schreibtisch mit dem abblätternden Furnier, sehr aufgeräumt. Zusammengestückelte Teile einer Anbauwand, noch nicht sehr alt und doch schon ramponiert. Noch einen Umzug würden die Möbel wahrscheinlich nicht verkraften. Ein Kleiderschrank. Der messingfarbene Griff fühlte sich kühl an und die Schranktür knarrte unwillig beim Öffnen. Agnes öffnete auch die linke Hälfte und betrachtete die in den Fächern liegenden Kleidungsstücke. Auch hier herrschte der gewohnte Anblick. Ihre Tochter war fast immer sehr ordentlich gewesen.

Fahrig strichen ihre Hände über die sorgsam übereinander geschlichteten Pullover, befühlten die Oberfläche und spürten dabei nichts von der noppigen Struktur der Wolle.

Rechts hingen die Blusen und Kleider auf ihren Bügeln, sortiert nach Farben, eingeteilt in Sommer- und Wintersachen. Eine Bluse und eine Strickjacke fehlten. Und die abgewetzte kaffeebraune Cordhose. Agnes musste die Kleidungsstücke nicht zählen, um das festzustellen, sie wusste es auch so. Das hatte die Tochter zuletzt getragen, damit hatte sie das Haus verlassen.

Ihre letzten Kleidungsstücke.

Hör auf damit. Das führt zu nichts. Überleg lieber, was du jetzt tun kannst.

Sie schüttelte den Kopf.

Fotos. Genau. Fotos wollte sie suchen. Fotos ihrer Josephine, die zur Suche geeignet waren. Gesicht, Haar- und Augenfarbe müssten gut zu sehen sein, hatten die Polizeibeamten gesagt. Und möglichst nicht älter als ein Jahr. Kinder verändern sich schnell.

Der oberste Schreibtischkasten quietschte protestierend und ließ sich nur halb herausziehen. Stifte lagen, einer neben dem anderen, in ihrer Box, daneben rot gestreifte Büroklammern, ein neuer Radiergummi, eine Rolle Klebeband. Keine Fotos. Agnes beugte sich nach vorn und drehte den Kopf seitwärts, um in den hinteren Bereich der Schublade zu spähen. Zwei Hefte und ein Stapel weiße Blätter. Mehr war da nicht.

In den darunter liegenden Schubfächern fand sich ebenfalls nichts. Nicht ein einziges Foto. Alles, was ein Kind für die Schule gebrauchen konnte, war fein säuberlich einsortiert und griffbereit, nichts Überflüssiges, nichts Ausgedientes, nichts Unbrauchbares. Man konnte sehen, dass Josephine von Anfang an zur Ordnung erzogen worden war.

Deshalb fanden sich die Fotos gewiss nicht in den Einzelteilen der Anbauwand oder gar im Kleiderschrank. Ganz sicher nicht. Hatte ihre Tochter überhaupt eigene Bilder in ihrem Zimmer aufbewahrt? Agnes fuhr sich mit der flachen Hand über die Stirnfalten. Sie konnte sich einfach an *nichts* erinnern.

Aber sie selbst hatte doch mehrere Schuhkartons – zum Einsortieren in Alben hatte es nie gereicht – in einem der Wohnzimmerschränke. Da war doch sicher etwas dabei.

Die Rollen des Schubkastens, in den sie die ganze Zeit blind hineingestiert hatte, ächzten und sträubten sich gegen das Schließen und gaben dann nach einem Ruck nach.

Agnes drehte sich in der Tür noch einmal um, während ihre Hand nach dem Lichtschalter tastete. Das sah alles ganz friedlich aus. Hier wohnte ein braves, wohlerzogenes kleines Mädchen.

Ein Mädchen, das jetzt seit 24 Stunden verschwunden war. Wo blieben eigentlich die Beamten? Sie musste dort anrufen. Fragen, ob sie schon etwas entdeckt hatten, ob schon Hinweise aus der Bevölkerung eingegangen waren. Niemand schien auch nur das Geringste bemerkt zu haben. Sie musste sich erkundigen. Sie musste da anrufen. Jetzt gleich. Anrufen. Bei der Polizei. Fotos suchen. Anrufen. Fotos finden. Telefonieren. Fotos.

Josephines Mutter rührte sich nicht von der Stelle, nur ihr Kopf wackelte wie der eines Käfigbären hin und her.

4

Die ›Pranken‹ hoben sich synchron von der zerkratzten Tischplatte. Sie verweilten schwebend in fünfzehn Zentimeter Höhe mit nach außen gekehrten Handflächen und senkten sich dann ganz langsam wieder.

Doreen betrachtete die Fingernägel. Kurz und abgerundet, keine Trauerränder, die Nagelmonde waren fast unsichtbar. An den mittleren Gelenken verdickten sich die Finger, um sich danach wieder zu verjüngen. Jetzt machte Herr Röthig (wie hieß er überhaupt mit Vornamen?) eine Faust, den Daumen nach außen. Die Knöchel traten hell hervor.

Die Faust hämmerte dumpf auf den wackligen Baustellentisch. Wortfetzen glitten an Doreen vorbei.

» ... haben ihn zwei Kollegen letzte Woche gesehen. In Arbeitskleidung.«

Sie schielte auf die Papiere vor dem Firmenchef. Stand da nicht irgendwo auf einem Briefkopf ein Vorname? Es war doch unmöglich, an den Besitzer der Schaufelhände als ›Herrn Röthig‹ zu denken. Der Herr hatte bestimmt einen kraftvollen, zupackenden Vornamen. Doreen musterte, ohne sich zu bewegen, den Tisch weiter.

»Wo haben die Kollegen Thomas Bäumer gesehen?« Norbert saß nach vorn gebeugt auf der Stuhlkante. *Er* hörte aufmerksam zu.

»Er kam aus einer Arztpraxis. Letzten Freitag.« Die rechte Hand wurde zum Hinterkopf geführt, der Zeigefinger – etwas in Doreen sträubte sich, den Schaufelstiel als ›Zeigefinger‹ zu bezeichnen – der Schaufelstiel also, krümmte sich, fuhr zwei, dreimal über die Stoppeln und die Tatze kehrte zur Tischplatte zurück.

»...Und er hatte Arbeitskleidung an.« Norbert schrieb ›Freitag, Arzt, Arbeitskleidung‹ in seine säuberlich vorbereitete Mappe.

»Das war ja das Komische. Thomas Bäumer ist seit drei Wochen krankgeschrieben. Er hätte diesen Montag wieder anfangen müssen. Deshalb ging er vergangenen Freitag zum Arzt, um die Krankschreibung verlängern zu lassen. Das kann man ja noch nachvollziehen«. Der Firmenchef setzte sich aufrecht hin. »Wieso fährt er aber in Arbeitskleidung zum Arzt?«

»Stimmt. Das ist verdächtig.« Norbert nickte wie ein seniler Eisbär. »Haben die Kollegen, die ihn dort gesehen haben, noch mehr bemerkt?«

»Nur, dass er mit seinem Moped davon fuhr.«

Doreen sah, wie der Firmenchef die Schultern kurz hob und wieder senkte. Auch sein Brustkorb war außergewöhnlich breit. Irgendwie animalisch.

›Außergewöhnlich‹, wiederholte ihre innere Stimme. Dabei war er kein großer Mann, höchstens so groß wie sie. Ihr Blick kehrte zu den Händen auf den Tisch zurück. Daneben lugte unter einem wacklig aussehenden Papierstapel ein Brief hervor. Sie versuchte, die Schrift im Briefkopf zu enträtseln. Als Kind war sie stolz darauf gewesen, auch auf dem Kopf stehende Dinge schnell und mühelos entziffern zu können. Sie musste solche Fähigkeiten mehr trainieren.

Firma ... Röthig ... na, so schlau war sie vorher auch schon gewesen. Ihre Augen wölbten sich ein bisschen nach vorn. Da stand ein Vorname.

H a r t m u t. Genau! Hartmut Röthig. Jetzt, wo sie es wusste, war es deutlich zu lesen. Was für ein altmodischer Name! So alt war der Typ doch noch gar nicht. Obwohl – er passte zu dem Mann. Nichts Weiches war an ›Hartmut‹.

Hart und mutig wirkte er. Und zupackend. *Und weil wir grade beim Zupacken sind ...* Unauffällig ließ Doreen ihre Blicke zurück zu den Händen wandern. Auf den Handrücken tummelten sich glatte, dunkle Haare, zogen sich über das Handgelenk bis zum Ellenbogen. Sie wurden nach oben spärlicher und heller. Feiner Staub haftete wie Puder an ihnen. Die Innenseite des Unterarms war unbehaart, dicke Adern lagen wie Seile unter der Haut.

Es jagte ihr ein bisschen Angst ein. Sie hatte mal irgendwo gelesen, dass die oberflächlichen Venen bei Männern dichter unter der Haut lägen, als bei Frauen. Nutzloses Wissen.

Doreen drehte ihren rechten Arm im Schoß mit der Handfläche nach oben. Den Arm, der sie schon ihr ganzes Leben begleitete. Es kam ihr vor, als hätte sie ihn noch nie bewusst gesehen. Die Haut war ganz glatt und heller als an der Oberseite. An der Innenseite des Handgelenks kreuzten sich zwei bläulich schimmernde Adern. Sie betrachtete den linken Arm. Dort verliefen die Adern anders. War denn der Mensch nicht symmetrisch? Verliefen die Blutgefäße nicht in beiden Armen gleich?

» ... uns zum Schluss noch ein paar Information geben, die wir für die Observation brauchen.« Norbert sah sie an und Doreen nickte bekräftigend. Keiner der beiden Männer schien ihre geistige Abwesenheit bemerkt zu haben. Da Norbert von Anfang an immer derjenige gewesen war, der alles mitschrieb, war es ihre Aufgabe, zuzuhören und zu beobachten. Sie habe ein besseres Gespür für Situationen und unterschwellige Botschaften, hatte Norbert einmal zu ihr gesagt. Vielleicht wollte er auch bloß die für ihn wichtigen Dinge nicht aus der Hand geben.

»Erstens brauchen wir die Adresse von Herrn Bäumer.« Er kritzelte sie in die Mappe.

»Zweitens«, der Stift hob sich erneut, »können Sie uns Angaben zur familiären Situation machen?«

»Viel weiß ich da auch nicht. Er ist verheiratet und hat zwei Kinder, Jungs glaube ich.« Der Firmenchef rieb mit den Fingerspitzen über die linke Schläfenregion.

»Gut, das ist auch nicht ganz so wichtig.« Norbert rutschte auf dem Stuhl noch weiter nach vorn. »Eine Sache wäre noch hilfreich für uns.« Er schickte seinen Blick kurz zu Doreen, die ihm zunickte und schnaufte kurz. »Wissen Sie, welche Krankheit er hat? Wenigstens ungefähr? Nicht bei jeder Erkrankung ist Bettruhe angeordnet.«

›Bärentatze‹ kratzte sich noch einmal an der Schläfe. »Genau weiß ich es nicht. Er ist ja nicht verpflichtet, das mitzuteilen.« Die Hand verharrte auf halbem Wege zum Tisch zurück in der Luft und wackelte dann abwiegelnd hin und her. »Am Telefon hat er irgendwas von Grippe gesagt.«

»Gut.« Norbert nickte knapp. »Damit können wir schon etwas anfangen. Bei einer Grippe kann man nicht körperlich schwer arbeiten. Nun wollen wir mal die Modalitäten absprechen.« Er ließ seinen Blick flüchtig zu Doreen schweifen und sah, wie sie mit der Zunge die Lippen anfeuchtete. Irgendetwas lenkte sie ab.

»Wir beginnen morgen früh mit der Observation. Ich würde vorschlagen, ab sechs Uhr.« Doreen schien auch den frühen Zeitpunkt, den er nannte, nicht bewusst aufzunehmen. Sonst hätte sie wenigstens ein bisschen mit den Augen gerollt. »Wann sollen wir die tägliche Beobachtung beenden?«

»Ich glaube, es reicht, wenn Sie ihn bis achtzehn Uhr im Auge behalten. Vielleicht ergeben sich schon in den ersten ein, zwei Tagen genug Beweise.« Irritiert schaute Hartmut Röthig von dem untersetzten Mann zu dessen dunkelhaariger Kollegin. Sie war nicht bei der Sache, wirkte unaufmerksam, träumte vor sich hin. Er zweifelte an der Richtigkeit seiner Entscheidung, ein Detektivbüro mit der Beobachtung seines Angestellten zu beauftragen. Herr Löwe wirkte erfahren, aber die Kollegin? Gut, sie sah nicht schlecht aus. Nicht ganz sein Typ, zu groß und zu knochig, aber schöne braune Augen hatte sie. Leider war gutes Aussehen noch nie ein Anhaltspunkt für Kompetenz gewesen. Er fixierte wieder den bärtigen Detektiv. »Nun, Sie wissen ja bereits, wie Thomas Bäumer aussieht. Haben Sie das Foto noch?«

»Aber sicher.« Norbert blätterte, ohne hinzusehen, in seinem Ordner mit den Unterlagen und fand das Bild sofort, fein säuberlich in einer Klarsichthülle verstaut.

Erst heute früh im Büro hatte er die Mappe mit seinen bürokratischen Kopien bestückt. Doreen fand das jedes Mal lächerlich, hütete sich aber, ihm das zu sagen, denn er reagierte meist verärgert darauf.

Norbert zog das großformatige Hochglanzfoto aus der durchsichtigen Hülle, legte es auf die zerkratzte Tischplatte und tippte auf das Konterfei von Thomas Bäumer. Hochmütig schaute der inmitten seiner fröhlichen Kollegen in die Kamera.

Das ›Rattengesicht‹ mit den kurz geschorenen Stoppelhaaren und der Schweinenase tauchte vor Doreen auf. Es würde sich zeigen, ob Thomas Bäumer auch in der Realität ein solcher Schnösel war, wie er auf dem Bild mit den Arbeitskollegen wirkte, aber es würde ihm nicht gelingen, ihr Urteil über ihn zu ändern, dessen war sie sich sicher. Viel lieber würde sie ›Hartmut‹ ein bisschen zu nahe kommen. Doreen schielte Abschied nehmend auf seine Pranken. Während er mit Norbert über Stundenpreise und Beweisfotos verhandelte, sah sie, wie die rechte Tatze auf sie zukam, sich dann langsam auf ihrem Unterarm niederließ und mit einem schabenden Geräusch darüber fuhr. Die Härchen an ihren Armen stellten sich auf. Ein kleines Steinchen kullerte in ihrem Brustkorb hin und her.

Doreen schüttelte den Gedanken ab. Genug geträumt. Sie wusste nicht mal, was ›Bärentatze‹ für ein Gesicht hatte. Als ob nur Hände, Brustkorb und Schultern interessant wären. Was für ein Rückfall in die Stammesrituale der Neandertaler!

Schon, als er vergangenen Freitag bei ihnen im Büro gewesen war, hatte er im Nachhinein nur den Eindruck eines kleinen, bulligen Mannes hinterlassen. Lediglich seine Tatzen hatten sich in Doreens Gehirn eingebrannt.

»So.« Norbert schraubte sich von der Stuhlkante nach oben. »Dann wäre ja alles klar.« Wir rufen Sie übermorgen Vormittag an und erstatten einen ersten Bericht.«

Der Firmenchef und Doreen erhoben sich gleichzeitig. Ihre Augen waren auf einer Höhe und Doreen tauchte in ein überwältigendes Himmelsblau ein. Es mussten Kontaktlinsen sein.

Solch eine Augenfarbe konnte nicht echt sein. Norbert besaß wasserblaue Murmeln. Hartmut Röthig hatte den gesamten Himmel Flanderns an einem warmen Herbsttag in seinen Augen. Sie spürte eine leichte Schwäche in den Kniekehlen, so, als ob sie gleich einknicken würden und zwang ihren Blick zur Seite.

Eine Hand wurde in ihre Richtung gestreckt. Auch das noch! Jetzt würde gleich ein Funke überspringen, kurz bevor sich ihre Finger trafen.

Nichts geschah. Kühl und trocken berührten sich beide Handflächen. Die Schwielen kratzten ein bisschen an der Innenfläche von Doreens rechter Hand, ein kurzer fester Druck, dann wurde die Pranke zurückgezogen und in die Hosentasche gezwängt.

Die hereinströmende kalte Luft traf Doreens Gesicht wie eine Ohrfeige, während sie sich ihren Mantel zuknöpfte. Sie wandte sich zur Tür, die Norbert für sie aufhielt. Wo zum Teufel war ihr blauer Schal?

Nur nicht noch einmal zurückblicken. Sie würde in den Azuraugen versinken und nie wieder auftauchen. Das war die wahre Bedeutung des Ausspruchs, es sei um jemanden geschehen.

Blechern krachte die Tür hinter ihnen ins Schloss. Schnell trippelte Doreen neben Norbert her und wühlte in ihrer großen Umhängetasche, fand jedoch nur ihre Handschuhe. Die brauchte sie auf dem Weg zum Auto nicht erst anzuziehen. Die Haut auf ihren Wangenknochen spannte, als sei sie zu eng. Mit eisigen Fingern zwickte die Kälte.

Abrupt blieb Norbert stehen. Doreen prallte mit dem Oberkörper an seine Schulter und ihr leicht geöffneter Mund berührte die Fasern seiner Wolljacke.

Er drehte den Kopf zur Seite und versuchte, ihren Gesichtsausdruck zu erforschen. Weiße Dampfwölkchen quollen beim Sprechen stoßweise aus seinem Mund hervor.

»Was war da drin mit dir los?«

»Wie meinst du das?« Doreen zupfte sich mit klammen Fingern die Fusseln, die an den Resten ihres Lippenstiftes klebten, vom Mund. »Was soll mit mir los gewesen sein?« Merkte er eigentlich alles? Sie hasste das Gefühl, durchschaut zu werden.

»Du warst abwesend, nicht bei der Sache. Das habe nicht nur *ich* bemerkt.« Immer noch durchbohrte er sie mit seinem Blick.

Sie wendete sich ab und wischte ihre Finger an der Seite des Mantels ab. »Nichts war. Ich habe aufmerksam zugehört.« ›Bärentatze-Azurauge‹ tauchte vor ihrem Auge auf. Sie wusste gar nichts von ihm. Einen Ehering hatte er jedenfalls nicht getragen. Gab es überhaupt Eheringe in Besenstielgröße? Ein leichtes Lächeln huschte über ihr Gesicht, sie drehte sich, schob ihren Arm unter Norberts und legte die Hand locker auf seinen Unterarm. Der Stoff kratzte. »Da war nichts. Lass uns gehen. Mir ist kalt.«

Der Autoschlüssel ging nicht ins Schloss. Doreen trippelte auf der Stelle hin und her und krallte die Zehen in den Halbstiefeln ein, um sie aufzuwärmen.

Sie mochte den Winter, wenn die Tage durchsichtig und sonnig waren. Gegen den Frost konnte man sich wappnen. Der blaue Schal fiel ihr ein. Hatte sie ihn heute früh überhaupt getragen? Norbert kramte leise ächzend in seinen unergründlichen Manteltaschen nach dem Enteiserspray, fand es und drückte die Düse ins Schloss der Fahrertür. »Ist das eine Kälte.« Er steckte das Spray wieder ein. Jetzt ließ sich die Tür mühelos entriegeln. »Steig ein. Hoffentlich springt die alte Kiste an.«

»Sag so was nicht.« Doreen riss an der Beifahrertür, deren Gummidichtungen mit dem Rahmen wie verwachsen waren. »Irgendwann rächt sich das Auto an dir und fährt nicht.« Ihre Mundwinkel wanderten ein klein wenig nach oben, während sie sich auf den klammen Sitz fallen ließ.

»Das Auto rächt sich an mir?« Norbert sprang immer auf solche Bemerkungen an. »Du weißt, dass das Blödsinn ist.« Er steckte den Zündschlüssel ins Schloss und drehte ihn.

Doreens Grinsen wurde breiter, als ein asthmatisches Röcheln zu hören war, das schnell erstarb. Sie hob den rechten Handrücken an den Mund und schaute nach unten. Norbert würde wütend werden, wenn er das Gefühl hatte, sie lache über ihn. Er versuchte es noch einmal und der Anlasser röchelte wieder.

»Na komm. Ich nehm das mit der Schrottkiste zurück. Spring bitte an.« Norbert klopfte mit der Linken liebevoll auf das Armaturenbrett und dreht den Zündschlüssel ganz sanft. Der Wagen sprang an.

Jetzt schaute er zu ihr. »Lachst du etwa über mich?«

»Nie würde ich über dich lachen!«

»Dann ist es ja gut. Die Batterie ist nieder. Die kurzen Stadtfahrten im Winter, immer mit Licht, da lädt sie sich nicht auf und vielleicht brauchen wir eine neue.« Er trat die Kupplung und fuhr sanft los.

Doreen schaute nach hinten und musterte die Rückbank.

Da lagen zwei leere Pizzakartons von letzter Woche, ein Lappen zum Reinigen der Fenster, ein alter Handschuh, ein Eiskratzer und ein Handfeger, um den Schnee vom Auto zu entfernen. Nur, dass kein Schnee lag. Es war zu kalt für Schnee.

Ihr blauer Schal jedenfalls lag nicht dort. Und den Kofferraum hatten sie heute noch gar nicht aufgemacht. Sie nahm ihre Umhängetasche auf den Schoß und wühlte noch einmal darin herum. Nichts. Doreen versuchte, sich an den Aufbruch aus ihrem Büro zu erinnern. Sie hatte Lippenstift aufgetragen. Sehr sorgfältig. Dunkelrot. *Um ›Bärentatze‹ zu beeindrucken?* Sie konnte sehen, wie sie ihren Mantel vom Kleiderbügel nahm, Norbert die neu angelegte Mappe in seiner Aktentasche verstaute, den Anrufbeantworter anmachte und wie sie ihren Schmollmund im Spiegel betrachtete. Um ihren Hals war der blaue Schal geschlungen.

Also hatte sie ihn vorhin getragen. Wo war er dann jetzt? Sie spulte vor.

Auf dem Weg zu ›Bärentatze‹ hatten sie nicht angehalten, sondern erst auf dem Firmengelände geparkt und waren schnurstracks in das Büro von Herrn Röthig spaziert. Doreen hatte ihren Mantel aufgeknöpft und – Stopp – den Schal abgewickelt.

Abgewickelt und hinter sich über die Stuhllehne gehängt. Und da hing er nun.

Der glatte Bachkiesel kullerte in ihrem Brustkorb herum. Ein Zeichen des Schicksals. Sie musste zurückkehren und den Schal abholen. Ohne Norbert. Nur schnell den Schal abholen und wieder gehen, mehr nicht. Es wurden mehr Steinchen. Sie kullerten und rollten und fühlten sich warm an, wenn sie an die Innenseiten der Rippen stießen.

»Aussteigen Traumsuse!« Norbert sah sie forschend an.

Das Auto stand in der Bahnhofsstraße. Sie hatte gar nicht bemerkt, wie er gewendet und vor dem Drogeriemarkt eingeparkt hatte.

Doreen öffnete die Tür und setzte einen Fuß auf den Gehweg. Irgendwie musste sie eine Möglichkeit finden, Hartmut Röthig anzurufen, ihn nach dem Schal zu fragen und diesen bei ihm im Büro abzuholen. Heute noch, denn sie brauchte ihn.

Den Schal brauchte sie, sonst nichts. Es war sehr kalt und sie hatte nur diesen einen. Nein, das war zu dick aufgetragen. Keine moderne Frau besaß nur einen Schal. Sie wollte ihn einfach zurückhaben. Basta. Sie wollte ihn gleich. Sie würde ihn selbst abholen.

Dann konnte sie gleich die Pranken auf Spuren eines Eherings prüfen. Und sich ein bisschen nach persönlichen Dingen in ›Bärentatzes‹ Büro umsehen. Wäre doch gelacht!

Schwungvoll lief Doreen hinter Norbert her, die Treppen hinauf. Was für ein schöner Wintertag!

5

»Und los geht's! Papierkram steht an.«

»Wie wäre es zuerst mit einer Tasse Kaffee?«

»Schon überredet. Du machst den Kaffee und ich sichte und sortiere schon mal vor.« Norbert stellte das Radio an. Radio Zwickau dudelte die üblichen Titel. Er hatte gehört, dass die Radiostationen ihre Musik vom Computer auswählen ließen. Der Moderator war nur zum Schein selbst aktiv. Da brauchte man sich nicht zu wundern, wenn alle das Gleiche spielten. Eigentlich war es ihm egal, welcher Sender lief. Das regionale Radio bevorzugte er einzig wegen der aktuellen Verkehrs- und Blitzermeldungen und den Nachrichten aus der Region.

Norbert griff nach der Zigarettenschachtel auf dem Tisch. Eigentlich hatte er überhaupt nicht wieder im Büro rauchen wollen und deshalb auch keinen neuen Aschenbecher angeschafft, sich irgendwann in den letzten Wochen jedoch, ohne nachzudenken, eine Zigarette angebrannt und die Untertasse entweiht. Doreen hatte wider Erwarten nicht protestiert und nun schliffen sich alte Gewohnheiten wieder ein.

Wenn er ehrlich war, hatte er nicht nur im Büro nicht wieder rauchen wollen. Die Ärzte hatten ihm nach dem Stromschlag fast alles verboten, was Spaß machte. ›Ihr Herz muss sich erholen, Herr Löwe. Also leben Sie gesund. Keine Zigaretten mehr. Alkohol in Maßen.‹ Er griff nach dem Feuerzeug, ließ es aufschnappen, hielt das Flämmchen an die Zigarette und langte nach den obersten Briefen. Rechnungen, nichts als Rechnungen. Das nahm bedrohliche Ausmaße an.

»Morgen müssen wir zur Bank.« Er schielte zu Doreen, die Kaffeepulver in den Filter schaufelte.

»Ich habe die Absender gesehen.« Sie füllte Wasser in die Maschine. »Was haben wir denn noch auf dem Geschäftskonto?«

»Dafür reicht es noch.« Norbert warf die leeren Umschläge in den Papierkorb, sortierte die Vordrucke in seine ›Zu-Erledigen-Mappe‹ und fuhr fort. »Wir haben ja jetzt den Auftrag von Herrn Röthig. Wenn wir einige Tage observieren, kommen wir gut über die nächsten Wochen.« Das Geld war immer knapp, aber noch reichte es. Er hielt inne, irritiert durch Doreens abwesendes Lächeln. »Hörst du zu?«

»Aber ja doch. Du hast gesagt, wir bräuchten uns vorerst keine Gedanken um Geld zu machen. Klar habe ich das gehört.« Sie wackelte mit dem Kopf hin und her und schob das Bild von ›Bärentatze‹ beiseite.

Der Stapel mit der unerledigten Post wurde kleiner und Norbert entsorgte die Werbebriefe, ohne sie zu öffnen. Ein Hochglanzkatalog kam unter dem Stapel zum Vorschein. Das hatte er ja völlig vergessen. »Was haben wir denn da!«

Schon blickte Doreen neugierig zu ihm. Schöne bunte Kataloge interessierten sie jederzeit.

Im Näherkommen kniff sie die Augen zusammen, um ein scharfes Bild zu erzielen. »Was ist das?«

»Den habe ich vor einigen Wochen angefordert. Zu unserer Information.« Er beobachtete ihr Gesicht, als sie mit dem rechten Daumen die Seiten auffächern ließ. »Computer, Software, Hardware, Technik, Zubehör? Was wollen wir damit? Brauchst du mal wieder ein Diktiergerät?«

»Wir müssen technisch gesehen aufrüsten. Erinnerst du dich an Alfred?« Er fuhr fort, ohne ihr Zeit zum Antworten zu geben. »Alfred hat erst vor kurzem zu mir gesagt, wir seien provinziell. ›Liebenswert provinziell‹ zwar, aber provinziell.«

Alfred, der ›Profiler‹ mit dem Schuhbürstenbart über der Oberlippe, Alfred mit der fettigen Bassstimme, die so gar nicht zu seinem eher schmächtigen Körper passen wollte, tauchte vor Doreens innerem Auge auf. »Provinziell nennt er uns, sagst du. Das ist aber gar nicht nett von ihm.« In ihrer Stimme schwang ein kleines Lächeln mit, während sie sich neben Norbert auf die Schreibtischkante setzte. »Wir zwei Provinzdetektive.«

»Ich glaube nicht, dass er es abwertend gemeint hat. Aber wenn wir den Kunden *auch* rückständig vorkommen, ist das nicht gerade förderlich. Deshalb dachte ich –«, er zeigte auf den Katalog, »– dass wir etwas tun müssen.«

»Und an was hattest du da so gedacht?«

»Als Erstes brauchen wir einen Extra-Computer für das Büro.« Erst jetzt löste Norbert seinen schräg gelegten Kopf aus der Handfläche und sah ihr in die Augen. Sie schien nicht erbost über seinen Vorschlag sondern wartete geduldig, und so fuhr er fort. »Ich möchte meinen gern wieder mit nach Hause nehmen. Den Drucker auch.« Er ahnte ihre Stirnfalten, bevor sie erschienen.

»Also kostet es doch Geld.« Jetzt wurde sie doch unwirsch.

»Ja, aber damit es nicht zu teuer wird, informiere ich mich erst einmal.« Er konnte es sich nicht verkneifen, seine Hand auf ihren Unterarm zu legen. Nur zur Besänftigung. Ihre Haut fühlte sich seidig und kühl an.

Doreen versuchte, sich loszumachen. Seine Handfläche brannte auf ihrem Arm. Er probierte es immer wieder. »Also gut. Informiere dich.« Sie nickte ihm zu und erhob sich, um den Kaffee zu holen. Vorläufig würde sie ihn in dem Glauben lassen, er habe gewonnen.

Mal sehn, wann du mit den ersten Neuerwerbungen ankommst, mein Freund. Jetzt waren ganz andere Probleme zu lösen. Sie musste Bärentatze anrufen und sagen, dass sie den

Schal abholen wolle. Und zwar ohne, dass Norbert Wind davon bekam. Er war hellhörig in solchen Angelegenheiten, vermutete gleich absurde Dinge und war grundlos eifersüchtig, auf alles und jeden. Und sie wollte doch wirklich nur schnell auf dem Heimweg vorbeifahren und ihren Schal holen.

Und einen Blick in die Azuraugen werfen.

Doreen schüttelte sich kurz und balancierte die übervolle Kaffeekanne, Sahne, Tassen und Untertassen zurück zu ihren beiden Schreibtischen.

Telefonieren, Norbert für fünf Minuten loswerden. Mechanisch schob sie die Tassen auf ihre Plätze und goss ein. Zuerst die Kaffeesahne, dann den Kaffee. So brauchten sie keine Löffel.

»Jetzt könnte ich noch eine Streuselschnecke verdrücken.« Norbert pustete auf die Oberfläche der Tasse und beobachtete die goldgelben Schlieren in der dunkelbraunen Flüssigkeit. »Das wäre eine schöne Belohnung.«

»Ich könnte auch ein Stück Kuchen vertragen.« Doreen ahnte den Hauch einer Chance. Er kriegte nie genug. Das wäre die vierte Streuselschnecke an einem Tag. Sie aß selten Kuchen. Zu viele ungesunde Kohlenhydrate, weißer Zucker, zu viele Kalorien.

»Dann hol ich uns gleich welchen.« Norbert erhob sich.

Mit einem Schmatzen schloss sich die Tür hinter ihm. *Fünf Minuten.* Der Bäcker war am unteren Ende der Bahnhofsstraße. Doreen griff zum Hörer, öffnete Norberts ›Thomas-Bäumer- Mappe‹ und suchte in den Hieroglyphen nach der Telefonnummer.

Da. Hartmut Röthig. Ihr Herz pochte.

War ihr blauer Schal im Büro liegen geblieben? Könne sie ihn heute abholen? Wann? Ihre Finger klebten an den Tasten. Sie hörte, wie jede einzelne Ziffer durch die Relais klickerte. Es klingelte. Sie würde kein Wort herausbringen.

»Hoch- und Tiefbau, Massivhäuser, Bausanierung, Röthig, guten Tag.«

»Herr Röthig?« Wie formell! Doreen war sich nicht sicher, ob man ihrer Stimme die Aufregung anhörte. »Graichen hier, Doreen Graichen. Vom Detektivbüro Löwe.« Sie schnappte nach Luft. »Wir waren heute Vormittag bei Ihnen im Büro.«

»Ja, Sie haben Ihren Schal hier vergessen.« Seine Stimme klang gelassen. Warum sollte er auch aufgeregt sein.

Sie presste den Hörer fester ans linke Ohr. »Genau. Deswegen rufe ich an.« Das rechte Ohr spionierte in Richtung Tür. Sie würde es hören, wenn Norbert zurückkam. Wenn sie bereits im Büro war, benutzte er die Sprechanlage und Doreen ließ ihn ein. Gleich darauf schimpfte sie sich eine dumme Gans. Als ob das Telefonat etwas Verbotenes war! »Ich würde gern nach dem Dienst vorbeikommen und ihn abholen. Wie lange sind Sie da?«

»Das Büro ist bis achtzehn Uhr besetzt. Kommen Sie einfach vorbei.«

»Prima, danke. Bis dann.« Doreen legte den Hörer vorsichtig zurück. Ihr linkes Ohr glühte und für einen Moment konnte sie gar nichts denken. In ihrem Kopf war es leer und hell, wie auf einem Eisfeld in der Antarktis. Dann kam der letzte Satz zurück.

›Das Büro ist bis achtzehn Uhr besetzt‹. Er hatte nicht gesagt: »*Ich* bin bis achtzehn Uhr da.« Sie würde ihren Schal bekommen, aber von wem?

Ein schöner Plan! Da hätte sie auch gleich, ohne vorher anzurufen, nach dem Dienst hinfahren können. Doreen hörte Norberts schwere Schritte vor der Tür. Egal. So blieb es wenigstens spannend. Sie würde nachher zu ›Bärentatzes‹ Firma fahren und sehen, ob er anwesend war. Alles Weitere würde sich ergeben.

Norbert kam herein und stellte als Erstes das Radio lauter. Grönemeyer sang sein neues Lied. Was den Menschen ausmacht. Norbert liebte Grönemeyer. Manchmal sang er laut mit, laut und falsch. Doreen fand Grönemeyer manchmal zu rockig. Die älteren Titel, Balladen über die Liebe, gefielen ihr am besten. Jetzt dudelte jeder Radiosender, der etwas auf sich hielt, seine neue Single, nachdem vier Jahre Sendepause gewesen war. Sie überlegte, ob es sich lohnte, die gesamte CD zu erstehen. »Wirst du dir die neue CD von Grönemeyer kaufen?«

»Aber sicher, sobald sie rauskommt.« Er grinste. »Und dann kannst du sie auch mal mitnehmen und anhören, wenn du das möchtest.« Sein Grinsen wurde stärker. »Hätten wir einen CD-Brenner, könnte ich dir eine Kopie brennen.« Er zeigte auf den bunten Katalog. »Da sind Brenner drin.«

»Brauchen wir aber nicht für die Arbeit, oder?« Lauernd sah sie zu ihm.

»Nein, man kann zwar große Datenmengen prima auf CD speichern, deshalb wäre das sicher keine schlechte Anschaffung, aber vorerst brauchen wir keinen.«

Das Wetter wurde verlesen. Dann die aktuellen Verkehrsmeldungen. ›Und nun die Nachrichten aus der Region.‹

Doreen würde sich später immer wieder daran erinnern, an diesen kalten Montag Ende Januar, in ihrem gut geheizten Büro, Norbert ihr gegenüber, die Kaffeetasse auf halbem Weg zum Mund in der Luft verharrend.

Sie konnte noch Jahre darauf jede unwichtige Einzelheit der Situation abrufen, als sie zum ersten Mal vom Verschwinden dieses Mädchens hörte, diesem ›Fall Josephine‹, der sich im Nachhinein als so schaurig, so unverständlich grausam und so gänzlich anders als ursprünglich angenommen erwiesen hatte.

Im ersten Moment hatte Doreen ein Déjà vu.

Als die Nachrichtensprecherin mit ihrer kühlen, unbeteiligten Stimme verlas, dass ein Kind vermisst werde, seit gestern Nachmittag, ein zehnjähriges Mädchen, sah sie Annie und Melanie vor sich. Zwei süße, blonde Mädchen, entführt, missbraucht und getötet von einem Pädophilen, einem Kinderschänder der schlimmsten Sorte, Ronny Sommerfelder. Den Namen würde sie nie vergessen. Vergangenen Sommer war das gewesen. Durch Zufälle waren sie ihm auf die Schliche gekommen. Aber Ronny Sommerfelder saß doch im Knast und war rechtskräftig verurteilt. Oder? Doreen schloss die Augen.

Sie hörte, dass das Kind Josephine hieß. Auf dem Weg zu einer Freundin sei sie gewesen, mit dem Fahrrad. Sie sei klein für ihr Alter, zierlich. Trug eine abgewetzte braune Cordhose, Bluse und Strickjacke. Wer könne sachdienliche Hinweise geben?

Dann kam die nächste Meldung.

Doreen öffnete die Augen.

Norberts Mund stand ein bisschen offen und er hielt die Kaffeetasse noch immer auf halber Höhe. »Hast du das gehört?« Ganz langsam, als habe er Angst, sie könne zerbrechen, setzte er die halb leere Tasse auf die Schreibtischplatte. »Ein Mädchen wird vermisst.«

»Ich habe es gehört.« Was sollte sie sagen? Dass das Kind sicher wieder auftauchen würde? Wohl kaum, wenn es schon über 24 Stunden verschwunden war. Eine Zehnjährige!

»Wir müssen was unternehmen.« Norbert kniff die Augen zu Schlitzen zusammen.

»Wir müssen was unternehmen?« In ihrer Hilflosigkeit wiederholte sie seine Worte.

»Sie suchen, Leute befragen, mithelfen.« Er schüttelte den Kopf, als glaube er sich selbst nicht. »Weißt du nicht mehr, voriges Jahr? Haben wir den Fall denn nicht aufgeklärt?« Sein Blick bohrte sich in ihre Augen, stach zu, drängte. *Wollte* sie nicht begreifen?

»Das war Glück und Zufall. Norbert!« Doreen hob die

Stimme. »Du kannst doch jetzt nicht im Ernst glauben, dass wir Profis im Wiederfinden vermisster Kinder sind!« Sie starrte zurück. Er wich ihrem Blick nicht aus.

»Ich glaube nicht, dass wir ›Profis‹ sind. Ich glaube, wir können mithelfen, das Kind zu suchen. Wir haben Erfahrung darin.«

Doreen war fassungslos. »Was willst du denn jetzt tun?« Sie schaute zur Uhr. Kurz nach drei.

»Ich muss erst einmal darüber nachdenken, nachdenken und Informationen sammeln. Vielleicht rufe ich Alfred an.«

Alfred. Norberts Allzweckwaffe. Der konnte auch keine Ferndiagnose stellen. Doreen berührte ihn am Arm, ließ ihre Hand besänftigend liegen. »Norbert, bitte, überleg dir das doch noch einmal. Wir haben den Auftrag von Herrn Röthig.« Ihr Schal fiel ihr wieder ein. Den sie nachher abholen wollte. »Wenn wir diesen Thomas Bäumer beschatten, bleibt uns keine Zeit für die Suche nach dem Kind.« Und davon abgesehen konnten sie es sich finanziell nicht leisten.

»Wir müssen aber.« Er streifte ihre Hand ab und sah in ihre Augen, müde und ein bisschen abwesend. »Wir *müssen.*« Sein Blick richtete sich auf das Radio, das nun wieder computergenerierte Musik abdudelte und er schaltete es aus. »Ich könnte mir das nie verzeihen, wenn wir tatenlos zusehen. Egal was du denkst, ich will da mithelfen. Zuerst biete ich den Eltern meine Unterstützung an.« Er legte die Handfläche über die Augen. »Dann sehen wir weiter. Thomas Bäumer beschatten wir trotzdem. Wir teilen uns die Arbeit, einverstanden?«

Seine Murmelaugen bettelten. Aber nur ein bisschen. Hinter der Bitte war eiserne Entschlossenheit. Nichts würde ihn davon abbringen. Er wollte den Entführer des Mädchens jagen und zur Strecke bringen.

»Ich bin immer noch dagegen.« Auch Doreen war aufgestanden. Es sah so aus, als wäre der Tag im Büro für heute beendet. »Ich gehe jetzt. Wir haben für morgen früh einen

Termin. Um sechs. Wo treffen wir uns?« Sie würde es nicht zulassen, dass er diesen einträglichen Beschattungsjob vernachlässigte. Auch wenn das langweilig war. Wie zwei Raubtiere kurz vor dem Kampf standen sie sich gegenüber.

»Hier. Wir treffen uns hier. Zehn vor sechs.« Er klang erschöpft. »Doreen, sei nicht böse mit mir deswegen, ich kann nicht anders.« Seine Stimme erreichte nur ihren Rücken.

Doreen nahm ihren Mantel vom Haken, schlüpfte hinein und schaute prüfend in ihre Umhängetasche. Lippenstift konnte sie im Auto auftragen. Sie würde jetzt fahren und ihren Schal holen. Und ein bisschen mit Hartmut Röthig flirten. Sie musste die quälenden Gedanken an verschwundene Mädchen beseitigen. Das war nicht gut für ihr Seelenwohl. Gar nicht gut.

»Dann bis morgen.« Die Türklinke in der Hand schaute sie zu Norbert. Er hatte sich nicht von der Stelle gerührt. Gebeugt stand er am Schreibtisch und Doreen konnte sehen, wie er als alter Mann sein würde.

Sie drehte sich um und ging hinaus.

Die Dunkelheit kam näher.

6

Fotos.

Agnes stand im Flur, unbeweglich, mit weit aufgerissenen Augen, ihre Schultern hingen kraftlos herab. Von weitem wirkte sie wie eine Marmorstatue. Ihr Kopf war ein Lampion ohne Licht, leer und dunkel.

Sie blickte auf die Winterjacken an der Flurgarderobe, die diszipliniert auf ihren Bügeln hingen. Alles war ordentlich und aufgeräumt. Ordnung war das halbe Leben, Ordnung und Sauberkeit. Sie nickte schwach.

Hinter ihr tauchte im Gegenlicht die schmale Silhouette von Ralf auf. Er blinzelte schweigend in die Dunkelheit des Flurs hinein und versuchte an ihrem gekrümmten Rücken abzulesen, warum sie da so reglos verharrte.

Vorsichtig, damit sie ihn nicht hörte, zog er sich zurück. Agnes konnte ihren Schmerz nicht zeigen. Die Vorstellung, was mit ihrer kleinen Tochter geschehen sein könnte, musste sie fast zerreißen und doch wirkte sie nach außen hin stumpf und regungslos. Und er war nicht in der Lage, ihr zu helfen. Die Ärztin hatte ihm gesagt, jeder Mensch werde anders mit so einer Belastungssituation fertig, der eine schreie und klage endlos, ein anderer bekäme Wutanfälle, der Nächste wirke desorientiert und verständnislos und gar nicht selten verschlössen sich die Betroffenen, zeigten keine Regung, befänden sich in einer Art Schmerzstarre, die ihnen half, den Tag zu überstehen. Und so ein Fall läge hier wohl auch vor.

Er solle sie in Ruhe lassen, hatte die Ärztin gesagt und einfach da sein, damit sie das Gefühl hatte, es sei jemand in ihrer Nähe, wenn sie Hilfe von außen wolle. Der Erstarrungszustand könne jedoch auch noch länger andauern. Und so blieb er in ihrer Nähe und wartete, dass sie um seine Hilfe bat. Er hätte ihr gern beigestanden.

Sie bat nicht, das hatte sie noch nie gekonnt. Ralf sondierte nach Zeichen. Er glaubte es erkennen zu können, wenn sie seine Hilfe benötigte, doch er fand nichts und so ließ er sie.

Agnes bewegte vorsichtig ihre Finger. Die Finger, die gestern Nachmittag noch die Tochter berührt hatten, Josephines weiche, kühle Hand Abschied nehmend umschlossen hatten.

Sie schauderte und die blonden zarten Härchen an der Außenseite ihrer Unterarme richteten sich auf.

Fotos.

Sie musste Fotos heraussuchen, Bilder von ihrer kleinen, braven Josephine, dem schmächtigen blonden Mädchen. Etwas Aktuelles, auf dem man sie wiedererkennen konnte. Ihr Mädchen hatte immer jünger ausgesehen, nicht wie zehn Jahre, eher wie acht. Schwerfällig setzte sich Agnes in Bewegung. Das Ziel war jetzt, die Fotos zu finden, danach konnte sie über das nächste Ziel nachdenken.

Auf dem Weg ins Zimmer ihrer Tochter fiel ihr ein, dass sie dort schon nachgesehen hatte, eben erst. Da waren keine Bilder gewesen. Jetzt meldete sich die Erinnerung zurück. Sie hatte an die Schuhkartons mit den achtlos hineingeworfenen Aufnahmen gedacht, unsortiert seit Jahren. An der Wand abstützend, tastete sie sich durch den dunklen Flur zurück ins Wohnzimmer.

Ralf saß auf der Couch und stierte vor sich hin. Die Dunkelheit hatte den Raum gefüllt und alle Gefühle aufgesaugt, nur der tonlose Fernseher warf neonflackernde Lichtblitze an die gegenüberliegende Wand.

Agnes schlug heftig mit der Handfläche gegen den Lichtschalter und zwinkerte, um die brennende Helligkeit noch einen Moment auszuschließen. Ralf hatte hoffnungsvoll den Kopf erhoben, aber sie ignorierte ihn. Nur kein Mitleid jetzt, es gab etwas zu tun.

Mitten im Raum blieb sie stehen, kniff die Augen fest zusammen und legte, um sich besser konzentrieren zu können, noch die Handfläche darüber. Wo waren die Schuhkartons?

Kleine Schrittchen machend, drehte sich die Frau um sich selbst. Ihre Brauen waren nach oben gezogen, die weit aufgerissenen Augen starrten ohne einen Lidschlag ins Leere. Plötzlich blieb sie mit Blick auf die polierten Flächen der Anbauwand stehen.

»Was ...« Ralf hatte sich halb von der Couch erhoben, hielt kurz inne und setzte sich dann vorsichtig wieder hin.

Agnes schien seine zaghafte, halbherzige Anfrage gar nicht gehört zu haben. Verwundert beobachtete er, wie sie, jetzt schneller werdend, auf die Anbauwand zumarschierte und begann, die Schubkästen im unteren Bereich einen nach dem anderen aufzuziehen.

Dabei sprach sie leise vor sich hin. Er konnte ihre gemurmelten Worte nur undeutlich verstehen. Sie suchte etwas. Heftiger als vorher zog sie an den Messinggriffen.

Auf. Zu. Auf. Zu.

Ein Kasten verklemmte sich. Agnes drückte und schob, zog ihn noch einmal ganz heraus, versuchte es erneut. Ralf konnte spüren, wie sie zunehmend wütender wurde. Er traute sich nicht, sie zu fragen, sah stattdessen auf den flackernden Bildschirm, wo eine fröhliche Werbefamilie Kaffee trank und lautlos bei beschwingter Musik heitere Worte zueinander sprach.

Das plötzliche Ausbleiben der rumpelnden Geräusche riss ihn aus seiner Lähmung.

Agnes hockte vor einer herausgezogenen Schublade und stierte hinein. Bedächtig hob sie zwei Schuhkartons heraus und stellte sie auf den braun gemusterten Teppich neben sich.

Dann erstarrte sie wieder, blieb einfach da hocken, kniend auf dem ordentlich gesaugten Teppich. Den Rücken gestrafft, die Hände auf den Oberschenkeln, wie ein aufziehbares Spielzeug, dessen Uhrwerk gerade abgelaufen war.

Ihr Gesicht wurde undeutlich von den Scheiben des Mittelteils reflektiert. Der Mund stand leicht offen, die blaugrauen Augen widerspiegelten sich selbst, ohne sich zu sehen.

Ralf hatte das Gefühl, sie anschubsen zu müssen, damit ihre Zahnräder sich wieder zu drehen begannen. Er räusperte sich, griff nach dem Wasserglas auf dem Couchtisch und sah, wie sie zögernd nach den Kartons tastete. Agnes erhob sich mit den alten Bewegungen einer gebrechlichen Frau, stellte die beiden Kartons auf den Esszimmertisch und setzte sich dann auf die Stuhlkante.

»Möchtest du etwas trinken?« Ralf hielt sein halb volles Glas hoch.

»Ja, bitte.« Sie hüstelte kurz. Ihre Stimme klang rostig.

In der Küche standen immer noch die schmutzigen Kaffeetassen, genau so, wie er sie vormittags neben die Spüle gestellt hatte. Es roch nach angebranntem Essen. Die Fensterscheibe war von innen angelaufen und am unteren Ende hatten sich kleine Wassertröpfchen abgesetzt. Er nahm sich vor, zu lüften. Gegessen hatten sie auch nichts. Es waren genug Vorräte da. Er würde ihr einen Saft bringen und dann abwaschen. Unordnung und Schmutz waren Agnes' Feinde.

Danach etwas Leichtes zum Abendbrot, einen Salat oder Rührei. Er konnte gut kochen. Sie würde schon etwas zu sich nehmen, wenn es direkt vor ihr stand. Und vielleicht kamen ja inzwischen die Beamten, wie versprochen und hatten die kleine Josephine gefunden. Alles wäre wieder im Lot, wie immer. Die untadelige kleine Familie würde wieder vollkommen sein. Vater, Mutter, Kind.

Ralf stieß die Wohnzimmertür mit der Fußspitze auf.

Agnes saß unverändert auf der Stuhlkante, den Rücken gerade, genauso wie vorhin, als er hinausgegangen war. Nur ein paar Farbfotos lagen in gleichmäßigen Abständen aufgereiht vor ihr. Er stellte das Glas in Reichweite ihrer rechten Hand, zog einen Stuhl heran, um neben ihr am Tisch sitzen zu können und betrachtete die Bilder, die sie herausgesucht hatte.

Da war sie ja: Die untadelige kleine Familie.

Die Mutter – ein bisschen klein geraten – aber wunderschön. In der Sonne schimmerten ihre Augen aquamarinblau. Ihr Mund lächelte ein kleines bisschen. Sie hatte einen Pferdeschwanz, der sie jünger aussehen ließ. Daneben die süße Tochter. Sie lächelte nicht. Ernst und wissend schaute sie in die Kamera, eine schüchterne, scheue kleine Lady.

Ralf konnte erkennen, dass sie später einmal eine Schönheit werden würde. Alle Jungs würden sich darum reißen, mit ihr ausgehen zu dürfen. Er würde sehr auf sie Acht geben müssen.

Wenn das Mädchen nur ein klein wenig fröhlicher wäre, nicht immer so gewissenhaft. Aber nicht alle Kinder waren gleich, es gab stille, verständige und lebhafte. Josephine gehörte zur ersten Kategorie. Sie war schon so gewesen, als er ihre Mutter kennen gelernt hatte. Ralf mochte es, wenn Kinder gut erzogen waren.

Über sein eigenes Konterfei huschte sein Blick schnell hinweg. Er fand sich nicht fotogen. Ein schmächtiges Kerlchen, drahtig zwar und arbeiten konnte er auch, aber äußerlich war kein Staat mit einem wie ihm zu machen. Es war ihm immer ein Rätsel geblieben, was Agnes vor drei Jahren, als sie sich kennen lernten, an ihm gefunden hatte.

»Was hältst du von dem hier?« Ihr ausgestreckter Zeigefinger deutete in Richtung der linken oberen Ecke der Bilderreihe. Josephine stand neben ihrer Mutter auf dem Gehweg.

Ralf konnte sich gut an den Tag erinnern, als er das Foto gemacht hatte. Ein seltener Schnappschuss an einem warmen Sommertag. Die Kleider von Mutter und Tochter bauschten sich in einem Lüftchen. Agnes strich sich gerade eine Haarsträhne aus dem Gesicht. Josephine zeigte geradewegs auf den Fotoapparat, als wolle sie ihrer Mutter ein Zeichen geben, dass sie fotografiert werde.

»Es ist ein gutes Bild. Gestochen scharf und nicht zu lange her. Josephine ist gut zu erkennen. Ist es egal, dass du mit darauf bist?«

»Sie haben nichts davon gesagt. Das *Kind* soll gut zu erkennen sein, Gesicht, Frisur und möglichst die Größe.« Sie nahm ein anderes Foto in die Hand und legte es wieder zurück. »Das hier war im Frühjahr. Da hat sie noch längere Haare. Das ist vielleicht nicht so gut.«

»Fragen wir doch nachher die Beamten selbst, was sie denken. Die wissen das am besten, glaube ich.« Ralf erhob sich. »Ich werde jetzt abwaschen und etwas zum Abendbrot vorbereiten. Wir müssen essen.« Im Vorübergehen versuchte er, ihr über das Haar zu streichen.

»Lass mich.« Agnes schüttelte heftig den Kopf und sprang auf. Ihre fettig wirkenden Haarsträhnen bewegten sich kaum hin und her, während sie durch die halboffene Tür in den Flur stolperte.

»Ich muss hier raus!« Sie zerrte an dem wattierten Anorak, der sich am Kleiderbügel festhielt, als wolle er nicht angezogen werden. »Ich werde wahnsinnig in dieser Wohnung!«

Sie bückte sich nach ihren Stiefeln und wäre in der Eile, sie anzuziehen, fast vornüber gekippt.

Das Mitleid in Ralfs Gesicht machte sie rasend. Wie ein Karpfen öffnete und schloss er seinen Mund, ohne etwas zu sagen. Was hätte er auch sagen sollen? Es war alles besprochen.

Der Haken, an dem der Schlüsselbund hing, bohrte sich

in ihre ungeduldigen Finger, als sie danach griff. Ein kleiner roter Tropfen kam ganz allmählich aus der Spitze des Zeigefingers hervorgequollen. Sie bemerkte es nicht einmal.

»Wohin –« Ralf knetete unbeholfen mit seiner rechten Hand die linke, »– wohin willst du?« Er stotterte fast ein bisschen.

»Keine Ahnung.« Sie wandte sich ab und öffnete die Wohnungstür. »Nur weg hier.«

»Aber Agnes ...« Seine Stimme flehte, sie möge sich umdrehen und ihn ansehen. »Die Beamten wollten doch vorbeikommen. Was soll ich ihnen sagen, wo du bist?« Am Ende des Satzes machte seine Stimme einen kleinen Quiekser. In diesem Augenblick hasste sie ihn abgrundtief.

»Mir egal.« Sie ging hinaus. »Ich kann nicht den ganzen Tag warten, bis diese Typen die Gnade besitzen, hier aufzukreuzen.« Der letzte Satz flog gedämpft um die Ecke des Treppenhauses.

Sie rannte die Stufen hinunter.

7

Doreen sah aus dem Fenster.

Sie berichtigte sich. Sie *versuchte*, aus dem Fenster zu sehen.

Ihre Augen schliefen noch. Sie öffneten sich nur halb und hätten sich am liebsten wieder geschlossen, zurückkehrend zu den perlmuttschillernden Muschelschalen auf dem blendenden Sand. Ein Traumurlaub. In der Luft hatte ein Duft nach Kokosöl und Frangipaniblüten gelegen, sanft gluckernd kullerten kleine Wellen heran, Palmen neigten sich über die Bucht, kleine bunte Vögel schwirrten herum. Die Südsee.

Doreen war noch nie da gewesen.

Und jetzt das. Da draußen war der kaltherzige Winter, eisig, harsch und dunkel.

Sie schaute auf die grün leuchtenden Ziffern des Radioweckers. Kurz nach fünf. Es würde erst in drei Stunden hell werden. Ein Schaudern überlief ihre nackten Unterarme. Es war kalt im Schlafzimmer.

Draußen kalt, drinnen kalt, überall kalt. Die Kälte war abscheulich und das frühe Aufstehen war auch abscheulich. Sie seufzte leise und schlurfte mit geschlossenen Augen aus dem dunklen, kalten Zimmer.

Im Bad hielt Doreen sich die linke Hand vor die Augen, bevor sie auf den Lichtschalter drückte. Die Helligkeit blendete durch Handfläche und Lider. Sie blinzelte ein kleines bisschen und verfluchte Norbert und den Beschattungsjob. Erst nach dem Einschalten des Radios öffnete sie die Augen, drückte auf den kalten Spülknopf und erhob sich von der Toilette.

Ein verquollenes Gesicht sah ihr aus dem Spiegel entgegen. Ihr Körper würde es nie lernen, zu nachtschlafender Zeit frisch und ausgeruht auszusehen. Im Gegenteil. Es wurde von Jahr zu Jahr schlimmer. Die Schwellungen unter den Augen verschwanden nicht mehr, bis sie aus dem Haus ging. Manchmal sah sie regelrecht verheult aus. ›Straffungscremes‹ waren sinnlos. Neulich hatte sie in der ›Vogue‹ gelesen, die Models verwendeten in solchen Fällen eine Hämorrhoidensalbe. Die wirke abschwellend.

Ihre Mund versuchte ein kleines Lächeln. Was andere Leute sich zur Linderung ihrer Beschwerden auf den Hintern salbten, schmierten diese klapperdürren Weiber sich ins Gesicht. Das hatte doch was. Da wartete *sie* doch lieber, bis die Tränensäcke von allein verschwanden, irgendwann taten sie das immer.

Die Zahnpasta schmeckte fad, die Seife roch nach Chemie, das Radio dudelte altbackene ›Hits‹. Doreen beschloss, dass nur ein starker Kaffee den Tag jetzt noch retten konnte. Essen kam um diese Zeit – ein schneller Blick zur Uhr – kurz vor halb sechs – noch nicht in Frage.

Sie zog sich mechanisch an und verzichtete aufs Schminken. Jetzt noch nicht, vielleicht später. Wen interessierte es, wie die müde Detektivin aussah, die in der alten Klapperkiste einem krankgeschriebenen Arbeitnehmer hinterher schnüffelte.

Nach dem Kaffee ging es ihr besser. Da draußen war immer noch der kaltherzige Winter. Aber er würde nicht ewig da sein. Und wenn sie Glück hatten, kam die Sonne ein bisschen zum Vorschein. Man könnte vom Frühling träumen. Doreen lächelte.

Vom Frühling.

Schon das Wort munterte sie auf. Allmählich kam ihr Kreislauf auf Touren wie ein rostiges Kinderkarussell, das sich gemächlich zu drehen begann. Sie sortierte den Inhalt ihrer Umhängetasche und kontrollierte, ob die wesentlichen Dinge an Ort und Stelle waren.

Anrufbeantworter an. Und auf ging's in die Bahnhofsstraße. Norbert würde garantiert schon vor ihr da sein.

Doreen zog ihre Wollhandschuhe von den klammen Fingern und rieb noch einmal über die Reste der klebrigen Fettcreme im Gesicht, bevor sie die Haustür öffnete. Im Treppenhaus wurde es von Stockwerk zu Stockwerk ein bisschen wärmer. Sie drückte auf den Knopf der Sprechanlage und öffnete, als kein Summer ertönte, die Tür mit ihrem Schlüssel.

Norbert war nicht im Zimmer. Doreen drehte den Kopf von einer Seite zur anderen. Das Licht brannte, seine wattierte Jacke hing am Haken, sein Opel Kadett hatte vor der Tür gestanden.

Eine halb volle Kanne Kaffee stand auf der Warmhalteplatte. Ein Ächzen drang unter Norberts altem Schreibtisch hervor und Doreen beugte sich nach vorn, um unter das Eichenmonstrum schauen zu können. Da kniete ihr Detektivpartner und fummelte an den Steckdosenleisten herum. Vorsichtig robbte er auf Knien rückwärts und Doreen musste unwillkürlich grinsen, als er sich den zu zeitig erhobenen Hinterkopf an der Tischkante anstieß. Schnell wendete sie sich ab, und begann ihren Mantel aufzuknöpfen.

»Die Stecker vom Computer waren irgendwie lose.«

Sie konnte hören, wie er mit Papier raschelte und schnaufte wie ein alter Hund, der zu schnell gelaufen war. »Willst du schnell noch einen Kaffee trinken?« Seine Stimme kam näher. Doreen hängte ihren Mantel an die Hakenleiste und drehte sich um.

Es sah aus, als denke Norbert angestrengt über etwas nach. Wo der blaue Schal gestern Nachmittag gewesen sei, zum

Beispiel. Früh hatte sie ihn noch umgehabt, dann nicht mehr. Heute war er plötzlich wieder da.

»Schnell noch einen Kaffee?« Doreen sprach rascher als sonst. Sie blickte demonstrativ zur Uhr und verfolgte, wie die Gegenwart in Norberts Augen zurückkehrte. »Wir haben noch zehn Minuten. Trinkst du eine Tasse mit?« Geschäftig hantierte sie mit Kanne und Kaffeesahne. Ihr linker Mundwinkel wanderte zwei Millimeter nach oben und die Haut am Halsansatz färbte sich zartrosa, ohne, dass sie es merkte.

Doreen balancierte die Tassen auf ihre Seite des Schreibtisches und setzte sie vorsichtig ab.

»Was ist das?« Das graue Kästchen hatte vorn mehrere kleine Lämpchen und an der Seitenfläche einen Knopf. Kabel und Stecker lagen vor Norbert auf der Tischplatte. Sie schob seine Tasse zu ihm hinüber.

»Das Modem.« Er legte es neben die Kabel. »Es scheint nicht richtig zu funktionieren.« Zeige- und Mittelfinger krümmten sich um den Henkel der Tasse, er trank und sah dann zur Uhr. »Fünf vor sechs. Wir müssen los.«

Sie hatten beschlossen, ihr ›Opfer‹ die ersten ein- bis zwei Stunden gemeinsam zu observieren. In der Zeit konnten sie die Pläne für die nächsten Tage abstimmen. Je nach Thomas Bäumers Aktivitäten würde dann einer von ihnen die Beschattung fortsetzen und der andere zurück ins Büro gehen. Wem welche Aufgabe zufiel, hatten sie noch nicht besprochen.

Doreen trat von einem Fuß auf den anderen, während Norbert mit dem Autoschlüssel herumwurstelte. Er stieg ein und öffnete ihr die Beifahrertür. Hustend und röchelnd erwachte der betagte Motor zum Leben. Die Heizung hatte vergessen, dass sie heute schon einmal gearbeitet hatte. Polarluft fauchte aus den Lüftungsschlitzen. Gut, dass der blaue Schal so lang war. Doreen wickelte ihn im Hinsetzen ein drittes Mal um ihren Hals.

Sie konnte ›Bärentatze‹ sehen, wie er ihr die Tür des Büros geöffnet hatte. Sein Blick war an ihr heruntergewandert. Die Azuraugen brannten überall dort, wo sie länger verweilten, kleine Löcher in ihren Mantel.

»Kommen Sie doch einen Moment herein.« Er hatte ihr die Tür aufgehalten und sie berührte beim Hindurchschlüpfen flüchtig seinen Oberarm.

»Bei dieser Kälte brauche ich meinen Schal wirklich.« Sie war auf den zerkratzten Tisch zugesteuert. Der kleine Ofen in der Ecke hatte glühende Wellen in den Raum gestrahlt und Doreens Wangen röteten sich in Sekundenschnelle.

»Das glaube ich gern.« Hartmut Röthig betrachtete sie abwägend. »Ihre zarte Haut muss gut behütet werden.«

Flirtete er etwa mit ihr? Das Purpur wanderte über Doreens Hals nach unten und erhitzte die weiche Haut ihrer Brust. Sie steckte ihre wollenen Handschuhe in die rechte Manteltasche, öffnete dessen oberste Knöpfe und setzte sich mit geradem Rücken auf die Stuhlkante, die Hände brav im Schoß gefaltet, die Augen niedergeschlagen.

»Möchten Sie einen Kaffee?«

Doreen hatte vorsichtig den Blick gehoben. Schon wieder Kaffee. Am Morgen zu Hause zwei Tassen zum Wachwerden, vormittags im Büro zwei Tassen, vor einer Stunde noch einmal zwei Tassen Kaffee, dazu der vertrocknete Quarkkuchen. Irgendwann würde ihr die braune Brühe zu den Ohren herauskommen.

»Ich trinke gern eine Tasse mit.« Aber *sicher* würde sie mit ›Bärentatze-Azurauge‹ – *sie sollte sich mit sich selbst auf eine Bezeichnung einigen* – Kaffee trinken. Und ein bisschen plaudern, ganz unverfänglich.

»Entschuldigen Sie die angeschlagenen Tassen, aber das ist hier eher eine Baustelle als ein Firmenbüro. Milch?« Er kam mit zwei Henkelbechern, auf denen das kleine Arschloch abgebildet war, zurück.

Wie prosaisch! Doreen hatte sich gefragt, was sie hier eigentlich tat. Es mussten ihre Neandertaler-Gene sein, die sie diesen Mann attraktiv finden ließen. Einen Bauarbeiter!

»Oh, die Tassen.« Er lachte. Laut und polternd. »Ich mag die Comics von Walter Moers.«

Einen *Firmenchef,* korrigierte sie sich. Vielleicht hatte er in seinem Leben außer der Bild- Zeitung doch schon andere ›Literatur‹ gelesen. Das könnte man herausfinden.

Er schob die Kaffeesahne über den Tisch zu ihr. »Wussten Sie, dass die Figuren von Käpt'n Blaubär auch von Walter Moers stammen?«

Käpt'n Blaubär? Doreen runzelte die Stirn. »Ist das nicht eine Kindersendung?« Hatte er Kinder? Eine Frau?

»Genau. Ich sehe, Sie kennen sich aus.« Er lachte sein dröhnendes Lachen und wurde dann schlagartig wieder ernst. »Frau Graichen.« Kleine Pause, in der er ihr mit seinen ›der-ganze-Himmel-Flanderns-Augen‹ in die Seele schaute. »Doreen.«

Woher wusste er ihren Vornamen? Ihr Mund öffnete und schloss sich kurz.

»*Darf* ich Doreen sagen? Ich bin Hartmut.« Er hielt ihr die Hand hin.

Doreen war überrascht gewesen, wie sanft er zudrückte. Gar nicht wie ein Bär. Schnell hatte sie ihre rechte Hand zurückgezogen, die Hände im Schoß gefaltet, damit ihr Gegenüber das Zittern nicht bemerkte und nach unten geschaut. Was nun? In ihren Konzepten schlugen immer die Männer eine Verabredung vor, die Frau zierte sich stets ein bisschen und willigte dann ein.

›Bärentatze‹ schwieg.

Ihr Blick glitt wie zufällig durch das unromantische Büro, hangelte sich von Wand zu Wand, rutschte über die Kratzer auf der Tischplatte, heftete sich an die Comictasse gegenüber und kletterte daran hoch. Hopste dann zum Brustkorb des schweigenden Mannes und ruckte Zentimeter für Zentimeter nach oben.

Braun traf auf Blau. Braun erschrak sich und flüchtete sofort zurück auf die Tischplatte. Das war ja, als sei man wieder vierzehn!

»Wir könnten uns einen Film mit Käpt'n Blaubär im Kino ansehen.«

Doreen schloss ihren Mund wieder und verschluckte die Einladung zum gemeinsamen Abendessen, die gerade herausgewollt hatte. Meinte er das *ernst*? Sie ließ ihre Augen zu seinen zurückkehren. Er *meinte* es ernst. Geschickt eingefädelt. Wenn sie nicht anbiss, konnte er es immer noch als Spaß abtun.

»Käpt'n Blaubär.« Ihre Stimme hörte sich tiefer an, als beim vorhergehenden Satz.

»Gern auch einen anderen Film.« Jetzt lächelte er, ein wenig wie ein Wolf. Seine Zähne waren ebenmäßig und gerade. »Was bevorzugst denn du?«

Dieses ›Du‹ drängelte sich spiralförmig in Doreens Unterleib und krabbelte dort herum. Liebesfilme? Das konnte sie auf gar keinen Fall zugeben. Schnulzen mit Herzschmerz, wo sie sich die Augen aus dem Kopf heulte und hinterher aussah, wie die Überlebende eines Flugzeugabsturzes? Auf – gar – keinen – Fall.

»Irgendwas Spannendes.« Sie gab das Wolfslächeln zurück. Einen aufregenden Thriller, wo die Handlung beunruhigender war, als die Person, die neben einem saß. Danach ging man noch nett etwas essen – *nur nicht zu deinem und Norberts Lieblingsitaliener* – und dann begaben sich die zwei flüchtigen Bekannten jeder zu sich nach Hause. Gut. Doreen wackelte mit den Fingern der Linken, um Norberts Bild zu vertreiben. Sein Hundeblick hatte hier nichts zu suchen.

»Prima. Ich mag spannende Filme auch.« Der Wolf bleckte noch einmal die Zähne. Rotkäppchen hatte ein kleines bisschen Angst vor ihm, aber es war eine betörende Angst.

»Also«, er hatte sich auffordernd erhoben, »ich kümmere mich um das aktuelle Kinoprogramm. Dann rufe ich dich an und wir machen einen Termin aus. O.K.?«

»Gut. Äh ...« Doreen hatte sich auch erhoben. Das ›Du‹ prickelte noch immer in ihren Eingeweiden. »...Ich gebe dir meine Handynummer.« Norbert musste nicht auch noch unnötig aufgeregt werden, wenn ›Herr Röthig‹ im Büro anrief und ausdrücklich *sie* sprechen wollte.

Doreen erschauerte, als Norberts Stimme überraschend dicht neben ihrem Ohr ertönte.

»Wir sind gleich da.« Er kurbelte das Fenster einen Spalt herunter und warf die bis auf den Filter gerauchte Zigarette hinaus. »Bist du noch müde oder hast du keine Lust zu reden?« Er hatte bei seinem Kampf mit dem morgendlichen Chaos auf den glatten Straßen gar nicht bemerkt, wie weit weg sie gewesen war.

»Ich bin noch müde.« Sie lächelte abwesend. Ihr Herz galoppierte.

»Hoffentlich ist er noch nicht aufgebrochen. Wir sind fünf Minuten zu spät dran.« Norbert bremste, blinkte rechts und beobachtete im Rückspiegel die herannahenden Autos. Dann fuhr er rückwärts in die Parklücke ein paar Meter vor Thomas Bäumers Haus.

8

Für die wenigen Leute auf der Straße sah es aus, als renne die Person durch Neuplanitz, so schnell eilte sie vorwärts, aber es interessierte die Leute auch nicht sonderlich, wohin eine kleine Frau mit fettig wirkenden Haaren um die dreißig wollte. Jeder hatte mit sich selbst zu tun. Der Feierabend war nah und sie wollten ihre Besorgungen erledigen, um dann in ihre geheizten Wohnungen zurückzukehren, die unförmige Winterkleidung auszuziehen und es sich gemütlich zu machen.

Die Straßenlaternen füllten die Eisluft mit diffusen gelborangen Schwebteilchen.

Agnes hetzte von Lichtinsel zu Lichtinsel.

Dort war die Tochter gestern entlang geradelt. Hier *durfte* sie fahren, es gab einen Radweg. Ihr Blick fiel auf die zinnoberroten Pflastersteine. Sie schwenkte nach links und verließ den asphaltierten Bürgersteig. An der nächsten Ecke begannen die Schrebergärten. Nahe an den Neubauten, damit die Bewohner keine weiten Wege zurücklegen mussten. Die Gartensiedlung war groß, umfasste Hunderte von Parzellen, zwischen ihnen befestigte Wege. Sie kreuzten sich, trennten sich wieder, führten in alle Richtungen, es gab mehrere »Ein- und Ausgänge.«

Die kaltherzigen Hochhäuser blieben zurück. Hochmütig blickten ihre gleichförmig erleuchteten Fenster auf die sich stetig entfernende Frau.

Agnes blieb mit der Fußspitze an einem Stein hängen und strauchelte. Mit nach vorn gestreckten Armen fing sie sich an einem Zaun ab und sah sich um. Sie konnte den Weg nicht richtig erkennen. Laternen gab es in der Gartensiedlung nicht. Ihre Augen versuchten vergebens, die Finsternis weiter als ein paar Meter zu durchdringen. Hinter den Wacholderhecken schüttelten Obstbäume beschwörend ihre kahlen Äste. Ein einsamer Vogel rief ihr zu, sie solle verschwinden. Es roch nach moderndem Laub und Fäulnis.

Hier sollte ihre Tochter entlanggefahren sein? Sie konnte das nicht glauben. Aber die Polizei hatte gesagt, sie sei hier zuletzt gesehen worden. Von wem eigentlich?

Agnes öffnete die sorgfältig beschrifteten inneren Schubfächer, suchte und forschte in allen Winkeln ihres Gedächtnisses, konnte aber kein Fach finden, in dem eine Information dazu gespeichert war.

Dafür sprang die Schublade mit der Fernsehaufzeichnung auf. Der eingefrorene Beamte mit dem Zeigestab erwachte und begann zuerst im Zeitlupentempo, dann immer schneller zu reden. Er deutete auf die Gartensiedlung. »Hier wurde sie zuletzt gesehen. Dann verliert sich ihre Spur. Auch das Fahrrad ist bisher nicht gefunden worden.«

Wo mochte dieses beschissene Fahrrad sein? Sie hatte keine Ahnung. Die Beamten hatten die Gartensiedlung durchgekämmt, sie hätten es finden müssen.

Irgendeiner von diesen Halbstarken, die hier oft herumlungerten, Bier aus Büchsen tranken und Leute anpöbelten, musste es gestohlen haben. Ihre Tochter vergaß dauernd, es anzuketten.

Nach dem Beamten hatte sie selbst direkt in die Kamera gesprochen und sich an den Entführer gewandt. »Bitte geben Sie mir meine Tochter wieder.«

Nun würde der Kidnapper reagieren. Agnes war sich sicher. Vielleicht stellte er eine Lösegeldforderung. Man würde irgendwo Geld auftreiben müssen. Man konnte schon im Vorfeld mit der Bank sprechen und sondieren, ob es in einem solchen Ausnahmefall einen Kredit gab.

Sie setzte sich wieder in Bewegung. Die Tochter war nie bei der Schulfreundin angekommen. Sie hatte nur diese eine Freundin. Die altmodische kleine Sarah, ein genauso ernsthaftes Ding wie Josephine selbst. Agnes hatte immer ein wachsames Auge darauf gehabt, mit wem ihre Tochter Umgang hatte. Wie schnell konnte ein Kind mit seiner unzureichenden Lebenserfahrung heutzutage in falsche Gesellschaft geraten!

Vorsichtig trippelte die Mutter über den unebenen Weg, den Blick nach unten gerichtet. Sie zog und zerrte an den Fragmenten ihrer Erinnerung.

Gestern Nachmittag.

Josephine hatte sich gegen vierzehn Uhr von ihr verabschiedet. Sie wollte mit dem Fahrrad zu Sarah, es würde noch mindestens zwei Stunden hell sein. Etwas für morgen ausarbeiten, *für die Schule,* hatte die Tochter ihr gesagt. Es war immer gut, wenn Kinder von allein lernen oder etwas vorbereiten wollten und deshalb hatte sie Josephine nach Mittagessen und gemeinsamem Abwasch gehen lassen. Spätestens um sechzehn Uhr sollte sie zurückkehren, es gab noch einiges in der Wohnung zu tun. Ihre Tochter verspätete sich fast nie.

Die ›altmodische kleine Sarah‹ wohnte sehr idyllisch in einem Einfamilienhaus mit gepflegtem Garten hinter den Schrebergärten, dicht am Wald. Der Weg durch die Gartenanlage war der kürzeste.

Agnes stolperte über eine Wurzel. Es kam ihr vor, als sei sie erblindet. Ihre Augen konnten die Finsternis nicht durchdringen. Stattdessen hatte sie das Gefühl, die Schwärze dränge in ihren Kopf ein, breite sich wie die lautlos herannahende Flut an der Nordsee in ihrem Gehirn aus und lösche all ihre Gedanken bis nur noch Dunkelheit übrig blieb. Eine leere, tote Hülle.

Das war die Strafe dafür, dass sie eine schlechte Mutter gewesen war.

Im nahe gelegenen Waldstück schrie ein Käuzchen. Totenvogel.

Wurde es nicht so genannt? Wenn das Käuzchen rief, musste jemand sterben. So hatte sie es gehört. Ein Zittern überlief ihren Körper und sie biss die Zähne fest zusammen, damit sie nicht aufeinander klapperten. Irgendetwas musste man doch tun können. Nachforschen, mit Leuten reden. Sie musste herausfinden, wer ihr Kind hier, inmitten dieser abgestorbenen Pflanzen, umgeben von faulenden Komposthaufen und verrottendem Laub zuletzt gesehen hatte. Sie musste mit dieser Person sprechen. Die Polizei würde ihr sicher behilflich sein, sie konnten doch einer verzweifelten Mutter diese Information nicht vorenthalten. Ihr erhobener Fuß verharrte regungslos in der Luft.

Die rastlose Mutter musste sich nun auf den Rückweg machen. Sie hatte keine Ahnung, wie spät es jetzt war. Die Beamten hatten heute Nachmittag vorbeikommen wollen, vielleicht waren sie jetzt schon in der Wohnung und redeten mit Ralf. Ralf, der nichts wusste. Er war gestern nach dem Mittag zu seinen Eltern gefahren, besuchte sie regelmäßig. Sie mochten Agnes nicht besonders und sie war froh, nicht mitgehen zu müssen. Am zeitigen Abend erst war er wiedergekommen. Da war Josephine schon seit Stunden verschwunden.

Er hatte vorgeschlagen, die Polizei zu informieren. Suchtrupps waren unterwegs, befragten die Nachbarn und durchsuchten die Gartensiedlung, durchkämmten das Waldgebiet. Hubschrauber überflogen die Gegend, Wärmebildkameras nahmen den Boden auf. Ein Menschenkörper strahlte Hitze ab, auch noch lange nach dem Tod. Im Winter, wenn die Umgebung eine weitaus niedrigere Temperatur als die Lebewesen hatte, war der Einsatz solcher Geräte angebracht. Hundeführer dirigierten ihre Tiere durch Gärten und Wäldchen.

Sie hatten nichts gefunden, keine Spur. Gleich am nächsten Morgen wurde das Fernsehinterview aufgezeichnet.

Sie reagierten schnell, wenn so ein kleines Mädchen verschwand. Ein Verbrechen konnte nicht ausgeschlossen werden. Dass die Mutter an eine Entführung glaubte, hatten sie zur Kenntnis genommen. Agnes war sich nicht sicher, ob sie ihr diese Idee nur zum Trost gelassen hatten. Trotzdem durfte sie in der Sendung an den Unbekannten appellieren, er möge ihr die Tochter zurückgeben. Das alles hatte sich gestern abgespielt, vor vierundzwanzig Stunden. Es kam ihr vor, als seien inzwischen Jahre vergangen.

Agnes dachte an das Käuzchen. Warum mochte es gerufen haben? Und wo war es jetzt? Saß es eingekuschelt in seinem behaglichen Nest, ruhig und friedlich? Oder hatte es gerade einem kleinen Säugetier den Garaus gemacht, seine spitzen Krallen in das warme Fleisch geschlagen, riss mit dem Dolchschnabel Fetzen aus dem lebenden, leise wimmernden Tier? Sie schauderte und lief schneller in Richtung Licht. Ihre Gedanken verknoteten sich und bildeten unentwirrbare Knäuel von verschiedenen Strukturen und Farben. Nirgends war ein Fädchen zu sehen, an dem man ziehen konnte, um die Knoten zu entwirren.

Die Scharniere des angerosteten Eisentors am Eingang der Gartensiedlung quietschten protestierend. Das Schloss war von Halbstarken schon vor Jahren zerstört worden. Eisig brannte die metallene Klinke in Agnes' Hand und sie beeilte sich, die froststarren Finger zurück in die Jackentasche zu zwängen. Sie trafen auf ein längliches Etui und tasteten darüber. Die abgestorbenen Fingerspitzen konnten die Oberflächenbeschaffenheit des Kästchens nicht fühlen. Sie blieb stehen und zerrte wütend an dem Gegenstand. Widerspenstige Dinge brachten sie zur Weißglut. Ihr Terminplaner fiel auf den gefrorenen Boden.

Wie er neben den Schlüsselbund in die Tasche gekommen war, wusste sie nicht mehr. Da lag das kleine, braun glänzende Ding. Der lederne Umschlag reflektierte schwach das weit entfernte fahlgelbe Licht der Straßenlampen. Vielleicht würde es helfen, wenn sie sich ein paar Gedanken notierte. So konfus konnte es nicht weitergehen.

Agnes bückte sich nach ihrem Notizbuch. Rote Lichtpünktchen tanzten wie Rubinglühwürmchen vor ihren Augen. Sie richtete sich auf, unterdrückte die nach oben wallende Übelkeit und fixierte eine hölzerne Parkbank am Rande der Schrebergärten, die der Sommer vergessen hatte, mitzunehmen.

Vielleicht fiele ihr etwas ein, man müsste nur einmal zur Ruhe kommen, nachdenken, einen klaren Kopf bekommen, die Gedanken aufschreiben. Das, was sie morgen nacheinander zu tun hatte.

Sie setzte sich schwerfällig auf die betagte Bank. Die Bretter der Lehne drückten auf das Rückgrat. Ihre Finger schienen die einer Neunzigjährigen zu sein, so widerwillig bewegten sie sich. Der Kugelschreiber war auch neunzig, seine Tinte schon zu einer Paste erstarrt. Agnes versuchte ihm Leben einzuhauchen. Sie hatte Durst.

Plötzlich kritzelte der Stift, zwischendurch immer aussetzend, doch noch das, was sie ihm befahl. Es war auch egal, wie der Zettel hinterher aussah. Das war nur für sie, als Gedächtnisstütze.

›Fahrrad‹ schrieb sie.

Und ›Wer hat sie zuletzt gesehen‹.

Dazu ›Wann war das‹.

Der Stift verharrte 20 Zentimeter über dem Blatt. Agnes hob den Kopf und schaute regungslos geradeaus. Sie spürte nichts. Weder fühlte sie die Kälte, die von der klammen Holzbank durch ihren Anorak kroch, noch hörte sie das Käuzchen, das wieder klagend zu rufen begonnen hatte, noch drang der Geruch modernder Pflanzenreste bis in ihr Bewusstsein vor.

Eine Lösung.

Sie würde eine Lösung finden.

Schließlich schrieb sie noch die Worte ›Entführer‹, ›Lösegeld‹ und ›Bankkredit‹ auf das Blatt, dann stierte sie wieder blicklos auf die fernen Lichter der Hochhäuser.

Bleich und kalt sah der halbe Mond auf die zusammengekauerte Frau herab.

9

»Glaubst du, er kommt bald?« Doreen beugte sich nach hinten und griff nach ihren Handschuhen, die auf der Rückbank herumlungerten. Sie waren genauso kalt wie ihre Finger, die gespeicherte Wärme von vor einer halben Stunde längst verflogen. Nun würde es ewig dauern, bis wieder Leben in die gefühllosen Hände kam. Sie hätte die Handschuhe gar nicht ausziehen sollen, oder gleich die Fäustlinge nehmen.

»Mach dir warme Gedanken.« Norbert hatte ihre Überlegungen erraten.

»Was stellst du dir darunter vor?« Sie beobachtete, wie er versuchte, eine Zigarette aus der zerdrückten Packung zu fummeln. Auch *seine* Finger waren scheinbar nicht durch ›warme Gedanken‹ erhitzt.

»Das ist doch nur eine Floskel, Geschwätz.« Er platzierte den Glimmstängel im linken Mundwinkel und suchte im Handschuhfach nach dem Feuerzeug.

»Geschwätz. Soso.« Doreen wollte eine Antwort. Was stellte sich ein Mann vor, wenn er von warmen Gedanken sprach? *Sie* hatte konkrete Bilder dazu im Kopf, aber welcher innere Film lief bei Norbert ab? »Raus mit der Sprache.«

Er schnippte am Feuerzeug. Es war auch erfroren. Alles war zu glitzerndem Eis erstarrt. Norbert probierte es wieder und wieder. Doreen hatte das Gefühl, er zöge das Ganze in die Länge, um in Ruhe nach einer unverfänglichen Antwort suchen zu können.

Dann wagte sich ein verlegenes ›Norbert-Lächeln‹ hervor und zog sich schuldbewusst gleich wieder zurück. »Ich sehe einen Menschen, der sich an ein Lamm kuschelt. Oder an eine Lammwolldecke, in der Nähe eines Kamins mit prasselnden Holzscheiten.« Das Lächeln kam wieder, frecher diesmal. Er schielte zu ihr hinüber.

Doreen lächelte auch. »Ein Lämmchen am Kamin, aha.« Sie puffte ihn am Oberarm. »Ein in ein Lammfell eingehülltes Lämmchen. So eine Art Brudermörder, sitzt eingehüllt in die Haut seines Verwandten am Feuer. Das sind also die ›warmen Gedanken‹ eines Chefdetektivs.« Klimpernd stieß ihr Kichern in schimmernden Lachperlen an die milchigweißen Glasscheiben, verzwirbelte sich mit dem polternden Gelächter Norberts und kullerte am Glas herunter.

Es würde wohl ein Geheimnis bleiben, was Männer dachten, wenn sie sich warme Gedanken machten, aber Doreen konnte sich einen Großteil davon trotzdem vorstellen. Ein Lämmchen war garantiert nicht dabei.

»Machen wir für zehn Minuten den Motor an, die Scheiben enteisen.« Die Kippe wippte bei jedem Wort Norberts auf und ab. Manchmal hing sie scheinbar nur an einem winzigen Stück Lippe. Dass sie ihm beim Sprechen nicht aus dem Mund fiel, war noch so ein ungelöstes Rätsel. Es gab mehr als sieben Welträtsel.

Er drehte den Zündschlüssel und der Motor begann mit seinem asthmatischen Röcheln. »Ich geh mal raus gucken, ob man die Qualmschwaden aus dem Auspuff von vorne sehen kann.«

Ein Eishauch berührte Doreens linke Wange, als er die Fahrertür öffnete. Sie war ihm dankbar, dass er seine stinkende Zigarette außerhalb des Wagens zu Ende rauchen würde.

Mit einem blechernen Schnappen schloss sich die Tür. Norbert stapfte davon, die Hände in den Manteltaschen, den Kopf zwischen die Schultern gezogen, das bärtige Kinn im Kragen vergraben.

Warme Gedanken ...
Doreen lächelte. Ihr fielen da ganz andere Sachen als dem Meisterdetektiv ein. Ein Firmenchef mit Azuraugen zum Beispiel. Ein dunkles Kino, zwei Menschen in den hinteren Rängen, dicht beieinander. Starr geradeaus schauten sie, wagten es nicht, sich anzusehen. Dann kroch der muskulöse Arm des Mannes schlangengleich auf der Rückenlehne um die Schultern der Frau. Eine ›Bärentatze‹ landete sanft auf ihrem Oberarm und blieb da liegen, strahlte Hitze ab, die durch die Jacke der Frau drang. Doreen konnte die Hitze fühlen. Ein glühender Hauch. Die Glut drang in ihren Brustkorb ein und wanderte in Richtung Magen, vom Magen nach unten, loderte dort.

Die beiden Kinobesucher schauten immer noch unbeweglich geradeaus. Ihre Herzen hämmerten. Jetzt drückte der Mann ganz sacht den Oberarm der Frau, so dass sie sich ihm zuwandte. Er neigte den Kopf zu ihr. Seine Lippen kamen ihr in Zeitlupe näher. Gleich würde sein warmer Mund den der Frau berühren.

Gleich – Sie hatte zu viele kitschige Filme gesehen. So war es nie. Wenn es doch nur einmal so wäre!

Ihr wurde wärmer. Das konnte auch an der Autoheizung liegen, die allmählich auf Touren kam. Oder an ihren ›warmen Gedanken‹. Doreen schaute in die Dunkelheit hinaus. Norbert trampelte unter einer Straßenlaterne wie ein verschmähter Liebhaber, der versetzt worden war, auf und ab. Sie sah, wie er die Kippe im Gehen vor sich auf den Boden warf und dann mit dem übernächsten Schritt austrat. Danach öffnete er die Fahrertür und ließ sich auf den Sitz plumpsen. Seine Nase und die zerknitterte Haut unter den Murmelaugen waren scharlachrot.

»Du musst eine Fettcreme benutzen, diese kalte Eisluft ist Gift für die Haut.« Doreen kramte in ihrer Handtasche und zog ein kleines rundes Glasdöschen hervor. »Hier – keine Chemie.« Sie hielt ihm die Dose auf der ausgestreckten Handfläche hin.

»Das brauche ich nicht. Echte Männer trotzen der Kälte auch so.« Er hielt seine Hände vor die Lüftungsschlitze, aus denen inzwischen richtig warme Luft strömte. »Weiberkram, dieses Cremezeugs. Was soll das meiner verbrauchten Haut noch nützen, hm?« Sein Blick traf auf ihr Gesicht. »Du bist aber auch nicht gerade blass!«

Doreen klappte die Sonnenblende herunter, sah in den staubigen Spiegel und versuchte im dunklen Wageninnern etwas zu erkennen. Er hatte Recht. Fiebrig purpurn leuchteten ihre Wangen. *Warme Gedanken.* »Das kommt von der Autoheizung. Da werden Staubteilchen erwärmt und ins Wageninnere geblasen. Dagegen bin ich allergisch.«

Norbert schluckte die Erklärung kommentarlos.

Am Ende der Straße hatte sich die Schwärze über den Hausdächern dunkelblau gefärbt. Binnen kurzem würde das Ultramarin sich in immer heller werdendes Glasflaschengrün und dann in Pastellgelb verwandeln. Bald würde die Sonne mit kristallenen Lichtfingern durch die arktische Luft zeigen.

»Da!« Norbert flüsterte, obwohl Thomas Bäumer, der in diesem Moment aus der Haustür trat, ihn nicht hören konnte. Von seinem Gesicht waren nur die Augen und die Schweinenase zu sehen, alles andere wurde von einem mächtigen schwarzen Wollschal verdeckt. Eine gute Tarnung. Man musste schon genau hinschauen, um zu erkennen, wer sich hinter den Kleidungsschichten verbarg.

Dreiviertel sieben. Wohin mochte der kranke Bauarbeiter um diese Zeit wollen? Die Geschäfte hatten noch geschlossen.

»Gurte dich an. Gleich geht's los.« Der Motor lief noch und Norbert legte startbereit die Hände aufs Lenkrad. »Dann wollen wir doch mal sehn, wo unser Freund jetzt hinfährt.«

Sein Blick folgte dem unscheinbaren, Dampfwolken ausstoßenden Mann zu dessen Moped.

»Ob das der Genesung zuträglich ist, bei minus zehn Grad mit dem Motorrad draußen herumzufahren?« Die gen Himmel zeigende Nase Bäumers erinnerte Doreen daran, dass sie ihn auf dem Foto arrogant gefunden hatte. Es mochte ein Vorurteil sein. Sie kannte ihn ja gar nicht.

Der vermummte Mann versuchte, die Maschine zu starten. Hustend erwachte sie zum Leben. Das geschwächte Knattern des Auspuffs war im Innern des Opels nur gedämpft zu hören. Schwerfällig schwang Thomas Bäumer sein rechtes Bein über den Sitz und rutschte dann noch zweimal hin und her, bis er den richtigen Platz gefunden hatte. Moped und Auto setzten sich zeitgleich in Bewegung.

Norbert blinkte und bog von der Oberhohndorfer Straße den Rücklichtern des Mopeds folgend nach rechts ab. Es ging steil den Berg hinauf. Die Straßen waren trotz der Trockenheit glatt. »Mach schon mal den Fotoapparat startklar, Doreen. Herr Bäumer will hier anhalten.« Seine rechte Hand löste sich vom Lenkrad und zeigte über die Schulter. »Das Ding liegt auf dem Rücksitz.«

Sie drehte den Oberkörper nach links und versuchte, das schwarze Lederetui von der Bank zu angeln. »Denkst du, er malocht auf einer privaten Baustelle, nicht mal zehn Kilometer von seiner Firma entfernt? Reichlich unverfroren!«

»Nun, zumindest hat er hier was zu erledigen. Wir werden gleich sehen, was es ist.« Norbert bremste sacht, fuhr an den Straßenrand und hielt mit laufendem Motor. »Kamera startklar?« Doreen nickte und polierte behutsam das gläserne Auge.

»Gut. Mein Vorschlag: Wir fahren im Schritttempo an dem Haus vorbei. Du schießt ein paar Bilder. Mit seinem Moped vor der Tür. Wenn das große Messingschild neben dem Tor deutlich mit drauf ist, noch besser. Sonst versuche ich es nachher zu Fuß.« Das Auto setzte sich wieder in Bewegung, Doreen richtete die Kamera auf die Grundstückseinfahrt und drückte mehrmals schnell auf den Auslöser. Summend erschienen die schwarz glänzenden Papierrechtecke in der Box unter dem Sucher.

Das große Einfamilienhaus war eingerüstet. Ein Betonmischer neben der Eingangstür, der Garten noch unfertig, ohne Pflanzen, die Erde zertrampelt. Hier wurde gebaut. Und auf dem Baugerüst war Schnösel Bäumer herumgeturnt, der arme, kranke Thomas-Schweinenase-Bäumer. Urplötzlich gesundet und wohlauf schleuderte er eifrig gelblichen Rauputz an die Außenmauern.

»Na bestens.« Norbert hatte gewendet und hielt in sicherer Entfernung vom Haus. »Das wäre dann geklärt.« Er zog die letzte Zigarette aus der Schachtel und zerdrückte das papierne Päckchen. »Ich brauche Nachschub.« Er sah ihr einen winzigen Moment zu lang in die Augen.

»Doreen.« Seine Rechte nahm wie durch Zufall sanft auf ihrem Oberschenkel Platz.

Jetzt ging das wieder los.

»Mein Vorschlag sieht so aus.« Die Hand erhob sich wie ein startender Vogel von dem bequemen Plätzchen auf ihrem Bein und der ausgestreckte Zeigefinger deutete nach oben.

»Du machst die erste Schicht.« Er wartete einen Augenblick, ob sie maulen würde. Als keine Antwort kam, fuhr er fort. »Ich laufe bis zum Globus-Einkaufscenter und fahre mit der Straßenbahn ins Büro. Wie lange hältst du hier durch?«

»Gegenfrage: Wann kannst du denn wieder hier sein? Und was hast du alles zu erledigen?«

»Zuerst werde ich den Computer fertig verkabeln und testen, ob alles funktioniert.«

»Gut. Und dann?« Wenn er glaubte, dass sie seinen Ichhabe-etwas-ausgefressen-Blick nicht gesehen hatte, so war das ein Irrtum.

»Na ja.« Seine Zigarette glühte zweimal hintereinander hell auf.

»Raus mit der Sprache! Du hast doch noch was anderes vor!« Doreen wandte sich ihm zu und versuchte, hinter die undurchdringliche Maske zu spähen.

»Also gut. Ich muss es dir ja doch sagen. Gestern, im Büro, warst du nicht gerade begeistert von der Idee.« Die Worte kamen jetzt hervorgesprudelt, damit sie keine Gelegenheit hatte, ihn zu unterbrechen. »Ich möchte die Eltern des vermissten Mädchens aufsuchen und meine Hilfe anbieten. Vielleicht kann ich sie unterstützen, irgendetwas Nützliches tun.« Der Fluss der Worte versiegte. Norberts Murmelaugen bettelten um Verständnis.

»Aha.« Ihre Stimme war leise, resigniert. Sie würde ihn nicht davon abbringen können. »Weißt du denn, wo sie wohnen?« Doreen erwiderte seinen Blick. Auf dem Grund der wasserblauen Seen lag stählerne Entschlossenheit. »Meinetwegen. Ich werde brav hier hocken und hoffen, dass Herr Bäumer bis Mittag arbeitet. Wenn er wegfährt, fahre ich ihm nach und rufe dich im Büro an. Bleibt er hier, rufe ich nicht an, und du kommst wieder hierher.«

»Dann ziehe ich jetzt mal los.« Trotz der Unbeugsamkeit, was seine Pläne betraf, war Norbert erleichtert über ihre Nachgiebigkeit. »Lass die Heizung ruhig laufen. Es ist jetzt –« er blickte auf seine Armbanduhr – »halb acht. Ich bin spätestens halb zwölf wieder da. Ist das in Ordnung?«

»Von mir aus. Dafür habe ich aber dann heute Nachmittag ein paar Stunden für mich.«

»Abgemacht!« Er klatschte in die Hände wie ein Kind. »Bis dann Doreen. Schlaf nicht ein ...« Schon klappte die Fahrertür hinter ihm zu und Doreen rutschte auf seinen warmen Sitz hinüber. Da ging er hin, der ›Super-Kinder-Wiederfinder‹.

Sie dachte an ihr Handy. Es würde klingeln und ›Azurauge‹ würde zu ihr sprechen und einen Kinobesuch ankündigen. Als echter Gentleman hatte er die Karten schon bestellt. Es wäre gut, wenn er während Norberts Abwesenheit anrief, so bräuchte sie dessen Sezierblick nicht zu fürchten. Wieso hatte sie eigentlich dauernd das Gefühl, etwas Verbotenes zu tun? Es war doch allein ihre Entscheidung, mit wem sie sich nach der Arbeit treffen wollte. Ihr Schuldgefühl wurde trotz dieser Beteuerungen nicht geringer.

Doreen schaute dem davonwackelnden Chefdetektiv nach, dem ernsthaftesten Menschen, der ihr je begegnet war. Sie hatte ihn gern. Er war aufrichtig und unverfälscht und arglos. Er würde sich jetzt schnurstracks ins Büro begeben, den Computer prüfen und dann seiner selbst gestellten Aufgabe nachgehen. Das Verschwinden eines kleinen Mädchens war ihm nicht egal. Er konnte die Gedanken über die Eltern und die Erinnerungen an Vergangenes nicht einfach wegblenden, wie so viele andere es taten, er hatte das starke Bedürfnis, sich zu beteiligen. Diesmal konnte er vielleicht noch rechtzeitig die Zusammenhänge erkennen und ein Kind retten. Die Welt retten.

Doreen lächelte unbewusst. Sie verstand ihn, auch wenn sie gestern Unverständnis vorgetäuscht hatte. Es war richtig so. Und sie würde ihn bei der Suche unterstützen.

10

Norbert konnte das durchdringende Quietschen der Straßenbahn *sehen*. Es war zitronengelb und bohrte sich spiralförmig durch die Luft. Nebelwölkchen zerreißend nahte es und kreischte sich in seinen Gehörgang. Die Bahn kam ruckelnd vor ihm zum Halten, die Türen öffneten sich, stießen Dampf aus und zischten ihm zu, er möge einsteigen. Die wenigen Leute hatten sich gleichmäßig im Innern des Waggons verteilt. Keiner sah ihn an. Er war ein uninteressanter, durchschnittlicher Fahrgast.

Der langweilige Schmerbauch setzte sich auf einen mit abgewetztem rot-grün-karierten Plüsch bezogenen Stuhl und wandte sein Gesicht zum Fenster. Durchdringend starrten die wasserhellen Augen zurück. Die Scheibe beschlug und klärte sich im Takt seiner Atemzüge, als atme auch sie. Norbert präzisierte seinen Plan. Auf dem Glas erschienen Zahlen und Stichworte, die nur er sehen konnte. Zuerst ins Büro. Das würde nicht länger als eine halbe Stunde dauern. Er schaute auf seine Armbanduhr. Bis um neun.

Danach zu den Eltern des vermissten Mädchens. Er war unvorbereitet. Das musste auch vorher noch erledigt werden. Norbert gruppierte seine gedachte Liste auf der Scheibe um. Informationen über das verschwundene Kind und die Eltern zusammentragen. Er wusste ja nicht einmal, wo sie wohnten. Ein schöner Detektiv war er! Wollte ein vermisstes Kind suchen und finden und war sich nicht einmal im Klaren, wo die Familie wohnte. Aber zuallererst brauchte er Zigaretten. Norbert stand auf und sinnierte darüber, wie es ihm jemals gelungen war, nicht zu rauchen. Schon die Vorstellung, seine Gedanken ohne eine unterstützende Zigarette zu ordnen, kam ihm unwirklich vor. Er schaukelte hin und her, wie ein Stehaufmännchen, das man sacht angestoßen hatte. Die Straßenbahn kam schlingernd zum Halten.

Norbert schloss im Aussteigen den obersten Knopf und steuerte zielstrebig auf eine der Holzbuden zu. Sehnsüchtig betrachtete er die Streuselschnecken in der Auslage und strich sich dann wehmütig über den Bauch. Heute nicht. Er war entschieden zu fett. Am Bäckerhäuschen gab es auch ein Sortiment an Glimmstängeln.

Im Herantreten hörte Norbert seine heisere Stimme zwei Streuselschnecken bestellen. Und eine Schachtel Pall Mall. Er schämte sich ein bisschen. Aber der Duft nach Kuchen hatte ihn willenlos gemacht. Doreen brauchte das nicht zu erfahren.

Du betrügst dich selbst, sagte die Stimme in seinem Kopf. *Wolltest du nicht eben noch verzichten?*

Norbert sah in das arglose Gesicht der dick vermummten Frau, die seine Ware mit einer Holzzange vorsichtig in die Papiertüte beförderte, damit keine Streusel herunterfielen. Hatte er laut gedacht?

Im Büro drehte er die Heizung höher. Auf den Internetseiten der Freien Presse fanden sich nur spärliche Informationen zu dem vermissten Kind. Sie hieß Josephine.

In Norberts Kopf hüpften und tollten Tony Curtis und Jack Lemmon als Daphne und Josephine am Strand herum.

Die Mutter des Mädchens war auf einem Foto zu sehen. Verstört blinzelte sie in die Kamera, den Mund halb offen. ›Agnes M., Josephines Mutter, bittet im Fernsehen die Entführer, ihr Kind freizulassen‹, stand unter dem Bild. Der daneben stehende Artikel gab in knapper Form die bisher bekannten Tatsachen wieder. Keine Adresse. Norbert scrollte nach unten. Am Ende des Berichtes fand sich noch ein Bild. Aber alle Neubauten sahen schließlich gleich aus. Kaninchenställe, Intensivhaltung von Menschen, praktische Unterbringung von Arbeitern zu DDR- Zeiten.

Er dachte nach. Achtstöckige Hochhäuser und in der Nähe eine Gartensiedlung. Das gab es in Eckersbach und auch in Neuplanitz. Er konnte es sich zeitlich nicht leisten, die Straßen abzufahren und die Nachbarn abzuklappern, um herauszufinden, wo die Eltern des verschwundenen Mädchens wohnten.

Wo war eigentlich der Vater des Mädchens? Er kritzelte die Frage auf seine Schreibtischunterlage. Dann fand er, was er suchte. »Findeisenweg.« Das war in Neuplanitz. Eine Hausnummer war nicht angegeben, wohl, um die Familie vor allzu aufdringlichen Reportern zu schützen, aber das war nicht das Problem. Man konnte ein paar Leute auf der Straße oder im nächsten Geschäft fragen. Auch, wenn es in diesen Wohnsilos anonym zuging, irgendjemand würde wissen, wo sie wohnten. Schließlich war das hier kein Allerweltsereignis.

Viertel zehn. Doreen hatte ihm bis halb zwölf Zeit gegeben. Sie wartete ungern. Ihm blieben noch eineinhalb Stunden.

Im Schritttempo zuckelte Norbert durch Neuplanitz und versuchte, die Straßennamen auf den blauen Schildern zu erkennen. Hier kam er selten hin. An den Straßenrändern parkten die verschiedensten Autos. Auf ihren Scheiben glitzerten Eiskristalle silbrig, reflektierten das Sonnenlicht, funkelten wie winzige diamantene Sterne und erloschen im Vorüberfahren. Aus den Löchern der Gullydeckel quollen weiße Schwaden warmen, feuchten Dampfes hervor und zerfaserten in der Frostluft zu feinen Spinnweben, bis sie ganz verschwanden. Vereinzelte Tannenbaumleichen lagen mit gebrochenen, nackten Ästen neben den Müllcontainern. Ein einsamer Lamettafaden ließ sich vom Wind über die

Straße treiben, kraftlos sah die Sonne auf die deprimierten Betonkästen herab.

Allendestraße, Marchlewskistraße, Pestalozzistraße.

Und natürlich der Findeisenweg. Früher hatten die Straßen hier alle anders geheißen, sozialistisch, aber nach der Wende hatte man sie schnell umbenannt.

Ein Zeitungs- und Lottoladen machte mit schrillbunter Auslage auf sich aufmerksam.

Norbert bremste, nahm einen letzten Zug aus der bis auf den Filter gerauchten Zigarette und warf die Kippe aus dem Autofenster auf die Straße. Doreen hätte ihn gescholten, er sei ein Umweltsünder, aber sie war nicht hier. Er parkte seinen klapprigen Opel Kadett rückwärts vor dem Geschäft ein. Ein privater Händler. Die wussten immer am besten Bescheid, was in der Nachbarschaft geschah. Der Geschäftsinhaber brauchte nicht zu wissen, dass ein Detektiv ihn ausfragte. Vielleicht konnte man sich als neugieriger Bürger ausgeben. Norbert war kein guter Schauspieler.

Aber ›neugieriger Bürger‹, das ging gerade noch. Eine Tageszeitung könnte man kaufen, Zigaretten oder eine Tafel Schokolade, ein bisschen in einigen Zeitschriften blättern und nebenbei ins Gespräch kommen. Die Rede auf das vermisste Mädchen bringen, Nachnamen und Hausnummer erkunden.

Der Zeitungsladen hatte noch eine von den altmodischen Klingeln. Sie schepperte fröhlich, als Norbert die mit bunten Illustriertenfotos beklebte Tür öffnete. Es roch nach Kaffee und Gummibärchen. Hinter der Verkaufstheke war niemand zu sehen. Er ließ seine Augen über das Sortiment schweifen.

»Womit kann ich Ihnen dienen?« Eine herrschsüchtige Stimme quäkte sich in seine Ohren. Norbert riss seinen Blick von den Balkenüberschriften der Bildzeitung und betrachtete die zur Stimme gehörende Frau. Hoch aufgetürmte Haare, unter der glatt gekämmten dünnen Deckschicht tummelte sich heftig toupierter Fitz. Tiefe Furchen von jahrelangen Exzessen in Sonnenstudios machten ihr Gesicht zehn Jahre älter, die mit dicken schwarzen Linien umrandeten Augen blickten ärgerlich auf den Bittsteller.

Von ›Dienen‹ konnte hier keine Rede sein. *Er war der Diener und sie die Chefin.* Schneewittchens böse Stiefmutter in Blond. Norbert fürchtete sich ein bisschen vor ihr.

Im Gesicht der Hexe zog sich der Mund nach oben ohne, dass die ›Krähenfüße‹ um ihre Augen sich auch nur einen Millimeter bewegten. Das einstudierte Scheinlächeln konnte ihn nicht täuschen. Diese Frau hatte keine Lust, Kunden höflich zu beraten.

Er zauberte ein breites Lächeln in sein Gesicht und verlangte die Freie Presse. Und eine Tafel weiße Schokolade. *Für Doreen, redete er sich ein.*

Runzlige Hände schoben die gefaltete Zeitung über die Ladentheke. Im linken unteren Drittel der Seite schaute ihn das wissende Gesicht eines ernsten kleinen Mädchens an. Schüchtern stand sie neben der lächelnden Frau mit dem Pferdeschwanz. »Keine Spur von Josephine« stand unter dem Foto.

»War das nicht hier in der Nähe?« Norbert deutete auf das Bild. Der ideale Aufhänger für ein Gespräch über das vermisste Kind.

»Gleich um die Ecke.«

»Kennen Sie die Familie?«

»*Frau Möller* kauft hier nichts.« Der lachsfarben ausgemalte Mund verzog sich abschätzig. »Es ist ihr zu teuer. Sie bevorzugt den Supermarkt.«

Frau Möller. Da hatte er doch schon seine erste Information. »Das ist schrecklich. Wenn das eigene Kind vermisst wird und man nicht weiß, wo es ist.« Er durfte nicht zu offensichtlich nach den Eltern fragen. Misstrauische Leute wie sie rochen schnell Lunte.

»Hier geschieht viel. Diebstahl ist an der Tagesordnung. Bei mir wurde schon zweimal eingebrochen. Erst kurz vor Weihnachten haben sie dahinten in der Gartenanlage ...« sie hob den Arm und zeigte mit einem ihrer klauenförmigen Fingernägel nach draußen.«– ein vierzehnjähriges Mädchen vergewaltigt.«

»Hat die Polizei den Täter gefasst?«

»Was glauben Sie?« Lauernd sahen die schwarz umrandeten Augen ihn an.

»Ich hoffe es.« Norbert wusste es nicht.

»Vergessen Sie es!« Ihr Mund schnappte mit einem Geräusch zu und ging wieder auf.

»*Niemand* wird hier je gefasst. Kein Einbrecher, kein Fahrraddieb, kein Vergewaltiger. Das ist doch den Bullen egal, was hier los ist. Keiner von denen wohnt hier, keinen interessiert es. Sie fahren Streife in den Siedlungen mit den Einfamilienhäusern, wo die Leute mit Geld wohnen. Jede Stunde eine Streife.«

Ihr vorzeitig gealtertes Gesicht war hektisch gerötet. »Wen schert schon ein Zeitungsladen?«

»Das ist nicht in Ordnung. Haben Sie sich über das Verhalten der Polizei beschwert?« Was um Himmels willen sollte er auf ihre Tirade hin antworten? Sie würde stundenlang so weiterschwafeln, wenn er jetzt nicht bezahlte und ging.

»Beschwert?« Sie kreischte fragend und wurde dann wieder leiser. »Was glauben Sie, was das gebracht hat? Nichts hat es gebracht.« Die Kasse sirrte melodisch und zeigte die Summe an.

Schon im Gehen wandte er sich noch einmal zu ihr um. »Wissen Sie, in welcher Hausnummer Familie Möller wohnt?«

»In der Siebzehn. Gleich da hinten.« Wieder deutete ihr pinkfarben lackierter Fingernagel nach rechts. »Sind Sie von der Zeitung?«

»Nein.« Norbert ließ die Türglocke klingeln und eilte davon.

Sie blickte ihm nach. Er sah eigentlich auch nicht aus wie einer von der Zeitung. Eher wie einer ihrer täglichen Kunden. Irgendein uninteressanter Büroheini.

Langsam schlenderte Norbert an den immer gleich aussehenden Eingängen vorbei und speicherte die gesamte Umgebung ab. Informationen, die man später noch gebrauchen konnte.

Ein Vergewaltiger, der nie gefasst worden war.

Darüber musste er in Ruhe nachdenken.

11

Agnes kniff die Augen zu kleinen Schlitzen zusammen und fummelte, ohne hinzusehen, erfolglos mit der rechten Hand im Handschuhfach herum. Das Auto zog einen halben Meter nach links, als sie sich hinüberbeugte und einen schnellen Blick hineinwarf. Kein Brillenetui, keine Sonnenbrille.

›Zehn vor zehn‹, sagte die Stimme aus dem Autoradio. ›Nachrichten und Wetter‹.

Agnes schlug auf den Drehknopf und machte der wichtigtuerischen Stimme den Garaus. Wen interessierte das Geschwätz? Sie wusste selbst, dass ihre Tochter noch nicht wieder aufgetaucht war, dass es noch keine Spur gab, nicht vom Fahrrad, nicht vom Entführer, nicht von Josephine. Der Wagen kam ins Schlingern, als sie an der Kreuzung rechts abbog. Auf den Nebenstraßen war die nächtliche Eisschicht erhalten geblieben. Sie drosselte die Geschwindigkeit.

»Supermarkt. Einkaufen.« Agnes bemerkte nicht, dass sie die Worte laut vor sich hin sprach. Auf dem überdimensionierten Parkplatz standen nur vereinzelt Autos. Die meisten Leute kauften nachmittags oder abends ein. Sogar direkt vor dem Eingang waren noch Plätze frei. Zügig fuhr sie rückwärts in eine Nische, zurrte die Handbremse an, wühlte in ihrer Handtasche nach dem Terminplaner, öffnete die Lasche und fing den heraus fallenden Merkzettel auf.

Die Buchstaben verschwammen vor ihren Augen. Sie zwinkerte wiederholt und presste die Lider zusammen, um die Tränen nach außen zu befördern. Heulen half jetzt auch nichts. Sie wollte wenigstens das Gefühl haben, etwas zu unternehmen, nicht alles auf sich zukommen lassen, selbst aktiv werden. Vielleicht konnte sie das Schlimmste noch abwenden.

Agnes zwang sich, die gestern geschriebenen Notizen Wort für Wort zu lesen.

Fahrrad.
Wer hat Josephine zuletzt gesehen?
Wann war das?
Entführer?
Lösegeld!
Bankkredit

Sie sah sich auf der altersschwachen Bank sitzen, über ihr der unbeteiligte, bleiche, kalte Halbmond. Eine Mutter, deren kleines Mädchen vermisst wurde, die sich hilflos einen Plan zurechtlegen wollte, verstört und durcheinander.

Eine halbe Stunde hatte sie da gesessen, die Notizen in der Hand, bewegungslos bis auf ein resigniertes Zittern der Hände. Dann hatte sich die verzweifelte Mutter auf den Rückweg gemacht, immer schneller werdend, je näher die eigene Wohnung rückte.

Sie hatte nicht gewusst, wie spät es war. Die Beamten hatten am Nachmittag vorbeikommen wollen. sicher waren sie jetzt schon in der Wohnung und redeten mit Ralf. Was konnte der schon wissen. Er war ja gar nicht zu Hause gewesen am Nachmittag. Jeden Sonntag besuchte er seine Eltern. Vielleicht hatten die Polizisten schon eine Spur, einen Hinweis. Jetzt rannte die Mutter, flog die Treppen nach oben, wollte nicht auf den klapprigen Fahrstuhl warten, rammte den Schlüssel ins Schloss, stolperte über eine Falte des Läufers im Flur, hatte keine Zeit, die Jacke auszuziehen, riss die Tür zum Wohnzimmer auf.

Und da waren sie tatsächlich gewesen. Ein Mann und eine Frau, in Uniform. Sie saßen mit Ralf um den Wohnzimmertisch, vor sich die Fotos, die sie herausgesucht hatte und schwiegen.

Alle drei hatten sie angesehen, die Frau mit den hochroten Wangen taxiert. Was hatten sie gesprochen, als sie nicht da war? Agnes versuchte, in ihren ausdruckslosen Gesichtern zu lesen, fand aber nur Mitleid. Die Polizistin schlug die Augen nieder. Kein gutes Zeichen.

»Haben Sie etwas ...« sie verhaspelte sich und fing erneut an. »Haben Sie etwas gefunden? Eine Spur? Gibt es Hinweise, Beobachtungen?«

»Frau Möller.« Die Polizistin war aufgestanden und hatte ihr die Hand hingestreckt. »Wir kennen uns noch nicht, Buschheuer ist mein Name.« Agnes zog ihre Rechte gleich wieder weg, als hätte sie sich verbrannt.

»Wo warst du so lange?« Auch Ralf war aufgestanden. Seine Augen glänzten auffällig. In der Hand hielt er ein zusammengeknülltes Taschentuch.

»Unterwegs. Bin rumgelaufen.« Ihr Blick war auf die drei halb vollen Gläser auf dem Tisch gefallen und sie hatte gemerkt, dass sie rasenden Durst hatte.

Dann hatte Frau Buschheuer zu ihr gesprochen und die bisherige Suchaktion erläutert, hatte erklärt, sie ermittelten in alle Richtungen, konkrete Ergebnisse lägen leider noch nicht vor. Ob sie die Hilfe der Psychologin benötige.

Agnes hatte verneint. Schlaftabletten waren genug im Haus und ansonsten glaubte sie nicht, dass dieses Psychogequatsche ihr helfen konnte. Damit musste sie ganz allein fertig werden, ganz allein dem Grauen ins Auge sehen. Die Polizisten hatten zwei der Fotos an sich genommen und waren wieder gegangen, nicht ohne zu versprechen, sie auf dem Laufenden zu halten. Bald darauf hatte sie zwei Schlaftabletten geschluckt und war in wohltuende, neblige Bewusstlosigkeit gefallen. Bis heute früh. Keine Träume, keine Ahnungen, keine Angst. Als wäre die Welt noch nicht in tausend Teile zersprungen.

Und nun saß sie da, im Auto auf diesem trostlosen Parkplatz eines öden Einkaufszentrums und konnte sich nicht erinnern, was sie hier wollte. Ihr Räderwerk setzte sich knirschend in Bewegung.

Zuerst kaufst du ein. Lebensmittel, Getränke, Obst und Gemüse. Brot, Butter, Joghurt. Irgend so was. Und die Tageszeitung. Oder eine Illustrierte. Oder beides.

Dann zur Bank, zwei Querstraßen weiter. Am Ende wieder in die bedrückende Neubauwohnung mit den gespeicherten quälenden Erinnerungen. Agnes zog den Zündschlüssel ab und stieg aus.

Die große runde Uhr am Ausgang des Supermarktes zeigte halb elf. Der Einkaufswagen ratterte und klapperte über die unebenen Gehwegplatten des Parkplatzes. Schlecht einsortierte Lebensmittel purzelten wie Kegel durcheinander.

Es gab noch mehr zu tun, bevor sie wieder in das trostlose Zuhause zurückkehren konnte. Agnes öffnete den Kofferraum und verstaute die Einkäufe, lauter sinnlose Sachen, in einer Klappkiste. Ihr schwante, dass von all den gekauften Dingen noch genügend Vorrat da war, aber sie hatte sich absolut nicht daran erinnern können, was benötigt wurde. Der Kofferraum schloss sich mit einem dumpfen Laut, sie öffnete die Fahrertür, warf die gekauften Zeitungen neben sich auf den Sitz und fuhr, hektisch Gas gebend davon. Der Einkaufswagen blieb verwaist auf dem Nachbarparkplatz stehen. Der verlorene Chip war ihr egal.

Es war nicht leicht, in der Nähe der Bankfiliale einen Parkplatz zu bekommen. Meist hielt Agnes auf den drei Kundenparkplätzen der benachbarten Post. Einmal hatte ihr eine gereizte Politesse ein Knöllchen verpasst, weil sie angeblich den Zugang zur Telefonzelle versperrte. Diese unbefriedigten Weiber konnten ihren Frust täglich ungestraft an rechtschaffenen Bürgern auslassen und diese mussten es unwidersprochen hinnehmen. Diesmal hatte sie Glück, direkt vor der Post fuhr ein Mercedes aus der Parklücke.

Wenige Minuten vor elf betrat Agnes die Zweigstelle der Sparkasse. Sie hatte in der Telefonzelle gestanden, den Hörer in der Hand, und überlegt, ob sie ihre Kundenberaterin bei der Sparkasse anrufen solle, ob es überhaupt einen Sinn habe, nach einem möglichen Zusatzkredit zu fragen, bevor sich ein Entführer mit einer Lösegeldforderung meldete und hatte sich dann dagegen entschieden. Fragen kostete nichts. Das Bild der Mutter, die im Fernsehen zu einem möglichen Entführer sprach, drängte sich in ihr Bewusstsein.

Die einsame Träne, die über ihr Gesicht gelaufen war. Wie sie in die Kamera gesprochen hatte.

Das unschuldige Kind habe dem Entführer doch nichts getan ... Sie sei erst zehn.

»Bitte geben Sie mir meine Tochter wieder«, hatte die Mutter im Fernsehen gesagt.

Nur diese Möglichkeit war logisch. Ein Kidnapper hatte Josephine verschleppt. Er würde nun reagieren, eine Lösegeldforderung stellen, dessen war sich Agnes sicher und deswegen war sie jetzt in der Bank. Sie würde Geld brauchen, wenn der Entführer seine Forderung stellte. Schnell und unbürokratisch, wie es so schön hieß.

Sie verdrängte das Bild. In der Mitte des großen kreisrunden Raumes hatte sich eine ›Infothek‹ zugunsten der Schalter breit gemacht. Außer an den Terminals waren keine Kunden zu sehen.

Durch gläserne Wände abgeteilte Beratungsräume befanden sich in den äußeren Segmenten, weicher grauer Teppich dämpfte das Klappern von Stöckelschuhen. Es roch nach Papier und Geld. Agnes steuerte auf den jungen Mann im grafitgrauen Anzug zu.

»Ist Frau Unger da?« Agnes ließ ihren Blick über die gläsernen Büros schweifen. Ihre Kundenberaterin war nirgends zu sehen.

»Nein, tut mir Leid. Sie hat Urlaub. Kann *ich* Ihnen vielleicht helfen?«

»Nun, das ist schwierig. Es geht um einen Kredit.« ›Es berät sie Thomas Fritsche‹ stand auf seinem Namensschild.

»Einen Kredit. Da schauen wir mal ...« Thomas Fritsche tippte mit dem manikürten Mittelfinger auf seine Tastatur. »Frau Beyer wäre frei.« Er blickte auf und verfing sich in den Augen seiner Kundin. Sie sah gestresst aus. Kreditkunden waren oft gestresst. »Möchten sie mit Frau Beyer sprechen? Ist es eine dringliche Angelegenheit?« Seine Stimme wurde am Ende eines jeden Satzes höher.

»Meinetwegen.« Es war im Grunde genommen egal, mit wem sie sprach. Frau Beyer oder Frau Unger oder Frau Dingsbums. Sie sollten ihr eine Möglichkeit geben, so schnell wie möglich an eine größere Summe Bargeld zu kommen. Konnte doch sein, der Entführer bestand darauf, die Polizei nicht einzuschalten, so machten die das doch immer. Wenn die Eltern die Polizei einschalteten, war das Kind verloren. Sie würde sich schön hüten. Natürlich war die Polizei schon involviert, sie suchten ja überall nach Josephine, durchkämmten die Gegend und befragten die Anwohner. Was man als Polizei eben so tut, wenn ein Kind vermisst wird. Agnes hatte das Gefühl, die Beamten glaubten nicht recht an eine Entführung. Sollten sie bei ihrem Glauben bleiben. In den Fällen von Kidnapping, die sie aus dem Fernsehen oder Büchern kannte, hatte die Polizei nicht immer rühmliche Rollen gespielt. Wenn der Entführer ihnen auf die Schliche kam, war es schlecht um die armen Opfer bestellt. Sie würde es zuerst allein versuchen.

Frau Beyer eilte aus ihrem Glaskästchen herbei. Sie sah nett aus, nett durchschnittlich.

»Guten Tag.« Frau Beyer ließ ihren Arm vorschnellen. Allerweltsblütenparfum züngelte in unsichtbaren Kreisen um die durchschnittliche Frau. Erst jetzt bemerkte Agnes, dass sie noch immer ihre Handschuhe anhatte, zog sie ab und hielt für einen Moment die leblosen schwarzen Lederfinger fest, um sie dann in die linke Manteltasche zu stopfen. Eine kühle und eine warme Handfläche berührten sich.

»Es geht um einen Kredit?«

»Ja.«

»Dann kommen Sie bitte mit.« Die Angestellte dreht sich abrupt um. Ihr fleischiger Hintern wogte in dem zu engen Rock bei jedem Schritt nach rechts und links. Sie öffnete eine der Glastüren und Agnes folgte ihr in das mit abgestandener Luft gefüllte Aquarium.

Während Frau Beyer in einer Schublade kramte und dann den Computer *(ging denn heutzutage gar nichts mehr ohne diese Kästen?)* hochfuhr, beobachtete Agnes das beharrliche Blinken der Uhr auf dem Schreibtisch. Zehn nach elf. Unruhig verwoben sich ihre Finger ineinander und trennten sich wieder.

Um halb zwölf musste sie zurück sein. Ralf würde warten. Hoffentlich beeilte sich die Sparkassendame etwas und hoffentlich konnte sie ihr einen zusätzlichen Kredit genehmigen. Sicherheiten waren nicht vorhanden. Sie konnte nur an das Mitgefühl der Angestellten appellieren. Rückten die Banken in einem solchen Fall Geld heraus? Darüber erfuhr man in den Medien nichts. Agnes seufzte. Sie würde sich anderweitig umsehen müssen, wenn das jetzt hier nicht klappte.

»Dann wollen wir mal.« Frau Beyer war fertig mit Kramen und faltete die Hände auf der Schreibtischplatte. »Wozu brauchen Sie denn den Kredit?«

12

Findeisenweg 17. Ein Haus wie jedes andere. Der ewig gleiche aschgraue Beton.

Norberts Schritte wurden langsamer und er sah an dem Kasten nach oben. Verschieden arrangierte Gardinen in den Fenstern. In welchem Stockwerk mochte Familie Möller wohnen und – was wollte er eigentlich hier?

Doreen hatte Recht. Sie waren zwei Provinzdetektive, klärten einfache Fälle mit unzureichenden Mitteln, ein bisschen Wirtschaftskriminalität, ein bisschen Ehebruch. Er sollte auf der Stelle kehrt machen und diesen problematischen Fall den Experten überlassen. Was hatten sie schon für Erfahrungen mit dem Wiederfinden vermisster Kinder. Die Aufklärung des Falls Annie Singer im letzten Jahr war eher Zufall gewesen und ohne die Mitarbeit seines Freundes Alfred hätten sie vermutlich gar nichts herausgefunden. Dann im Sommer die sechzehnjährige Madeleine Stove, welche von ihrem Lateinlehrer erwürgt worden war. Sie hatten den Täter gefunden, aber da war das Mädchen längst tot gewesen und fast hätte es Norbert selbst das Leben gekostet. Und nun wollte er sich das erneut antun? Wahrscheinlich würden ihn die Eltern dieses verschwundenen Mädchens aus der Wohnung schmeißen. Oder gar nicht erst hereinlassen.

Norbert drückte auf den kleinen runden Klingelknopf neben dem Namen Möller.

»Ja bitte?« Eine verschnupft klingende Männerstimme krächzte aus der Sprechanlage.

»Guten Tag.« *Idiot! Stell dich zuerst vor!* Norbert beeilte sich, weiterzusprechen. »Löwe ist mein Name. Vom Detektivbüro Löwe. Könnte ich mit Ihnen reden?« Der Mann am anderen Ende atmete rasselnd.

»Hallo?« Buchstaben verließen als weiße Wölkchen seinen Mund und er schaute ihnen nach, wie sie davon schwebten.

»Sind Sie von der Presse?«

»Nein.« Hatte der verschnupfte Mann denn nicht zugehört? »Ich bin ein Privatdetektiv und möchte Ihnen meine Hilfe anbieten.«

»Hier klingeln dauernd irgendwelche Fernsehsender und wollen uns befragen. Wir geben keine Interviews mehr.« Die Stimme zitterte wie die eines alten Mannes. »Lassen Sie uns in Ruhe.« Geräuschvolles Schnauben.

»Herr Möller, bitte.« Norbert war sich nicht sicher, ob er bittend oder mit Nachdruck sprechen sollte. »Ich komme nicht von einem Fernsehsender oder von der Zeitung. Ich bin Detektiv. Lassen Sie mich die Sache erklären. Ich möchte Sie unterstützen.«

»Nun gut.« Die Stimme klang resigniert. »Achter Stock. Kommen Sie rauf.«

Der Summer ertönte und Norbert drückte schnell mit der Schulter gegen die beschmierte Glastür.

Klappernd und rüttelnd kämpfte sich der Fahrstuhl nach oben. Es gab nicht einmal eine Anzeige, an welchem Stockwerk die vorsintflutliche Maschine gerade vorüberknatterte. Die Wände waren fleckig. Es roch nach saurer Milch und dem muffigen Pelz eines Straßenköters. Erst als die innere Schiebetür zur Seite rumpelte, wurde eine dicke rote Acht sichtbar. Die äußere Tür klemmte und ließ sich nur mit Gewalt aufdrücken. Wer kümmerte sich eigentlich um den Zustand dieser Häuser? Norbert stolperte hinaus.

Im hinteren Bereich des schlecht erleuchteten Flurs stand eine Wohnungstür halb offen. Ein kleiner Mann spähte heraus, bereit, sie sofort wieder zu schließen, wenn das, was aus dem Fahrstuhl trat, ihm nicht zusagte.

Jetzt war Diplomatie gefragt. Doreen konnte das besser als er, aber Doreen saß im Auto und langweilte sich beim Beobachten eines Bauarbeiters. Das hier musste Norbert allein durchstehen. Er ging beherzt auf den schmächtigen Mann zu und streckte ihm schon von weitem die Hand entgegen. »Herr Möller? Guten Tag. Löwe.«

»Ich heiße Beesenstedt.« Ein feuchter Händedruck. Unangenehm.

»Oh, entschuldigen Sie.« Norberts Augenbrauen senkten sich nach unten. In der Stirnmitte erschienen zwei senkrechte Falten. »Ich hatte bei Möller geklingelt.«

»Das haben Sie. Agnes ist unterwegs. Wir sind nicht verheiratet.«

Der schmächtige Mann stieß die Tür auf und ging voran. »Kommen Sie rein. Bitte die Schuhe ausziehen.«

Auch so eine Manie. Bloß nicht den edlen Kunstfaserteppich beschmutzen. Könnte ja dazu führen, dass man Trittspuren sah. Norbert sah sich um. Eine Wohnung, in der man vom Fußboden essen konnte. Er zog an den festsitzenden Schleifen seiner Schnürschuhe und stellte die unförmigen schwarzen Treter neben zwei Paar glänzender Schuhe, in denen sich die biedere Flurlampe spiegelte. So viel zu Ordnung und Sauberkeit im Haushalt. Hoffentlich hatten seine Socken kein Loch. Das passierte wie von Geisterhand immer dann, wenn er unverhofft seine Schuhe ausziehen musste.

Herr Beesenstedt hielt ihm ein Paar Filzpantoffeln hin. Wie im Museum, nur, dass es hier kein wertvolles Parkett gab. An den Rändern des braun gemusterten Läufers sah ockerfarbenes Linoleum hervor. Der Mantel landete auf einem der Designer-Metall-Kleiderbügel und Norbert zwängte seine Füße *in den nicht zerlöcherten Socken* in die Schlappen und folgte dem ausgezehrt wirkenden Mann in die ›gute Stube‹.

87

»Bitte. Nehmen sie Platz.« Die Hand zeigte diffus in Richtung Sofa. »Möchten Sie etwas trinken?«

»Gern, ein Wasser, bitte«.

Herr Beesenstedt eilte aus dem Zimmer und Norbert ließ sich in einen nachgiebigen Sessel versinken und sah sich um.

Hier wohnten ordentliche Menschen. Keine Fettfinger an den lackierten Furnieren der Anbauwand. Hinter den Glasscheiben wimmelte es von sorgfältig aufgereihten Nippes. Nicht der Hauch eines Stäubchens nahm den Fächern ihren Glanz, kein Fussel verunzierte den Teppich. Die plüschigen Sofakissen hatten mittels Handkantenschlag zwei Ohren bekommen. Aus der Küche drang das satte Schmatzen einer sich schließenden Kühlschranktür herein und Herr Beesenstedt kehrte mit einer gefüllten Plastikflasche aus dem ›Wassermax‹ und zwei Gläsern zurück und setzte sich aufrecht auf das ausladende Sofa.

Auch das noch. Norbert seufzte in sich hinein. Er hasste Leitungswasser. Es wurde nicht zu Mineralwasser, indem man Kohlensäure hineinpresste. Leitungswasser wurde aus Abwasser gemacht. Das in Abfluss und Toilette weggespülte Wasser wurde gereinigt, aufbereitet, entkeimt und ward so wieder zu Trinkwasser. Es kam aus der Leitung, scheinbar frisch und klar. Dann spülte man damit seine Ausscheidungen die Toilette hinunter und der Kreislauf begann von neuem. In einer seriösen Zeitschrift hatte gestanden, verschiedene Arzneibestandteile, Inhaltsstoffe von Waschmitteln oder Schwermetalle seien nicht ohne weiteres aus dem Abwasser zu entfernen. So nahmen Männer, die Leitungswasser tranken ohne es zu bemerken, unwissentlich Verhütungsmittel zu sich, die von Frauen, welche die Pille nahmen, mit dem Urin ausgeschieden wurden. Sehr appetitlich! Norbert schüttelte sich, tat, als nippe er von dem Getränk und schob das Glas dann auf dem Couchtisch von sich weg.

»Sie sind also Privatdetektiv. Können Sie sich ausweisen?«

»Aber sicher.« Norbert holte seine abgewetzte Brieftasche hervor, fummelte seinen Ausweis und eine Visitenkarte heraus und reichte sie dem Gegenüber. »Bitte.« *Wo war eigentlich die Mutter des Mädchens? Unterwegs hatte Herr Beesenstedt gesagt.*

Dieser studierte die beiden Dokumente endlos lange, als wolle er sie auswendig lernen. »Also gut, Herr Löwe.« Die Papiere landeten auf dem Tisch. »Und jetzt erklären Sie mir bitte noch einmal genau, was Sie von uns wollen.« Er verschränkte die Finger ineinander und beugte den Oberkörper ein paar Zentimeter nach vorn.

»Ich habe im Radio von Ihrem Fall gehört.« Norbert konnte den Unwillen im Gesicht seines Gegenübers deutlich erkennen. Er würde weiter ausholen müssen. »Voriges Jahr hat unser Detektivbüro« – *unser Detektivbüro, das klang wie mindestens zehn Angestellte* – »sich bei der Suche nach den vermissten Kindern beteiligt. Annie und Melanie.« Er machte eine Pause. Würde sich der Mann erinnern? In dessen versteinertem Gesicht regte sich kein Muskel. Aber er schien zumindest konzentriert zuzuhören »Die Mutter von Melanie bat uns damals, Nachforschungen anzustellen. Wir kamen dem Täter auf die Schliche. Er wurde gefasst und eingesperrt.«

War Ronny Sommerfelder eigentlich im Knast oder in der Psychiatrie gelandet? Norbert nahm sich vor, diesen Gedanken später in sein Notizbuch mit den demnächst zu erledigenden Dingen einzutragen.

»Waren die beiden Mädchen nicht längst tot, als der Täter geschnappt wurde?«

Herr Beesenstedt erinnerte sich also an den Fall. Norbert griff zu seinem Glas, sah einen stinkenden Abwasserkanal, in dem Ratten herumhuschten, vor sich und stellte es eilig wieder auf den Tisch.

»Leider ja.« Leugnen half nichts. Sie waren *mausetot* gewesen, die eine komplett im Wald vergraben, die andere fein säuberlich zerteilt. »Sein drittes Opfer, die kleine Marie, konnten wir im letzten Moment retten.«

»Ich habe davon in der Zeitung gelesen. Sie waren Helden.« Es klang bitter. »Was dachten Sie, können Sie für uns tun?«

»Ich möchte Ihnen helfen. Bei der Suche nach Ihrem Kind. Gemeinsam erreichen wir vielleicht mehr.« *Ihr Kind.* Das war nicht *sein* Kind. Der Angesprochene war lediglich ein Mann, der mit der Mutter des Mädchens zusammenlebte.

Der knochige Mann auf der Couch schüttete das Mineralwasser in sich hinein, als müsse er verdursten, holte tief Luft und stellte das leere Glas zurück, passgenau in den Wasserrand auf dem gläsernen Tisch. Er kam Norbert verklemmt vor, eingeschüchtert, ein komischer Kauz. Wie konnte sich eine Frau mit so einem Hänfling einlassen?

Herr Beesenstedt zuckte resigniert mit den Schultern. »Wir könnten ihre Hilfe gebrauchen. Es käme darauf an, was Sie verlangen.« Er machte eine Pause, wartete darauf, dass ihm der Detektiv eine Summe nannte.

»Wir berechnen Ihnen gar nichts.« Norbert beobachtete sein Gegenüber, dem das alles spanisch vorkam. Es war ja auch seltsam. Da kam ein wildfremder Privatdetektiv daher und wollte mir nichts, dir nichts den Eltern helfen, ihr vermisstes Kind zu suchen und das Ganze ohne Bezahlung. Er würde wohl noch etwas mehr erläutern müssen. »Ich mache mir immer noch Vorwürfe und manchmal träume ich nachts davon. Wenn wir dem Täter eher auf die Schliche gekommen wären ... Wenn wir gleich reagiert hätten ... schon als Annie entführt wurde. Er hat sie nicht sofort getötet. Vielleicht wäre eine Rettung möglich gewesen.« Das war Unfug, Norbert wusste es. Trotzdem ließen sich die Selbstvorwürfe nicht abstellen. Es war tatsächlich, wie er gesagt hatte. Und *diesmal* wollte er schneller sein. Es war noch nicht zu spät. Er wollte daran glauben, dass die kleine Josephine noch am Leben war.

Fest – daran – glauben.

»Nun ...« Herr Beesenstedt goss sich nach. »Von mir aus gern.« Er trank. Sein Schlucken machte hörbare Geräusche. »Wir müssen Agnes fragen.«

Norbert folgte seinem Blick zur Wanduhr. Kurz vor elf. »Wo ist Ihre – « er machte eine Verlegenheitspause.

»Ich weiß es nicht genau. Sie hat was von einkaufen gesagt. Das war so um halb zehn.« Er nahm sein leeres Glas hoch und stellte es wieder hin. »Wir brauchen gar nichts. Ich glaube, sie musste einfach nur hier raus. Ihr fällt die Decke auf den Kopf. Sie erträgt es nicht, dass sie nichts tun kann. Immer nur warten, bis die Beamten vorbeikommen, hoffen, bangen, verzweifeln, wieder hoffen.« Er hob die Schultern. »Was kann man denn tun?«

»Ich werde Ihnen Vorschläge unterbreiten. Dann reden wir darüber, wer was machen könnte, in Ordnung?« Norbert betrachtete den nervösen Mann auf der Couch zum ersten Mal genauer und beschloss, ihn für sich nicht mehr als ›Herr Beesenstedt‹, sondern als Josephines Stiefvater anzusehen. Er wirkte zerfahren, aber betroffen. Auch im Sitzen war er klein. Es gab Menschen, die hatten nur zu kurze Beine. Saßen sie, dann schienen sie normal groß zu sein. Zu denen gehörte Josephines Stiefvater nicht. Alles an ihm war schmächtig, seine Hände mager, die Nase schmal. An den Oberarmen wölbte sich kein Bizeps, die Jochbeine traten kantig unter den Augen hervor, über der Oberlippe hing ein kraftloser Schurrbart nach unten und er wog höchstens fünfzig Kilo. Sogar die braunen Haare waren dünn und faserig.

Nicht, dass Norbert sich selbst für die Krone der Schöpfung hielt, aber er war der festen Überzeugung, dass Frauen starke Männer mochten und nicht diese braven, weich gespülten Wischiwaschi-Typen. Er konnte sich natürlich auch irren. Vielleicht liebten Frauen solche Typen, weil sie ihnen keine Angst einjagten, weil es harmlose, ungefährliche Männer waren.

Jedenfalls machte sich dieser Mann hier sichtlich ernsthafte Sorgen um das Kind. Norbert vertraute seiner Menschenkenntnis. Er irrte sich selten.

»Fassen wir noch einmal zusammen.« Norbert konnte den Blick nicht von dem Foto des Mädchens wenden. Ihre Augen glichen leicht getrübten Bernsteinen, die glatten blonden Haare waren zu Zöpfen geflochten. Machte sie das eigentlich selbst? Kleine silberne Ohrringe glänzten an den Ohrläppchen. Nur ganz aus der Nähe konnte man sehen, dass es winzige Kleeblätter waren. Josephine hatte die Arme ineinander verschränkt, die linke Hand schaute aus der Ellenbeuge des rechten Armes hervor. Ihr Blick wirkte wie der eines scheuen Tieres.

Ralf Beesenstedt – inzwischen hatte Norbert auch den Vornamen des Stiefvaters erfahren – zog die zwei karierten Blätter zu sich heran und setzte mit dem Kugelschreiber Häkchen hinter die einzelnen Punkte, die Norbert fein säuberlich durchnumeriert hatte, während dieser zusammenfasste.

»Erstens, die telefonische Nachfrage bei Verwandten und Bekannten.« Norbert schaute zu Ralf hinüber. »Das haben Sie selbst erledigt?« Seine Stimme hob sich.

»Ich habe alle angerufen. Agnes war nicht in der Lage, ruhig mit ihnen zu sprechen.« Ralf kniff kurz die Augen zusammen und legte die Handfläche darüber. Dann hakte er den ersten Punkt ab.

»Wir schreiben dann noch einmal alle Namen, die Adressen und Telefonnummern auf eine Liste.« Auf Norberts

Merkzettel kam eine Notiz hinzu. »Zweitens, das Absuchen der Umgebung.«

»Das hat die Polizei gemacht.« Ralf atmete rasselnd ein. »Nachdem wir schon alle erdenklichen Orte abgeklappert hatten.«

Norbert vermerkte ›Leute in ihren Wohnungen aufsuchen‹ und ›Geschäfte und Einkaufszentren befragen‹. Dann las er den dritten Punkt vor ›Rekonstruktion der Aktivitäten am Tag des Verschwindens‹.

»Da müssen wir warten, bis Agnes wieder da ist. Ich kann nur erzählen, was bis zum Mittagessen war. Danach bin ich zu meinen Eltern gefahren.« Sein Blick irrte im Zimmer umher. »Wie jeden Sonntag.«

Norbert nickte zweimal kurz und schielte zur Uhr. Hoffentlich kam die Mutter bald. Er hatte Doreen versprochen, spätestens Mittag zurück zu sein. Sie würde sehr grimmig werden, falls er sich nicht daran hielt.

»Viertens, Schule, Freundinnen, Freizeitaktivitäten. Kennen Sie die Namen von Josephines Freundinnen? Hat sie in ihrer Freizeit etwas Spezielles gemacht, war sie in einer Sportgruppe, einem Chor oder einem anderen Verein?«

»Josephine war in keinem Verein. Für Sport war sie zu zart. Singen konnte sie, glaube ich, ganz gut.« Ralf Beesenstedt setzte regelmäßige Punkte auf den unteren Rand des Blattes, während er sprach. »Freundinnen. Da kenne ich nur einen Namen. Sandra ... Sabina ... Sarah!« Er sah hoch. »Keine Ahnung wie sie mit Nachnamen heißt.«

»Nun, das wird Josephines Mutter sicher wissen.« Ein weiterer Blick zur Uhr. Zehn vor halb zwölf. Allmählich wurde Norbert unruhig.

»Haben Sie eigentlich selbst mit den Nachbarn gesprochen?«

»Mit einigen.« Ralf schob den Zettel hin und her. »In diesem Block sind über hundert Wohnungen. Ich kenne nur wenige.«

»Wissen Sie, ob die Polizei alle befragt hat?«

»Ich glaube, sie haben es versucht.« Er hob die Schultern. Ließ sie einen Moment in der hochgezogenen Haltung, bevor sie nach unten sackten. »Es ist wohl nichts dabei herausgekommen, sonst hätten sie uns informiert.«

Jetzt malte auch Norbert auf seinem Merkzettel herum, allerdings keine Pünktchen, sondern geometrische Muster. »Wie kam es eigentlich dazu, dass die Medien so schnell reagiert haben? Wenn ich mich richtig erinnere, war doch schon am nächsten Morgen eine Aufzeichnung, bei der – « er machte eine kurze Pause und entschied sich dann für das Wort Frau »– Ihre Frau an einen Entführer appelliert hat. Das ist ungewöhnlich.«

Er versuchte, durch Ralfs Augen hindurch dessen Gedanken zu sehen, aber da war nur Unschlüssigkeit.

»Agnes wollte das so, obwohl ich ihr abgeraten habe. Die Polizei war auch nicht begeistert von der Idee. Es wäre möglich, dass sich Trittbrettfahrer melden. Die Ermittlungen könnten behindert werden.« Er hielt inne und sog wie ein Ertrinkender Luft in seine Lungen. »Aber Sie kennen ja das Privatfernsehen. Mit vermissten Kindern lässt sich prima Quote machen. Die waren sofort von dem Vorschlag angetan.« Dass sich sein Kopf während des schnell hervorgesprudelten Wortschwalls ablehnend hin und her bewegte, schien Ralf Beesenstedt gar nicht wahrzunehmen.

»Agnes glaubt *unerschütterlich* daran, dass ihre Tochter entführt wurde, dass ein Kidnapper sie in einem Versteck festhält, um ein Lösegeld zu erpressen. Im Fernsehen hat sie zu ihm gesprochen und nun ist sie überzeugt davon, er werde sich bei uns melden und seine Geldforderung nennen. Wir berappen und er lässt Josephine frei. Sie klammert sich an diese Version der Ereignisse und will nichts anderes hören. Das ist ihr persönlicher Schutzwall.«

»Was denken *Sie?*« Norbert versuchte im Gesicht seines Gegenübers die Antwort zu lesen, bevor dieser sprach.

»Ich glaube, Agnes wünscht sich von ganzem Herzen, dass es eine Entführung ist. Wir bezahlen das Lösegeld und das Kind kommt unversehrt zurück.« Er schnaufte hörbar. »Machen wir uns nichts vor. Heute ist Dienstag. Seit Sonntagnachmittag wird Josephine vermisst. Das sind mittlerweile –« er schaute kurz auf die tickende Wanduhr »– fast achtundvierzig Stunden. Glauben Sie nicht auch, dass wir längst etwas von einem Entführer gehört hätten, wenn es denn einen gäbe?« Sein Blick huschte zu Norbert und machte sich an dessen Augen fest.

»Vielleicht will er die Eltern zuerst ein bisschen zappeln lassen, sie mürbe machen, damit sie dann eher bezahlen?«

»Das würde ich zu gern annehmen«, Ralf Beeesenstedt wandte den Blick ab, »schon Agnes zuliebe, aber der richtige Glaube fehlt mir.«

»Wie kommt denn ein Entführer gerade auf Sie? *Haben Sie denn überhaupt Geld?*«

Ralf Beesenstedt trank noch einen Schluck und Norbert schickte schnell noch einen Satz hinterher. »Und – woher weiß ein Entführer, dass es sich lohnt, gerade *Ihr* Kind zu entführen?«

»Ich weiß von keinen Geldreserven.« Das leere Glas landete in seiner Wasserlache. »Da ist nichts. Sollte Agnes irgendwelche Rücklagen haben, die sie geheim hält, dann weiß es auch ein potentieller Entführer nicht.«

»Das klingt nicht danach, als sei die Kidnapping-Variante die wahrscheinlichste.« Den Gedanken auszusprechen, statt ihn nur zu denken, machte die Situation weit bedrückender. Denn dann kamen andere Alternativen ins Spiel. Wie, um Norberts düstere Gedanken zu bestätigen, wurde die von draußen hereinstrahlende Sonne plötzlich von einer Armada grauschwarzer Wolken verdeckt und das Zimmer verfinsterte sich.

Josephines Stiefvater fuhr zusammen, warf sein leeres Glas, mit dem er gespielt hatte, um und sprang auf. Es hatte an der Wohnungstür geklingelt.

»Ich habe meinen Schlüssel vergessen.« Eine mädchenhafte Frauenstimme, deprimierter Tonfall. Durch die halb geöffnete Wohnzimmertür konnte Norbert jedes Wort verstehen. Das musste die Mutter sein.

»Wo warst du so lange?« Ralfs Stimme klang unterwürfig. Es konnte auch sein, dass er es einfach vermeiden wollte, sie mit seinen Fragen zu bedrängen.

»Einkaufen.« Die Designerkleiderbügel schepperten melodisch an der Garderobe.

»Wem gehören die Schuhe?« Norbert konnte, wie in einem Stummfilm, vor sich sehen, wie sie auf das Paar ungeputzter schwarzer Treter zeigte. Er wippte mit den Filzpantoffeln.

»Herrn Löwe.«

»Von der Polizei? Haben sie etwas entdeckt?« Sie klang kurzatmig.

»Nein. Er ist ein Privatdetektiv. Er will uns helfen.« Die Stimme des Stiefvaters wurde leiser, als er sich entfernte und dann wieder lauter. Flaschen klirrten aneinander. »Das kann er dir am besten selbst erklären.« Die Sätze näherten sich. Ralf gab der Wohnzimmertür einen Stoß, so dass sie weiter aufschwang und kam herein.

Norbert musterte die junge Frau, die ihm folgte.

In entspannten Momenten war sie sicher hübsch. Ein ebenmäßiges Gesicht mit einer kleinen Stupsnase, die keck nach oben zeigte, rauchblaue Augen, die stark glänzten, ihr blondes Haar hing kraftlos und fettig herunter. Jetzt war sie keine Schönheit. Die Gesichtsfarbe zementgrau, als ob ihr schlecht sei, sie ging leicht nach vorn geneigt, die Schultern hingen matt nach unten. Aus der Nähe konnte man zwei feine Querfalten auf der sonst glatten Stirn erkennen. Sie sahen aus, als wollten sie für immer in diesem Porzellangesicht bleiben.

Die Sonne hatte sich vor diesem Kummer mit einem Wolkenschleier bedeckt. Schatten füllten das Wohnzimmer mit Düsternis. Ralf schaltete das Licht an und streckte den rechten Arm in Richtung Norberts Sessel aus.

»Das ist Herr Löwe.«

Norbert erhob sich schwerfällig und hielt Agnes Möller die Hand hin. Sie erwiderte seinen Händedruck schlaff. »Frau Möller.« Er versuchte, in ihre Augen zu sehen, aber ihr Blick glitt zur Seite weg. »Ich habe schon mit Herrn Beesenstedt gesprochen.« Der Händedruck fiel schwächlich aus und sie setzte sich in eine Ecke des Sofas. Beflissen schob Ralf ihr ein Glas mit Wasser zu. Sie ignorierte es.

Sie schien auch Norberts Erklärungen zu ignorieren. Seine Worte prallten auf ihr glattes Gesicht und wurden wie Pingpongbälle zurückgeschleudert, verteilten sich überall im Raum, oszillierten zitternd über ihren Köpfen, schwebten dann zu Boden und versammelten sich auf dem rot gemusterten Teppich. Nachdem sich eine Unzahl von ihnen auf den bunten Fasern tummelte, verstummte Norbert und grübelte über ihrem leeren Gesicht, ob irgendetwas zu ihr durchgedrungen war.

Ralf kam ihm zu Hilfe. »Agnes?« Er berührte die neben ihm sitzende Frau vorsichtig mit dem rechten Zeigefinger am Oberarm. »Hast du alles verstanden, was Herr Löwe gesagt hat?«

»Ja.« Jetzt klang ihre Stimme rostig und trocken. »Ihr habt einen Plan entwickelt. Was man noch tun kann.«

»Und? Was meinst du dazu?« Bettelnd schaute Ralf Beesenstedt in ihr maskenhaftes Gesicht.

»Von mir aus.« Sie erwachte aus ihrer Trance, blickte zur Wanduhr. Norbert erschrak, als er sah, dass es schon fünf nach halb zwölf war. In fünf Minuten musste er aufbrechen. Doreen würde ihn umbringen. Er musste zu einem Ende kommen.

»Frau Möller.«

Sie blickte einen Sekundenbruchteil lang zu ihm, dann huschten ihre Augen wieder weg, irrlichterten durchs Zimmer und machten sich erneut an der großen runden Wanduhr fest, deren Zeiger langsam auf Mittag zurückten.

»Wir haben folgendes vereinbart.« Norbert deutete beim Sprechen zuerst auf Ralf Beesenstedt und dann auf sich. »Ich komme heute kurz nach achtzehn Uhr noch einmal mit meiner Kollegin, Frau Graichen wieder. Bis dahin wäre es schön, wenn Sie eine Liste für uns anfertigten, mit Namen und Adressen der Leute, die ihre Tochter kannten. Freundinnen, Bekannte, die wir befragen können. Dazu vielleicht noch ein, zwei aktuelle Fotos und eine Beschreibung der Sachen, die Josephine am Sonntag anhatte, als sie das Haus verließ. Ihr Lebensgefährte hat alles notiert.«

Ralf schob das karierte Blatt zu ihr hin. Sie löste ihren Blick von der Uhr und betrachtete die Liste flüchtig.

»Und ... – wir sollten auch die Polizei von unserer Mitarbeit informieren. Ich glaube, es ist besser, wenn Sie das machen. Herr Beesenstedt sagte mir, die Beamten kämen nachher noch vorbei.«

»Sie kommen jeden Tag vorbei.« Agnes Möller trank einen Schluck Wasser, um ihre rostige Stimme zu glätten. »Sie kommen vorbei und haben nichts Neues mitzuteilen. Aber einerlei. Was soll das Ganze.« Sie sah resigniert zu dem untersetzten, grauhaarigen Detektiv auf dem Sofa. Auch er würde nichts herausfinden. Sollte er es doch versuchen. Es war jetzt auch egal.

Norbert wühlte nach einer Visitenkarte. »Hier. Erklären Sie ihnen unsere Absprachen. Die Beamten können uns gern deswegen anrufen.«

»Was machen wir, wenn sich der Entführer meldet?« Josephines Mutter rieb sich die Augen und konnte so nicht sehen, dass sich die beiden Männer resigniert ansahen. Ihr Lebensgefährte setzte zu einer Antwort an, aber Norbert war schneller.

»Dann informieren Sie als Erstes die Polizei. Nur die kennen sich mit solchen Fällen aus. Wir haben damit keine Erfahrung.« Es würde sich kein Entführer melden. Aber die Mutter sollte ihre Hoffnung behalten.

Agnes Möllers Augen wurden ein wenig heller, sie setzte sich gerade hin und wandte sich an Ralf. »Ich war vorhin noch bei der Sparkasse.«

»Bei der Sparkasse? Was ...« Ralf Beesenstedt kratzte sich am Kopf.

»Ich habe nachgefragt, ob wir einen zusätzlichen Kredit bekommen. Für das Lösegeld.«

Für das Lösegeld ...

In Norberts Kopf hallte der Satz als hohles Echo mehrfach nach. Die Mutter war überzeugt, dass ein Kidnapper für ihr verschwundenes Kind Geld fordern würde und unternahm alles, um vorbereitet zu sein. Vielleicht half ihr das über den Tag hinweg, solange man nicht wusste, was mit dem kleinen Mädchen tatsächlich passiert war.

»Und?« Der Lebensgefährte war kein Mann langer Reden.

»Ach hör doch auf!« Ihr Tonfall wurde urplötzlich laut und schrill. »Da könnte doch jeder kommen. Die blöde Schrulle wollte mir nicht mal bis zu Ende zuhören.« Sie fuchtelte mit den Armen in der Luft herum, als wolle sie einen Mückenschwarm wegwedeln.

»Schau mal Agnes.« Wieder berührte Ralf ganz sanft ihren Oberarm. »Es gibt doch noch nicht mal eine Geldforderung. Bis jetzt hat sich noch kein Entführer gemeldet.«

»Er wird sich melden! Das weiß ich!« Josephines Mutter

schrie die Worte in das aufgeräumte Zimmer, als wolle sie mit ihnen ihr Gegenüber erschlagen. Norbert sah auf die Uhr und machte Anstalten, sich zu erheben. Dreiviertel zwölf. Er würde jetzt aufbrechen.

Agnes Möller schlug beide Hände vors Gesicht und schüttelte zweimal den Kopf. Dann fuhr sie mit ruhigerer Stimme fort. »Warst du eigentlich schon am Briefkasten?«

»Nein, ich dachte, du hast vorhin nachgeschaut.« Ralf Beesenstedt hob die Schultern. »Als du vom Einkaufen zurückgekommen bist.«

»Ich habe es vergessen. Die Sparkassentussi hat mich so wütend gemacht, dass ich an nichts anderes mehr denken konnte.«

»Kein Problem. Ich gehe gleich mal nachsehen.« Ralf eilte aus dem Zimmer und Norbert hörte ihn im Flur mit den Schlüsseln klappern.

»Warte doch ... ich geh dann schon ...« Er hörte nicht, was Agnes ihm nachrief, war schon aus der Wohnungstür. »Herr ...« Sie dachte kurz nach. »Herr Löwe.« Norbert, der sich inzwischen erhoben hatte und seine Notizen sortierte, nickte bestätigend. »Sie kommen also nachher noch einmal wieder.« Ihr Blick schweifte wieder zur Uhr. »Gegen achtzehn Uhr, sagten Sie.«

»Genau. Mit meiner Kollegin. Dann stimmen wir unser weiteres Vorgehen ab.«

Sie nickte, folgte ihm in den Flur und griff nach dem Kleiderbügel mit seinem Mantel.

Später erinnerte sich Norbert an die nächsten drei Minuten wie an einen in Zeitlupe ablaufenden Film. Er konnte Doreen jede Einzelheit, jedes unwichtige Detail, jeden Laut, jede Bewegung, jede Zuckung im Gesicht der Mutter beschreiben.

Das Telefon auf dem Schränkchen neben dem Schuhregal schrillte. Der Hörer schien in seiner Vertiefung auf und nieder zu hüpfen. Der Kleiderbügel und mit ihm sein Mantel, den Josephines Mutter ihm hinhielt, begannen heftig zu zittern. Dann schwebte der Mantel auf den braun und grün gemusterten Läufer nieder, faltete sich übereinander und sackte zu einem grauschwarzen Häufchen zusammen. Der Haken des Kleiderbügels kippte zur Seite und blieb unbeweglich liegen. Ungestümer hopste der Telefonhörer.

Agnes fixierte wie hypnotisiert das Telefon, in ihren weit aufgerissenen Augen dominierte das Weiß. Sie rührte sich nicht. Der rechte Arm verharrte immer noch auf halber Höhe in der Luft, die Hand zu einer teilweise offenen Klaue gekrümmt.

Norbert konnte sehen, wie sich ihr Mund öffnete und schloss, ohne dass ein Laut herauskam.

Dann bewegte sich der linke Fuß, hob sich, rückte dreißig Zentimeter in Richtung auf den kreischenden Hörer vor und setzte auf dem Läufer auf. Nun hob sich der rechte Fuß und setzte sich vor den linken. Der Oberkörper bog sich nach vorn und folgte ihm, der rechte Arm wurde ausgestreckt, die Klauenhand streckte sich in Richtung Telefon, die Finger zitterten heftig.

Norbert wollte sie anfeuern, endlich abzunehmen, dem Anrufer eine Chance zu geben. Kein Wort kam über seine fest zusammengepressten Lippen.

Jetzt hatten die Fingerspitzen den schwarzen Hörer erreicht und tasteten wie eine Schlange über das Plastikgehäuse, umfassten es, rutschten ab. Fast wäre das Telefon zurück in die Halterung gefallen.

Ein furchtsamer Blick zu Norbert, ehe sie abhob.

Dann sah er, wie sie stärker zu zittern begann, nachdem sie ihren Namen in den Hörer gekrächzt hatte.

13

»Aber gerade so, mein Lieber!« Doreen drohte ihm schelmisch mit dem Finger, als er sich neben sie auf den Beifahrersitz zwängte und deutete auf ihre Armbanduhr. »Viertel eins. Da hast du ja noch mal Glück gehabt!«

Gott sei Dank war es im Auto schön warm. Norbert hatte das Gefühl, Schüttelfrost beutele ihn hin und her. Das konnte nur an der Kälte liegen, an nichts anderem. Fast hätte er mit den Zähnen geklappert. Seine Finger waren so klamm, dass sie die Zigarette, die er sich mühevoll aus der Schachtel geklaubt hatte, nicht halten konnten. Sie landete im Fußraum.

»Verfluchte Scheiße!« Sein Mund schien auch eingefroren. Die Worte klangen verschliffen, die Zunge bewegte sich, als sei sie betrunken. Norbert fummelte nach dem nächsten Glimmstängel.

»Lass mich das mal machen.« Doreen nahm ihm die Schachtel aus der Hand, zog eine Zigarette heraus und steckte sie ihm in den Mund. »Und dann erzählst du mir in aller Ruhe, warum du so aufgebracht bist.« Sie schnipste am Feuerzeug, ließ das Flämmchen an der Zigarettenspitze züngeln und drehte dann die Autoheizung auf volle Leistung.

Ungestüm sog Norbert den Rauch in seine gierenden Lungen und schielte auf ihre glatten rosa Fingernägel. Er sollte öfter frierend in Doreens Auto einsteigen, wenn das der Erfolg war! Die heiße Luft aus den Düsen drang allmählich durch die gefütterten Schuhe an seine erstarrten Füße. Sie kribbelten und schmerzten ein wenig. Auch die Wärme und Doreens Fürsorge konnten es nicht verhindern, dass die dunklen Gedanken sich wieder in seinem Kopf ausbreiteten. Er rauchte hektisch.

Noch einen Augenblick Schweigen. Was man nicht aussprach, das war auch nicht vorhanden, war einfach nicht passiert.

»Ist unser ›Objekt‹ noch da drin?« Norbert zeigte auf das Tor, in dem Thomas Bäumer heute früh verschwunden war. Zuerst mal das Dienstliche klären.

»Ja.« Doreen sah ihn prüfend an. »Er ist nicht zum Vorschein gekommen, arbeitet brav, die ganze Zeit. Vor einer Viertelstunde kam der Pizzadienst. Jetzt schleudert er wieder Rauputz an die Wände. Ob das bei der Kälte auch richtig hält?«

»Keine Ahnung. Jedenfalls tut er genau das, was wir von ihm erwarten.« Norbert holte tief Luft und zog an der Zigarette.

»So.« Doreen puffte ihn in den Oberarm. »Und jetzt erzählst du.«

»Zuerst war ich im Büro. Habe den Computer überprüft. Der Drucker druckt, das Internet funktioniert.«

»Sehr schön.« Sie sah, wie er sich an seiner Zigarette festhielt. »Weiter Norbert. Und dann? Du warst doch nicht die ganze Zeit im Büro. Du wolltest doch zu der Familie mit dem vermissten Mädchen.« Sie puffte noch einmal an den Oberarm, stärker jetzt. »Warst du dort?«

»Ja. Ich war da.« Er seufzte vernehmlich und zog die Schultern hoch, so dass sein kurzer Hals im Kragen des Mantels verschwand.

Dann erzählte er ihr von seinem Besuch. Wie er sich zuerst in dem Neubaugebiet durchgefragt hatte. Von ›Schneewittchens böser Stiefmutter in blond‹, die ihn im Zeitungsladen ›bedient‹ hatte. Die Schokolade fiel ihm ein. Und hatte die Frau mit der vom Sonnenstudio malträtierten Haut nicht irgendwas von einem nie gefassten Vergewaltiger erzählt? Er malte in Gedanken das Wort V E R G E W A L T I G E R auf die Windschutzscheibe, um später darauf zurückzukommen. Norbert versenkte seine Rechte in den unergründlichen Tiefen der Manteltasche. Da drin war immer noch die Eiseskälte von vorhin. Und die weiße Schokolade.

Er merkte, dass er großen Hunger hatte. Es war ja auch schon Mittagszeit. Wie auf ein Zeichen hin begann sein Bauch kollernde Geräusche von sich zu geben.

Er zog die Tafel hervor und betrachtete die Verlockung sehnsüchtig. Dann streckte er sie Doreen hin. »Hier. Für dich.«

»Oh. Weiße Schokolade.« Sie schien verblüfft. »Wie kommst du dazu?«

»Ich fühlte mich verpflichtet, irgendetwas zu kaufen und ich dachte mir, die isst du auch.«

»Danke, dann wollen wir uns mal stärken.« Schelmisch zwinkerte ihr rechtes Auge zu ihm hinüber. »Du isst doch ein Stückchen mit? Und vergiss nicht, währenddessen weiter zu berichten.«

Und so erzählte Norbert weiter, während Doreen die Tafel aus dem glänzenden Silberpapier wickelte und in mundgerechte Stückchen teilte. Sie war so hart, dass beim Zerbrechen knackende Geräusche zu hören waren.

Er erzählte von dem Gespräch mit Josephines Stiefvater, lutschte dabei an der Schokolade und schmeckte nichts. Es war nicht einmal süß.

»Dann wolltest du gerade gehen. Sie gab dir deinen Mantel.« Doreen wiederholte seine letzten beiden Sätze, um ihn zum Weitersprechen anzuregen.

»Ja.« Er wartete ein paar Sekunden, bevor er den nächsten Satz zwischen den Zähnen hervorpresste. »Das Telefon klingelte. Ich dachte zuerst, sie geht gar nicht ran. Wie eine Salzsäule stand sie da.« Norbert dachte über den Begriff Salzsäule nach. Woher mochte diese Beschreibung stammen? Irgendwas Biblisches. Lots Weib, meldete sein Gehirn beflissen. Und wer war noch mal Lot? Er schubste Lots Weib aus seinem Blickfeld und sprach weiter.

»Dann hob sie den Hörer ab.«

Doreen musste sich anstrengen, ihn zu verstehen.

»Sie hat am ganzen Körper gezittert.« Norbert zitterte auch ein bisschen. »Sie sagte nur ein paar Worte. Warte.« Er fummelte nach einer neuen Zigarette, obwohl der Stummel der ersten noch im Aschenbecher vor sich hin glimmte.

»Was waren das für Worte?« Doreen sprach laut, um ihn aus seinem Gedankengespinst zu befreien. Sie wollte jetzt erst den Bericht zu Ende hören, bevor die finsteren Ideen sich in ihr ausbreiteten und jede Hoffnung erstickten.

»Zuerst sagte sie ›Ja‹, dann ›Ich verstehe‹ und ›Auf gar keinen Fall.‹ Danach hörte sie nur zu. Dann noch ›Morgen‹. Das war's.« Seine Murmelaugen richteten sich in die Ferne. »Sie hat auf den Aus-Knopf gedrückt und den Telefonhörer einfach fallen lassen. Ich hatte Angst, sie kollabiert. Aber sie fing sich wieder.«

Doreen schaute auf seine Hände. Die Zigarette zitterte. Asche schwebte auf die Fußmatte wie graue Schneeflöckchen.

»Es kam mir vor wie eine Stunde, aber es waren nur zwei oder drei Minuten.«

»Wer war der Anrufer?« Die Frage war überflüssig.

»Der Entführer.«

Die Zigarette glitt aus Norberts Fingern und landete neben seinem rechten Bein. Hastig beugte er sich nach vorn, stieß dabei mit dem Kopf an das Armaturenbrett und richtete sich ächzend er wieder auf, zwischen Zeige- und Mittelfinger die rot glühende Kippe.

»Was hat er zu Josephines Mutter gesagt?« Doreen räusperte sich. Sie hatte Durst.

Noch einmal stand die Situation wie ein eingefrorenes Bild vor Norberts Augen.

Agnes Möller schlotternd an die mit weißer Raufasertapete beklebte Wand des Flurs gelehnt, ihre Hände hatten wie die eines Parkinson-Kranken gezuckt. Auf dem fadenscheinigen Läufer hatte der Telefonhörer gelegen. Das Gesicht der Mutter hatte in der Dämmerung des fensterlosen Vorraumes eine grünliche Tönung. Sie schluckte unaufhörlich, unter ihren eingesunkenen Augen schimmerten violettgraue Schatten, die Lippen waren bläulich.

Dann begann der Mund Worte hervorzustoßen. Die Worte waren wie Dolche. Sie bohrten sich in Norberts Gehirn. Der Anrufer hätte ihre Tochter entführt. Es gehe ihr den Umständen entsprechend gut. Er wolle Lösegeld. Falls sie die Polizei einschalte, sei ihre Tochter tot.

Norbert sah zu Doreen hinüber. Mit offenem Mund schaute sie ihn an. Er drückte den Zigarettenstummel in den Aschenbecher. Im Auto roch es nach feuchten Wollsocken.

»Du hast vorhin erwähnt, die Mutter hätte am Telefon ›Morgen‹ gesagt. Was meinte sie damit?«

»Der Entführer hat ihr gesagt, morgen bekämen sie ein Schreiben, in dem die Einzelheiten stünden. Dann hat er aufgelegt.«

»Warum hat er seine Forderungen nicht am Telefon genannt?« Doreen merkte gar nicht, wie sie mit dem Kopf schüttelte.

»Wahrscheinlich hatte er Angst, man könne den Anruf sonst zu ihm zurückverfolgen. So wird es doch in den Fernsehserien immer dargestellt.«

»Wird das Telefon von Familie Möller denn abgehört?« Der Einfachheit halber bezeichnete Doreen die Eltern als ›Familie Möller‹.

»Natürlich nicht.« Norbert griff nach der Schachtel Pall Mall und kurbelte mühsam das Beifahrerfenster einen Spalt herunter. Was konnte ihm ein weiterer Sargnagel schon schaden. Wenigstens taute sein Inneres langsam auf. Die Finger ließen sich schon wieder ganz gut bewegen. »Bis jetzt hat doch niemand den Gedanken an eine Entführung ernst genommen.«

Er kratzte sich hinter dem Ohr. »Außer der Mutter. Sie hat die ganze Zeit fest daran geglaubt.«

»Ein Gutes hat das Ganze.« Weiße Qualmschwaden schoben sich zu Doreen herüber und sie hob die rechte Hand und zerteilte sie. »Josephine lebt noch.«

»Das hoffen wir, aber einen Beweis gibt es nicht. Er hat es nur behauptet.« Für einen Moment breitete sich Schweigen im Innenraum des kleinen Autos aus, drang in alle Ritzen und vermischte sich mit den Nebelwolken, die wie bei einem Drachen aus Norberts Nüstern quollen.

»Wie viel Lösegeld wollte er?« In Doreens Fantasie tanzten siebenstellige Zahlen fröhlich Ringelreihen. Unter einer Million lief doch heutzutage gar nichts mehr. Dann gestand sie sich ein, dass ihr gesamtes Wissen über Entführungen entweder aus Kriminalromanen stammte, die sich höchstens entfernt an die Realität anlehnten, oder aus Filmen, USA-Reißern, die mit der Wirklichkeit in Deutschland nichts gemein hatten. Was würde ein Kidnapper hier verlangen?

Hatte Familie Möller überhaupt Geld? Und wenn ja – wie war es dem Entführer gelungen, das herauszubekommen? Soweit sie es verstanden hatte, war die Familie eher unterdurchschnittlich begütert. Andererseits ergaben sich hier auch Ansatzpunkte, um nach dem Täter zu forschen. Vielleicht waren seine Erkundigungen über die Familie irgendjemandem aufgefallen. Ihr Herz schlug schneller, hoppelte davon. Doreen spürte, wie das Jagdfieber von ihr Besitz ergriff.

»Dazu hat er sich nicht geäußert. Alle Einzelheiten stünden in dem Schreiben, das morgen käme. Ich frage mich, ob er es mit der Post schickt.« Norbert zog noch einmal Abschied nehmend und warf die halbgerauchte Zigarette aus dem spaltbreit geöffneten Fenster auf die Straße.

Ralf Beesenstedt fiel ihm wieder ein. Wie er die Treppen hoch gespurtet war, man konnte seinen schnellen Schritt deutlich durch die dünnwandige Wohnungstür hören. Er schien fast zu rennen. In diesem Moment hatte Norbert gedacht, das Schreiben sei schon heute im Briefkasten gewesen und der Stiefvater hetze nun herbei, um es zu zeigen.

Sein Schlüssel hatte sich im Schloss gedreht. Dann stand der kleine Mann mit dem eifrigen Blick im düsteren Flur, in der linken Hand einen Werbeprospekt des benachbarten Supermarktes. Die gefalteten Seiten begannen zu schlackern, während seine Augen von den beiden erstarrten Gestalten zu Mantel und Telefonhörer auf dem Fußboden wanderten, um dann in ihre Gesichter zurückzukehren.

»Ist sie ... ist sie ...« Er verschluckte sich, hustete. »Ist Josephine ...« Es war ihm nicht gelungen, das Wort ›tot‹ auszusprechen, so sehr er sich auch darum bemühte.

»Womit sonst außer der Post sollte er es denn sonst schicken? Mit UPS vielleicht?« Doreen war noch bei Norberts Frage, ob das Entführerschreiben mit der Post käme und schüttelte gereizt den Kopf. Wie sonst konnte eine schriftliche Lösegeldforderung an den Adressaten gelangen, wenn nicht mit der Post?

»Der Kidnapper könnte sie persönlich in den Hausbriefkasten einwerfen.« Daran glaubte Norbert selbst nicht, das war viel zu gefährlich. Man hätte den Täter dabei beobachten können.

»Wie geht es jetzt weiter, wollen sie die Polizei einschalten?«

»Das habe ich empfohlen.« Er hörte sich resigniert an. »Aber Frau Möller wurde sofort hysterisch, als ich das vorschlug, sie schrie und kreischte, das wolle sie auf gar keinen

Fall zulassen. Dann sei ihre Tochter tot, habe er gesagt. Der Stiefvater schien derselben Ansicht. Jedenfalls hatte ich den Eindruck, er würde sich ihrer Meinung bedingungslos unterordnen, was auch immer er selbst glaubt. Es ist schließlich nicht seine Tochter. Nein. Sie informieren die Polizei nicht.«

»Was machen wir denn jetzt? Bist du nicht der Meinung, wir sollten die Beamten von dem Anruf informieren?«

»Das können wir nicht tun.« Er machte eine Faust und pochte rhythmisch auf das graue Plastik des Handschuhfachs. »Ich musste Frau Möller hoch und heilig versprechen, es niemandem zu erzählen. Leider – für sie – war ich nun einmal bei dem Anruf anwesend. Dass ich von den Anweisungen des Kidnappers erfahren habe, ließ sich nicht mehr rückgängig machen. Überleg mal Doreen –« er drehte den Kopf zu ihr und versenkte seinen Blick in ihren Augen. »– Wir können die Polizei nicht einweihen, ohne, dass sofort herauskommt, dass wir die Informanten sind. Außer uns kommt ja niemand in Frage. Der Entführer selber wird es bestimmt nicht tun. Nein. Wir sind allein auf uns gestellt.«

»Wenn man nur wüsste, was man tun kann.« Doreen stützte den Ellenbogen in eine Vertiefung der Fahrertür. »Ich habe, ehrlich gesagt, keine Ahnung, wie wir vorgehen sollen.«

»Mein Vorschlag ist folgender. Ich habe mit Frau Möller und Herrn Beesenstedt« – das Wort Eltern kam ihm immer noch nicht ohne Schwierigkeiten über die Lippen – »vereinbart, dass wir beide nachher noch einmal vorbeikommen. In der Zwischenzeit werden sie alle Informationen zusammentragen. Ich habe eine Liste dagelassen.«

»Nun, einverstanden.« Doreen hatte immer noch Durst. »Haben wir noch Mineralwasser im Kofferraum? Ich vertrockne.«

Norbert nickte. »Es könnte allerdings sein, dass es sich um festes Mineralwasser handelt. Ich schau mal nach.« Er öffnete seine Tür und ließ die arktische Winterluft in das verräucherte Wageninnere strömen. Sofort wurden sämtliche Glasflächen blind und Doreen beeilte sich, das Heizungsgebläse vom Fußraum auf die Scheiben umzustellen. Im Rückspiegel wurde es dunkel, die Kofferraumklappe schob sich in Zeitlupe nach oben und versperrte die Sicht. Sie konnte Norberts Ächzen und Fluchen hören. Wahrscheinlich sah es da hinten wie nach einem Bombenangriff aus.

Die Windschutzscheibe klärte sich von unten herauf und wie auf ein Zeichen kam Thomas Bäumer, den sie in der Zwischenzeit völlig vergessen hatte, aus dem Tor des Grundstückes heraus und wendete sich nach rechts, wo sein Moped stand. »Norbert! Schnell!« Doreen bemühte sich, nicht zu laut zu schreien, damit Herr Bäumer nicht auf sie aufmerksam wurde.

Norbert ließ den Kofferraumdeckel herunter krachen und hangelte sich am Auto entlang zur Beifahrertür, in der rechten Hand eine Flasche Mineralwasser. Er warf sich auf den Sitz und schnallte sich an. Seine Augen verengten sich, während er den krankgeschriebenen Arbeiter beobachtete. Dessen Gefährt sprang ohne Probleme an und sie konnten sehen, wie er sein rechtes Bein über den Sitz schwang.

Doreen fuhr, vorsichtig Gas gebend, nach links auf die glatte Straße und folgte dem knatternden Moped. In der kalten Umgebung hörte sich dessen Lärm doppelt so laut an.

Norbert öffnete die Flasche und betrachtete die Eisstückchen darin. »Ich habe mir folgendes überlegt. Wenn Bäumer jetzt nach Hause fährt, beenden wir die Observation für heute. Was meinst du?« Doreen nickte nur.

»Wir könnten nachher *gleich* zu Josephines Mutter fahren«, setzte er fort.

»Dann machen wir das.« Doreen gab Gas.

14

Zehn vor zwölf.

Die Wohnungstür fiel hinter dem Detektiv ins Schloss. Ralf und Agnes standen im Flur und schauten aneinander vorbei. Der Telefonhörer lag noch immer auf dem Flurläufer, stumm und bewegungslos, als habe er nie diabolische Botschaften von sich gegeben. Ralf beugte sich schwerfällig nach vorn und griff nach dem stromlinienförmigen Gerät. Es fühlte sich feucht an. Seine Rückenmuskeln verkrampften sich beim Aufrichten. Er legte den Hörer vorsichtig in seine Vertiefung zurück und hatte für einen Augenblick die Befürchtung, dieser würde gleich wieder anfangen, schrille Signale von sich zu geben. Er blieb stumm.

Agnes, versuchte, ihre fest zusammengepressten Zähne voneinander zu lösen. Konnte man in den Kaumuskeln auch einen Krampf bekommen? Ihr war schlecht.

»Gehen wir rein.« Ralf sprach mit heiserer Stimme. Er zeigte auf die Wohnzimmertür, und sie folgte ihm schwerfällig. Mitten im Raum blieb sie stehen, starrte auf die Fenster. Die Scheiben hatten eine Säuberung dringend nötig. Am nächsten frostfreien Tag würde sie Fenster putzen. Die Wohnung musste immer gepflegt und sauber sein.

Ralf berührte ihren Arm. »Setzen wir uns. Möchtest du etwas trinken?«

»Mir ist nicht gut.« Säuerlicher Speichel sammelte sich unter ihrer Zunge. Sie schluckte mehrfach.

»Ich koche uns Tee, Pfefferminztee. Ist das in Ordnung?«

»Von mir aus.« Es war egal. Sie hatte keinen Durst und keinen Hunger. Sie wollte hier auf dem Sofa sitzen und in die Gegend starren und an nichts denken. Oder ins Bett gehen, ein paar Schlaftabletten nehmen und nie wieder aufwachen. Einfach wegdämmern, was Schönes träumen, von einem Ort, wo die Welt noch in Ordnung war. Sonne, Palmen, Strand und eine fröhliche Familie, die am Ufer herumtollte und Muscheln einsammelte: Mutter, Vater, Kind.

Agnes schloss die Augen und sah die Szene vor sich.

Drei glückliche Menschen. Der weiße Sand schmiegte sich weich und warm an ihre Fußsohlen, kleine Wellen klimperten vergnügte Melodien. Der Mann und das Kind spielten mit einer Frisbee-Scheibe. Laut lachend hüpfte das Mädchen hoch, um den flachen Diskus, der über ihren Kopf hinwegsegeln wollte, zu fangen. Sie schnappte ihn am Rand und machte dann noch drei Luftsprünge, weil es ihr gelungen war. Die Mutter klatschte frenetisch Beifall und nippte an ihrem großen Cocktailglas mit den Ananasscheiben am Rand. Über ihr raschelten die miteinander verflochtenen Palmenblätter des Sonnenschirms. Ihre erwärmte Haut spannte ein bisschen und sie beschloss, die Trägheit zu überwinden, und sich noch einmal mit Sonnenmilch einzureiben. In einer Stunde würde die Sonne wie ein dunkelroter Feuerball im Meer versinken und die kleinen Federwölkchen am Himmel würden sich zartgelb und smaragdgrün verfärben. Langsam verschwände die Glutkugel in den grün schimmernden Fluten, wie im Film. Es roch nach Kokosöl. Und nach aromatischer Pfefferminze.

»Agnes.«

Der Film riss.

Sie blinzelte mit einem Auge. Wo war der idyllische Strand und wo waren Mutter, Vater, Kind? Die glückliche Familie? Eisgrau schaute der Himmel zum Fenster herein. Düstere Schatten hockten in den Ecken des Zimmers und warteten darauf, hervorzukriechen. Vor ihr stand der schmächtige Mann, mit dem sie zusammenlebte. Auch er wirkte trist und grau, genau wie der Rest des Wohnzimmers. Nicht einmal der Pfefferminztee in der Glaskanne, die er in der Hand hielt, hatte eine grüne Farbe. Es gab keine glückliche Familie.

»So. Jetzt trinken wir eine schöne Tasse Tee.« Er rückte zwei Glastassen auf Untersetzern zurecht und goss vorsichtig ein. »Dann besprechen wir, wie es weitergeht.«

Agnes hasste seine gekünstelte Forschheit. Sah er denn nicht, was offensichtlich war? ›Besprechen wir, wie es weitergeht.‹ So ein Blödsinn. Es ging nicht weiter. Am liebsten hätte sie ihm verboten, zu reden, aber er schwieg von allein, nippte an seinem Tee und betrachtete das vor ihm liegende karierte Papier.

Ralf stellte die Tasse auf den Tisch. »Schildere mir noch einmal genau, was der Mann am Telefon gesagt hat.«

»Das habe ich doch schon zweimal erzählt.« Sie seufzte und klappte die Augen auf und zu, wie eine Schlafpuppe. »Er hat mir mitgeteilt, er habe unsere Tochter entführt. Es gehe ihr den Umständen entsprechend gut. Er wolle Lösegeld.« Sie verschüttete etwas Tee, beim Versuch, die Tasse hochzuheben und ließ es sein.

Schweigend sah Ralf sie an, wartete, ob sie weiter sprechen würde. Es dauerte einen Moment, dann fuhr sie mit schleppender Stimme fort.

»Morgen würden wir ein Schreiben bekommen. Darin stünden die Einzelheiten.« Sie atmete hörbar ein und aus und versuchte erneut, die gläserne Teetasse bis zum Mund zu führen. Diesmal gelang es ihr und sie trank zwei winzige Schlückchen. Der heiße Tee wollte gar nicht nach unten fließen, er blieb einfach in ihrer Speiseröhre hängen. »Dann hat er noch gesagt, ›Wenn sie die Polizei einschalten, ist ihre Tochter tot‹«. Agnes umklammerte ihr rechtes Handgelenk mit der linken Hand, um zu verhindern, dass die Tasse überschwappte und bugsierte das Gefäß zurück auf den Untersetzer. Dann wippte sie auf dem Sofa auf und ab.

»Wollen wir nicht noch einmal darüber nachdenken, ob es nicht doch besser ist, die Polizei zu informieren?«

Ralf erinnerte sich noch gut daran, wie sie vorhin im Flur urplötzlich zu kreischen begonnen hatte, als der Detektiv genau das vorschlug. Sie hatte getobt und mit ihren Fäusten in die Luft getrommelt.

»NEIN! NEIN! ER BRINGT SIE UM! ER HAT GESAGT, ER BRINGT SIE UM!« Ihre Stimme war gekippt und sie sackte zusammen.

»Kapiert ihr das denn nicht?« Sie hatte den schnauzbärtigen, untersetzten Fremden angesehen, der ihr gegenüber in dem dämmrigen Flur stand, hatte seine Hilflosigkeit wahrgenommen.

Seine Ratschläge hatten ihr gerade noch gefehlt. Er würde alles vermasseln.

»NEIN!« Sie hatte gegen das Schuhregal geboxt.

»WIR WERDEN MACHEN, WAS ER SAGT. RALF!« Ihr Blick bettelte ihn an, er möge ihr beistehen und er hatte ihr beigestanden, sie beruhigt, den Detektiv zum Stillschweigen verpflichtet und ihn hinausbegleitet.

Agnes wiederholte ihre Sätze von vor einer halben Stunde fast wörtlich. »NEIN! Wir werden niemanden informieren. Nicht heute und nicht morgen.« Sie würde nicht einlenken. Es war viel zu gefährlich, viel zu ungewiss.

»Nun gut.« Ralf gab nach. Man konnte später wieder darüber reden. Vielleicht war es wirklich besser so. Manchmal richtete die Polizei mehr Schaden als Nutzen an. Der Detektiv würde heute gegen achtzehn Uhr mit seiner Kollegin wiederkommen. Das waren erfahrene Leute.

Die Polizeibeamten würden nachher auch erscheinen. Vielleicht hatten sie auch schon eine heiße Spur? Er knetete seine Finger und dachte einen Augenblick ernsthaft über diese Möglichkeit nach, ehe er weiter sprach. »Kannst du die Stimme des Anrufers beschreiben?«

»Wie meinst du das?«

»Wie klang sie? Tief oder hoch? Hat er sie verstellt?«

»Keine Ahnung. Er hat geflüstert.«

»Geflüstert?« Ralf schüttelte den Kopf. Er hatte irgendwann in einer Fernsehserie über wahre Verbrechen einen Ermittler sagen hören, dass man einer Flüsterstimme keine individuellen Merkmale anhören könne. Das musste der Kidnapper auch gewusst haben.

Agnes machte die Augen zu. Konnte er sie nicht einfach in Ruhe lassen? Das ganze Grübeln und Herumdiskutieren führte zu gar nichts. Morgen träfe das Schreiben vom Entführer ein und darin stünden die benötigten Informationen. Man führte die Geldübergabe wie gewünscht durch, danach würde man weitersehen. Für heute war alles getan. Dann fiel es ihr wieder ein. Es war noch nicht alles getan. Sie musste vorsorglich Geld auftreiben. Damit es bereitlag, wenn es gebraucht wurde.

»Wenn wir die Polizei in Kenntnis setzen, könnten sie unser Telefon abhören lassen. Falls er noch einmal anruft ...«

Sie öffnete widerwillig die Augen und schaute den Schlieren des Tees im Glas zu. Ihr Lebensgefährte gab einfach nicht auf. Es war so ermüdend. »Er wird bestimmt nicht wieder anrufen. Er hat gesagt, morgen bekommen wir seine Anweisungen, schriftlich.« Sie nahm das Teeglas hoch. Das Zittern ihrer Hände hatte nachgelassen. »Nein. Und nochmals nein. Und jetzt will ich nichts mehr davon hören. Machen wir uns lieber Gedanken, wie wir Geld besorgen können.«

»Wir wissen doch noch gar nicht, wie viel wir brauchen.«

»Na und?« Sie wurde allmählich wütend. Konnte er nicht einfach mal tun, was sie sagte? Über das Problem nachdenken und Vorschläge machen? »Zuerst muss doch geklärt sein, wo wir überhaupt Geld herbekommen könnten, dann kann man über die Summe diskutieren.« Sie trank einen Schluck von dem Pfefferminztee. Er roch modrig. Oder kam ihr das nur so vor?

»Was ist mit deinen Eltern? Könnten wir die nicht fragen?« Agnes wusste, dass Ralfs Eltern Geld auf der hohen Kante hatten. Für ihren Lebensabend, hatte sein Vater bei einem seiner seltenen Besuche geäußert. Sie würden sicher was locker machen, auch wenn sie Agnes nicht leiden konnten. Josephine dagegen, das ernsthafte kleine Mädchen, hatten sie in ihr Herz geschlossen.

»Was willst du ihnen sagen, wozu wir das Geld benötigen? Und vor allem so schnell?«

Ralf hatte Recht. Welche unverfängliche Erklärung könnten sie, ohne den wahren Grund zu erwähnen, seinen Eltern nennen, damit diese eine größere Summe zur Verfügung stellten? Und Agnes war sich ziemlich sicher, dass die beiden, ohne zu zögern, sofort die Polizei informieren würden, wenn sie erfuhren, dass das Geld für einen Entführer bestimmt war, der die kleine Josephine gefangen hielt. Damit würden sie alles gefährden. »Ich hatte im ersten Moment nicht daran gedacht, dass wir ihnen einen Grund nennen müssen. Fällt dir etwas Besseres ein?«

»Ich überlege gerade.« Er hob die linke Hand zur Schulter und scharrte nervös an seinem Pullover. »Schildere noch mal deinen Besuch heute Vormittag bei der Bank. Was hat die Bankangestellte gesagt?«

Sie berichtete es ihm. Für eine größere Kreditsumme brauche man Sicherheiten, ein regelmäßiges Einkommen. Fünfundzwanzigtausend sind viel Geld. Agnes hatte sich nicht getraut, nach mehr zu fragen. *Wozu wollen Sie das Geld verwenden,* hatte die Frau sie gefragt. Agnes erinnerte sich, irgendetwas von einem neuen Auto gestammelt zu haben. Ein Schnäppchen, schon morgen könnte sie es kaufen. Sie wolle bar bezahlen, der Autohändler gewähre dann großzügigen Nachlass.

Frau Beyer war losgewackelt, um mit ihrer Filialleiterin zu sprechen. Agnes blieb auf ihrem schicken Plastik- Bürostuhl sitzen und hatte genügend Zeit gehabt, nachzudenken, bis sie zurückgekommen war. Tut mir Leid, Frau Möller. Aber momentan können wir nicht helfen. Sie sind derzeit arbeitslos. Wenn sie uns noch einen Bürgen mitbrächten, könnten wir etwas machen. Agnes war gegangen. Einen Bürgen! Wer sollte das bitteschön sein?

»Einen Bürgen ...« Ralf wiederholte ihre letzten Worte. »Fünfundzwanzigtausend.« Er sah in ihr Gesicht, versuchte hinter die eisernen Bande zu blicken, die sie um ihr Herz geschmiedet hatte. »Ich fürchte, Fünfundzwanzigtausend werden nicht reichen ...«

»Kann sein.« Agnes wendete ihren Blick ab. »Aber es wäre ein Zeichen, dass wir bereit sind, zu zahlen. Vielleicht kann man diese Summe zuerst übergeben und vereinbaren, den Rest nachzuliefern. Damit der Entführer unseren guten Willen sieht. Vielleicht könntest du der Bürge sein. Du hast doch eine sichere Arbeit!« Sie hatte über alles nachgedacht. Zeit zum Nachdenken war ausreichend vorhanden, zu viel Zeit.

»Wir könnten auch extra noch zu meiner Bank gehen.« Jetzt begann Ralf alle Möglichkeiten gegeneinander abzuwägen. Ihr Ansatz war richtig. Bis morgen ging es darum, mögliche Lösegeldforderungen vorzubereiten. Dann konnte man weitersehen. Er war froh, dass er sich Montag früh vorsorglich krank gemeldet hatte. Drei Karenztage konnte man ohne Krankenschein zu Hause bleiben. »Oder wir machen es so.« Sein Ideenkarussell kam auf Touren. »Ich gehe zu meiner Bank und beantrage einen Kredit für mich allein. Danach gehen wir gemeinsam zur Sparkasse und ich bürge für dich.«

Agnes erhob sich langsam. »Versuchen wir es!« Sie ging zur Tür.

»Warte!« Sie hielt inne und wandte sich halb um, begierig darauf, aufzubrechen, endlich etwas Sinnvolles zu tun.

»Wir sollten nicht beide gleichzeitig die Wohnung verlassen. Vielleicht ruft der Entführer noch einmal an.«

»Das glaube ich nicht.« Sie stampfte mit dem Fuß auf, wie ein ungeduldiges Kind.

»Es könnte aber sein. Auch die Beamten wollten heute Nachmittag vorbeikommen. Und deshalb – « jetzt hatte auch Ralf sich erhoben »– werden wir zuerst besprechen, wie wir vorgehen und was derjenige, der hier bleibt, den Beamten erzählen wird, wenn sie erscheinen.«

Er hatte schon wieder Recht. Agnes hasste es, wenn er immer Recht hatte. Was war mit ihrem logischen Verstand geschehen? Sie reagierte unüberlegt und konfus. Das würde zu nichts führen. Es konnte nur schaden. »Aber, wenn du für mich bürgen willst, musst du doch mit zur Sparkasse kommen, oder?«

»Das sehe ich auch so. Mein Vorschlag ist folgender. Zuerst essen wir etwas.« Er beobachtete, wie sie mit dem Kopf schüttelte und beeilte sich, fortzufahren. »Doch, doch, wenigstens eine Kleinigkeit. Es nützt uns nichts, wenn du zusammenbrichst. Danach fahre *ich* zu *meiner* Bank.«

»Aber zur Sparkasse müssen wir zusammen gehen. Wer bleibt dann in der Wohnung?«

»Ich habe mir überlegt, dass wir vielleicht Herrn Löwe anrufen könnten und ihn bitten, schon vor achtzehn Uhr hier zu sein. Er ist der Einzige, dem wir sagen dürfen, was wir vorhaben.«

»Du meinst, er soll hier in der Wohnung bleiben, während wir zur Bank fahren?«

»Genau.« Der schmächtige Mann nickte zweimal kräftig, sich selbst bestätigend.

»Das könnte funktionieren.« Agnes ging hinaus.

Ralf sah zum Fenster. Winzige weiße Flocken schwebten lautlos tanzend vor dem Fenster herab und deckten die ganze gleichgültige Welt da draußen mit Stille zu.

15

Es schneite und Doreen macht die Scheibenwischer an.

»Wenn Bäumer jetzt nach Hause zurückkehrt, fahren wir ins Büro.« Norbert hatte seine Notizen aus der zu seinen Füßen stehenden Aktentasche hervorgekramt und las mit zusammengekniffenen Augen.

Sie näherten sich dem Sputnikweg. »Er fährt nach Hause.«

»Das nehme ich auch an.« Doreen folgte dem knatternden Moped in die nächste Querstraße. Ihr Beobachtungsobjekt fuhr jetzt vorsichtiger. Der Schnee machte die Straße rutschig. »Wir sind gleich da. Ich fahre langsam an seinem Haus vorbei, damit du feststellen kannst, ob er reingeht. Wir brauchen gar nicht erst anzuhalten.«

»Geht klar, Chefin.« Norbert verstaute seine Mappe wieder sorgfältig in der Aktentasche. »Vom Büro aus rufen wir Herrn Röthig an und berichten.«

Herr Röthig. Hartmut mit den Schaufelhänden. Den hatte sie für ein paar Stunden ganz vergessen. Doreens Herz setzte für eine Sekunde aus und holperte dann doppelt so schnell wieder los. Die heiße Luft aus den Düsen der Heizung schien ihr direkt ins Gesicht zu wehen. Rote Flecken erschienen an ihrem Halsansatz und wanderten nach oben. Sie stellte das Gebläse zwei Stufen zurück. Norbert wollte Herrn Röthig anrufen, was durchaus berechtigt war. Sie mussten ja über die Observation Bericht erstatten. *Ob er schon die Kinokarten besorgt hatte?*

Automatisch lenkten ihre Hände das Auto den Scheffelberg hinab, über die Mulde hinweg, die Kolpingstraße entlang, überprüften ihre Augen Verkehrsschilder und Ampelfarben, gab ihr rechter Fuß Gas und bremste, kuppelte der linke. Sie musste nicht über das Fahren an sich nachdenken. Sie dachte über die Augen nach, die den Himmel Flanderns widerspiegelten. Sie stellte sich vor, die schrundigen Hände berührten die weiche Haut ihrer Arme, schabten ein bisschen grob über ihren Hals. Ihr Atemrhythmus wurde schneller.

»Danach rufen wir Frau Möller an. Ob wir erst am späten Nachmittag oder besser nachher gleich kommen können.« Norbert hielt kurz inne und überlegte, ob er Doreen eigentlich schon davon informiert hatte, dass sie mitkommen solle. Aber Doreen schien mit den Gedanken woanders zu sein. Vor dem Aussteigen vermummten sich. Schal, Handschuhe, hochgeschlagener Kragen. Es schien nicht mehr ganz so kalt zu sein. Die fedrigen, glitzernden Flöckchen taumelten um sie herum, sanken auf Doreens Gesicht herab, setzten sich behutsam auf ihre Wangen und stachen als kleine eisige Stecknadeln auf der warmen Haut. Sie rutschte ein wenig und klammerte sich an Norberts bereitgehaltenen Oberarm.

Ein längst vergessen geglaubter Song tauchte in ihrem Kopf auf.

Dass ich eine Schneeflocke wär ...
   käm ich auf die Stirn dir so schwer ...
   dass die Wärme deiner Haut ...
   mich aufgetaut ...
   Und ich fließ durch dein Gesicht, tränengleich und wie Spiegel klar.
   Weißt du denn noch immer nicht ...,
   immer noch nicht, was ich dir mal war.

Aber er erinnert sich nicht mehr ... Kinderzeit ist lange her ...
   Und das Schneehaus, das wir uns gebaut ...
   Seit zehn Jahren fort getaut.

Ein zwanzig Jahre altes Lied von Veronika Fischer, eine poetische Beschreibung einer verlorenen Liebe. Da ging der ehemalige Geliebte mit seinem Weib, das ihn ›weiterziehn‹ wollte. Er hat sich mit dem Leben arrangiert. Die Schneeflocke erinnert ihn an irgendwas, aber er weiß nicht mehr woran ... Es war eine vorsintflutliche Langspielplatte gewesen. Wo mochte sie hingekommen sein? Und wo mochte Paul jetzt stecken?

›*Aber er erinnert sich mehr.*‹ Doreen hatte geglaubt, den Song vergessen zu haben. Es war alles noch da. *Alles noch da.*

Sie schluckte. Die geschmolzenen Schneeflocken flossen tränengleich über ihr Gesicht. In ihrer Brust schmerzte etwas. Den Kummer konnte sie nicht hinunterschlucken. Das hier war negativ. Einem Chauvinisten hinterher zutrauern, dem sie völlig egal war, der sie nur benutzt hatte. Es gab bessere Männer, liebevollere, die eine Frau auf Händen trugen. Vielleicht war ›Azurauge‹ so ein Mann. Die Schmerzen im Brustkorb würden nachlassen, irgendwann.

Norbert schob schwungvoll die Eingangstür auf und sie betraten den dämmrigen Hausflur.

»Kaffee?« Dorren versuchte, an die vor ihnen liegenden Aufgaben zu denken und sah zu, wie ihr Kompagnon sich aus seinem Mantel schälte.

»Das wäre nicht schlecht.« Er drapierte das schwere Kleidungsstück auf einen Bügel und hängte diesen an den Garderobenhaken. »Etwas Warmes, gute Idee.« Norbert hielt kurz inne und dachte nach. »Wir trinken zu viel Kaffee und zu wenig ›richtige Getränke‹. Das ist ungesund.«

Er blickte zu ihr hin, sah ein kleines Grienen aus ihrem Gesicht verschwinden und wusste, dass sie über ihn gelächelt hatte. Sein ständiger Kampf mit der gesunden Lebensweise. Eigentlich durfte man nicht täglich Fast Food essen, eigentlich sollte ein Erwachsener drei Liter Wasser pro Tag trinken, eigentlich müssten sie viel mehr Obst und Gemüse zu sich nehmen ... eigentlich, eigentlich. Er griff zum Telefonhörer.

Doreen goss vorsichtig Wasser in den durchsichtigen Tank und schüttete, als Norbert plötzlich zu sprechen begann, ein bisschen daneben.

»Herr Röthig? Ich bin's. Norbert Löwe, ja.«

Sie schloss den Deckel der Kaffeemaschine, drückte auf den Schalter und drehte sich um. Norbert erklärte, dass sein Verdacht richtig gewesen sei. Thomas Bäumer habe bis kurz nach dem Mittag bei einem Privatmann schwarz gearbeitet. Dann sei er nach Hause gefahren. Jetzt wären sie im Büro und er glaube nicht, dass der Angestellte heute noch einmal loszöge, deshalb würden sie mit seiner Zustimmung die Observation für heute beenden und morgen früh fortsetzen.

»Wir erstatten morgen wieder Bericht.« Norbert nickte und heftete die Notizen säuberlich ab. Dann hielt er ihr mit verblüfftem Gesichtsausdruck den Hörer hin. »Herr Röthig will *dich* sprechen.«

»Hallo?« Ihre Knie wurden weich. Sie hatte Mühe, den Sinn der Worte, die aus dem Hörer in ihr Gehirn fluteten, zu verstehen und nickte nur. Aus den Augenwinkeln nahm sie wahr, wie Norbert ihr misstrauische Blicke zuwarf.

Doreen überlegte hektisch, was als Erklärung für das Gespräch glaubhaft sein könnte, während Hartmut Röthig ihr erzählte, er würde gern morgen oder übermorgen Abend mit ihr ins Kino gehen. Danach könnte man noch irgendwo etwas zu Abend essen. Vielleicht konnte der liegengebliebene Schal als Alibi herhalten ... Ein beiläufiger Blick an die Garderobe – nein, da hing das blaue Ding lässig und deutlich sichtbar am Haken. Die Handschuhe ... hatte sie nicht gestern andere Handschuhe angehabt und waren die nicht im Büro des Firmenchefs liegen geblieben und hatte sie nicht heute früh ewig danach gesucht und musste sie nicht dann endlich ein Paar andere, nicht so warme Exemplare anziehen? Norbert würde sich wohl kaum erinnern, wie ihre gestrigen Handschuhe ausgesehen hatten, und dass sie heute die gleichen trug. Das könnte als Ausrede funktionieren.

»Doreen? Bist du noch dran? ». Die Frage verhallte in dem leer gefegten Zimmern ihres Kopfes. »Vielen Dank. Ich rufe dich zurück.«

Sie legte auf und sah direkt in Norberts grimmiges Gesicht.

16

»Was war das denn?« Er presste die Lippen aufeinander, so dass der Mund nur noch ein schmaler Strich war.

»Ich habe gestern meine Handschuhe in seinem Büro liegengelassen, die schwarzen aus Wildleder.« Doreen dachte daran, was sie heute noch alles einkaufen wollte, um ein neutrales Gesicht zu behalten. Hoffentlich war ihr Hals, dieser Verräter, nicht schon wieder rot. »Ich habe sie heute früh schon überall gesucht. Zum Glück hatte ich noch ein paar andere gefütterte Handschuhe.« »Er wollte nur wissen, ob ich sie heute noch abholen werde.«

»Wir können nachher zusammen hinfahren, auf dem Weg zu Josephines Eltern.«

»Ja, mal sehen.« Fast hätte Doreen über die komische Situation gelächelt. Das war ja ein schöner Schlamassel! Was sprach eigentlich dagegen, Norbert den wahren Grund zu nennen? Seine grenzenlose Eifersucht? Er würde damit leben müssen. Allerdings bedeutete das mindestens ein- bis zwei Tage dicke Luft und darauf hatte sie einfach keine Lust. Er plante schon weiter.

»Zuerst rufe ich noch bei Josephines Eltern an.« Er stellte die Tasse auf die zerkratzte Schreibtischplatte zurück und schaute auf seine Armbanduhr. »Wenn es ihnen recht ist, fahren wir schon am Nachmittag hin. Wenn wir nicht gleich fahren, haben wir noch Zeit im Büro. Wir könnten in Internet recherchieren und ein paar Fakten über vermisste Kinder zusammentragen, einverstanden?« Er nahm Doreens leichtes Nicken als Zustimmung und fuhr fort.

»Dann fahren wir gemeinsam in den Findeisenweg und sprechen mit der Mutter und dem Stiefvater.« Die angemalte Ziege aus dem Zeitungsladen, deren ledrige Haut zwanzig Jahre älter war, als sie selbst, tauchte vor seinem inneren Auge auf und bewegte stumm zeternd den Mund.

Erst kurz vor Weihnachten haben sie dahinten in der Gartenanlage ein Mädchen vergewaltigt... Niemand wird hier je gefasst. Kein Einbrecher, kein Fahrraddieb, kein Vergewaltiger. Das ist doch den Bullen egal, was hier los ist... Schwafel, schwafel, schwafel.

Sie hatte gar nicht wieder aufgehört mit ihrem Geschwätz. Aber es waren drei wichtige Informationen inmitten der Belanglosigkeiten enthalten gewesen.

Ein Vergewaltiger hatte erst vor kurzem ein Mädchen missbraucht.

Hier in der Nähe, in einer Gartenanlage. Dahinten.

Und drittens – der Täter lief noch frei herum. Solche Typen fingen oft mit Vergewaltigungen an. Ihre Taten wurden zunehmend brutaler, manchmal bis zum Mord.

Doreen betrachtete ihren Kollegen. Von den Augenwinkeln strahlten deutliche Fältchen in Richtung Schläfe. Sie kerbten sich tiefer ein, wenn er die Lider fest zusammenkniff und glätteten sich auch nicht völlig in entspanntem Zustand. Mit der Zeit würden sie immer tiefer werden und sich vermehren. Sie versuchte, ihn sich in zehn Jahren vorzustellen. Dann wäre er fast sechzig, ein Opa. Was war eigentlich aus seinem einzigen Sohn geworden? Norberts Exfrau war vor Jahren schon nach der Scheidung weggezogen. Wohin, wusste Doreen nicht genau.

Er sprach nicht gern von ihr. Vom Sohn auch nicht. Die Frau hatte den Jungen während der Scheidung wohl stark beeinflusst und auf ihre Seite gezogen. Der Typ wollte immer nur Geld von seinem Vater. Nach dem Abitur hatte er ein Studium begonnen. Er rief seinen Vater nie an. Doreen hatte keinen blassen Schimmer, wie er aussah. Sie konnte sich nicht vorstellen, dass er Norbert ähnlich war. Nicht im Aussehen, nicht im Charakter. Sonst wäre er nicht so herzlos gewesen und hätte seinen Vater vergessen. Norbert litt darunter, wollte aber nicht, dass sie es merkte. Er glaubte, seinen Kummer perfekt vor ihr verbergen zu können, glaubte überhaupt daran, seine gesamten ernsthaften Gefühle vor ihr verbergen zu können. Und sie ließ ihm seinen Glauben.

Die Lider öffneten sich. Die wasserblauen Murmeln fixierten Doreens Gesicht. Sofort versuchte sie, ihre Gedanken über ihn zu verstecken, damit er sie nicht in ihren Augen lesen konnte.

Norbert erklärte ihr, was die Frau aus dem Zeitungsgeschäft im Neubaugebiet während ihrer Tirade erwähnt hatte. Das Vorhandensein eines Vergewaltigers, der immer noch frei herumlief, durften sie in ihren Befragungen nicht vergessen, es könnte doch sein, die Anwohner hätten in dem Zusammenhang bedeutsame Beobachtungen gemacht. Vielleicht hatte der Psychopath, um die Tat zu vertuschen und Polizei und Eltern auf eine falsche Fährte zu führen, eine Entführung vorgetäuscht.

»Und noch was ist mir eingefallen.« Er trank den Rest lauwarmen Kaffees und verzog das Gesicht. Erinnerst du dich noch an Ronny Sommerfelder?«

Doreen nickte. Wie hätte sie Ronny Sommerfelder vergessen können? Dieses Schwein, das zwei kleine Mädchen missbraucht und getötet hatte?

»Ich möchte gern wissen, was aus dem geworden ist.« Norbert setzte die Tasse klirrend zurück auf die Untertasse. »Ich kann mich nicht erinnern, in den Zeitungen etwas über einen Prozess oder eine Verurteilung gelesen zu haben, du etwa?«

Norbert sah ihren Kopf verneinend wackeln, während sie antwortete. »Null Ahnung. Er wurde doch angeklagt?«

»Das hoffe ich.« Er knetete seine Hände. »Das hoffe ich sehr.« Sein Brustkorb weitete sich beim Einatmen. »Wir müssen uns erkundigen.«

»Wie läuft denn im Normalfall so ein Verfahren vor Gericht ab?«

»Tja, meine Liebe alles weiß ich auch nicht. Ich kann dir erzählen, wie ein zivilrechtlicher Prozess abläuft. Von Strafrecht habe ich nicht so viel Ahnung. Ich glaube mich zu erinnern, dass bei Sexualverbrechen zuerst einmal der Geisteszustand des Täters geprüft wird. Danach entscheidet sich, ob er überhaupt belangt werden kann.«

»Wie meinst du das, *ob er überhaupt belangt werden kann?*« Sie spürte, wie ein winziges Entsetzen in ihrem Kopf zu zappeln begann. Es konnte doch eigentlich nicht denkbar sein, dass so einem Psychopathen nichts passierte? War das möglich? Doreen rief ihre Fantasie zur Räson. In einem Rechtsstaat konnte so etwas nicht geschehen.

»Wenn ich mich richtig erinnere, gibt es da Gutachter.« Norbert beugte sich zur Seite, kramte in seiner Aktentasche, die neben dem Schreibtisch auf dem Boden stand, und eine zerknautschte Schachtel Pall Mall kam zum Vorschein. Liebevoll drapierte er das rote Päckchen vor sich auf der Tischplatte. »Diese Gutachter, das sind Psychologen, eine besondere Fraktion von Ärzten. Obwohl ich mir nicht sicher bin, ob der Begriff Ärzte hier überhaupt zu Recht verwendet werden darf.« Er grinste kurz über seine Formulierung, steckte sich eine Zigarette zwischen die Lippen, so dass sie seitlich leicht herunterhing und schaute sich nach dem Feuerzeug um. »Diese Ärzte also ›begutachten‹ den Täter und untersuchen seinen Geisteszustand. Dann schreiben sie die Diagnose und die Schlussfolgerungen auf. Ob der Täter vielleicht so krank ist, dass er keine Schuld an seinen Verbrechen hat und ob Wiederholungsgefahr besteht. Das ist dann das so genannte Gutachten.«

»Aha, und dann?«

»Der zuständige Richter liest diese Expertise. Da er selbst kein Psychologe ist, vertraut er dem Inhalt, welcher von einem Arzt verfasst wurde, der dafür schließlich jahrelang studiert hat. Auf der Basis dieses Gutachtens fällt der Richter dann sein Urteil. Früher sagten die Leute, einer ist zurechnungsfähig oder nicht.«

»Was ist mit den Geschworenen? Haben die gar nichts zu sagen?« Doreen hatte aus dem Fenster gesehen und zuckte erschrocken zusammen, als Norbert polternd zu lachen begann.

Er prustete. Die halbgerauchte Zigarette löste sich von seinen Lippen und fiel auf die Tischplatte. Das Lachen wuchs, dröhnte in ihren Ohren, rumpelte durchs Zimmer, kollerte über den Schreibtisch und brachte das Porzellan zum Klirren.

Wieso lachte dieser blöde Kerl so heftig, dass ihm die Zigarette aus dem Mund fiel? Hatte sie etwas Dummes gesagt? Zwischen den Lachsalven holte Norbert keuchend Luft. Es erinnerte an einen Staubsauger, dessen Ansaugrohr verstopft war. Sein Gesicht war purpurrot angelaufen. Jetzt verschluckte er sich und begann würgend zu husten.

Doreen hob die auf dem Schreibtisch vor sich hin glimmende Kippe auf und legte sie auf den Rand der Untertasse, welche Norbert als Aschenbecherersatz diente. Ihr Kompagnon schien dem Erstickungstod nahe zu sein. Wie spaßig! Sie musste etwas außerordentlich Dummes von sich gegeben haben. Sollte er doch an seinem Gelächter ersticken! Was war an der Frage nach der Meinung der Geschworenen so komisch, dass man sich stundenlang darüber totlachen konnte? Dann konnte sie es nicht mehr länger mit ansehen, sprang auf, lief um den Tisch herum, holte kräftig aus und ließ ihre rechte Handfläche auf Norberts breiten Rücken niedersausen. Bei jedem Schlag schleuderte es ihn einige Zentimeter nach vorn, aber der Würgehusten hörte nicht auf. Sie schlug jetzt mit der Faust auf sein Kreuz. Es durfte ruhig ein bisschen wehtun.

Allmählich verebbte der Husten. Doreen klatschte zur Sicherheit noch zwei- dreimal auf seinen Pullover, ehe sie zu ihrem Stuhl zurückkehrte, und auf eine Erklärung wartend in das hochrote Gesicht schaute.

»Entschuldige bitte!« Norbert wischte sich mit dem Handrücken die Tränen aus den Augenwinkeln, japste nach Luft, gluckste noch einmal Abschied nehmend und stellte sich dann dem Zorn in ihrem Gesicht. »Es tut mir sehr Leid. Ich wollte nicht lachen.« Schnell verbarg er sein aufkeimendes Kichern im Papiertaschentuch und bemühte sich, seine Miene zu entspannen. »Kurz gesagt, in Deutschland gibt es gar keine Geschworenen.«

Zum ersten Mal verstand Norbert die Redewendung, jemandem klappe beim Begreifen der Unterkiefer herunter, als er sah, wie Doreen seinen letzten Satz erfasste.

»Es gibt keine Geschworenen? Aber in jedem Buch ... in den Filmen ... Ich bin hundertprozentig davon überzeugt ...« Sie rubbelte mit den Fingerspitzen die Kerben über der Nase weg. »Unglaublich! Wer fällt denn dann hier bei uns das Urteil?«

»Der Richter.« Norbert war froh, dass sie ihm seine unbeherrschte Erheiterung nicht übel genommen hatte und sprach schnell weiter.

»Der Richter hört die Zeugen an, er holt Gutachten ein und es gibt auch einen Verteidiger für den Angeklagten und Schöffen. Ich glaube drei, aber das weiß ich nicht genau. Sie können mit beraten. Am Ende bildet sich der verantwortliche Richter ein Urteil und entscheidet über das Strafmaß.«

Er räusperte sich die vom Husten rauen Bronchien frei. »Du hast geglaubt, in Deutschland fällen zwölf Geschworene ein Urteil?«

Doreen nickte nur. Sie schämte sich ein wenig. Das schien elementares Grundwissen zu sein.

»Mach dir nichts daraus. Ich bin überzeugt davon, wenn wir eine Umfrage auf der Straße durchführen würden, hätte höchstens jeder Zehnte auch nur einen blassen Schimmer vom deutschen Rechtssystem.«

»Das tröstet mich nicht.« Sie erhob sich, leerte die Asche von der Untertasse in den Papierkorb, nicht ohne sich vorher zu vergewissern, dass nichts mehr glühte und brachte das Geschirr zum Waschbecken. »Genug gelacht! Wir haben zu tun!«

»Gut, dann rufe ich jetzt mal Frau Möller an.«

Doreen kümmerte sich derweil um die Kaffeetassen und spülte die Kaffeekanne aus.

Das Gespräch war schnell beendet. »Sie hat gesagt, ihr Mann sei wegen des Lösegeldes zur Bank unterwegs. Danach wollen sie zusammen noch einmal los, zu ihrer Bank. Wir sollen um halb fünf dort sein.«

Doreen schaute zur Wanduhr. »Dann haben wir ja noch reichlich zwei Stunden Zeit. Was hast du geplant?«.

»Schauen wir uns doch mal im Internet nach ähnlichen Fällen um.«

»In Ordnung. Ich würde zwischendurch gern was essen. Und – ich müsste heute im Laufe des Tages auch irgendwann noch einige Dinge einkaufen. Entweder nachher oder heute Abend.«

»Das können wir doch in einem Aufwasch erledigen.« Die blauen Augen leuchteten. »Was hältst du davon: Wir kaufen heute gegen Abend gemeinsam ein und gehen dann schön essen. Zu Stefano. Und ich bezahle. Na?«

Er wartete auf ihre Antwort wie ein Kind auf die Bescherung. Den Kopf halb zu ihr gedreht, der ganze Körper unter Vollspannung. Doreen brachte es nicht über sich, abzulehnen. Morgen oder übermorgen würde sie mit Herrn ›Bärentatze‹ ausgehen. *Ins Kino, nicht ausgehen,* berichtigte sie ihr Gewissen. *Nur ins Kino.* Es blieb also nur der heutige Abend, um Norbert einen Gefallen zu tun. Was war schon dabei? Sie liebte italienisches Essen. Es war gemütlich. Er würde für die nächsten Tage besänftigt sein und Ruhe geben. Das empfindliche Gleichgewicht wäre stabilisiert.

»Das ist eine gute Idee.« Norbert rieb die Handflächen raschelnd aneinander.

17

»Auf Wiederhören.«

Agnes legte den Hörer in seine Vertiefung zurück. Dieser komische dicke Mann, der sich für einen Meisterdetektiv zu halten schien, wollte also nachher mit seiner Kollegin vorbeikommen. Halb fünf hatte er gesagt. Es würde nichts bringen, das wusste sie. Aber sollte er sich doch kümmern, wenn er denn unbedingt wollte. Und wenn es sie nichts kostete.

Trotzdem war ihr immer noch nicht völlig klar, was den massigen Mann – *Löwe passte überhaupt nicht zu ihm – Walross wäre passender gewesen ...* – was also das Walross dazu gebracht hatte, sich mit Josephines Entführung zu beschäftigen.

Walross oder Seelöwe. Auch das war bei weitem zutreffender als der Name des Königs der Tiere. Ein feister, plumper Fleischberg, der nur am Strand herumlungerte, von Zeit zu Zeit sinnlos herumröhrte und mit seinem Schnauzbart wackelte, der nichts im Kopf hatte, außer zu fressen und zu schlafen und vielleicht einmal im Monat ein Weibchen zu bespringen, Obwohl das Wort ›bespringen‹ ja hier ebenfalls fehl am Platz war. Wie machten diese Fettmonster das eigentlich?

Agnes blickte ein zweites Mal auf die Zeiger der Uhr, nachdem sie eben gerade schon einmal nach der Zeit geschaut, diese aber sofort wieder vergessen hatte. Sie schweifte mit ihren Gedanken ab. Das war nicht gut. Es gab viel Wichtigeres zu tun.

Denk nach, Agnes: Was könnte eine Mutter, deren Kind entführt wurde, noch unternehmen? Die Frau wanderte vom Wohnzimmer in die Küche und begann sich zu beschäftigen. Während ihre Hände mechanisch begannen, die Teegläser abzuspülen und zu polieren, versuchte sie, logisch nachzudenken. Was könnte sie tun. Was? Noch einmal ließ sie vor ihrem inneren Auge den Film von Sonntagnachmittag ablaufen.

Zuerst hatten sie gemeinsam Mittag gegessen. Ralf war gleich darauf aufgebrochen, um zu seinen Eltern zu fahren, wie jeden Sonntag. Mutter und Tochter hatten sich an den Abwasch gemacht. Josephine spülte das Geschirr. Das war ihr Beitrag zum Mittagessen, Geschirr spülen, abtrocknen, wegräumen. Agnes kochte und bereitete alles vor. Alle Tätigkeiten im Haushalt waren gerecht verteilt, jeder musste seinen Anteil dazu leisten. Abwaschen war Josephines Aufgabe und sie erledigte das inzwischen sehr gründlich. Bald schon könnte man sie in die Geheimnisse der Kochkunst einweihen. Die einfachen Gerichte zuerst, dann immer kompliziertere Sachen. So lernte die Tochter von der Mutter Nützliches für das spätere Leben.

Agnes schüttelte den Kopf und stellte die Teegläser ordentlich übereinander zurück in den Hängeschrank mit den weiß polierten Oberflächen. Was sie wieder zusammenfantasierte! Das Kind war verschwunden, entführt von einem Kidnapper und sie malte sich aus, wie sie ihrer Tochter das Kochen beibringen würde. Idiotisch!
Sie sah sich in ihrer Küche um. Ein zerknülltes Papiertaschentuch lag neben dem Mülleimer. Beim Aufrichten spürte Agnes für einen winzigen Moment einen schneidenden Schmerz im Brustkorb, als ziehe jemand eine messerscharfe Rasierklinge durch ihren rot zuckenden Herzmuskel, so dass

er sich klaffend öffnete. Der Schmerz verschwand unvermittelt, wie er gekommen war.

Agnes brubbelte vor sich hin. »Also nach dem Abwasch. Wie ging es da weiter ... vierzehn Uhr ... Ja, ja, da ist sie los.« Sie tigerte ins Wohnzimmer, setzte sich auf das Sofa, schlug beide Hände vor das Gesicht und schloss die Augen, damit es richtig dunkel wurde. Sie sah ihr kleines Mädchen in der abgewetzten braunen Cordhose, die babyrosa Bluse fein säuberlich in den Hosenbund gesteckt, die auberginenfarbene Strickjacke lose darüber. Die Tochter hatte sich in ihrem Zimmer umgezogen und stand nun in der Küche vor ihr. Die stattliche runde Küchenuhr hatte zehn Minuten vor zwei angezeigt. Agnes hatte in die hellen bernsteinfarbenen Augen gesehen. ›Um vier bist du wieder hier. Zwei Stunden. Reicht das?‹ Josephine hatte stumm genickt, sich umgedreht und war in Richtung Flur verschwunden. Schlüssel klapperten.

Wieso hatte sie ihr bloß erlaubt, das Fahrrad zu nehmen? Damit hatte das Unheil begonnen. Hätte die Tochter sonst den Weg durch die menschenleere Gartensiedlung gewählt?

Agnes' Augen huschten zum Fenster und verloren sich für einen Augenblick in den übermütig tanzenden Flocken. Es war sehr kalt gewesen, aber es lag kein Schnee. Und es war noch hell. Zwickau war eine belebte Großstadt, immerhin die viertgrößte Stadt Sachsens, keinesfalls irgendein Dorf. Hier gab es überall Leute und mit dem Fahrrad war Josephine schneller bei der altmodischen kleinen Sarah.

Dann war das Kind kurz vor zwei losgezogen.

Die Filmspule riss sich los und das Zelluloidband flatterte der Rolle bei jeder Drehung knallend hinterher.

Finis.

Agnes setzte sich in Bewegung. Was konnte sie noch unternehmen? Josephine war zuletzt am Rande der Gartensiedlung gesehen worden, mit dem Fahrrad. Danach nicht mehr.

Wer hatte Josephine gesehen? Mann oder Frau? Alt oder jung? Und in welche Richtung war sie gefahren, als sie zuletzt beobachtet wurde?

Agnes marschierte auf und ab wie ein Soldat auf Wache. Sie konnte sich nicht erinnern, ob die Beamten ihr dazu etwas mitgeteilt hatten oder nicht, aber man könnte sie heute Nachmittag beim obligatorischen Besuch noch einmal danach fragen. Eigentlich könnte doch die Mutter selber mit der Person sprechen, die ihr kleines Mädchen zuletzt gesehen hatte. Und sei es nur, um das Gefühl zu haben, sich an der Suche beteiligen zu können? Dagegen wäre doch nichts einzuwenden?

Auch die altmodische kleine Sarah könnte sie besuchen. Obwohl Josephine bei ihr nie angekommen war. Vielleicht wusste sie trotzdem noch etwas.

Das wäre aber auch eine mögliche Aufgabe für den schmerbäuchigen Detektiv und seine Mitarbeiterin. *Ob sie auch so feist war wie ihr Kollege?*

Die Wohnungstür klappte.

»Agnes? Ich bin's!«

Auch so eine bescheuerte Phrase. Wer zum Teufel sollte es sonst sein? Kalter Jähzorn erfüllte ihren Kopf, als sie in den Flur ging. Sie biss die Zähne so fest zusammen, dass sie schmerzten. »Hast du was erreicht?«

Ralf stand mit nach vorn gebeugtem Oberkörper auf der Fußmatte am Eingang und schnürte seine Schuhe auf. Bei ihrer Frage hob er den Kopf. Wie ein fahler weißer Mond schaute sein Gesicht zu ihr auf. »Ja, ich hatte Glück.« Er richtete sich auf.

»Was hast du als Grund für den Kredit genannt?«

»Ein neues Auto, wie wir es besprochen haben. Barzahlung bringt Rabatt.« Groß und dunkel glühten seine Augen. Ralf war nicht glücklich über diese Lüge. »Sie haben es ohne weiteres geglaubt.«

»Hast du das Geld gleich mitgebracht?«

»Ja.« Seine Rechte fuhr in die Innentasche des Jacketts und kam mit einem dicken cremefarbenen Briefumschlag wieder hervor. »Ich bete die ganze Zeit darum, dass es was nützt, dass in dem Schreiben des Entführers morgen steht: Bringen Sie das Geld da und da hin und dann lasse ich ihre Tochter frei ... Wir übergeben das Geld, und Josephine kommt unversehrt zu uns zurück. Alles ist wieder wie vorher.«

»Ich glaube fest daran.« Ralf setzte sich neben sie und nahm ihre kalte trockene Hand in seine. »Irgendwelche Informationen von der Polizei, während ich weg war?«

»Nein, nichts.«

Die Polizei. Wollten die Beamten nicht heute Nachmittag wiederkommen und Bericht über den Fortgang der Suche erstatten? Die Mutter mit Phrasen über die ausgedehnte Suche hinhalten? Alles Menschenmögliche werde getan, bla, bla, bla, sinnloses Geschwätz.

Dabei wollten sie doch jetzt gleich noch zur Sparkasse, einen Kredit für Agnes aufnehmen. Mit Ralf als Bürgen. Was, wenn die Bullen gerade in der Zeit erschienen?

»Weißt *du* noch, wann die Beamten heute vorbeikommen wollten?« Sie blickte seitlich an Ralfs unzugänglichem Gesicht vorbei. Der Mann auf der Couch erschien ihr wie ein Fremder. Verkrampft und zusammengesunken hockte er in den Polstern, seine Hand fühlte sich kühl und abgestorben an, wie ein feuchter Lappen.

»Am Nachmittag, haben sie gestern gesagt.« Die tote Hand erwachte zum Leben und krampfte sich um ihre. »Wir müssen zu deiner Bank.«

»Um halb fünf kommt auch Herr Löwe«, sie bemühte sich, nicht an ein unförmiges Walross zu denken. Irgendwann würde ihr diese Bezeichnung dem Detektiv gegenüber herausrutschen, »mit seiner Kollegin. Er hat vorhin angerufen, als du unterwegs warst und gesagt, sie können schon eher hier sein.«

»Gut. Wir rufen jetzt die Polizeibeamten an und sagen, dass wir –« Ralf blickte auf seine Armbanduhr »– bis sechzehn Uhr unterwegs sein werden. Und zwar, um Einkäufe zu erledigen. Irgendwann müssen wir ja auch mal aus dem Haus gehen.«

»Was, wenn der Entführer hier anruft, während wir nicht da sind?«

»Ich glaube nicht, dass er noch einmal das Telefon benutzt. Er hat gesagt, morgen erhalten wir sein Schreiben. Darin stehen alle Informationen.« Agnes war es übel. Saurer Magensaft kroch die Speiseröhre nach oben und brannte im Hals. Der Entführer würde heute *nicht* noch einmal anrufen. Sie war sich sicher. Schließlich hatte sie mit ihm am Telefon gesprochen, heute Vormittag erst. Es schien Jahre her zu sein. »Lass uns einfach den Anrufbeantworter einschalten.«

Sie erhob sich und schluckte die saure Flüssigkeit in ihrem Mund hinunter. »Müssen wir eigentlich den Polizisten von dem Privatdetektiv erzählen?«

»Wenn ich das wüsste.« Auch Ralf quälte sich vom Sofa hoch und stand nun neben ihr, ohne sie anzusehen. Er machte einen langsamen Schritt in Richtung Tür. »Erst einmal nicht. Fragen wir den Detektiv doch nachher selber, was er davon hält. Ich hatte den Eindruck, er ist vertrauenswürdig.« Noch zwei Schritte. »Ich rufe jetzt bei den Polizisten an, dann fahren wir zur Sparkasse.«

Agnes versuchte, sich an ihre Gedanken vor Ralfs Rückkehr zu erinnern. Ihre Schultermuskulatur schmerzte. Bei jeder Drehung des Halses stachen kleine Messerchen in den oberen Bereich des Rückens. Sie kniff mit beiden Händen in die Muskulatur, die sich vom Hals zur Schulter zog. Die Daumen vorn, die Finger auf der Rückenseite, und begann das verspannte Fleisch zu kneten.

Vor dem Fenster gaukelten noch immer die reizenden kleinen Schneeflöckchen durch die Winterluft. Endlich Schnee, endlich Schlittenfahren, Schneemann bauen und Schneeballschlacht, toben in den silbern glitzernden Wölkchen, Winterfreuden für Kinder. Nur nicht für ihre Tochter.

Ralf kam zurück. Er habe mit den Beamten gesprochen. Es gäbe nichts Neues zu berichten. Es sei in Ordnung, wenn sie für eine Stunde die Wohnung verließen. Ob sie Hilfe bräuchten. Ob die Psychologin noch einmal vorbeikommen solle. »Ich habe gesagt, erst einmal nicht.« Seine Augen versuchten hinter Agnes Vorhang zu sehen. »Oder möchtest du mit ihr sprechen?«

»Nein. Ich komme klar. Was kann die schon für uns tun?« Sie hatte keine Lust, mit der Frau zu reden. Das brachte ihr Kind nicht zurück.

»Dann fahren wir jetzt zur Bank.«

Agnes folgte ihm in den nachtdunklen Flur.

18

»Schau. Das ist die Suchmaschine. Und jetzt kann man ein beliebiges Suchwort eingeben. Nenne mir irgendein Wort.«

»Vermisste Kinder.«

Er tippte den Begriff ein, und die virtuelle Maschine begann ihre Ergebnisse auszuspucken. Verweis für Verweis erschien auf dem Bildschirm.

»So viele Angaben.« Doreen war erstaunt.

»Und da sind noch etliche Seiten mehr. Wir könnten jetzt stundenlang lesen, uns informieren und die Daten speichern. Wenn wir Zeit hätten. Das ist nämlich der Nachteil einer solchen Suche.« Er holte Luft und setzte zu einer längeren Erklärung an. Norbert erklärte gern.

Sie schob seine Linke sanft beiseite. Ganz zufällig war die Hand vor fünf Minuten unter der Lehne seines Sessels, auf dem Doreen ausnahmsweise sitzen durfte, hindurch gekrochen. Wie eine Schlange auf Beutezug. Seine Finger schienen ein Eigenleben zu haben, jedenfalls tat Norbert des Öfteren so und manchmal ließ sie ihm die Freude. Was war schon dabei? Eine Hand auf einem Oberschenkel. Na und? Es tat nicht weh. Es war nicht mal unangenehm. Sie mochte Norbert und sie mochte seine Hand.

»Ich würde abschließend gern noch schauen, ob es Angaben zu vermissten Kindern hier in der Nähe gibt, ähnliche Fälle, die sich in den zurückliegenden Jahren ereignet haben, alles, was außer dem Verbrechen an Annie und Melanie noch geschehen ist. Das könnte uns bei den Recherchen zu Josephine nützen.« Norbert räusperte sich und prüfte in Doreens angespanntem Gesicht, ob sie schon genug vom Flimmern der Bilder und Texte habe.

»Kann man auch nach Namen suchen?«

»Natürlich!« Begeistert über ihre Frage und entzückt darüber, seiner wissbegierigen Kollegin noch etwas erklären zu können, riss Norbert seine Augen auf, so dass sie nun eine perfekte Kugelform besaßen. »Namen, Zitate, Lebende, Tote, erfundene Leute, Märchenfiguren, alles. Alles!« Seine Stimme wurde lauter. Die linke Hand flatterte zur Unterstützung der Rechten ein bisschen mit in der Luft herum, landete dann auf der Stuhllehne, rutschte bedächtig auf dieser nach vorn, glitt schläfrig nach unten und nistete sich wieder auf ihrem Lieblingsplatz ein. Auf Doreens Oberschenkel.

»Geben wir ›Ronny Sommerfelder‹ ein.«

»Ja, gute Idee!« Norbert rollte mit Doreens Schreibtischstuhl, bis es nicht dichter ging, an sie heran und neigte seinen Oberkörper nach links. Sein neues Parfüm war immer noch schwach wahrzunehmen. Eine unterschwellige Erinnerung an schattig kühlen Wald und Baumharz mit einer Beimengung von Wacholder. Dunkel. Verlockend. Der Duft von Elfen und Schmetterlingen über Moospolstern.

»Doreen!« Seine Linke hob sich kurz und klopfte auf ihr Bein. »Träum nicht! Gib den Namen ein!«

Sie tippte R o n n y S o m m e r f e l d e r ein. Mehrere Ergebnisse erschienen auf dem Monitor und beide starrten gebannt auf die Links. »Geh mal dahin.« Norbert rutschte fahrig auf dem für ihn unbequemen Drehstuhl herum und deutete mit dem Zeigefinger auf die Mitte des Bildschirms. Seine Linke ließ er brav auf ihrem warmen Plätzchen liegen. Es war sehr schön dort.

Sie fanden keine aktuellen Informationen über den Mörder. Ein paar ältere Artikel auf den Seiten großer Tageszeitungen aber nichts Aktuelles. So beendeten sie die Internetrecherche für heute.

Doreen dachte darüber nach, was sie nachher noch alles einkaufen wollte. Schwarze Wildlederhandschuhe. Das war allerdings schlecht möglich, wenn Norbert dabei war. Herrn Röthig musste sie auch noch unauffällig anrufen. Heikle Angelegenheit.

Wie die azurnen Augen leuchteten ... Gleich dem fast violetten Himmel beim Blick aus einem Flugzeugfenster, Kilometer über den weißrosa Wolkentürmen. Klar und tiefgründige Seen im Gebirge. Nur wenige Männer konnten mit solch einer Augenfarbe aufwarten. Paul Newman zum Beispiel, Alec Baldwin oder Terence Hill. Obwohl Doreen Western oder Bud-Spencer-prügelt-sich-durch-die-Welt-Filme nicht leiden konnte. Aber diese Leuchtaugen! Ihr Blick war hypnotisch. Das arme samtene Kaninchen konnte sich, paralysiert, nicht mehr rühren, willenlos erstarrte es unter dem amethystenen Bannstrahl. Terence Hill kam auch aus Sachsen. Alle guten Leute kamen eigentlich aus Sachsen oder hatten hier Vorfahren.

»In zehn Minuten brechen wir auf. In Ordnung?« Norberts Stimme riss sie aus ihren Träumereien. Geschäftig sortierte er seine Unterlagen. »Zuerst holen wir uns einen Imbiss oder wollen wir in das Kaffeehaus am Gewandhaus gehen? Ich hätte Lust auf einen leckeren Cappuccino. Dann fahren wir zu Josephines Eltern. Danach ist noch ausreichend Zeit, um einzukaufen, bevor wir zu Stefano gehen. Bis morgen haben wir dann einen genauen Plan ausgearbeitet, wie wir nach dem vermissten Mädchen suchen wollen, einverstanden?« Er sah sie an und wartete auf ihr bestätigendes Nicken.

Doreen tat ihm den Gefallen und entschied sich für das Kaffeehaus. »Wer beschattet eigentlich Thomas Bäumer, wenn wir den Eltern von Josephine helfen?«

Sich zu ihm undrehend, erhaschte sie Norberts verlegenen Blick, bevor er von einer undurchdringlichen Miene gelöscht wurde. Sie war nicht überrascht, seinen Vorschlag zu hören, dass sie beide sich beim Beschatten von Herrn Schweinenase Bäumer abwechseln könnten, so wie heute Vormittag, mal er, mal sie. Der andere könne jeweils Recherchen zu dem vermissten Mädchen anstellen. Ein perfekter Plan.

Zur Bezahlung der Detektivarbeit sagte er nichts, und Doreen nahm sich vor, ihn bei gegebener Gelegenheit noch einmal daran zu erinnern.

19

An ihrem Baguette kauend, welches sie noch schnell gekauft hatte, betrachtete Doreen die viereckige Welt. Gleichförmigkeit in Beton. Ein paar abgestorben wirkende Bäume ließen ihre weißgepuderten Äste trübsinnig herunterhängen. Der Schnee wirkte in dem Neubauviertel wie durchscheinende Tünche, die das depressive Grau nur unzureichend bedeckte. Alle Häuserblöcke sahen gleich aus. Sie fragte sich, wie es einem Vorschulkind gelang, *seinen* Eingang von den anderen zu unterscheiden.

Der Wind trieb schmutzige Schnipsel aus einem umgeworfenen Papierkorb vor sich her, hetzte sie über den Gehweg, jagte die Fetzen in struppige Sträucher, die das zerknüllte Papier aufspießten und festhielten. In solchen Wohngebieten sei die Selbstmordrate höher, als in historisch gewachsenen Innenstädten. Es war Jahre her, dass Doreen diesen Fakt irgendwo gehört hatte, aber sie glaubte daran. Es war nicht erwünscht, dass solche Studien oder gar konkrete Zahlen veröffentlicht wurden und trotzdem gelangten sie auf verschiedenen Kanälen an die Öffentlichkeit und prägten sich den Leuten unauslöschlich ein.

Doreen fegte die Krümel von ihrer Kleidung und lehnte sich zurück. Unter keinen Umständen hätte sie hier jemals leben mögen. Nicht früher, als der Sozialismus diese Betonburgen als Errungenschaft der neuen Zeit anpries und auch nicht heute, da jede Gemeinde diese Wohnsilos systematisch verfallen ließ. Wer es sich leisten konnte, zog weg, übrig blieben nur die Geringverdienenden, Arbeitslose, Sozialhilfeempfänger,

Alte. ›Soziale Entmischung‹ nannte man das. Ein toller Begriff! Als seien die Menschen Gemische chemischer Substanzen wie Wasser und Öl. Sie fröstelte. Sogar der neue, glitzernde Schnee war hier grau und schmutzig. Was für ein Unterschied zu den historischen Fassaden und lebhaften Geschäften in der Innenstadt. Am Hauptmarkt buhlten verschiedene Baustile um das Interesse der Betrachter und Robert Schumann, berühmter Sohn der Stadt, betrachtete die Menschen mit weisem Gesichtsausdruck von seinem Sockel aus.

»Schau!« Norbert löste seine rechte Hand vom Lenkrad und zeigte seitlich aus dem Fenster. »Da drüben ist der Zeitungsladen, von dem ich dir erzählt habe!« Er bremste vorsichtig. Die Straßen waren immer noch glatt. »Jetzt sind wir gleich da.«

Das Auto schwenkte rückwärts in eine Parklücke und sie stiegen aus. Unerbittlich drängelte sich feuchtkalte Luft in ihre Lungen. Neben großen bleifarbenen Müllcontainern lagen zwischen bunt bedruckten Einkaufstüten mit Abfällen noch immer die nadellosen Skelette längst überflüssig gewordener Weihnachtsbäume. Eine weiche Decke aus Schnee hüllte ihre Kadaver gnädig ein, damit sie nicht froren. Es roch nach vermodernden Speiseresten. Die Dämmerung hatte sich herangeschlichen, ohne dass es aufgefallen war.

Die ganze Szenerie verströmte Trostlosigkeit und Resignation. Es würde ihnen niemals gelingen, das verlorene Kind aufzuspüren.

Am liebsten hätte sie kehrtgemacht, wäre davongefahren und mit Herrn ›Azurauge‹ ins Kino gegangen. Ein lustiger erfrischender Film und ein kleiner Flirt. Das Leben könnte so nett und unkompliziert sein.

Stattdessen tat sie sich das hier an. Hatten die Erlebnisse vom vergangenen Sommer ihr noch nicht ausgereicht? Das Kind ihrer Freundin, tot, missbraucht, verstümmelt? Sie beschloss, postwendend umzukehren. Sollte der Superdetektiv doch allein zu den Eltern gehen.

Die Wechselsprechanlage plärrte und der Türöffner summte. Doreen folgte Norbert in den düsteren Hausflur.

»Meine Kollegin, Frau Graichen.« Norbert machte eine kleine Bewegung mit Handfläche zu ihr hinüber. Der unscheinbare kleine Mann in dem halbdunklen Flur streckte den Arm aus und nickte ihr gleichzeitig zu.

»Bitte, legen Sie ab.« Er wartete geduldig mit bereitgehaltenem Kleiderbügel, bis Doreen sich aus dem Mantel gewurstelt und den Schal im Ärmel verstaut hatte. Kleiderbügel und Mantel landeten ordentlich auf der Garderobe. Ein wohl erzogener Mann, dieser Herr Beesenstedt.

Sie folgten ihm ins Wohnzimmer.

»Bitte nehmen Sie Platz.« Ralf Beesenstedt schaltete das Deckenlicht an. Grell und inquisitorisch beleuchtete es den Raum und die drei Menschen darin.

»Wo ist Ihre Frau?« Norbert fand keinen bequemen Platz auf dem breiten Sofa und rutschte unauffällig hin und her.

»Agnes hat es mal wieder nicht mehr ausgehalten.« Ralf schüttelte den Kopf, als glaube er nicht an seine Worte. »Ihr ist die Decke auf den Kopf gefallen. Dauernd diese Anrufe. Irgendwelche Reporter wollen Interviews und jedes Mal denkt man, es könnte der Entführer sein.« Er schaute zu Doreen. Wusste sie über alles Bescheid? Ihr sanftes Nicken forderte ihn auf, fortzufahren.

»Stellen Sie sich vor! Als wir vorhin bei der Sparkasse waren, haben vier solcher Bluthunde auf unseren Anrufbeantworter gesprochen! Innerhalb von einer Stunde!« Sein Kopfschütteln wurde heftiger. Norbert hatte jetzt eine einigermaßen komfortable Sitzposition gefunden und schielte zu Doreen. Ihr Blick verfolgte Ralf Beesenstedt, der auf dem rot gemusterten Teppich auf und ab tigerte. »Es könnte ja auch die Polizei mit einer Hiobsbotschaft sein. Ich möchte gar nicht weiter darüber nachdenken!«

»Ich glaube nicht, dass die Polizei Sie per Telefon benachrichtigen würde.« Norbert sprach langsamer als sonst.

Ralf Beesenstedt blieb stehen und wechselte vom verstörten Stiefvater zum aufmerksamen Gastgeber. »Entschuldigen Sie. Ich habe ganz vergessen – möchten Sie etwas trinken?« Er setzte sich in wieder in Bewegung, ein paar Schritte in Richtung Wohnzimmertür, blieb stehen und schaute sie an. »Ein Wasser vielleicht?«

»Gern.« Doreen nickte ihm aufmunternd zu und sah, wie der kleine Mann im Flur verschwand.

»Wir sollten zur Sache kommen.« Norbert sprach leise. »Uns läuft die Zeit davon. Ich möchte gern das Zimmer der Kleinen sehen, um mir einen Eindruck zu verschaffen, wenn es geht, ohne dass Mutter und Vater dazwischen herumwieseln.«

Der Stiefvater kehrte zurück und stellte drei Gläser und eine Flasche aus dem »Wasser-Max« auf den Couchtisch.

Doreen konnte spüren, wie sich Norbert neben ihr verkrampfte. Sie kannte seine Abneigung gegen Leitungswasser und verkniff sich ein Grinsen.

Ralf Beesenstedt versank in einem der wuchtigen Sessel und betrachtete die Kollegin von Herrn Löwe zum ersten Mal richtig. Sie schien zu hübsch, um ernsthafte Arbeit leisten zu können. Es konnte ein Vorurteil sein. Er beschloss, sich weiterhin an den Detektiv zu halten.

Dieser war bereits damit beschäftigt, Papiere aus seiner mitgebrachten Mappe hervorzukramen und auf dem Tisch auszubreiten. Seine Kollegin füllte indessen zuvorkommend die Gläser. Dann blickte der Detektiv auf.

»Lassen Sie uns folgendermaßen vorgehen.«

Doreen wartete, ob Norberts Finger sich zur Unterstützung des Gesagten nacheinander erheben würden, aber sie blieben, wo sie waren. Die rechte Hand hielt den Stift, die linke lag flach auf dem Tisch. »Zuerst berichten Sie, was sich seit heute Vormittag, als ich hier war, ereignet hat. Dann fassen wir noch einmal die Maßnahmen zusammen, welche die Polizei bis jetzt durchgeführt hat. Als drittes planen wir unsere nächsten Schritte. In Ordnung?«

Der Mann im Sessel nickte schwach.

»Was glauben Sie, wann Josephines Mutter zurückkommt?« Der Stiefvater schien verwundert, dass Doreen sich in die Rede ihres Kollegen einmischte. Bei seiner Antwort schaute er zu Norbert.

»Ich weiß es nicht.« Die Polster des Sessels schienen ihn aufzusaugen. »Sie muss sich ablenken, sonst hält sie das nicht aus.« Er atmete hörbar aus. »Sie ist wie versteinert. Ich weiß nicht, ob das gut ist. Der Brief des Entführers ist ihre ganze Hoffnung. An etwas anderes will sie nicht denken. Die Polizei hat uns die Hilfe einer Psychologin angeboten. Aber Agnes möchte nicht mit ihr reden. Sie klammert sich an die Hoffnung. Morgen Vormittag werden wir die Instruktionen des Kidnappers erhalten und sie will dann das Geld genau nach seinen Anweisungen übergeben. Heute Nachmittag waren wir bei den Banken. Agnes glaubt, der Entführer lässt dann Josephine frei und sie kommt zu uns zurück. Unversehrt natürlich.« Erschöpft von der langen Rede hielt er kurz inne und rang nach Luft. »Ich würde so gern daran glauben, dass es funktioniert.«

»Was denken *Sie*?« Norbert fixierte sein Gegenüber, während dieser seine Hände im Schoß ineinander krampfte.

»Wenn es wirklich um Lösegeld ginge, so verstehe ich nicht, warum der Täter gerade uns ausgewählt hat. Wir sind weder reich noch berühmt.«

Doreen nickte unwillkürlich. Der Mann hatte die Sache auf den Punkt gebracht. War er sich aber auch im Klaren darüber, was als Alternative in Frage kam? Ein Perverser, der ein kleines Mädchen entführte, um sich an ihr zu vergehen, so ein gestörtes Schwein wie Ronny Sommerfelder? Ein Täter, der eine Entführung nur vortäuschte, um die Suche nach dem Kind in die falsche Richtung zu lenken, der aus seiner Tat noch Gewinn schlagen wollte? Das Mädchen durfte schon deswegen nicht am Leben bleiben, weil sie über den Täter Auskunft geben konnte. Womöglich kannten ihn die Eltern sogar, war es ein Nachbar, ein Bekannter, ein Freund der Familie. War das nicht fast immer so? Die Gefahr, dass der Täter durch die Freilassung seines Opfers letztendlich doch gefasst werden würde, war zu groß. Eigentlich blieb ihm nur eine Möglichkeit. Wie viele Fälle von entführten Kindern hatte es in den letzten Jahren gegeben, in denen das Kind im Nachhinein unbeschadet wieder bei den Eltern gelandet war? Doreen konnte sich an keinen einzigen Fall erinnern.

Nicht – einen – einzigen – Fall.

Sie wusste, was das bedeutete. Und Ralf Beesenstedt schien es auch zu wissen.

»Nun, gut. Dann sehen wir mal.« Norbert hob seinen Stift. Vielleicht war die süße kleine Josephine tot, vielleicht auch nicht. Tatsache war jedenfalls, dass es einen Täter gab. Und den mussten sie finden. Seinetwegen konnte auch die Polizei ihn finden, Hauptsache, das Schwein wurde gefasst. Die Hoffnung, dass das Mädchen noch lebte, wollte er deswegen trotzdem nicht begraben. Dieses ernste kleine Kind mit dem fröhlichen Billy-Wilder-Namen.

Während der Stiefvater von den Schwierigkeiten, einen Kredit aufzunehmen, seinem Besuch bei seiner Hausbank und dem anschließenden Gang zur Sparkasse berichtete, betrachtete Doreen das Wohnzimmer, um sich ein Bild von den Menschen, die hier lebten, zu machen.

Es war ein konventionell eingerichteter Raum.

An den gläsernen Schiebetüren der Anbauwand prangte nicht ein einziger Fingerabdruck. Die furnierten Flächen waren blank poliert. Buntschillernde, mundgeblasene Glasvasen in den unwahrscheinlichsten Formen reihten sich, exakt in einer Linie ausgerichtet, hinter den Scheiben aneinander. Im Nachbarfach tummelten sich kleine Porzellantierchen in putzigen Posen. Eine herzige Häschenmama machte Männchen, neben sich ihr reizendes Häschenkind, eine Entenfamilie war, die Köpfe geneigt, um einen porzellanblauen Teich mit Himmelschlüsselchen versammelt, vier Elefantenkinder hatten sich wie die Orgelpfeifen hinter ihrer liebreizenden Elefantenmutter aufgereiht, ihre Rüssel hielten sich jeweils am Schwanzpuschel des Vordermannes fest. Allerliebst. Genau wie im richtigen Leben!

In der ganzen Ausstellung befand sich nicht ein einziges Buch. Lasen die Leute in dieser Wohnung überhaupt etwas anderes als die Fernsehzeitung? Menschen, die keine Bücher besaßen, waren Doreen unheimlich. Das schloss sofort den Ruch von Dummheit ein. Aber sie wollte nicht ungerecht sein, vielleicht gab es ja Literatur in dieser Wohnung, nur eben nicht im Wohnzimmer. Manche Menschen mochten es nicht, Bücher sichtbar auszustellen und verschönerten ihr Heim stattdessen mit Nippes, Glasvasen oder Häkeldeckchen. Die Bücher befanden sich dann eben irgendwo anders. Und was waren Josephines Mutter und Stiefvater eigentlich von Beruf?

Doreen hörte Ralf Beesenstedt von den Aktionen der Polizei berichten. Norbert hakte systematisch Punkt für Punkt auf seiner »Erledigen-Liste« ab. Die Gegend war komplett durchsucht worden. Gartenanlagen, ein angrenzendes Wäldchen, ein stillgelegtes Fabrikgelände. Taucher hatten gestern zwei Teiche in der Nähe abgesucht, sogar ein Hubschrauber mit einer Wärmebildkamera sei eingesetzt worden. Gefunden hatte man nichts. Was die Theorie einer Entführung stützte. Vielleicht. Irgendwo musste Josephine ja sein.

Oder ihre Leiche.

Doreen spürte, wie sich die Härchen auf ihren Armen aufrichteten. Sie sah einen kleinen Körper mit verdrehten Gliedern auf der eisigen Erde liegen. Still fallender Schnee bedeckte das tote Kind mit einem weißen Grabtuch. Sie rieb über den Stoff ihrer Pulloverärmel und verscheuchte das entsetzliche Bild aus ihren Gedanken. Auch die Nachbarn waren befragt worden, alles Menschenmögliche hatten die Beamten bereits erledigt. Was konnten zwei unbedarfte Privatdetektive noch tun?

Herr Beesenstedt beendete seinen Bericht und rutschte tiefer in seinen Sessel. Seine Füße hingen fünf Zentimeter über dem Teppich.

»Danke. Dann wollen wir mal sehen, was für uns noch zu tun bleibt.« Norbert schien Doreens Gedanken gelesen zu haben. »Wir würden uns zuerst gern ein wenig in Josephines Zimmer umsehen. Wäre das möglich?« Sein Tonfall bat um Verständnis.

»Von mir aus.« Der Stiefvater war wieder nach vorn gerutscht und machte brummelnd Anstalten, vom Sitz zu hopsen. »Obwohl ich nicht weiß, was das nützen soll. Aber bitte schön.« Er ging voran und öffnete die Wohnzimmertür.

Das Telefon im Flur klingelte anklagend.

Ralf Beesenstedt begann zu zittern.

20

Espenlaub.

Das war es. Jemand zitterte wie Espenlaub. Bisher hatte Doreen sich nicht so richtig vorstellen können, wie das aussah. Ralf Beesenstedt rührte sich nicht von der Stelle, stand da und hatte Schüttelfrost.

›Geh endlich ran!‹, wollte Doreen ihn anschreien, aber es kam kein Laut über ihre Lippen.

Wütend läutete das Telefon. Das Klingeln schien mit jedem Mal lauter zu werden, dann schaltete sich mit einem Knacken der Anrufbeantworter an.

Der Stiefvater hörte seiner eigenen Stimme zu, wie sie verkündete, der Anrufer habe den Anschluss von Möller und Beesenstedt gewählt und man rufe gern zurück, wenn dieser eine Nachricht und seine Nummer hinterließe. Knack.

Es piepte dreimal.

Drei Menschen warteten beklommen auf die Ansage.

Der Anrufer legte auf.

Norbert sprach als Erster.

»Aufgelegt. Das war sicher jemand von der Presse.« Unausgesprochen stand die Befürchtung im Raum, dass es ebenso der Entführer gewesen sein könnte. Das ließ sich nun nicht mehr herausfinden. Aber hatte er nicht gesagt, morgen käme der Brief mit seinen Anweisungen, warum hätte er vorher noch einmal anrufen sollen?

»Wir würden uns nun gern das Zimmer ihrer Tochter anschauen.« Ablenkung durch Beschäftigung.

Josephines Stiefvater setzte sich langsam in Bewegung. »Hier entlang.« Er öffnete die Tür zum Kinderzimmer, schaltete das Licht an und blieb mit herabhängenden Armen und eingezogenen Schultern mitten im Raum stehen.

Es war kalt im Zimmer und Doreen machte ein paar Schritte in Richtung Heizung. Direkt über ihrem Kopf baumelte eine runde Lampe aus chinesischem Reispapier, an deren Unterseite ein kleiner unbemannter Flechtkorb hing. Wenn die Kleine abends in ihrem Bett lag, konnten ihre Gedanken sich in einen Ballonflug hineinwünschen, weit oben im Himmelsblau, lautlos schwebend, über sonnengelbe Felder und moosgrünen Wald hinweg. Rosa Tauben und bunt schillernde Papageien begleiteten die Gondel und zwinkerten dem Kind darin verschwörerisch zu, Wölkchen wehten heran und boten süße Zuckerwatte feil. Eine kleine Brise umfächelte kitzelnd das von der wärmenden Sonne erhitzte Gesichtchen, spielzeuggroße Häuser mit roten Dächern, blumenübersäte Wiesen, mäandernde Feldwege neben einem Flüsschen mit durchsichtigem Wasser zogen unter ihr vorbei. Kleine Wellen funkelten im Sonnenlicht wie winzige Diamanten. Schöne heile Welt.

Norberts an Ralf Beesenstedt gerichtete Worte holten Doreen aus der schaukelnden Gondel zurück in die Wirklichkeit.

»Sie können auch gern ins Wohnzimmer gehen. Wir nehmen nichts weg.« Er wollte den schweigenden Beobachter loswerden. »Wenn wir Fragen haben, kommen wir zu Ihnen.«

»In Ordnung.« Als hätte er nur auf diesen Befehl gewartet, drehte sich Ralf Beesenstedt hölzern um und verschwand aus ihrem Blickfeld.

»Dann mal los.« Auch Norbert hatte sich in der Zwischenzeit umgesehen. An der linken Fensterscheibe war noch Weihnachten. Ein dicker Nikolaus grinste einen pausbäckigen Trompetenengel an, der ihn segnete. Norbert zeigte auf den Kleiderschrank. »Schauen wir mal da hinein.«

Doreen hatte keine Ahnung, was er hier zu finden hoffte, aber sie folgte ihm zu dem zerkratzten Monstrum. Was für ein Ungetüm von Schrank für ein kleines Mädchen! Unwillig knarrte die Schranktür beim Öffnen, als wolle sie es sich verbitten, dass zwei Schnüffler ihr Innenleben studierten.

Brav übereinander gestapelt lagen die Kleidungsstücke in ihren Fächern, nicht eins war verrutscht oder zerknautscht. In einer Schublade, säuberlich nach Farben sortiert, Söckchen, Kniestrümpfe und Strumpfhosen. Auf der rechten Seite hingen Blusen und Kleider auf Bügeln, auch hier perfekte Ordnung. Norbert schloss die Schranktür und drehte sich zu Doreen um. »Sieht alles vorbildlich aus, was meinst du?« Er stiefelte nachdenklich in die Mitte des Zimmers. Die beleuchtete Gondel hing zehn Zentimeter über seinem grauen Schopf. »Dann nehmen wir uns mal den Schreibtisch vor.«

Die Möbel waren allesamt nicht mehr neu, die Teile der Anbauwand zusammengestückelt, das Furnier blätterte hier und da ab, die Ecken waren abgeschlagen. Ganz so, als lebte in diesem Zimmer nicht ein zehnjähriges Mädchen, sondern eine wilde Horde von hyperaktiven Jungs, die sich abends mit Kissen bewarfen und mit Drachen und Riesenschlangen kämpften.

Doreen hatte das Gefühl, dass die Beschädigungen schon von Anfang an da gewesen waren. Ganz sicher war es nicht das ernste kleine Ding gewesen, das die Ballonlampe und die Weihnachtsaufkleber ausgesucht hatte. Vielleicht hatten die Eltern die Möbel gebraucht gekauft, nicht jede Familie besaß genügend Geld, um neue Kinderzimmermöbel anzuschaffen.

Sie beobachtete, wie Norbert an der obersten Schreibtischschublade zerrte. Diese wehrte sich heftig quietschend. Doreen näherte sich seinem gebeugten Rücken und spähte ihm über die Schulter. Sein Parfum war immer noch da, fast an der Grenze zur Wahrnehmung. Nach Farben geordnet reihte sich Stift an Stift. Daneben rot gestreifte Büroklammern in einem durchsichtigen Schächtelchen. Ein unbenutzt aussehender Radiergummi. Diese Schublade hier schien das Ersatzteillager des Mädchens zu sein.

Er zog die darunter liegende Schublade auf, die wider Erwarten nicht klemmte. Auch hier Ordnung.

»Taschenrechner, kariertes Papier. Zwei Dreiecke, ein Lineal. Das ist die Mathematik-Schublade.« Vor sich hin brubbelnd schob Norbert den Kasten zu. Auch im untersten Fach war nichts Besonderes verstaut.

»Nun gut.« Er richtete sich auf, die rechte Hand in die Seite gestemmt und ächzte dabei ein bisschen. »So viel zum Schreibtisch. Wo mag sie ihre Schulsachen aufbewahren? Die Lehrbücher, die Hefter, den Ranzen?« Norbert drehte sich bedächtig einmal um sich selbst. »Du warst doch auch mal ein kleines, ordentliches Mädchen, Doreen. Sag du es mir. Wo hatte die ordentliche kleine Doreen ihre Schulsachen?«

»Überall.« Sie verkniff sich ein Lächeln. ›Die ordentliche kleine Doreen‹. Er wusste genau, dass sie weder früher noch jetzt sonderlich ordentlich war. »Mein Ranzen lag in einer Ecke des Zimmers, die Schulbücher in mehreren Stapeln auf einem Regal. Manchmal kippte einer davon um, besonders wenn ich ein Buch von ganz unten brauchte und ich musste sie neu aufschichten. Die Hefter hatte ich entweder im Schulranzen oder in einem Schließfach in der Schule und wage es nicht zu fragen, wie es in meinem Schreibtisch aussah!« Sie drohte ihm mit dem Zeigefinger. »So, und nun sagst du mir, wo der gewissenhafte kleine Norbert seine Schulsachen hatte.« Jetzt stahl sich das unterdrückte Grinsen doch hervor.

»In einem extra Schrank. Und ja – *ich* war ordentlich, falls du das mit ›gewissenhaft‹ andeuten wolltest.« Er grinste auch.

»Meine Eltern hatten in dieser Hinsicht wenig Arbeit mit mir. Dafür war ich in anderen Bereichen schwierig.« Sein Lächeln verblasste. Er sprach schneller.

»Ich denke, wir schauen mal in die Fächer der Anbauwand. Wir haben nicht endlos Zeit.«

Schmerzhaft kam die Realität zu Doreen zurück. Sie machten hier ihre Witze und im richtigen Leben wurde ein kleines Mädchen vermisst. Sie wollten bei der Suche mithelfen. Und was taten sie stattdessen? Sich gegenseitig mit ihrer Ordnungsliebe aufziehen.

Sie beobachtete, wie Norbert die Schranktüren der Anbauwand öffnete und hineinstarrte und ging zu ihm hinüber.

Auch hier alles tadellos. Nach Größe sortiert reihten sich mindestens fünfzig Kinderbücher nebeneinander. Wenigstens eine Person in diesem Haushalt schien zu lesen.

Ein Plüschkaninchen und ein kleiner zerstrubbelter Teddy umarmten sich im mittleren Fach. In Doreens Kinderzimmer hatten die kleinen Lieblinge immer auf dem Bett sitzen dürfen.

Und – da waren ja auch die Schulbücher. Im Fach unter den Kinderbüchern. In Reih' und Glied wie Orgelpfeifen, der Ranzen stand mit geradem Rücken im untersten Fach.

Norbert zog die braune Ledermappe mit den Trägern vorsichtig heraus. Ein Schulranzen aus echtem Leder, wie altmodisch! Heutzutage wollten die Kinder doch schreiend bunte, mit japanischen Comicfiguren bedruckte Taschen, die sie sich lässig über eine Schulter werfen konnten.

Er kniete sich vor das geöffnete Schrankfach, öffnete die beiden Verschlüsse des Ranzens und spähte hinein. Doreen hockte sich neben ihn, beugte sich weiter nach vorn und dachte einen Augenblick lang darüber nach, ob es angemessen sei, in den Schulsachen des Kindes herumzustöbern. Aus der Mappe drang ein schwacher Geruch nach Äpfeln.

Durften zwei Privatdetektive einfach so darin herumwühlen, war das nicht ein Eingriff in die absolute Privatsphäre eines Menschen? Wurde nicht ein Kind vermisst? Wollten sie nicht mithelfen, das Mädchen – bitte, bitte unversehrt – wieder zu finden?

Norbert hatte keine diesbezüglichen Bedenken. Seine kräftigen Finger waren schon im Schulranzen verschwunden, befühlten und betasteten alles, was sie fanden. Mit beiden Händen schob er die Hefte auseinander, um auf die Etiketten sehen zu können und las vor. »Tägliche Übungen. Lesen. Rechnen. Schreiben.« Er zog ein schmales Heft mit durchsichtig blauem Umschlag heraus und schlug es auf. »Hausaufgaben.« Blätterte vorwärts, bis er zum Januar kam und las die Eintragungen. Eine kindliche Schrift mit runden Buchstaben, die leicht nach links kippten. Josephine hatte in jeder Woche die Unterrichtsstunden laut Plan und das dazugehörige Datum eingetragen. In manchen Spalten waren die zu erledigenden Aufgaben vermerkt. Auf der inneren Umschlagseite hatte das Mädchen die Anschrift der Schule und die Namen der Lehrer notiert.

Norbert fummelte in seinem Jackett nach Kugelschreiber und Notizblock und kritzelte die Angaben auf einen Zettel. So würden sie es bei ihren Recherchen leichter haben.

»Wollte Josephine nicht vergangenen Sonntag zu einer Schulfreundin und gemeinsam mit ihr etwas für den Montag vorbereiten? Hast du Angaben zu dieser Freundin?«

»Der Stiefvater wollte uns eine Liste machen. Wir gehen das nachher noch gemeinsam durch.« Sie sah, wie er das Heft zuklappen wollte und legte schnell ihre Handfläche zwischen die Seiten.

»Blättere bitte noch einmal zur vergangenen Woche zurück. Was hatten die Kinder denn für Montag auf?« Doreen nahm ihm das Heft aus der Hand und fuhr mit dem rechten Zeigefinger über die Spalten.

»28. Januar: Da steht nichts. Dienstag, Mittwoch, Donnerstag und Freitag auch nichts, schade.« Sie klappte das Heft endgültig zu und erhob sich.

»Gehen wir ins Wohnzimmer. Ich hoffe bloß, die Mutter kommt zurück, solange wir noch hier sind. Wir müssen alles mit ihr absprechen und brauchen ihre Genehmigung dafür, bei Nachbarn, Freunden, Verwandten und in der Schule recherchieren zu dürfen. Schließlich ist sie die Erziehungsberechtigte.«

»Wer bezahlt uns eigentlich diese Ermittlungen?« Doreen hoffte, er habe wenigstens ein späteres Honorar vereinbart. Die Eltern mussten ja nicht sofort mit dem Geld rausrücken, aber das Detektivbüro konnte es sich nicht leisten, tagelang nach dem Mädchen zu suchen und womöglich deswegen lukrative Aufträge auszuschlagen. Sie sah, wie Norbert, die Hand am Lichtschalter, das Zimmer verlassen wollte, ganz so, als habe er ihre Frage nicht gehört.

»Norbert! Ich habe dich etwas gefragt!« Ihr Tonfall wurde drängend. So einfach sollte er ihr nicht davonkommen. Der Chefdetektiv blieb stehen, drehte sich aber nicht zu ihr um. Sie konnte an seinen hochgezogenen Schultern sehen, dass ihn das schlechte Gewissen plagte.

»Äh. Ja. Das Honorar.«

»Also, was ist damit?« Während er noch überlegte, hatte sie sich ihm bis auf einen halben Meter genähert, streckte die rechte Hand aus und griff nach seiner Schulter. Jetzt erst drehte sich Norbert im Zeitlupentempo zu ihr herum und ihr künstlich aufgetürmter Zorn verpuffte ins Nichts. Sein Gesicht sah gequält aus, zerrissen.

Doreen konnte den Zwiespalt im Wechsel seiner Mimik sehen und seinen sehnlichen Wunsch DIESES EINE MAL, rechtzeitig da zu sein, um das kleine Mädchen zu retten. Er würde alles dafür tun.

Es war klar, wie Norbert sich entschieden hatte. Sonst

wären sie nicht hier gewesen, hier im Zimmer der kleinen Josephine. Und wer weiß – vielleicht hatten sie eine Chance. Doreen nahm sich vor, den Glauben daran nicht wieder zu verlieren. Sie ließ ihre rechte Hand von seiner Schulter zu seinem Gesicht gleiten und strich ihm über die Wange. »Ich möchte, dass wir wenigstens mit den Eltern darüber sprechen. Dann sehen wir weiter.«

Im Wohnzimmer hing Ralf Beesenstedt zusammengefallen in seinem riesigen Sessel, so, als habe er sich die ganze Zeit nicht ein einziges Mal bewegt. Sie nahmen ihm gegenüber nebeneinander auf dem Sofa Platz. Norbert griff nach den auf dem Tisch liegenden Listen und Doreen erhaschte einen Blick auf seine Armbanduhr. Kurz vor achtzehn Uhr. Es wurde Zeit, aufzubrechen. Sie hatten noch andere Dinge zu erledigen.

Im Flur klapperten Schlüssel. Das musste Josephines Mutter sein. Doreen hörte die metallenen Kleiderbügel klappern, während die Frau vor sich hin murmelte. Sie stellte sich ein weißes Schneefeld in der Antarktis vor, um ihren Kopf völlig leer zu machen, frei von Vorurteilen, Fernsehbildern und den Vorstellungen ihrer Fantasie über Agnes Möller.

Die Frau kam herein. Sie war auf den ersten Blick unauffällig. Mittelgroß und schlank. Die Haut in ihrem Gesicht schien zu straff über die Knochen gespannt, depressiv hingen die Haare herab.

Die weit aufgerissenen grauen Augen von Josephines Mutter schweiften vom Sessel zum Sofa, glitten über die drei Wassergläser auf dem Tisch und die Zettel in Norberts Hand. Doreen sah, wie die Erinnerung in ihr aufstieg. Herr Löwe und Frau Graichen.

Frau Graichen war nicht feist wie ein Walross. Frau Graichen war hübsch, unpassend hübsch für eine Detektivin. Schmückendes Beiwerk für den Seelöwen. Er dachte und sie repräsentierte. Es hatte nicht den Anschein, als sei sie in der Lage, selbständige Ermittlungen anzustellen.

Aber das war ihr völlig gleichgültig. Agnes Möller setzte sich auf die Kante des zweiten Sesselmonstrums, die Beine streng gerade nebeneinander, faltete die Hände im Schoß und sah Norbert an.

»Wir waren gerade dabei, die Pläne für die nächsten Tage abzusprechen und Ihre Listen durchzugehen.« Norbert wedelte mit den Zetteln.

Die Frau knickte in der Hüfte ab, beugte ihren Oberkörper wie eine hölzerne Marionette nach vorn, griff dann nach dem halb vollen Glas ihres Lebensgefährten und stürzte es in einem Zug hinunter. Sie sagte nichts, während Ralf Beesenstedt mit Norbert die Listen verglich.

Doreen dachte, dass Josephines Mutter sie nicht einmal begrüßt hatte. Kein ›Guten Tag‹, kein Handschlag, gar nichts. Agnes Möller hatte einfach mitten im Raum gestanden und sie angestarrt. Die Frau musste unter einer ungeheuren Anspannung stehen. Und morgen würde mit der Post ein Brief des Entführers ankommen. Einer von ihnen würde anwesend sein müssen, der andere müsste Schweinenase Bäumer observieren. Pochend klopften Kopfschmerzen in Doreens Schädel an.

Norbert schien mit seiner Besprechung mit Ralf Beesenstedt auch fertig zu sein. Die Mutter hatte nicht viel dazu gesagt, nur apathisch mit dem Kopf genickt.

Machen Sie nur. Was sollte der ganze Zirkus eigentlich. Sie würden das Lösegeld bezahlen, ihr Kind käme zurück, ganz einfach. Recherchen waren nicht nötig. Aber sollten das Walross und die Hübsche ihren Spaß haben.

Norbert schraubte sich nach oben und glättete die Zettel in seiner Hand. Dann wanderten die Listen in seine Mappe. »Verbleiben wir so.« Er sprach zu Ralf Beesenstedt, der sich ebenfalls erhoben hatte. Josephines Mutter saß noch immer, als habe sie ein Lineal verschluckt, auf der vordersten Kante des Sessels und stierte aus dem Fenster in die Dunkelheit. Doreen hatte keine Ahnung, ob sie hörte, was Norbert erklärte.

»Sie haben gesagt, die Post kommt gegen zehn. Einer von uns wird um neun hier sein. Wenn wir den Brief haben, entscheiden wir, was dann geschieht.«

»Das kann ich Ihnen sagen, was dann geschieht.«

Agnes hatte sich nicht bewegt. Nur ihr Mund entließ Sätze. Ihre Stimme klang rostig, so, als hätte sie diese seit Ewigkeiten nicht benutzt. »Dann übergeben wir das geforderte Lösegeld und zwar genau so, wie es gefordert wird. Danach lässt er Josephine frei. Ganz einfach.«

Ganz einfach. Doreen spürte ihre Gänsehaut zurückkommen.

»Was wenn Ihr Geld nicht reicht, wenn er mehr fordert?« Norbert spielte das theoretische Spiel mit.

»Dann besorgen wir mehr Geld. Und jetzt –« Agnes Möller erhob sich, »jetzt möchte ich Sie bitten, zu gehen. Ich halte das nicht mehr aus.« Stocksteif stand sie da. Es war gut möglich, dass sie, wenn die beiden Detektive aus dem Zimmer waren, einfach in der Mitte auseinanderbrach wie ein ausgetrocknetes Bambusrohr.

Ralf begleitete sie hinaus und nahm ihnen im Flur noch einmal das Versprechen ab, bis zum nächsten Tag auf keinen Fall die Polizei zu informieren.

21

»Bananen. Eisbergsalat. Tomaten.«

Doreen hakte fein säuberlich alle Artikel auf ihrem Einkaufszettel ab, die im Wagen landeten. Mochte Norbert ihr hier ruhig vorwerfen, pedantisch zu sein, an diesem Punkt war sie mindestens genauso akkurat, wie er. Nicht, weil sie es liebte, Häkchen hinter Begriffe auf Listen zu setzen, sondern weil sonst zu Hause die Hälfte der benötigten Lebensmittel fehlen würde.

Keine Cornflakes zum Frühstück, kein Rotwein zum Abendbrot. Unverständlich erschien ihr lediglich, dass Norbert ganz ohne eine Liste zurechtkam. Verkehrte Welt.

Was ihm in den Sinn kam, stapelte er ordentlich in seinen Einkaufswagen. Und es war nicht besonders gesund, was darin landete. Fleisch musste her, fettes weißes Schweinefleisch. Speck und Räucheraal. Brot natürlich, Kartoffeln, ein Camembert, Vollfettstufe. Dazu etliche Büchsen Bier. Doreen bemühte sich, seine Einkäufe nicht zu auffällig zu mustern. Und sie würde nichts zu seinen Essgewohnheiten sagen. Er sollte nicht das Gefühl haben, sie bevormunde ihn.

Seichte Musik lief wie halbflüssiges Schmalz aus den Lautsprechern und tröpfelte unaufhörlich auf die Anwesenden herab. So genannte Volksmusik. Wer zum Teufel hatte den Supermarktbetreibern eingeredet, dass das ›Volk‹ solch gekünstelt frohgemute Musik während ihres Einkaufs hören wollte? Nein, falsch – überhaupt hören wollte? Vielleicht gab es Studien, dass dann die Umsätze stiegen, weil die Menschen durch die LUSTIGEN Melodien fröhlicher gestimmt wurden? Doreen biss die Zähne fest aufeinander, so dass sich an ihren Schläfen kleine harte Muskelstränge zeigten. Sie jedenfalls wurde nicht fröhlicher, sondern zunehmend grimmig.

Jetzt fing auch noch eine von den Tussis über Lautsprecher im tiefsten sächsischen Slang an, herabgesetzte Waren anzupreisen. Keiner konnte sich dem sinnentleerten Geschwätz entziehen, niemand wollte das hören. Aber jeder musste es hören, denn die Kunden konnten es nicht abstellen. Das war genau so wie die widerlichen Berieselungsanlagen an den Türen öffentlicher Toiletten. Öffnete man die Tür, sprühte die ›gut riechende‹ Mixtur auf einen herab. Gewollt oder ungewollt, jeder kam dran. Verbieten sollte man diese unaufgeforderte Belästigung! Am liebsten hätte Doreen der hausbackenen Ansagerin das Mikrofon entrissen. Wahrscheinlich kam sie sich auch noch ›wischdisch‹ vor, weil sie hier das Sagen hatte. Doreen merkte, dass sie ausgelaugt und gereizt war.

»Ich freu mich schon auf das Essen nachher.«

Norbert hatte Recht. Es gab auch noch Dinge, auf die man sich freuen konnte. Sie schaute auf ihren Zettel. Tampons. Toilettenpapier und Haushaltsfolie. Das dürfte es dann gewesen sein. Keine Spontankäufe. Eine wie sie ließ sich nicht von den Supermarktstrategen verführen. Was auf der Liste stand, wurde gekauft und nichts weiter.

»Hast du alles?« Norbert stupste ihren Oberarm an. »Dann auf zur Kasse.« Hier ballten sich die Menschen, kleine Kinder quengelten an der Hand ihrer gestressten Eltern nach Süßigkeiten. Ein knapp einjähriges Baby wollte sich mit einem Hechtsprung aus dem Sitz befreien und konnte gerade noch von seinem Vater an der Kapuze festgehalten werden. Omas stießen den vor ihnen stehenden Leuten ihre Einkaufswagen in die Hacken. Es roch nach mehreren Sorten Eau de Toilette, Schweiß und Knoblauch. Die Angestellte plärrte immer noch Sonderangebote aus dem Lautsprecher. Und, wie ›aufmerksam‹ von den Herrschern des Supermarktes, allen Wartenden, die länger als zehn Minuten an der Kasse anstehen mussten, fünf Euro anzubieten. Wenn nicht alle Kassen besetzt waren.

Wie AUSSERORDENTLICH großzügig! Es waren alle Kassen besetzt.

Ob das überhaupt schon jemals seit Bestehen dieses Einkaufsstempels irgendjemand ausgenutzt hatte?

Doreen sehnte sich nach frischer Luft, italienischem Essen, dazu ein Glas Rotwein und vorher ein Aspirin gegen die pochenden Kopfschmerzen. Dann nach Hause und gleich ins Bett.

»Hab ich einen Hunger!« Norberts gerötetes Gesicht glänzte voller Vorfreude.

Stefano wieselte mit der Karte herbei, kaum dass sie Platz genommen hatten. Der Blick seiner italienischen Glutaugen bohrte sich in Doreens Pupillen. Es war ein bisschen wie Elektrizität.

»Schöne Signorina! Guten Abend!« Stefano grinste breit. »Einen trrrockenen Rotwein, wie immer?« Er machte einen kleinen Kratzfuß, das karierte Geschirrtuch locker über dem Arm.

»Unn derrr Herrrr?« Stefanos Blick verließ Doreen nur widerwillig. Er übertrieb das Zungen-R gern ein wenig, so klang es italienischer.

Sie bestellten. Doreens Hunger war wie weggeblasen. Sie war müde. Der Rotwein würde bei ihr wie eine Bombe einschlagen.

Norbert betrachtete ihr Gesicht, ohne dass sie es merkte. Die Wärme im Restaurant brachte ihre Wangen zum Glühen und sie sah wunderschön aus. Ihre braunen Augen leuchteten fast fiebrig. Erschöpft, aber entspannt saß sie auf der gepolsterten Bank und träumte vor sich hin, hatte völlig abgeschaltet.

Luigi oder Peppone oder Luciano oder wie auch immer der neue Kellner hieß, brachte das große Bier und ein kleines Mineralwasser für Doreen. Sie warf ein Aspirin hinein und sah der großen weißen Scheibe gedankenverloren beim Sprudeln zu.

Norbert ließ den schäumenden Gerstensaft die Kehle hinunter rinnen. Am liebsten hätte er das ganze Glas in einem Zug ausgetrunken, aber er beherrschte sich. Ächzend stellte er den halb vollen Humpen zurück und rieb sich die Hände. Kleine, stark nach Knoblauch duftende Baguettescheiben, bestrichen mit einer Masse aus Tomaten, gehackten Oliven und Öl, wurden gebracht.

»Weißt du, was ich die ganze Zeit überlegt habe?« Doreen nahm einen Schluck von dem ›Aspirinwasser‹ und sah Norbert voller Inbrunst an einer Baguettescheibe kauen.

»Wieso sind eigentlich beide Eltern von Josephine den ganzen Tag zu Hause? Müssen sie nicht auf Arbeit?«

»Das habe ich vergessen, dir zu sagen. Die Mutter ist arbeitslos.« Norbert gönnte sich einen weiteren tiefen Zug aus seinem Halbliterglas und hielt es dann hoch, so dass es der Kellner sehen konnte. »Und Herr Beesenstedt hat sich Montag früh telefonisch krank gemeldet. Spätestens morgen muss er entweder wieder zum Arzt, oder ab Donnerstag wieder arbeiten gehen.«

Doreen trank ihr Kopfschmerzgebräu aus. Nun war es Zeit für den trockenen Rotwein. »Was arbeitet er eigentlich?«

»Er ist im VW-Werk in Mosel angestellt und baut Autos. Frag mich nicht nach der genauen Berufsbezeichnung.« Norbert griff sich sein zweites Bier und seufzte noch einmal genussvoll, während sich Luigi-Peppone-Luciano mit Doreens Calzone näherte.

Es war ein ungeschriebenes Gesetz, dass beim Essen nicht über die Arbeit gesprochen wurde. Norbert hatte es am liebsten, wenn sie dabei überhaupt nichts redeten. Er wollte einfach nur genießen. Essen war essen und reden war reden, ganz simpel.

Er würde morgen ganz furchtbar nach Knoblauch stinken, aber das war ihm egal, wozu gab es Deodorants. In südlichen Ländern war das gar kein Problem, weil alle Leute Knoblauch aßen. Er wischte sich zufrieden ächzend den Mund ab, zerknüllte die Papierserviette und legte sie auf seinen leeren Teller. »Das war gut!« Frisch gestärkt konnte man sich nun noch einmal den Gedanken an die Arbeit zuwenden.

Doreen nippte an ihrem Rotwein und deutete auf ihr Essen. Die Hälfte ihrer Calzone war noch übrig. »Möchtest du noch etwas davon?«

Norbert schüttelte den Kopf. »Ich kann nicht mehr. Ich bin pappsatt.« Er winkte nach dem dritten Bier. Der Inhalt seines Glases schien förmlich zu verdunsten. »Kannst du dich noch ein bisschen konzentrieren? Ich würde gern noch die Pläne für morgen absprechen.«

»Geht schon noch.« Sie ließ ein kleines Lächeln für ihn hervorblitzen und dachte an die Aufzählung, die gleich folgen würde. Das Pochen in ihrem Kopf war einem dumpfen Dröhnen gewichen, nicht mehr hämmernd, eher wie ein in weiter Ferne brummendes Flugzeug, das auf den Start wartete. Es mischte sich mit dem murmelnden Bienenstock im Restaurant zu einer Kakophonie von Geräuschen. Vielleicht sollte sie noch ein Aspirin nehmen. Das war nichts Schädliches, ganz im Gegenteil. Der Wirkstoff verdünnte das Blut. Doreen winkte Stefano herbei und bestellte noch ein kleines Wasser.

Geduldig hatte Norbert gewartet. Jetzt machte er eine lockere Faust und hob den Daumen.

»Erstens.« Hätte er Doreen dabei nicht angesehen, wäre ihm gar nicht aufgefallen, dass sie lächelte. Was gab es da zu grinsen?

»Zu Herrn Bäumer. Morgen früh um sechs beginnen wir gemeinsam mit der Observation.«

Früh um sechs! Doreen schaute zur Uhr. Fünf Minuten nach acht. Blieben noch ziemlich genau zehn Stunden bis dahin und – noch lag sie nicht in ihrem Bett. Sie nickte schicksalsergeben und warf die zweite Aspirintablette des Abends in das Glas.

»Gut, zweitens.« Der rechte Zeigefinger gesellte sich zum Daumen. Die linke Hand schlüpfte durch den Henkel des Bierhumpens und legte sich liebevoll um das Glas. »Um neun muss dann einer von uns bei Josephines Eltern sein. Ich würde gern selbst hingehen, wenn du damit einverstanden bist.« Seine wasserhellen Augen bettelten, sie möge nichts dagegen haben.

»Und ich sitze dann wie heute im Auto und warte darauf, dass sich Herr Bäumer in einer Pause den Pizzadienst bestellt. War das dein Plan?«

Norbert presste die Lippen zusammen. Das war sein Plan. Es klang mit Doreens Worten irgendwie ungerecht. »Vielleicht begibt sich unser Freund ja morgen früh auch gar nicht zu seiner ›zweiten‹ Arbeitsstelle, vielleicht bleibt er fein zu Hause. Und wenn nicht, können wir auch immer noch gleich morgens ein paar Beweisfotos schießen und dann Herrn Röthig anrufen, um zu fragen, ob ihm das als Beweis für diesen Tag ausreicht. Was meinst du?« Er riskierte einen vorsichtigen Blick. Sie schaute abwesend in das purpurne Glühen des Rotweins und schien seinen letzten Satz gar nicht gehört zu haben.

... und dann Herrn Röthig anrufen ...

Ein kalter Finger berührte Doreens Rückgrat, glitt daran herunter. Für einen Moment war ihr Kopf wie leer gefegt, Tabula rasa, weißes Rauschen. Der Flüssigkeitsspiegel in dem halb vollen Glas vor ihr zitterte leicht. Dann drang das Hintergrundsummen des Restaurants wieder an ihr Ohr, dröhnender jetzt, als habe jemand am Lautstärkeknopf gedreht. Ihr war, als sähen zwei azurne Augen auf sie herab. Das strafende Auge Gottes, blauvioletter Bannstrahl. Hatte sie nicht versprochen, Herrn ›Azurauge‹ am Nachmittag zurückzurufen und sich vorgenommen, dies in einem von Norbert unbeobachteten Moment zu tun? Und hatte sie dies dann völlig vergessen?

Verdrängt wäre wohl eher der richtige Ausdruck dafür, du zerstreutes Weibsbild.

Vielleicht *wollte* ihr Unterbewusstsein ja gar nicht mit ihm ausgehen. Doreen spionierte in allen ihr zugänglichen Nischen. Da war keine Abwehr. Sie *wollte* mit ihm ausgehen, er war aufregend. Sie hatte über all dem Stress bloß vergessen, ihn anzurufen und nun war es entschieden zu spät dazu, oder? Kam darauf an, wann sie hier raus kamen.

Nein, es war zu spät. Sie würde morgen Vormittag, wenn Norbert zu Josephines Eltern fuhr, bei ihm anrufen.

Doreens Gedanken kehrten an den Tisch zurück. Von den violetten Augen zu den wasserhellen Augen. »Entschuldige. Ich war abwesend.«

»Das habe ich gemerkt.« Sein Tonfall war neckend. Wenn er wüsste, woran sie gedacht hatte! Wieso hatte sie eigentlich die ganze Zeit das Gefühl fremdzugehen? Doreen verscheuchte den Gedanken in eine dunkle Ecke ihres Gehirns, sollte er dort einstauben. »Also gut. Ich bleibe und beobachte Bäumer. Du fährst um neun in den Findeisenweg.« Sollte er seinen Willen haben. Es war vernünftiger so.

Er war zuerst bei den Eltern gewesen, hatte sich sogar in der Wohnung aufgehalten, als der Entführer anrief, und er kannte Ralf Beesenstedt und Agnes Möller besser als sie. Es stand ihm zu, morgen dort zu sein. »Hast du schon eine Idee, wie es dann weitergeht?«

»Ganz genau kann ich dir das auch noch nicht sagen. Wir müssen abwarten, was in dem Brief des Entführers steht. «

Sein offenes Mondgesicht verdüsterte sich, während ihm die möglichen Varianten durch den Kopf gingen. »Eins habe ich mir schon überlegt. Wenn Herr Bäumer morgen früh wieder zu seiner Baustelle fährt, machen wir ein paar Fotos und sagen Herrn Röthig Bescheid. Dann fährst du mit zu Josephines Eltern. Zwei Leute sind besser als einer. Wir können uns beraten und je nachdem, was im Brief steht, auch aufteilen.« Er nickte zweimal. »Das wäre die beste Version.«

»Einverstanden.« Doreen wollte jetzt nicht darüber nachdenken, was in dem Brief stehen mochte. Sie wollte in ihr Bett. Die kleinen Männlein hämmerten und sägten noch immer in ihrem Kopf herum. Sie bemühten sich zwar jetzt, leiser zu sein, und ihre Chefin nicht zu stören, aber man konnte sie trotzdem noch hören und sie würden wohl auch nicht in absehbarer Zeit damit aufhören. Ein Schluck Rotwein könnte sie betäuben. Doreen griff nach dem langen dünnen Stiel des Glases und trank.

Norbert sah ihr zu. Ihr Gesicht wirkte grau. Seine arme kleine Kollegin. Ihr Akku war leer.

Er betrachtete den Inhalt ihres Glases und überlegte, ob er noch ein Bier bestellen konnte.

»Na mach schon, eins darfst du noch.« Doreen hatte seine Gedanken gelesen. »Trink noch ein Bier und dann fahren wir.«

22

Doreen sah aus dem Fenster.

Sie berichtigte sich. Sie *versuchte*, aus dem Fenster zu sehen. Ihre Augen schliefen noch. Sie öffneten sich nur halb und hätten sich am liebsten wieder geschlossen, zurückkehrend zu den perlmuttschillernden Muschelschalen auf dem blendenden Sand. Ein Traumurlaub. In der Luft hatte ein Duft nach Kokosöl und Frangipaniblüten gelegen, sanft gluckernd kullerten kleine Wellen heran, Palmen neigten sich über die Bucht, kleine bunte Vögel schwirrten herum. Die Südsee. Sie war noch nie da gewesen.

Und jetzt das. Da draußen war der kaltherzige Winter, eisig, harsch und dunkel.

Doreen schaute auf die grün leuchtenden Ziffern des Radio-weckers. Kurz nach fünf. Es würde erst in drei Stunden hell werden. Ein Schaudern überlief ihre nackten Unterarme, es war kalt im Schlafzimmer. Draußen kalt, drinnen kalt, überall kalt. Die Kälte war abscheulich und das frühe Aufstehen war auch abscheulich. Sie seufzte leise und schlurfte mit geschlossenen Augen aus dem dunklen, kalten Zimmer.

Dann fiel es ihr ein. Rumpelnd, wie Kieselsteinchen in einem dieser birnenförmigen Mischer, rollerten ihre Gedanken durcheinander.

Hatte sie das Gleiche nicht gestern schon erlebt, den gleichen Traum geträumt? Südsee und der Duft nach Frangipaniblüten? Das schrille Piepsen des Radioweckers riss sie aus ihren Träumen. Sie fror. Sie musste sich aus dem warmen Daunennest quälen. Es war wie in dem Film »Und täglich grüßt das Murmeltier.« Nur, dass sie hier das Murmeltier war.

Klack machten die Ziffern des Weckers beim Vornüberfallen.

Klack.

Dann ertönte Tag für Tag das gleiche Lied »I got you babe.«

Doreen schlich sich ins Bad und schaltete das Radio an. Nachrichten. Kein Soni Bono mit Cher.

Déjà vu.

»Déjà vus sind Fehler in der Matrix.« Sie hörte den Kollegen von Keanu Reaves sprechen. Morpheus. Oder hieß er *nicht* Morpheus? Morpheus, der Gott des Schlafes? So musste der Wahnsinn beginnen. Es war soweit, die geifernde Fratze geistiger Umnachtung griff nach ihr und sie befand sich in einem von außen gesteuerten Projekt, in der Matrix.

Die kühle sachliche Stimme des Nachrichtensprechers holte Doreen von ihrem Ausflug in die Gefilde der Schizophrenie zurück. Von außen gesteuert! So ein Schwachsinn!

»Die zehnjährige Josephine aus Zwickau wird noch immer vermisst ... Suchmannschaften haben gestern ... bisher keine heiße Spur ... Sachdienliche Hinweise können sie unter ...« Der Kolben ihres Motors begann schneller auf und ab zu rattern.

Dies war die Realität. Und sie wussten dieses Mal mehr, als die Polizei, die keine Ahnung davon hatte, dass sich ein Entführer bei der Familie gemeldet hatte. Das war beängstigend und alarmierend zugleich.

Doreen überlegte kurz, ob sie nicht doch die Ermittler informieren müssten. Was verstanden zwei Provinzdetektive schon vom Vorgehen bei Entführungen? Man könnte einen anonymen Anruf inszenieren. Was hatte der Nachrichtensprecher gesagt? Sachdienliche Hinweise können

unter folgender Nummer abgegeben werden. Allerdings wäre es Josephines Eltern sofort klar, wer die Bullen informiert hatte. Es gab nur fünf Menschen, die davon überhaupt wussten, Agnes und Ralf, Doreen und Norbert. Und der Entführer.
Und die kleine Josephine.
Falls sie noch am Leben war.

Doreen schüttelte sich, schlüpfte in ihre Filzpantoffeln und schlurfte in die Küche.

Heute Mittag würden sie alle schlauer sein. Bis dahin: Deckel drauf. Und nun zum Tagesgeschäft.

Essen konnte sie jetzt noch nichts. Sie überlegte, ob es sinnvoll sei, ›Azurauge‹ Röthig – Azur und rötlich, der perfekte Sonnenuntergang – jetzt schon anzurufen. Nicht, dass es in der Hektik der Ereignisse wieder unterging.

Und sie wollte doch sehr gerne mit ihm ins Kino gehen, fühlen, wie diese schrundigen Tatzen zuerst auf der Lehne des Kinosessels und dann auf ihrer Schulter landeten. Heute Abend oder morgen Abend? Das war die Frage, die sie zuerst beantworten musste. Am besten wir packen den Stier gleich bei den Hörnern. Doreen grinste in sich hinein. Das mit den Hörnern war anzüglich.

Sie umfasste den Henkel ihres Kaffeebechers und nahm das Telefon mit zum Tisch. Dann mal los Mädchen, ruf ihn an!

Wie erwartet meldete sich der Anrufbeantworter der Firma. Eine Frauenstimme. Doreen legte sofort wieder auf. Was hatte sie sich dabei nun wieder gedacht! Im Betrieb anzurufen, statt bei ihm zu Hause, so früh am Morgen, wie unüberlegt! Ihr Herzschlag beschleunigte sich.

Andererseits – man konnte nicht früh halb sechs jemanden bei *sich zu Hause* aus dem Bett klingeln, das machte eine gut erzogene Frau einfach nicht. Wer wusste denn, ob dort ein Anrufbeantworter installiert war? Womöglich wurde der Angerufene unsanft aus seinen Träumen gerissen. Das ging nicht und deshalb hatte sie es in der Firma versucht.

Aber hatte sie wirklich vorgehabt, irgendeiner Sekretärin mitzuteilen, dass sie jetzt bereit sei, heute Abend mit dem Betriebsleiter ins Kino, zu ›Käpt'n Blaubär‹, zu gehen? Wohl kaum. Doreens Puls beruhigte sich allmählich und sie schlürfte den letzten Rest des bitteren Gebräus in sich hinein. Sie würde nachher anrufen, wenn Norbert zu Familie Möller/ Beesenstedt fuhr.

Ein schneller Blick auf das Außenthermometer zeigte minus drei Grad. Nicht super-kalt, aber sibirisch genug. Doreen griff nach ihrem Schal.

Neue Handschuhe aus Wildleder hatte sie auch noch nicht gekauft. Wer weiß, ob Norbert sich überhaupt daran erinnerte, bei all den Ereignissen der letzten Tage, aber sie wollte vorsorglich gerüstet sein, eilte zurück in die Küche und schrieb es auf ihren Einkaufszettel.

Dann zog sie los, eingemummt wie eine russische Babuschka, das Gesicht glänzend von der schützenden Fettcreme.

Norbert war – wie immer – schon vor ihr da.

»Ich habe noch mal die Angaben zu vermissten Kindern hier in der Umgebung durchgesehen, die wir gestern gespeichert hatten«, er zeigte auf den Bildschirm, »und habe nach Parallelen zur Entführung von Josephine Möller gesucht.«

»Und, hast du was gefunden?«

»Magere Ausbeute.« Er nippte an seinem Kaffee. »Keine Entführungen mit Lösegeld, auch im weiteren Umkreis nicht. Dafür massenhaft Artikel zu Annie und Melanie. Dabei ist mir wieder eingefallen, dass ich mich nach Ronny Sommerfelder erkundigen wollte.« Ratternd spuckte der Drucker ein Blatt aus.

»Wo kann man sich da erkundigen?«

»Das weiß ich auch nicht so genau. Ich habe gestern Abend noch einmal über den Fall nachgedacht und bin zu dem Entschluss gekommen, Alfred anzurufen. Was hältst du davon?«

Er blickte auf.

»Von mir aus gern. Ich bin sicher, dass er uns beraten kann.« Doreen schlug einen neckischen Tonfall an. »Dein Profiler-Freund aus Bayern.«

»Genauso ist es. Mein ›Profiler- Freund‹. Im Ernst Doreen. Ich bin mir total unsicher, was wir tun sollen. Eigentlich müsste man die Polizei auf jeden Fall informieren. Nur ein großer Apparat ist in der Lage, einem Entführer auf die Schliche zu kommen. Ich habe Angst, wir machen etwas falsch und das Kind ist tot.«

»Wenn sie überhaupt noch lebt.« Sie erhob sich und goss die Hälfte ihres Kaffees ins Waschbecken.

»Ach, darüber will ich im Moment gar nicht nachdenken.« Auch Norbert war aufgestanden. »Lass uns daran glauben, dass das Mädchen irgendwo gefangen gehalten wird.« Er griff nach seinem Mantel. »An dieser Annahme möchte ich mich festklammern. Mindestens bis zehn Uhr. Und nachher rufe ich Alfred an.«

»Einverstanden.« Auch Doreen hatte ihre Sachen vom Haken genommen und machte wieder eine dicke Matrjoschka aus sich.

»Ich wäre ja so froh, wenn es tatsächlich so käme, so froh.«

Auch das Warten vor Thomas Bäumers Wohnhaus glich einem Déjà vu, nur dass diesmal Doreen und nicht Norbert startbereit hinter dem Lenkrad saß. Sie überlegte, ob der kranke Bauarbeiter heute wieder pünktlich um dreiviertel sieben, eingehüllt in seinen mächtigen schwarzen Wollschal, aus der Haustür treten und sich auf seine Knatterkiste schwingen würde.

Norbert zog seinen Ärmel zurück und deutete auf die Armbanduhr. »Zehn nach halb. Pass auf, gleich kommt er raus.«

Doreen nickte und lächelte ihn an. Gedankenübertragung. Dreiviertel sieben.

Thomas Bäumer trat aus der Haustür.

»Lass ein bisschen Abstand. Wir wissen doch, wo er hinfährt.« Norbert angelte schon wieder nach einer Zigarette. Sein Glimmstängel-Konsum schien sich von Tag zu Tag zu steigern. »Nicht dass er noch was merkt, schließlich sind wir ihm gestern schon gefolgt.« Er schnipste am Feuerzeug, aber es verweigerte den Dienst. Brummend warf er es ins Handschuhfach zurück und drückte auf den runden Metallknopf des Zigarettenanzünders.

Herrn Bäumers asthmatisches Moped bog hustend um die nächste Ecke. Doreen folgte ihm, bremste und hielt an, schaltete den Motor ab und machte den Fotoapparat startklar.

Norbert kurbelte sein Fenster einen Spalt herunter, steckte die Zigarette vorsichtig hindurch und streifte die Asche draußen ab. »Wäre nicht schlecht, wenn wir außer der Überwachungskamera auch eine transportable Videokamera mit Zoom hätten.« Sein runder Kopf drehte sich zu Doreen und die Murmelaugen forschten nach Verständnis in ihrer Mimik.

»Videokamera mit Zoom?« Auf ihrer Stirn wellten sich zwei kleine Runzeln. »Ist unsere brave alte Polaroid nicht mehr gut genug?«

»Sie ist perfekt.« Er zog hastig am Mundstück. »Aber sie kann nichts näher heranholen.«

»Aha.« Doreen war nicht gewillt, mehr zu sagen. Sollte er sich winden. Wieder so eine unbezahlbare Idee! Vielleicht brauchten sie eine Videokamera, damit sie nicht so ›provinziell‹ daherkamen. Sie schwieg und beobachtete Norbert, der seine halbgerauchte Kippe aus dem Beifahrerfenster warf.

»Nun, Doreen ... sei nicht gleich grimmig.« Er versuchte ein schüchternes Lächeln. Damit konnte er sie fast immer weich kochen. »Ich habe nur darüber *nachgedacht*. Wir müssen sie nicht morgen gleich kaufen. Was hältst du davon, wenn wir uns erst einmal informieren?«

»Von mir aus.« Ihr Kopf bewegte sich unwillkürlich von links nach rechts, so als wolle er den Worten widersprechen. Sie sah ihm in die klaren Augen und das freche kleine Grinsen, dem sie sonst verbot, sich in ernsthafte Gespräche einzumischen, erlaubte sich einen Auftritt. Sie spielten Spielchen.

Norbert wusste das und Doreen wusste das. Es waren Scheinkämpfe, nichts Ernsthaftes.

Norbert wollte neueste Technik, Doreen wollte Geld sparen.

»Wir müssen folgendes unter einen Hut bringen:« Norbert kurbelte sein Fenster hoch und holte tief Luft. »Den Beschattungsauftrag für Thomas Bäumer. Gleichzeitig müssen wir uns die Listen der Bekannten, Verwandten und Nachbarn von Josephines Eltern vornehmen und planen, wen wir wann befragen wollen. Um neun muss einer von uns bei Josephines Eltern sein.«

Und den Anruf müssen ›wir‹ auch erledigen, fügte Doreen im Stillen hinzu.

Norbert hielt kurz inne und sah auf seine Armbanduhr. »Jetzt ist es kurz nach sieben. Wir haben reichlich anderthalb Stunden Zeit. Gehen wir gemeinsam die Listen durch. Wenn Thomas Bäumer brav arbeitet, machen wir wie gestern ein paar Beweisfotos und rufen dann Herrn Röthig an. Wir müssen Bäumer ja nicht bis zum Abend beobachten, zwei, drei Stunden reichen doch sicher als Beweis für den heutigen Tag aus.«

Sein Blick heftete sich auf Doreens Mund und er wendete ihn schnell wieder ab, fummelte ungelenk an seiner Zigarettenschachtel und sprudelte Worte hervor. »Du könntest um neun mit zu den Eltern fahren. Wir hätten die Möglichkeit, uns dort gleich zu beraten und je nach den Vorgaben des Entführers auch unsere Aktivitäten aufzuteilen.«

»In Ordnung.« Doreen hatte die Röte wohl bemerkt, die sich wie eine lautlos heranschleichende Flut aus dem Meer von seinem Bartansatz über die Wangen ausbreitete, zog es aber vor, nichts dazu zu sagen. Vielleicht war es ihm peinlich. Wer weiß, an was er gerade gedacht hatte. Wenn sie es recht bedachte, wollte sie es lieber gar nicht wissen. »Gehen wir also zuerst die Listen von Herrn Beesenstedt durch.«

»Alfred will ich noch anrufen. Gestern Abend war er nicht zu Hause.« Norbert beugte sich nach hinten und suchte nach dem Handy. Der Rauch seiner Zigarette zog spiralig zu Doreen herüber. Sie wedelte die weißen Fäden auseinander und griff nach dem Zündschlüssel. »Wollen wir nicht vorher wenigstens einmal an dem Haus vorbeifahren und Herrn Bäumer bei der Schwarzarbeit fotografieren?« Die Schweinenase war vorhin, genau wie am Vortag, in der Einfahrt verschwunden und sie hatten stillschweigend angenommen, dass er da drin eifrig Putz an die Hauswand beförderte. Bäumers Chef jedoch wollte tägliche Belege als Beweis.

»Du hast natürlich wie immer Recht.« Norbert rückte sich ächzend wieder im Sitz zurecht, das Handy und die Polaroidkamera in der Linken.

Sie drehten eine Runde. Im Schritttempo fuhr Doreen an der Einfahrt mit dem großen Messingschild vorüber, so dass ihr Kollege die Gelegenheit hatte, Fotos zu machen. Thomas Bäumer stand auf dem Gerüst und verputzte die Wand. Ein fleißiger Arbeiter.

Sie kehrten zu ihrem Parkplatz zurück. Norbert versuchte, Alfred anzurufen, seinen Freund aus früheren Tagen. Er sprach auf dessen Anrufbeantworter, er solle ihn so schnell wie möglich zurückrufen und hinterließ ihre Handynummer. Es sei sehr dringend, sie benötigten seine fachmännische Hilfe.

Dann nahmen sie sich die Listen vor.

Die Nachbarn: Nicht sehr ergiebig. Wie Ralf Beesenstedt vermerkt hatte, war der Kontakt zu den Leuten im Haus minimal. Man grüßte sich, wenn man sich zufällig traf, das war alles. Keine Freundschaften, jeder lebte in seinem Schneckenhaus.

Die Bekannten: Diese Auflistung war noch dürftiger. Viele Freunde schien Familie Möller-Beesenstedt nicht zu haben. Hinter den Adressen standen Telefonnummern und darunter hatte der Stiefvater vermerkt, woher sie die Genannten kannten, oder was sie mit ihnen gemeinsam hatten.

»Gib mir mal die Liste, bitte.« Doreen streckte ihren Arm nach rechts und Norbert reichte ihr das karierte Blatt. Sie betrachtete die Schriftzüge. Kleine, stark nach links geneigte Buchstaben. Die meisten Wörter waren säuberlich ausgeschrieben. Die Bögen der ›N‹s waren genau wie die ›U‹s nach unten gerichtet. Das kleine g, das f und das j hatten großzügig nach unten geschwungene, schmale Schleifen, größer als die oberen. Das Schriftbild wirkte ausgeglichen. Doreen war sich sicher, dass ein Graphologe nichts Abnormes daran gefunden hätte. Die aufgelisteten Namen kannte sie nicht.

Norbert hatte sich in der Zwischenzeit in die Verwandten vertieft und schüttelte bedächtig den Kopf. »Das wird schwierig.« Er hielt den Zettel so, dass sie gemeinsam darauf schauen konnten und kurbelte gleichzeitig sein Autofenster halb herunter. »Guck mal.« Der Zigarettenstummel flog aus dem Beifahrerfenster. Wenn er so weitermachte, würde um neun ein Berg von Kippen neben ihrem Wagen auf dem Gehweg liegen. Doreen sah den Höhenzug vor sich. Das Gebirge aus Stummeln war so hoch, dass Norbert seine Tür nicht mehr würde öffnen können.

Der Kettenraucher kurbelte das Fenster wieder hoch und deutete mit dem rechten Zeigefinger auf die Namen. »Die Großeltern wohnen in Bayern«. Sein Finger tippte auf den Ortsnamen. »In Herrsching. Ein Städtchen in der Nähe von München, am Ammersee. Wird schwierig werden, sie zu befragen. Ich schlage vor, wir versuchen es zuerst telefonisch.«

Doreen sah ihm in die Augen. Sie wirkten dunkler, so als habe im Innern jemand einen Dimmer eingeschaltet. »Falls es überhaupt nötig wird, dass wir bei den Großeltern Nachforschungen anstellen.«

Unausgesprochen stand das Menetekel im Raum. Ein totes Kind, gekidnappt und umgebracht von einem Perversen. Doreen nahm die imaginäre Prophezeiung, zerknüllte das schwarze Blatt, auf dem sie stand und warf es aus dem Fenster. Weg mit den zerstörerischen Gedanken. Es war eine nützliche Methode, um blockierende Vorstellungen loszuwerden. Man musste sich den Begriff als Bild oder, wenn das nicht möglich war, als Wort, aufgeschrieben auf einem Zettel vorstellen. Dann machte man aus der Notiz einen Papierball und warf diesen möglichst weit weg. Man konnte ihn auch anzünden und sich vorstellen, wie der zerknitterte Bogen loderte.

Doreen verfuhr mit Ideen so, die das logische Denken lähmten, weil sie sich immer wieder in den Vordergrund drängten. Meist klappte es, die Blockade verschwand und man konnte sich wieder realen Problemen zuwenden.

Als Norbert sah, dass ihre Gedanken wieder in das Wageninnere zurückkehrten, setzte er seine Rede fort. »Dann wären da die Eltern von Ralf Beesenstedt. Sie wohnen hier in Zwickau.« Sein Zeigefinger rutschte zwei Zeilen nach unten. »Er war Sonntagnachmittag bei ihnen.« Norbert hob den Blick und schaute in ihr Gesicht. »Sagt er jedenfalls.«

»Verdächtigst du etwa *ihn*?«

»Jeder ist verdächtig.« Norbert nickte sich selbst bekräftigend zu. »Ich glaube nicht wirklich, dass er die Finger im Spiel hat, aber wir müssen es überprüfen und seine Eltern sind für uns leicht zu erreichen.«

»Wissen sie eigentlich vom Anruf des Entführers?«

»Das ist eine gute Frage. Ich denke nicht. Aber gesprochen haben wir nicht darüber. Ich weiß nur noch, wie Josephines Mutter völlig ausgeflippt ist, als ich andeutete, man müsse die Polizei informieren.« Wieder sah er die blonde Frau mit dem Fuß aufstampfen und schreien, dass ihre Tochter tot sei, wenn das geschehe. Es war nicht anzunehmen, dass sie damit einverstanden gewesen wäre, weitere Personen einzuweihen.

»Dann fragen wir nachher danach.« Doreen hatte ihre Armbanduhr vergessen. Sie griff nach Norberts linkem Handgelenk und drehte es, um einen Blick auf seine Uhr werfen zu können. Halb neun.

Seine Gedanken synchronisierten sich mit ihren. »Wir sollten Herrn Röthig anrufen, die Fotos von Thomas Bäumers heutiger Schwarzarbeit haben wir.«

»Ich versuche dann mal, Herrn Röthig zu erreichen.«

»Ist gut. Ich vertrete mir einen Augenblick die Beine. Wenn er einverstanden ist, dass die Beweise für heute ausreichen, können wir zu Josephines Eltern fahren.«

23

Das Handy piepte noch einmal zur Bestätigung, dass das Gespräch beendet war. Doreen legte es, ohne hinzuschauen, auf den Beifahrersitz. Sie hatte Norbert die ganze Zeit beobachtet, wie er mit gleichmäßigen Schritten auf und ab gegangen war, während sich die erotische Männerstimme in ihr Gehirn gedrängelt hatte. Es war mühsam gewesen, sich auf die wesentlichen Informationen zu konzentrieren. Norbert zog noch einmal an seiner Kippe. Die Spitze der Zigarette glühte hellrot auf. Dann warf er den Stummel in einen Gully, kam zum Auto und stieg ein. Doreen deutete mit der Rechten auf das neben ihr liegende Handy. »Geht alles klar. Herr Röthig ist einverstanden, dass wir die Observation beenden. Wir können jetzt also zu Josephines Eltern fahren.« Sie schenkte ihm ein breites Lächeln. Ihre Wangen waren rosig.

Norbert nickte ihr zu. Die Autoheizung machte ihr wirklich zu schaffen. Kaum lief sie eine Weile, erschien in Doreens Gesicht eine hektische Röte. Er dachte noch einen Augenblick darüber nach, ob man etwas dagegen tun konnte, dann verließen seine Gedanken das Heizungsgebläse und eilten voraus zu den vor ihnen liegenden Aufgaben. Auf der Fahrt nach Neuplanitz ärgerte er sich, dass Alfred nicht zu erreichen gewesen war. Sein fachmännischer Rat hätte ihnen bei den bevorstehenden Aktivitäten sicher geholfen. So mussten sie allein zurechtkommen.

Der Opel blinkte und bog in die vom Frost zerlöcherte Seitenstraße ab. Die bleichen Betonburgen an den Straßenrändern schauten mit toten Augen auf die Insassen herab.

Laut klopfte das bedrohliche Wort ›Entführerbrief‹ an die Pforte von Doreens Bewusstsein. Sie schaute auf die blinkenden Zahlen der Autouhr. Fünf vor neun. Irgendwann gegen zehn käme die Briefträgerin in den Findeisenweg siebzehn hatte Norbert gesagt.

In einer Stunde. Doreen stieß einen hörbaren Luftschwall in Richtung Frontscheibe aus. Sie mochte nicht daran denken, was darin stehen könnte. Ihre Augen streiften im Vorbeifahren über die aschfarbenen Häuserwände. Heute wirkte alles fahl und kränklich.

Bleierner Himmel drückte wuchtig von oben auf Straßen und Plätze, auf verwahrloste Spielplätze, auf Bäume und Menschen, stauchte die steinernen Wohnsilos zusammen und verursachte migräneähnliche Kopfschmerzen. Der neue Schnee saugte den Schwarzanteil auf und widerspiegelte die Hoffnungslosigkeit als schmutziges Grau.

Sie hielten an und stiegen aus.

Am Straßenrand lag eine tote Katze. Ihre herausgequollenen hellroten Eingeweide bildeten den einzigen Farbkontrast dieses Tages. Das Mäulchen war zu einem gefrorenen Schmerzensschrei geöffnet. Doreen konnte die kleinen weißen Zähne sehen, die verrenkten Glieder, die verkrümmten weißen Pfötchen. Es sah aus, als hatte sie sich noch hinter eine Mülltonne retten wollen, es aber nicht mehr geschafft. Es gab Autofahrer, die sich einen Spaß daraus machten, ein über die Straße eilendes Tier noch zu erwischen. Irgendwo wartete jetzt ein Mensch, vielleicht ein kleines Mädchen, auf seinen Gefährten, schaute mit sehnsüchtigen Augen aus einem der vielen Fenster, suchte Straßen und Gehwege ab und wusste noch nicht, dass das geliebte Tier hier, neben den Müllcontainern, zwischen Säcken mit gefrorenen Abfällen lag und nicht zurückkehren würde.

Doreen schluckte die Tränen hinunter. Ein kleines Mädchen das auf seine tote Katze wartete. Beißendes Sodbrennen ätzte sich in ihrer Speiseröhre nach oben. Ihr war übel.

Norbert wartete auf dem Gehweg. Er sah in ihr bleiches Gesicht und legte beschützend seinen rechten Arm um ihre Schultern.

»Na komm. Da müssen wir jetzt durch, Doreen.«

Dankbar kuschelte sie sich einen Augenblick an ihn und versuchte, nicht zu den Mülltonnen zu schauen, während sie Arm in Arm, wie ein Liebespaar, mit synchronen Schritten zum Hauseingang liefen.

24

Schrill quietschend öffnete sich die Fahrstuhltür. Doreen hatte das Gefühl, ihre Beine seien aus einer elastischen Masse ohne feste Strukturen im Innern. Auf halbem Weg blieb Norbert stehen und hob die Hand. »Warte mal. Mir ist noch etwas eingefallen. Wir haben, wenn die Angaben von Ralf Beesenstedt stimmen, noch etwa eine Stunde Zeit, bis die Post kommt.« Er wartete ihr kurzes Nicken ab und fuhr fort. »Es gibt einige Dinge, die wir vorher mit der Mutter und dem Stiefvater besprechen müssen. Ich möchte das so machen, dass *ich* die Fragen stelle und die Informationen notiere.« Wieder wartete er ihr Nicken ab. Das war nichts Neues. Norbert stellte fast immer die Fragen.

»Du sollst in der Zeit möglichst unauffällig die Reaktionen beobachten, ob dir Widersprüche auffallen, zwischen dem, was erzählt wird und dem, was die Mimik sagt.«

Er trat ein bisschen dichter an Doreen heran und zauberte ein aufmunterndes Lächeln hervor. »Du bist besser darin, als ich. Ich glaube, Frauen sind im Allgemeinen geschickter im Entschlüsseln körpersprachlicher Botschaften.«

Doreen versuchte ein gequältes Antwortlächeln. »Aber sicher.«

Josephines Stiefvater öffnete ihnen, den Kopf leicht nach unten geneigt, so, als könne seine Nackenmuskulatur diesen nicht mehr stützen. Dann gab er sich einen Ruck und schaute sie an. Die Haut unter seinen Augen schimmerte im Halbdunkel bläulich.

»Bitte kommen Sie rein.« Er hielt ihnen die Tür auf und

wieder betraten sie den braungrün gemusterten Läufer. »Legen Sie ab und dann ins Wohnzimmer bitte.« Er zeigte in Richtung Tür. Die Förmlichkeit schien ihm Halt zu geben, etwas, woran man sich auf rutschigem Boden entlang hangeln konnte. Der ganze Flur roch nach Pfefferminztee.

Josephines Mutter saß in einer Ecke des Sofas, klein und zusammengesunken, wie eine alte Frau. Mühsam rappelte sie sich auf, rutschte ein Stückchen nach vorn und streckte die Hand zur Begrüßung aus. Ihr Händedruck war schlaff, die Handinnenfläche fühlte sich kalt und feucht an. Sie ließ sofort wieder los und ihr rechter Arm plumpste neben ihr auf die Couch. Sie nahmen Platz, Doreen und Norbert jeweils in einem der Sessel, Ralf Beesenstedt auf dem Sofa. Ohne zu fragen, goss er hellgrünen, dampfenden Tee in zwei bereitstehende Tassen und schob diese zu ihnen hin. »Kaffee vertragen wir jetzt nicht.« Er hob entschuldigend die Schultern. Sie tranken synchron. Die Wärme des heißen Pfefferminztees breitete sich allmählich in Doreen aus und sie konnte fühlen, wie ihr aufgeregter Magen zur Ruhe kam.

Agnes Möller sah zur Uhr, immer wieder. Ihr Blick huschte durch das aufgeräumte Wohnzimmer und hielt nirgends lange an. Sie griff mit der Linken nach ihrer Tasse und stellte diese, ohne zu trinken, wieder hin. Der leblose rechte Arm wachte aus seiner Totenstarre auf und die Finger beider Hände verknäulten sich.

Norbert räusperte sich. »Die Briefträgerin kommt gegen zehn?« Er kramte in seiner Aktentasche und holte die Mappe mit den Notizen heraus. »Wir müssen uns eine Strategie zurechtlegen, damit wir notfalls sofort handeln können.«

»Wir wissen doch noch gar nicht, was in dem Brief steht.« Ralf Beesenstedt hatte sich aufrecht hingesetzt und nach vorn gebeugt.

»Nicht genau. Aber der Entführer hat am Telefon zu Ihnen gesagt – « Norbert hob den Blick von seiner Mappe und schaute in die Augen der Mutter. Ihre Pupillen waren so klein wie Stecknadelköpfe. »– er wolle Lösegeld, nicht wahr?«

Josephines Mutter ließ ihren Kopf nach unten sacken. Es konnte ein Nicken sein, oder auch Entkräftung.

»Dann reden wir jetzt zuerst über das Lösegeld.« Jetzt versuchte Norbert, Ralf und Agnes in seinen Blick einzubeziehen. Sie mussten konzentriert sein. »Ich habe gestern gar nicht danach gefragt. Wie viel haben Sie insgesamt in bar?«

»Fünfundzwanzigtausend.« Josephines Stiefvater kniff die Augen zusammen und atmete laut aus. »Mehr war beim besten Willen nicht herauszuholen, bei unseren fehlenden Sicherheiten.«

»Das könnte ein Problem werden. Ich nehme an, die Forderung des Entführers ist höher.«

Während Norbert sprach, bemühte sich Doreen, die Beteiligten zu beobachten, ohne, dass es ihnen auffiel. Sie spielte mit ihrem Kugelschreiber, trank ab und zu einen Schluck Tee und ließ ihre Augen dann durch das Wohnzimmer schweifen, so dass sie ganz zufällig von Zeit zu Zeit zu den ihr gegenübersitzenden Menschen gelangten. Es war wesentlich einfacher, Ralf Beesenstedt zu mustern, da sich dieser mit Norbert unterhielt. Jemand, der mit einem anderen sprach, war es gewöhnt, dass ihn der Zuhörer länger fixierte.

Die Mutter saß in ihrer Sofaecke und bewegte sich kaum, nur ihre Finger kneteten unentwegt einen unsichtbaren Teig. Von Zeit zu Zeit sah sie zur Uhr, um dann wieder teilnahmslos vor sich hin zu stieren. Inzwischen sprach Norbert weiter.

»Haben Sie schon darüber nachgedacht, was man tun könnte, wenn mehr Lösegeld verlangt wird?«

»Nun, ich habe überlegt.« Jetzt begann auch Ralf Beesenstedt damit, seine Hände zu ringen. »Wir haben überlegt, den ganzen Abend.« Er sah zu seiner Lebensgefährtin. Es hatte nicht den Anschein, als könne sie sich daran erinnern, also sprach er im Singular weiter.

»Ich denke, vielleicht könnte man zuerst die Fünfundzwanzigtausend übergeben, als Zeichen dafür, dass wir zahlungswillig sind. Und dann müssten wir so schnell wie möglich noch mehr Geld auftreiben.« Er hielt kurz inne und trank einen kleinen Schluck Tee. »Ich weiß ja auch gar nicht, *wann* die Geldübergabe stattfinden soll. Heute ist Mittwoch. Vielleicht haben wir bis morgen Zeit, dann könnte man noch mehr Geld besorgen.«

»Woher?« Norbert saß sprungbereit auf der Kante des Sessels. Es sah aus, als seien seine Ohren nach vorn gerichtet.

»Ich ...« Ralf Beesenstedt schluckte und blickte wieder zu seiner Frau. »Man könnte meine Eltern fragen. Oder Agnes' Eltern. Eventuell.«

Norbert tippte mit dem Stift auf den Zettel mit den aufgelisteten Verwandten und Doreen dachte einen Augenblick lang daran, dass Ralf Beesenstedts Eltern nicht die Großeltern von Josephine waren, aber es schien keine Rolle zu spielen.

Wussten die Großeltern *überhaupt* von der Entführung? Die Berichte in den Medien konnten doch nicht an ihnen vorbeigegangen sein? Und, wenn sie es wussten, warum waren sie jetzt nicht hier, um Agnes und Ralf zu unterstützen? Doreen entschloss sich, in das Gespräch einzugreifen. »Wissen Ihre Eltern –« sie schaute zuerst zum Stiefvater und dann zur Mutter »– von Josephines Entführung?«

Norbert setzte sich noch aufrechter hin, sagte aber nichts.

Josephines Mutter öffnete und schloss ihren Mund, antwortete aber nicht. Ihre Augen huschten zur Uhr und dann zu Ralf. Er übernahm das Antworten. »Sie wissen es. Natürlich wissen sie es.« Er nippte am Tee. »Es kam ja in allen Nachrichten, im Fernsehen, im Radio, in der Zeitung. Wie hätten sie es übersehen können?« Die Teetasse in seiner Hand zitterte. »Außerdem haben wir sie gleich Sonntag angerufen, als uns klar war, dass etwas passiert sein musste.«

Seine Stimme wurde lauter. »Sie wissen es. Nur von dem Anruf haben wir Ihnen bisher nichts gesagt.« Ralf Beesenstedt schüttelte den Kopf. Was für eine Frage! Ob die Großeltern Bescheid wussten! Was glaubte diese Frau eigentlich, mit was für Familienverhältnissen sie es hier zu tun hatte?

»In Ordnung.« Norbert hatte seine ›Beruhigungsstimme‹ aufgesetzt. »Sie könnten Ihren Eltern also jederzeit von der Lösegeldforderung erzählen und würden dann auch Geld von ihnen erhalten.« Es war eine Frage, obwohl seine Tonhöhe am Ende des Satzes gleich blieb.

»Ja, ich denke schon.« Der Stiefvater hatte sich sofort wieder beruhigt. Es war sicher nicht die Absicht der jungen Frau gewesen, an ihnen zu zweifeln. »Sie würden uns Geld leihen, ich bin sicher. Meine Eltern haben gleich angeboten, hierher zu kommen und uns beizustehen. Agnes' Eltern wohnen in Bayern. Sie arbeiten beide. Wir haben telefoniert.« Er schaute für einen Moment zu seiner Frau. Sie rührte sich nicht. »Aber Agnes hätte das nicht ertragen. Es ist so schon schwer genug.«

Die Angesprochene starrte mit steinernem Gesicht vor sich hin. Nur ihre Augen bewegten sich rastlos hin und her, flackerten immer wieder zur Wanduhr. Bald würde die Postbotin den Brief einwerfen.

Bald. Schon in einer Viertelstunde. Den Brief, den Entführerbrief, die Lösegeldforderung. Und was dann – Was sollte sie dann nur tun –

Was sollte sie nur tun?

Die Zeiger der Uhr rückten vorwärts. Unerbittlich ruckte der Sekundenzeiger voran, den großen Zeiger im Schlepptau hinter sich.

Tack.

Tack.

Gedämpft taumelten Satzfetzen an das Ohr der Mutter. Das Walross redete immer noch, machte Pläne, schlug Strategien vor. Konnte er sie nicht einfach in Ruhe lassen? Hier in der weichen Sofaecke wollte sie sitzen und an nichts denken müssen, keinen Hunger, keinen Durst verspüren, keine Angst, was noch kommen konnte, kein Leid und keine Trauer um ihr kleines Mädchen. Einfach für immer da hocken bleiben, wie eine Puppe.

Polizei.

Das Wort hämmerte auf ihren Schädel ein. Grell flammten rote Lichter auf.

POLIZEI.

Das Walross hatte Polizei gesagt. Das Walross wollte die Bullen informieren.

Agnes schnellte wie von der Tarantel gestochen vom Sofa auf, fuchtelte mit den Armen und schrie den Mann im Sessel mit überkippender Stimme an.

»NEIN! UM HIMMELS WILLEN! KEINE POLIZEI!«

Sie drängelte sich an dem niedrigen Tisch vorbei auf Norbert zu. Ihre Teetasse kippte um und ein hellgrüner See ergoss sich über die Glasplatte. Ein See aus Pfefferminze. Doreen betrachtete das Ganze fassungslos, als laufe ein Film vor ihr ab. Es ging so schnell, dass ihr keine Zeit zum Reagieren blieb.

Josephines Mutter machte einen Sprung zu Norberts Sessel und blieb kurz davor stehen.

Norbert wich zurück. Es schien, als wolle die zierliche Frau ihn schlagen. Ihr ganzer Körper vibrierte. Dann hielt sie inne, als habe man den Zündschlüssel aus dem Schloss gezogen und erstarrte mitten in der Bewegung mit weit aufgerissenen Augen.

Auch Ralf Beesenstedt hatte sich jetzt erhoben. Vorsichtig berührte er ihren Arm.

»Agnes. Ruhig, Agnes. Herr Löwe wird nichts ohne unsere Zustimmung unternehmen. Setz dich wieder hin. Bitte.«

Er zog behutsam an ihrem Arm, geleitete sie zurück in ihre Couchecke und setzte sich neben sie.

»Herr Löwe hat nur noch einmal zu bedenken gegeben, dass wir nachher, wenn wir den Inhalt des Briefes kennen, noch einmal darüber nachdenken müssen, sonst nichts.« Sie fiel in die Polster zurück. Richtete sich wieder auf, schaute zur Wand.

Tack.

Tack.

Die Uhr.

Der große Zeiger war fast oben. Auf der Zehn.

Tack.

Vielleicht war die Post schon im Briefkasten. Schüttelfrost überkam Josephines Mutter. Hörbar klapperten ihre Zähne aufeinander. Um zehn. Irgendjemand musste jetzt da runterfahren und die Post aus dem Briefkasten holen. Sie würde es nicht tun können, ihre Beine funktionierten nicht mehr, waren nutzlose Anhängsel geworden. Furchtsam schaute Agnes auf die drei Menschen in ihrem Wohnzimmer.

25

Fünf nach zehn.

Norbert wühlte in seiner Tasche. »Wo habe ich sie bloß ...« Ralf Beesenstedt stand neben ihm im Flur und verlagerte das Gewicht von einem Bein aufs andere.

Die beiden Frauen waren im Wohnzimmer geblieben. Josephines Mutter schien nicht in der Lage zu sein, sich von ihrem Platz in der Sofaecke zu erheben. Doreen hatte den Eindruck, sie wolle das Geschehen der nächsten Minuten einfach ausblenden. Wenn man nicht darüber nachsann, war es auch nicht vorhanden. Alles war offen, nichts Furchtbares passiert. Leider würde ihre Illusion innerhalb der nächsten zehn Minuten wie ein überdehnter Luftballon mit einem lauten Knall zerplatzen.

Sie hörte Norberts brummelnde Stimme im Flur. Er suchte die Latexhandschuhe. Niemand sollte den Brief mit bloßen Händen berühren, eventuell vorhandene Spuren mussten erhalten bleiben. Auch wenn zurzeit keine Polizei eingeschaltet war, man konnte nie wissen. Sie alle hofften, dass die Entführung zu einem glimpflichen Ende kommen würde, aber man musste auch die anderen Möglichkeiten in Betracht ziehen.

Ängstlich wischte Doreen ›andere Möglichkeiten‹ beiseite. Sie nahm ihre Tasse mit dem mittlerweile kalten Tee in die Hand, trank einen Schluck, stellte sie wieder hin und schaute zu Agnes Möller. Ihr Gesicht wirkte eingefallen. Die Jochbeinbögen schienen nur von einer pergamentenen Hautschicht bedeckt. Die Augen lagen tief in ihren Höhlen und blickten trübe vor sich hin.

Sie musste etwas sprechen, belanglose Dinge. Die Mutter ablenken, für fünf Minuten auf andere Gedanken bringen.

Doreen hörte die Wohnungstür klappern. Die beiden Männer waren hinausgegangen. Ihre Fingerspitzen wurden kalt. Feine dunkle Härchen an ihren Unterarmen richteten sich auf. Auch Agnes Möller hatte die zufallende Tür wahrgenommen. Sie begann wieder zu zittern.

»Ihre Eltern wohnen in Bayern?«

»Ja.«

Nur ein einziges Wort als Antwort auf ihre Frage, so leise, dass der Schall sofort nach dem Verlassen des Mundes von den weichen Samtpolstern der Couch aufgesogen wurde.

»Da sehen Sie sich sicher selten.«

»Ja.«

»Stammen Sie oder Ihre Eltern von dort?« Eigentlich eine überflüssige Frage. Agnes Möller sprach, wenn sie überhaupt etwas von sich gab, eindeutig sächsisch. Niemand, der ursprünglich aus Bayern stammte, nahm später den sächsischen Dialekt an.

»Nein.«

Josephines Mutter löste ihren Rücken von der Lehne und verschränkte die Arme über der Brust und ließ sie gleich wieder auseinander fallen, als fehle ihr die Kraft. Sie streckte die rechte Hand in Richtung Tee aus und zog sie sofort wieder zurück.

Es schien zwecklos. Doreen dachte über Fragetechniken nach. Wenn man sein Gegenüber zum Reden bringen wollte, dann durfte man keine Fragen stellen, die der Angesprochene mit einem einfachen ›Ja‹ oder ›Nein‹ beantworten konnte.

»Wann sind denn Ihre Eltern dorthin gezogen?«

»Kurz nach der Wende.«

Auch nicht viel ergiebiger.

Doreen sah vor ihrem inneren Auge einen Film ablaufen, Bild für Bild zog langsam vorüber.

Norbert und Ralf Beesenstedt. Josephines Stiefvater drückte auf einen runden Metallknopf und ratternd schoben sich die beiden Stahltüren in der Mitte auseinander. Sie standen in dem schmierigen Fahrstuhl und ließen sich nach unten rumpeln, ein mittelgroßer, bulliger und ein kleiner, schmächtiger Mann. Pat und Patachon. Dick und Doof. Sie ließ die beiden Männer aus dem Fahrstuhl aussteigen und auf die grauen Briefkästen zugehen. Ralf Beesenstedt hielt den Briefkastenschlüssel wie eine Waffe in der Hand. Norbert wackelte hinterdrein, die behandschuhten Hände in den Hosentaschen, musste ja nicht gleich jeder sehen, dass hier etwas Ungewöhnliches ablief. Der Stiefvater versuchte, den Schlüssel ins Schloss zu bugsieren, aber es gelang nicht sofort. Auch er zitterte.

Vorsichtig, damit nichts heraus fiel, klappte er dann das Vorderteil mit dem Briefschlitz nach vorn. Der Detektiv stand hinter ihm und schaute, ohne zu zwinkern, über seine Schulter. Ralf Beesenstedt trat einen Schritt zurück und Norbert streckte seine Latexhand aus.

Doreens Film war zu Ende.

Fassungslos schaute Norbert auf den weißen A5-Umschlag in seiner behandschuhten Hand.

Die Vorderseite war mit Zeitungsbuchstaben beklebt. Lauter einzelne Buchstaben, große und kleine, fett gedruckte und kursive, rote und schwarze.

›Familie Möller‹ stand da.

›Findeisenweg 17‹. Darunter Postleitzahl und Ort. Oben rechts klebte eine Briefmarke. Norbert dachte daran, dass man heutzutage aus den Speichelspuren an Briefmarken die DNS des ›Ableckenden‹ analysieren konnte. *Wenn* er die Marke mit seiner Zunge angefeuchtet hatte. Er wendete den Brief um. Die Rückseite war leer. Das Kuvert fühlte sich nicht besonders schwer an.

Der Tremor seiner Hände übertrug sich auf das Papier. Ralf Beesenstedt starrte stumm auf den zitternden Umschlag. Es sah aus, als habe ein Kind mit Zeitungen, Schere und Klebstoff gebastelt. Nicht besonders professionell, eher so, wie sich ein Regisseur in einem billigen Krimi einen Erpresserbrief vorstellte.

»Guten Tag, Herr Beesenstedt! Arbeiten Sie heute gar nicht?« Eine trompetende Stimme riss sie aus ihrer Erstarrung. Ralf und Norbert drehten sich zeitgleich um.

Eine dicke Frau in einer bunt geblümten Küchenschürze stand hinter ihnen, die Arme in die Seiten gestemmt. Unter ihrer Hakennase wucherte ein dunkler Damenbart, die Lesebrille hing auf Halbmast, so dass sie darüber hinwegschielen und die beiden Männer ausgiebig mustern konnte.

»Frau Wagner. Guten Tag.« Ralf Beesenstedt grüßte resigniert zurück und drehte sich dann von dem aufgedunsenen Vogelgesicht weg, um den Briefkasten zu schließen. Die wissbegierige ›Krähe‹ kam näher herangehüpft. Norbert schaffte es nicht rechtzeitig, den Briefumschlag vor ihren neugierigen Augen hinter seinem Rücken zu verbergen.

»Nanu! Was ist denn das?« Die feiste Matrone machte noch zwei Hopser auf ihn zu und versuchte, um ihn herumzutänzeln, während Norbert eilig seine behandschuhte Linke in der Hosentasche versenkte und wie in einer Parodie einer Ballettaufführung mit der dicken Frau umeinander walzte.

»Frau Wagner!« Ralf Beesenstedt stellte sich ihr in den Weg. »Wir haben es eilig. Wenn Sie uns jetzt bitte den Weg freimachen würden.«

Unwillig trat die Angesprochene einen winzigen Schritt zurück und kratzte sich heftig am Hinterkopf. Schuppen rieselten wie Schneeflocken auf die Blümchen ihrer Nylonschürze herab.

»Wird nicht ihre Stieftochter vermisst, die kleine Josephine? Das zarte Dingelchen. Sie war immer so schüchtern und gut erzogen.« Lauernd forschten die in den Fettwülsten verborgenen Augen in den Gesichtern der beiden Männer nach Bestätigung. »Die Polizei hat auch bei mir geklingelt und mich befragt. Vorgestern.«

Wie hatte sie das auch nur einen Augenblick vergessen können! Ein vermisstes Kind! In ihrem Haus! Skandalös! Wie es schien, war die Kleine bisher nicht wieder aufgetaucht. Und was zum Teufel versteckte der dicke Mann mit dem Bart da die ganze Zeit hinter seinem Rücken? Es hatte wie ein großer Brief ausgesehen. »Ist sie denn noch immer nicht wieder aufgetaucht? Sie Ärmster!« Ihre Stimme troff vor falschem Mitleid.

Wortlos ließen die beiden Männer die feiste Krähe stehen und flohen vor ihren bohrenden Fragen in Richtung Fahrstuhl.

»Sie haben mir gar nicht geantwortet!« Listig blickten die kleinen Augen den beiden zum Fahrstuhl eilenden Männern nach. Sie würde schon noch herausfinden, was es mit diesem seltsamen Brief auf sich hatte. Eigentlich wusste sie es schon fast. Die Frau in der Kittelschürze rieb sich schabend die Hände.

Was für ein sensationelles Geheimnis! Ob die Bullen informiert waren? Ursel Wagner, die Hauspolizei, glaubte nicht daran. Wozu sonst die Geheimnistuerei?

War es aber nicht sehr wichtig, dass aufmerksame Hausbewohner jede Beobachtung meldeten, hatten nicht genau das die Beamten zu ihr gesagt? ›Wenn Ihnen noch etwas einfällt, rufen Sie uns an. Jede noch so unwichtige Beobachtung kann bedeutsam sein‹. Das hatten sie gesagt, wortwörtlich. Sie würde gründlich darüber nachdenken. Bei einem zweiten Frühstück.

Und wer war der dicke Mann neben Ralf Beesenstedt gewesen? Wieso hatte er den Brief in der Hand gehalten? Und

– was noch viel interessanter war – warum trug er Handschuhe?

So viele spannende Fragen, so viel zu erforschen. Ursel Wagner packte ihre Bildzeitung und watschelte voller Tatendrang zum Fahrstuhl.

»Wer war das denn?« Norbert presste das Kuvert unter seinem Jackett fest an die linke Bauchseite.

»Der Blockwart. Ursula Wagner. Sieht alles, weiß alles, findet alles heraus. Beobachtet jeden und posaunt ihre ›Erkenntnisse‹ allen in die Ohren. Diese Frau kontrolliert und beaufsichtigt die Hausbewohner.« Josephines Stiefvater war zornig. »Eine unangenehme Person. Wir lassen sie sonst immer links liegen.«

Norbert nickte und schaukelte synchron mit dem Fahrstuhl hin und her. Wie viel hatte diese Krähe gesehen? Hatte sie überhaupt etwas Wesentliches bemerkt? Man würde sie befragen müssen. So unangenehm solche Leute waren, manchmal hatten sie tatsächlich Dinge beobachtet, die entscheidend waren, eben, weil sie immer *alles* registrierten. Er speicherte ihren Namen auf seiner ›Hausbewohner-Liste‹.

Ratternd schoben sich die stählernen Fahrstuhltüren in der Mitte auseinander, die beiden Männer stiegen aus und gingen mit schnellen Schritten zur Wohnungstür. Nur nicht noch eine Begegnung mit wissensdurstigen Nachbarn.

Ralf Beesenstedt schloss auf und Norbert folgte ihm ins Wohnzimmer. Doreen und Agnes saßen da, als haben sie sich in der Zwischenzeit nicht bewegt. Sie schauten gleichermaßen furchtsam auf die hereineilenden Männer.

»Da sind wir wieder.« Norbert zog den Brief unter seinem Jackett hervor und legte ihn mit den bunten Buchstaben nach oben auf die Glasplatte des Couchtisches. »Ich werde ihn jetzt öffnen.« Er schaute in die Runde, aber niemand legte Protest ein. »Bringen Sie mir bitte ein scharfes Messer.«

Josephines Stiefvater sprang auf und kam gleich darauf mit einem schmalen Filetiermesser zurück. Jetzt war es soweit. Die Stunde der Wahrheit.

Unschuldig lag der Brief auf dem Tisch. Irgendwie kindlich mit den ausgeschnittenen Buchstaben. Und nun mussten sie ihn öffnen, augenblicklich sehen, was darin stand.

Norbert griff nach dem glatten Holzgriff des Messers und schob es vorsichtig unter eine Ecke des Kuverts.

Josephines Mutter hatte die Hände vor das Gesicht gelegt.

26

Behutsam schob Norbert das Filetiermesser mit der Spitze in das zugeklebte Briefkuvert und zog es dann mit ratschendem Geräusch ruckartig nach oben. Drei Augenpaare sahen ihm dabei zu. Im Wohnzimmer war es totenstill.

Draußen hupte ein ungeduldiger Autofahrer. Doreen fror, obwohl der Raum gut geheizt war.

Norbert legte das Messer auf den Tisch, den Umschlag in der Linken und blickte auf. Seine Augen ruckten von einem zum anderen, von der Mutter zum Stiefvater, zu Doreen und dann zum Kuvert.

Die vier Menschen in diesem Durchschnittswohnzimmer waren sich bewusst, dass der kommende Moment alles verändern würde. Die Hoffnung und den Glauben an einen Ausweg. Nichts würde mehr sein wie vorher. Es ließ sich nun nicht länger hinauszögern. Sie mussten schauen, was in dem Schreiben stand.

»Nimm den Brief heraus.« Doreen hielt es nicht länger aus. Alles war besser, als diese lauernde Ungewissheit.

Norberts weiße Latexfinger spreizten den Briefumschlag auseinander und griffen nach dem gefalteten Blatt Papier. Schon beim Herausziehen konnte man sehen, dass auf der Innenseite verschiedene Buchstaben klebten.

Josephines Mutter gab einen leisen Laut von sich. Es klang wie das verängstigte Piepsen eines kleinen Vogels in einer Falle.

Der Detektiv beugte sich nach vorn und die drei Menschen um ihn herum taten es ihm nach. Dann versuchte er, mit ungeschickten Fingern das Papier auseinander zu falten, starrte auf den Buchstabensalat und konnte nichts von dem Geschriebenen verstehen. Das Blatt flatterte unkontrolliert in seinen Händen. Er legte es auf den Glastisch und glättete die Kanten. Vier Gesichter neigten sich darüber.

›*Ich habe Ihre Tochter*‹, stand da.
›*es geht ihr gut*‹

Die Satzzeichen fehlten. Wie schon auf dem Briefumschlag.

Doreen konnte sich vorstellen, dass es mühsam war, einzelne Punkte auszuschneiden und aufzukleben. Aus eigener Erfahrung wusste sie, dass kleine Schnipsel stets das Bestreben hatten, an den Fingern zu kleben, statt dort, wo sie hingehörten. Darunter: ›*Zahlen Sie hunderttausend und keine großen Scheine*‹

Wie im Ganovenfilm. ›Alles in kleinen Scheinen‹.

Das ›Sie‹ und das ›Ihre‹ waren tatsächlich großgeschrieben. Die sorgfältige Anwendung der Höflichkeitsform, als ob das in diesem Fall eine Rolle gespielt hätte, als ob dies hier jemals ein ›normaler‹ Brief sein könne. Interpunktion und Groß- und Kleinschreibung stimmten ja sonst auch nicht. Vielleicht war es auch Zufall, vielleicht waren gerade das große ›S‹ und ›I‹ zur Hand gewesen. Manchmal hatte der Entführer auch ganze Wörter ausgeschnitten.

›es geht‹ und ›habe‹. Solche Worte kamen in jeder Zeitung vor. Andere dagegen nicht, oder man musste lange danach suchen.

Doreen las den Rest.
›*Geldübergabe morgen zweiter Brief folgt*‹
Am Ende noch ein lapidarer Nachsatz.

›*keine Polizei sonst stirbt Josephine*‹

Die Buchstaben von ›Josephine‹ purzelten besonders stark durcheinander, so, als sei der Entführer beim Aufkleben ihres Namens aufgeregter gewesen, als bei den anderen Mitteilungen. Das war alles.

Hunderttausend.

Die Summe war nicht besonders hoch für eine Lösegeldzahlung, so, als wisse der Entführer, dass es hier nicht viel zu holen gab. Woher konnte er das wissen? Kannte er die Vermögensverhältnisse der Familie? Wenn es um Geld ging, warum hatte der Täter nicht das Kind einer reichen Familie entführt? Vielleicht, weil vermögende Familien auch bessere Möglichkeiten hatten, ihn aufzuspüren? In Doreens Kopf spielten die Gedanken Haschen, sie hasteten und wieselten durcheinander, versteckten sich in dunklen Ecken, hielten kurz inne, preschten wieder hervor, stießen zusammen und glitten auseinander. Es gelang ihr nicht, dieses Durcheinander zu bändigen.

Ralf Beesenstedt streckte seine Hand nach der Seite aus und Norbert ergriff sie im letzten Moment. »Nicht ohne Handschuhe!« Seine Stimme war lauter, als er es gewollt hatte.

Der Stiefvater zuckte zurück, als sei das Papier heiß. Er hatte noch gar nicht richtig darüber nachgedacht, wieso der Detektiv überhaupt Handschuhe trug.

Das setzte doch voraus, dass er an etwas Schlimmeres glaubte, als an eine Entführung mit Lösegeldforderung, zum Beispiel, dass der Brief irgendwann von der Polizei untersucht werden würde. Obwohl – andererseits konnte es auch sein, dass Herr Löwe einfach alle Spuren bewahren wollte. Am Ende ging es in jedem Fall um eine Straftat und auch bei einer Entführung gab es einen Täter, der gefunden werden musste. Josephines Stiefvater war sich sicher, dass auch der Entführer beim Verfassen des Briefes Handschuhe getragen hatte. Unter Garantie waren keine Fingerabdrücke außer denen der Postangestellten auf diesem Schreiben.

»Morgen.« Die Stimmbänder von Agnes Möller erzeugten knirschende Worte. Als befinde sich Sandpapier auf ihrer

Oberfläche. »Morgen findet die Geldübergabe statt.« Sie hüstelte aber der Sand ließ sich nicht abhusten.

»Warum will er das Geld nicht schon heute?« Ralf Beesenstedt blickte zu Norbert, als wisse dieser die Antwort. »Aus meiner Sicht vergrößert doch jeder Tag die Gefahr einer Entdeckung.«

»Es könnte mehrere Gründe haben. Der Entführer weiß, dass man nicht innerhalb weniger Stunden solch eine große Summe zusammenbekommt. Er gibt Ihnen damit die Gelegenheit, das Geld zu besorgen.«

Josephines Mutter nickte zustimmend. Daran wollte sie glauben. Es klang sehr einleuchtend.

»Außerdem gewinnt er dadurch Zeit und kann Sie inzwischen beobachten. Ob Sie die Polizei einschalten.« Norbert schaute in die Runde. Die Zuhörer hingen, ohne Luft zu holen, an seinen Lippen. Was wäre die dritte Möglichkeit? Der Detektiv zögerte einen Augenblick, ehe er weiter sprach. »Oder: Der Entführer will einfach Zeit gewinnen.«

»Warum sollte er das tun?« Agnes Möller wollte nicht verstehen.

Vier Menschen blickten einander an. Es war eigentlich nicht nötig, dass man über Möglichkeit drei sprach. Jeder von ihnen wusste, was Norbert gemeint hatte.

Das kleine Mädchen konnte schon längst tot sein und der Täter hatte sich aus dem Staub gemacht. Mit jedem Tag, der verstrich, konnte er weiter weg sein, sich ins Ausland absetzen und seine Spuren verwischen. Sie konnten nicht mal sicher sein, dass er das Geld überhaupt abholen würde. Doreen war sich im Klaren, dass Möglichkeit drei am wahrscheinlichsten war. Sie konnte aber auch nachvollziehen, dass die Mutter dies verdrängte.

»Wir werden nun die nächsten Schritte besprechen.« Norbert zog eine Klarsichthülle aus seiner Mappe, verstaute den

Brief vorsichtig darin und legte ihn wieder auf den Glastisch. Durch die reflektierende Oberfläche hindurch schrieen die bunten Buchstaben sie an.

Geldübergabe morgen
zweiter Brief folgt

Er zog eine zweite Hülle hervor, griff nach dem Umschlag und betrachtete den Stempel.

»Briefzentrum. Ganz toll.« Norbert schob das Kuvert in die durchsichtige Folie. »Wir werden uns bei der Post erkundigen müssen, wo sich dieses Briefzentrum befindet.« Er klang grimmig. »Früher stand der Ortsname im Stempel. Scheiß Post.« Es war selten, dass er sich zu Kraftausdrücken hinreißen ließ.

Der Detektiv streifte die Handschuhe ab und sprach weiter. »Ich schlage vor, wir befassen uns später mit den ausgeschnittenen Buchstaben und möglichen Zeitungen, aus denen diese stammen könnten, es gibt dringlichere Dinge. Zum einen die geforderte Summe. Sie haben fünfundzwanzigtausend, im Brief werden jedoch hunderttausend verlangt. Was schlagen Sie vor?« Die Murmelaugen wechselten von Josephines Mutter zu ihrem Stiefvater.

»Ich glaube nicht, dass wir den Rest bis morgen noch auftreiben können. Was meinst du?« Ralf Beesenstedt legte die Hand auf den Unterarm seiner Lebensgefährtin. Sie zog den Arm zurück und rieb sich mit der Rechten darüber, als wolle sie die Spuren seiner Berührung abwischen.

»Nein. Woher denn? Woher willst du das Geld nehmen?« Sie sprach immer noch mit rostiger Stimme.

»Von meinen Eltern, dachte ich.« Mit einem Hundeblick sah Ralf Agnes an. Sie schob den Unterkiefer vor und zog die Schultern noch ein Stückchen höher. »Kannst du mir garantieren, dass deine Eltern nicht die Polizei informieren?«

»Nein, ich kann gar nichts garantieren.« Ralf seufzte. »Gar nichts. Es ist die einzige Möglichkeit, die mir einfällt. Deine

Eltern sind weit weg. Und würden sie dir ungefragt etwas leihen? Ich glaube nicht.« Er schwieg und versuchte, ihren Blick zu erhaschen. Agnes schaute beharrlich zu Boden.

»Also, Josephines Großeltern können wir dann wohl weglassen.«

Norbert und Doreen verfolgten die Diskussion aufmerksam. Irgendwelche, nicht ergründbare Spannungen lagen unausgesprochen in der Luft. Da war etwas mit Agnes' Eltern. Aber was? Und war das hier von Belang? Norbert schaltete sich in das Gespräch ein. »Es sieht also nicht so aus, als ob wir bis morgen noch weiteres Geld auftreiben könnten. Habe ich das richtig verstanden?« Agnes Möller und Ralf Beesenstedt nickten wortlos. »Was dann?«

»Wir übergeben das, was wir haben.« Josephines Mutter schluckte mehrmals, griff sich die Tasse mit dem kalten Tee, trank einen Schluck und schüttelte sich. Elendes Kräutergebräu. Jeden Tag der gleiche, fad schmeckende, Tee. Sie bekam schon Brechreiz, wenn sie die grüne Brühe nur sah. »Holst du mir bitte eine Cola?« Sie tippte Ralfs Handrücken an und dieser sprang sofort auf. Dann wiederholte sie ihren Satz.

»Wir geben ihm die fünfundzwanzigtausend. Man kann einen Brief dazu legen, dass es uns nicht möglich war, mehr aufzutreiben. Vielleicht können wir anbieten, den Rest später zu zahlen, das müsste doch gehen? Was denken Sie?« Sie ließ ihren Blick Hilfe suchend von Norbert zu Doreen wandern.

»Es bleibt ein Risiko.« Norbert bemühte sich, nicht zu pessimistisch dreinzuschauen. Josephines Mutter hatte große Angst. Und keiner konnte ihr das verdenken. »Aber wie es aussieht, haben wir keine andere Wahl.«

Ralf kam zurück, eine Literflasche Pepsi in der einen Hand. Vier Gläser hingen mit den Öffnungen nach unten zwischen den Fingern seiner Linken. Er stellte alles auf den Tisch und goss, ohne zu fragen, jedem von ihnen etwas ein, während Norbert bedächtig weitersprach. Er wusste nicht, wie die Eltern seinen nächsten Satz aufnehmen würden, denn dieser enthielt eine unausgesprochene schreckliche Alternative.

»Wir müssten ein Lebenszeichen fordern.« Die Mutter schien nicht zu verstehen, was er damit andeuten wollte, der Stiefvater schon. Seine nächste Äußerung bewies es.

»Meinen Sie, bevor wir weiteres Geld flüssig machen, müssen wir erst einmal Beweise haben, dass ...« er zögerte einen Moment » ...Josephine überhaupt noch lebt?«

»Das meine ich.« Norbert nickte bekräftigend.

Doreen beobachtete Agnes. Sie schüttelte ungestüm den Kopf. Dann redete sie mit ihrer knirschenden Stimme.

»Nein, nein, nein. Sie lebt. Ich fühle es. Wir bezahlen, und sie kommt zurück, Punkt.« Bei ›Punkt‹ schlug ihre Faust auf den Glastisch. Die Gläser klirrten leise. »Und jetzt will ich davon nichts mehr hören.« Agnes Möller hielt sich beide Hände über die Ohrmuscheln und brubbelte dabei vor sich hin. »Nichts mehr hören. Nein. Nein, nichts mehr hören. Nichts hören.«

Die drei anderen Menschen in dem Raum sahen sich schweigend an. Ralf machte eine Geste in Richtung Wohnzimmertür und berührte seine Frau an der Schulter, was weiteres störrisches Kopfschütteln bei ihr auslöste. »Wir gehen in die Küche, Agnes.« Josephines Mutter schien ihn nicht wahrzunehmen und so erhoben sie sich von ihren Plätzen. Doreen ergriff die Klarsichthüllen und Norberts Merkzettel und dann verließen sie das Zimmer.

In der Küche sprach Norbert als Erster. »Sie steht unter einer ungeheuren Anspannung. Ich kann das verstehen.«

Der Stiefvater nickte und deutete auf die Stühle. »Setzen wir uns. Sie wollten das weitere Vorgehen besprechen. Erzählen Sie *mir* alles, ich versuche dann nachher, ihr alles zu erklären.«

»In Ordnung.« Norbert griff nach seinem Merkblatt. »Da erst morgen die konkreten Anweisungen zur Geldübergabe per Post ankommen, können wir in dieser Hinsicht nichts unternehmen.«

»Werden Sie die Polizei informieren?« Ralf Beesenstedt schaute besorgt von dem Detektiv zu seiner Kollegin.

»Ich will ehrlich sein. Ich bin der festen Überzeugung, dass wir es müssten. Sehen Sie, es ist so.« Kurze Pause. »Wir sind zwei Privatdetektive«, Doreen sah, dass Norbert kurz zu ihr blickte. Ihr fiel das Wort ›hinterwäldlerisch‹ ein ... »... mit begrenzten Mitteln. Was, wenn wir das Falsche tun? Uns fehlen viele Möglichkeiten, die der Kriminalpolizei zur Verfügung stehen. Wir sind nur zu zweit, und uns fehlt die Erfahrung in solchen Fällen.«

»Alles schön und gut, Herr Löwe. Darf ich Sie aber daran erinnern, dass *Sie* zu uns gekommen sind. *Sie* wollten doch unbedingt bei der Suche mithelfen.« Der letzte Satz von Ralf Beesenstedt klang wie eine Frage.

»Das ist richtig. Aber, als ich gestern zu Ihnen kam, wussten wir noch nicht, dass eine Lösegeldforderung gestellt werden würde. Ich wollte Ihnen bei der Suche helfen und die Polizei unterstützen. Seit dem Anruf des Entführers denke ich einerseits, wir müssten sofort die Polizei informieren und dann wieder, wir schaffen es vielleicht auch ohne.« Er holte tief Luft und ließ sie pfeifend wieder entweichen. »Alles kann falsch sein.«

War das erst gestern gewesen? Doreen kramte in ihrem inneren Zeitplan. Es kam ihr vor, als seien all die vielen Ereignisse schon mindestens eine Woche her. Sie schaltete sich in das Gespräch der beiden Männer ein. »Lasst uns doch jetzt erst einmal besprechen, wie wir heute weitermachen können. Dann denken wir noch einmal darüber nach. Kommen die

Beamten nicht auch nachher noch bei Ihnen vorbei?« Sie sah zur Uhr. Halb zwölf.

»Heute Nachmittag. Sie kommen jeden Tag vorbei.« Ralf Beesenstedts Schnurrbart zitterte unmerklich.

»Sie sollten vorher noch einmal mit Ihrer Frau sprechen. Ich bin auch dafür, dass Sie die Polizisten von unserer Mitarbeit informieren.« Norbert fummelte eine Visitenkarte hervor. »Man kann uns jederzeit anrufen.«

Er nahm seinen Zettel zur Hand und drückte die Mine des Kugelschreibers heraus. »Und nun zum Plan für die nächsten Stunden. Ich möchte gern einige Leute befragen. Josephine ist Sonntag am zeitigen Nachmittag verschwunden, auf dem Weg zu ihrer Freundin,« er schaute auf das Blatt. »Sarah. Sie ist dort nicht angekommen, aber ich möchte das Mädchen trotzdem befragen. Wir versuchen es am zeitigen Nachmittag, nach der Schule.« Norbert zeichnete einen kleinen Kreis neben Sarahs Namen und malte diesen dann säuberlich aus. »Wir werden auch den Weg durch die Gartensiedlung abgehen, den sie vermutlich gefahren ist.« Das schien sinnlos in Anbetracht dessen, dass die Polizei bereits sämtliche Wege, die Gartenanlage und das komplette Umland gründlich abgesucht hatte, aber Doreen wusste, warum er dort entlanggehen wollte. Norbert musste sich sein eigenes Bild machen. Beim Laufen würde er über den möglichen Tathergang nachsinnen und seine Gedanken ordnen.

»Dann möchte ich die Hausbewohner befragen, einige von ihnen noch heute und den Rest ab morgen früh. Deshalb bitte ich Sie darum, dass wir die Liste durchgehen, wer von ihren Nachbarn morgen Vormittag zu Hause sein könnte.« Er hielt inne.

»Habe ich etwas vergessen, Doreen?« Die hellblauen Murmelaugen ruhten sich einen kleinen Moment lang in ihrem Gesicht aus. Die ganze Zeit hatte er gesprochen und geplant. Ein Außenstehender konnte auf die Idee kommen, seine Kollegin sei nur schmückendes Beiwerk. »Eine Frage hätte ich noch.« Doreen fand Norberts Pläne wie immer durchdacht.

Sie blickte in die unruhigen Augen von Ralf Beesenstedt. »Glauben Sie, dass der Entführer noch einmal hier anrufen wird?« Die Pupillen des Stiefvaters verengten sich. Seine Augen bewegten sich nach oben und rutschten dann nach rechts, als lese er ein imaginäres Schriftstück, ehe er antwortete.

»Nein, ich denke nicht. Im Brief stand doch, ›Geldübergabe morgen, zweiter Brief folgt‹.

Warum sollte er noch einmal hier anrufen? Das Risiko, dass das Telefon abgehört wird, ist zu groß.« Josephines Stiefvater richtete seinen Blick wieder auf Norbert und setzte den Satz fort. »Das sehe ich jedenfalls so. Kann man davon ausgehen, dass solch ein Verbrecher ›normal‹ denkt?«

»Nun, soweit ich weiß, sind Entführer planende Täter.« Dass es vielleicht keine Entführung war, wussten die drei Menschen in der kalten Küche. Man musste es nicht extra aussprechen.

»Also gut. Wir wollen keine Zeit vertrödeln.« Norbert ordnete seine Zettel und verstaute diese säuberlich in der Mappe, hinter den beiden Klarsichthüllen. »Sie haben ja unsere Handynummer. Sobald sich etwas Neues ergibt, rufen Sie uns bitte gleich an. Wir fahren jetzt in unser Büro und besuchen dann Sarah.« Er folgte dem Stiefvater in den dämmrigen Flur.

»Danach melden wir uns wieder telefonisch bei Ihnen, oder wir kommen noch einmal vorbei.«

Der schmächtige Mann öffnete die Tür zum Wohnzimmer. Im Raum roch es nach Schweiß.

Agnes lehnte unbeweglich in einer Ecke des Sofas und hatte die Augen geschlossen, als schliefe sie. Doreen und Norbert näherten sich vorsichtig und die beiden Lider der Frau klappten träge nach oben.

Sie reichte ihnen eine eisige, schlaffe Hand, ohne zu sprechen. Kaum hatten sie diese losgelassen, verdrehten sich die Pupillen nach oben und die Augen schlossen sich bis auf einen schmalen Spalt. Die unheilvolle Welt da draußen drang nicht mehr durch den Vorhang.

Im Flur verabschiedeten sie sich von Josephines Stiefvater. Er schien zu normalem Denken noch in der Lage zu sein. Aber er war auch nur der Stiefvater. Wo war eigentlich Josephines richtiger Vater? Doreen nahm sich vor, die Frage gleich im Fahrstuhl mit Norbert zu diskutieren. Die Wohnungstür wurde sanft hinter ihnen geschlossen, hinter zwei Detektiven auf der Suche nach einem vermissten Kind, das vielleicht längst irgendwo vermoderte.

27

Mit einer eisigen Ohrfeige begrüßte sie die grimmige Welt. Das tote Kätzchen lag nach wie vor bei den Mülltonnen. Zinngrau presste der Himmel ihre Köpfe seitlich zusammen.

Norbert schlug vor, zuerst zum Büro zu fahren. Er hatte Hunger, es war schließlich schon Mittag. Doreen horchte in ihre Eingeweide, fand aber nicht einmal ein Fünkchen Appetit.

In der Bahnhofsstraße war kein einziger Parkplatz frei. Sie mussten zwei Runden kreiseln, ehe ein Wagen vor ›ihrem‹ Haus ausparkte. Feucht und klamm kroch der Äther durch die Luftröhre in die Bronchien und lähmte die Schleimhäute. Schneidender Wind biss und zwickte in die Haut. Der bleierne Himmel schien direkt über ihren Scheiteln zu hängen, tief und drückend, mit schiefergrauen Wolken voller ungeweinter Eistränen. Kopfschmerzwetter.

Doreen dachte über Hartmut Röthig nach. Momentan hatte sie gar keine Lust, mit ihm ins Kino zu gehen, nicht mit ihm und auch mit niemand anderem. Sie wollte sich in ihrem weichen Daunenbett verkriechen, sofort einschlafen und träumen. Leider hatte ihr undiszipliniertes Unterbewusstsein sich vorhin zum Kinobesuch verabredet, ohne den Verstand vorher um Rat zu fragen. Aber, wahrscheinlich würde sie sowieso nach den ersten zehn Minuten in dem dunklen warmen Kino wegdämmern. Doreen verdrängte die Gedanken an Kino und Verabredung. Kommt Zeit kommt Rat und man konnte immer noch absagen.

Norbert setzte sich an seinen Schreibtisch und griff nach dem Flyer seines Lieblings-Pizzadienstes. Er würde wie immer Lasagne bestellen, ölige Lasagne. Noch mehr liebte er Spaghetti ›Aglio e Olio‹, mit viel, viel Knoblauch, aber das war jetzt leider nicht drin. Nicht vor Freitagabend und das auch nur dann, wenn sie Sonnabend frei hatten.

»Was möchtest du?« Er wartete, bis sich Doreen aus ihren Hüllen geschält und ihm gegenüber Platz genommen hatte. Sie langte nach dem Faltblatt und studierte widerwillig die aufgelisteten Gerichte. Schon beim Gedanken an Pizza oder Nudeln drehte sich ihr Magen einmal um sich selbst. Mehr, um Norbert einen Gefallen zu tun, entschied sie sich schließlich für einen gemischten Salat.

Norbert legte auf und sah sie an. Seine Listen lagen vor ihm auf dem Schreibtisch. Der Computer summte vor sich hin, auf dem Monitor drehte und wand sich ein bunter Schriftzug ›Norbert schläft‹. Der Genannte schlief jedoch nicht, er war hellwach. »Wir müssen natürlich auch die Eltern von Ralf Beesenstedt befragen und zwar so schnell wie möglich.«

»Traust du ihm nicht?« Doreen rollte mit ihrem Stuhl unruhig hin und her.

»Was hast du für einen Eindruck?« Er wollte seine Meinung erst sagen, wenn sie sich geäußert hatte, um ihr Urteil nicht zu beeinflussen.

»Ich halte ihn für glaubwürdig, er schien ernsthaft betroffen. Ich konnte nichts Widersprüchliches feststellen. Aber du hast Recht, man kann nie sicher sein, wir müssen uns mindestens vergewissern.«

Norbert nickte. Genau seine Meinung. »Also, pass auf. Wir essen jetzt und danach werde ich noch einmal versuchen, Alfred zu erreichen. Mir wächst das Ganze über den Kopf.« Er legte kurz die linke Hand über die Augen. »Schauen wir uns *zuerst* den Weg durch die Gartensiedlung an und besuchen danach diese Sarah. Sie ist ja in der Schule und kommt sicher erst nachmittags nach Hause.« Seine Rechte klopfte bestätigend auf den Tisch. »Anschließend könnten wir noch einige Hausbewohner befragen.«

»Einverstanden.« Doreen dachte einen Augenblick lang nach. Wie konnte sie es ihm beibringen, ohne, dass er misstrauisch wurde? »Ich kann heute allerdings nur bis achtzehn Uhr, dann muss ich nach Hause. Ich erwarte einige Anrufe. In meiner Küche sieht es wie nach einem Bombenangriff aus und die schmutzige Wäsche türmt sich auch.«

Zu viele Entschuldigungen auf einmal.

Sie war ihm keine Rechenschaft schuldig und hatte trotzdem ein schlechtes Gewissen. Doreen betete inbrünstig, dass die verräterische Röte, die immer im unpassendsten Moment auf ihren Wangen auftauchte, diesmal ausblieb. Warum sagte sie ihm eigentlich nicht, was der wahre Grund dafür war, dass sie heute Abend keine Zeit hatte?

»Können deine Anrufer nicht auf den Anrufbeantworter sprechen?«

»Norbert, ich bitte dich. Diese ›Anrufer‹ haben schon auf mein Band gesprochen. Gestern Abend. Als wir zusammen essen waren. Irgendwann muss ich auch meine Wohnung mal wieder auf Vordermann bringen.« Das würde ihm hoffentlich ein schlechtes Gewissen verschaffen. Sie hatte doch schon sehr viel Zeit mit ihm verbracht.

»Na gut.« Er sprach mit vorgeschobener Unterlippe, maulig, wie ein trotziges Kind. »Bis um sechs. Ich mache dann ohne dich weiter.« Jetzt sollte *sie* ein schlechtes Gewissen haben.

Der überarbeitete Chef-Detektiv war gezwungen, allein zu ermitteln, weil seine Mitarbeiterin ihrem Privatleben frönte. Doreen verkniff sich ein kleines Grinsen. Die üblichen Scheinkämpfe.

Der Pizzabote klingelte.

»Ich geh schon!« Zusammen mit seinen Worten erschien ein Lächeln der Vorfreude auf Norberts rosigem Gesicht. Lasagne! Er hastete zur Tür und Doreen hörte seine eiligen Schritte im Treppenhaus.

Für eine heiße Lasagne konnte der ›altehrwürdige‹ Mann springen ›wie ein junges Reh‹. Das kleine Grinsen kam hervor und machte es sich in ihrem Gesicht gemütlich. Gleich würde der Chef-Detektiv wieder nach oben schnaufen und mit dem Gesichtsausdruck eines Kleinkindes bei der Bescherung den Karton mit seiner Mahlzeit öffnen.

Stampfend und schnaufend erschien Norbert in der Bürotür. Die rosige Farbe seiner Wangen hatte sich zu Purpur vertieft. Er schob sein Portemonnaie wieder in die hintere Hosentasche, lud die Kartons auf einer Ecke seines Schreibtischs ab und öffnete sie.

Ein anheimelnder Duft nach Kräutern, Oliven, erhitzten Tomaten und gegrilltem Käse machte sich im Büro breit. Die nächsten zehn Minuten herrschte Schweigen. Andächtig schnitt Norbert große Stücke aus seinem Essen und baggerte eine überladene Gabel nach der nächsten in seinen Mund. Doreen stocherte unlustig in ihrer Plastikschüssel herum, wendete die Salatblätter, um festzustellen, was sich darunter befand, sortierte die geraspelten Möhren – sie hasste geraspelte Möhren – an den Rand, piekste eine fette grüne Olive auf und stellte fest, dass diese einfach nur sauer schmeckte.

Sie zwang sich, noch ein paar von den wässrigen Tomaten zu essen und gab dann auf.

Sie hatte keinen Appetit auf diese zusammen gewürfelten ›Pseudo-Pflanzen‹ aus dem Gewächshaus. Es sah alles aus, wie echtes Gemüse, am Strauch gewachsene Tomaten, richtige Gurken und reale Karotten, aber nur der Eisbergsalat hatte so etwas Ähnliches wie Eigengeschmack.

Norbert sah hoch und bemerkte, dass sie ihren Salat kaum angerührt hatte. »Willst du mal kosten?« Er zeigte auf seine fast vollständig verschwundene Lasagne. Ohne ihre Antwort abzuwarten, schaufelte er eine Fuhre des rötlichen Gemischs aus Nudelplatten und gebratenem Hackfleisch auf die Gabel und balancierte die Fuhre bedächtig über den Tisch. »Ist nicht mehr heiß.« Vorsichtig zielte er auf ihren geöffneten Mund.

Es schmeckte gut. Nachdem Doreen sich einen kurzen Augenblick geärgert hatte, beschloss sie, dass es ihre eigene Schuld war. Niemand hatte sie gezwungen, Salat zu bestellen.

Und hatte nicht ›Azurauge‹ Röthig für heute Abend einen gemeinsamen Restaurantbesuch nach dem Kino vorgeschlagen? Vielleicht war sie dann doch nicht so müde. Man könnte zu einem der Italiener essen gehen. Nur nicht zu Stefano, auf gar keinen Fall. Das kleine Grinsen war wieder da. Es hatte sich während des Essens ein bisschen versteckt und wagte sich nun wieder hervor.

Norbert sah es nicht. Er war aufgestanden und beseitigte die Reste der Mahlzeit.

»Hast du eigentlich eine Ahnung, wer und wo Josephines richtiger Vater ist?« Manchmal waren Doreens Augen so schwarz wie eine sternlose Nacht. Sie saugten die Lichtstrahlen auf und reflektierten nicht ein einziges Photon. Manchmal zeigten sie aber auch ein helleres Braun, ein bisschen wie starker Kaffee, nicht durchsichtig, aber klar, und auf ihrer Oberfläche tanzten Lichtreflexe. Jetzt war ihr Blick undurchdringlich.

»Josephines richtiger Vater ... « Norbert schüttelte bedächtig seinen Eisbärenschädel. »Über den habe ich überhaupt noch nicht so richtig nachgedacht.« Er hob den Kopf und verfing sich in den Nachtaugen. »Wir haben auch nicht mit der Mutter darüber geredet.« Seine Sätze kamen schneller. »Das müssen wir unbedingt nachholen. Ich möchte wissen, ob sie jemals mit ihm zusammengelebt hat, und wenn ja, wo und wie lange. Warum sie sich getrennt haben und *wer* sich getrennt hat. Wo er sich jetzt aufhält, was er arbeitet, einfach alles.« Er schnappte nach Luft.

Hastig kritzelte er mehrere Fragen auf das Papier und steckte den Stift dann sorgfältig mit der Mine nach unten, damit er nicht austrocknete, in den Behälter zurück. Sorgfalt auch im Detail. Dann stand er auf und reckte die Arme ächzend über den Kopf. »Dann wollen wir mal aufbrechen, Doreen, hinaus in die Kälte.« Sie nickte.

»Vorher probiere ich es noch einmal bei Alfred.« Er griff zum Telefon, wählte, horchte kurz und seufzte entnervt. Sprach dann auf den Anrufbeantworter, dass er es schon wieder sei, wegen des entführten Mädchens und er brauche dringend Alfreds Beistand. So schnell wie möglich. Alfred solle ihn auf dem Handy anrufen.

»Machst du bitte noch den Anrufbeantworter an?« Doreen wickelte sich ein. Im warmen Zimmer konnte man fast vergessen, dass draußen Sibirien war. Norbert prüfte seine Utensilien, murmelte bei jedem Teil, das in der Aktentasche verschwand, bestätigend vor sich hin und schaute dann zu Doreen. Diesmal war er derjenige, der länger brauchte. »Alles klar.« Sein Kinn sackte kurz nach unten. »Zuerst nehmen wir uns Josephines Weg von Sonntag vor, danach versuchen wir unser Glück bei Sarah, ihrer Freundin. Je nachdem, wie spät es dann ist, fahren wir noch einmal in den Findeisenweg siebzehn und befragen die Hausbewohner.« Er nickte sich selber Mut zu und öffnete die Tür.

28

Abwartend tuckerte der Motor vor sich hin. Norberts kurzer Zeigefinger tippte auf einen schematischen Stadtplan, den er aus der Tageszeitung von Montag ausgeschnitten hatte.

»Hier ist sie entlang gefahren«. Doreen verfolgte, wie der Zeigefinger die rote Markierung entlang rutschte. »Zuerst den Findeisenweg bis zum Ende. Dann rechts um die Ecke in die – « Er kniff die Augen zusammen und schob die Zeitung ein Stückchen weiter weg und eine Lesebrille mit dunklem Rahmen tauchte vor Doreens innerem Auge auf ... »in die Breitscheidstraße.« Norbert schnaufte kurz, dann senkte sich sein Blick wieder auf die Knie. »Von dort aus ist sie Richtung Geleitsteich abgebogen.«

Doreen hatte sich dicht zu ihm geneigt. Er roch ein bisschen nach Olivenöl und Knoblauch. Sie las die klein gedruckten Straßenbezeichnungen und versuchte, sich die Gegend vorzustellen. Ein Stückchen hinter dem Geleitsteich fing die Gartensiedlung an. »Wo wollen wir starten?«

Norbert kratzte sich am Hals, direkt hinter dem linken Ohr und ließ seinen Kopf von links nach rechts schaukeln. »Ich würde folgendes vorschlagen. Erstens.« Sein Blick hob sich vom Papier und begegnete Doreens Augen, in deren rätselhafter Tiefe ein spöttisches Funkeln zu irrlichtern schien. Etwas schien sie zu amüsieren. Norbert zog seine letzten Sätze, die in die Weite zu entfliehen versuchten, zu sich zurück. Da war nichts Belustigendes, nur sachliche Informationen. Vielleicht hatte er sich getäuscht. Er beschloss, die blitzenden Fünkchen zu ignorieren. Sie waren auch schon gar nicht mehr richtig da.

»Also zuerst möchte ich am Findeisenweg beginnen und mir den kompletten Weg ansehen.« Doreen nickte, ein bisschen zu enthusiastisch. Hatte er ihre Erheiterung über die Aufzählung bemerkt?

»Dann laufen wir durch die Gartensiedlung. Das ist der kürzeste Weg zu Sarah. Vielleicht ist Josephine auch einen Umweg gefahren.«

Die Häuser des Findeisenwegs huschten an ihnen vorbei. Doreen dachte einen Augenblick an das tote Kätzchen und bemühte sich, die Worte ›unheilvolles Omen‹ in einen unzugänglichen Winkel ihres Gehirns zu verbannen. Norbert bremst sanft und parkte rückwärts ein. So früh am Nachmittag waren jede Menge Plätze frei. Er ließ den Motor noch ein bisschen tuckern, bis sie sich vollständig angezogen hatten und öffnete dann die Fahrertür.

Als habe sie nur auf die beiden Detektive gelauert, stürzte sich die sibirische Luft wie ein bösartiger Kläffer auf freiliegende Hautstückchen, kniff, biss und peitschte, zwickte und schnitt sich hindurch. Am liebsten hätte Norbert die Tür wieder geschlossen und wäre einfach im warmen Auto sitzen geblieben, Stunde um Stunde einfach nur auf seinem bequemen Fahrersitz, die Lehne nach hinten geneigt, die Augen leicht geschlossen, in der wohligen Wärme vor sich hindämmernd, ab und zu eine Zigarette rauchend. Am Abend würde er nach Hause fahren, ein - oder zwei Bierchen trinken und dann gemütlich unter das kuschelige Federbett krabbeln. Manchmal zweifelte er am Sinn seiner Tätigkeit. Die ganze Plackerei war sinnlos. Es würde ewig Winter bleiben, der Himmel bleiern und voller schwerfälliger Wolken, schmutziger Schnee und abgestorbene Pflanzenreste überall, gefrorenes Wasser, eisige Luft.

Er ächzte und hievte sich aus dem Auto. Doreen stand auf der Beifahrerseite, trat von einem Fuß auf den anderen und versuchte, ihre klammen Finger in die einzelnen Fächer der Handschuhe zu bugsieren. Nebelgraue Atemwolken verließen ihren Mund und lösten sich in nichts auf. »Haben wir alles, was wir brauchen?« Sie schaute zu Norbert. Er trug einen leidenden Gesichtsausdruck zur Schau. »Geht's dir nicht gut?«

»Alles in Ordnung. Ich bin nur ein bisschen müde, lass uns losgehen.« Die Hand krabbelte in den schwarzen Lederhandschuh und zeigte nach links. Er stapfte los, ohne auf seine Kollegin zu warten.

Doreen machte ein paar schnelle Schritte, schloss zu ihm auf und berührte seinen linken Arm.

»Hallo, Herr Meisterdetektiv! Würdest du bitte die Gnade besitzen, mit mir zu kommunizieren? Oder sag mir, was nicht stimmt.«

»Doreen.« Er blieb stehen. Sein gedrungener Körper spiegelte sich in der glänzenden Oberfläche ihrer Augen. »Tut mir Leid. Ich habe gerade meine fünf ›Frust-Minuten‹. Scheint mir alles so sinnlos, was wir tun. Ist gleich vorbei.« Immer, wenn er verärgert oder traurig war, sprach Norbert im Telegrammstil.

Es war verständlich, dass der Kollege und Freund niedergeschlagen war. Doreen ließ ihren Blick über die Betonburgen schweifen. Erhöhte Selbstmordrate, kein Wunder. Es schien überhaupt keine Farben zu geben. Wie bei einem alten Schwarz-Weiß-Film, alles Grau in Grau. Norbert ging etwas schneller. Er schien wieder auf Touren zu kommen. Es hielt nie lange an. Seine Sätze waren jetzt auch wieder vollständig und er sprach schneller. »Schau dich genau um. Versuch alles mit den Augen eines Kindes zu sehen. Wo würdest du mit dem Fahrrad entlang fahren? Oder würdest du es vorziehen, an einer viel befahrenen Straße ohne Radweg entlang zuradeln, wo die Autos nur wenige Zentimeter neben dir vorbeizischen?« Er wartete die Antwort nicht ab, sondern setzte gleich fort. »Da vorn hätte Josephine sowieso nach rechts in die Breitscheidstraße abbiegen müssen.«

Doreen nickte und schob ihren rechten Arm unter seinen linken Mantelärmel. Einträchtig, wie ein altes Ehepaar, bogen sie nach Hauseingang Nummer einunddreißig um die Ecke.

Hinter dem steinernen Wohnquader tauchte die nächste Batterie von Menschen bewohnter Kaninchenställe auf, getrennt durch eine graubraune Rasenfläche, an deren Rand sich schmutzige Schneehaufen auftürmten. Die spärlichen Büsche mit ihren abgeknickten Zweigen sahen aus, als würden sie nie wieder zum Leben erwachen und neue Blätter hervorbringen.

Eingekesselt zwischen erdrückendem Beton gammelte ein Kinderspielplatz vor sich hin, im Sandkasten verteilten sich gleichmäßig Hundehaufen in verschiedensten Größen und Brauntönen. Anklagend flatterte ein einsames Seil an einer längst nicht mehr gebrauchsfähigen Schaukel. Eine Rutsche aus Beton in dem gleichen Farbton wie die umgebenden Häuser war an den Seiten mit unleserlichen Graffitis besprüht. Doreen konnte sich bei aller Anstrengung nicht vorstellen, dass auch nur irgendeine Mutter ihr Kind hier spielen ließ.

Möglich, dass Josephine hier entlang geradelt war. Doreen bohrte ihre Hände tief in die Taschen und trottete hinter Norbert her, der von der Tristesse scheinbar unbeeindruckt, zielstrebig voraneilte. Am Straßenrand blieb er stehen und drehte sich zu ihr um. Seine Wangen und die Nasenspitze waren purpurn. Auch ihn hatte der eisige Sturm ins Gesicht geschlagen. Er nestelte seinen rechten Arm aus der Tasche und zeigte den Trampelpfad entlang in Richtung Breitscheidstraße. »Wo wurde Josephine eigentlich zuletzt gesehen? Und von wem?«

Die Breitscheidstraße wartete mit löchrigem Asphalt, verschmutzten Gehwegen und einem weiteren umgestoßenen Papierkorb neben einem windschiefen Bushaltestellenschild auf. Sie schwenkten rechts herum, überquerten die vom Frost geschädigte Straße und beschleunigten ihr Tempo gleichzeitig. Vielleicht wurde es durch schnelleres Gehen etwas wärmer im Innern der vielen Kleiderschichten. Ein paar Minuten später waren sie an der Abzweigung zum Geleitsteich angekommen. Norbert hielt kurz inne und spähte mit zusammengekniffenen Augen umher.

Neuplanitz endete hier. Am rechten Straßenrand trotzen noch zwei Betonburgen der Wildnis, aber dahinter begann die Einöde, das Ende der Welt.

Ein paar Schritte zu viel und die beiden Meisterdetektive würden vom Rand der Scheibe ins Nichts fallen, vorbei am Panzer der Schildkröte, vorbei an ihren schuppigen Beinen mit den Hornkrallen in die bodenlose Leere. Ein kleiner Schüttelfrost rüttelte an Doreen.

Ende der Welt, schöner Blödsinn. Die Erde war keine Scheibe. Und irgendwas war auch dahinten, am Ende der Straße, was auch immer. Sie zwang ihre Augen nach links und folgte Norbert in den Schotterweg.

Es war nur eine kurze Sackgasse, an ihrem Ende ein leerer Parkplatz und einige von der Witterung schwarz gebeizte Parkbänke. Der Zaun der Gartensiedlung und so etwas Ähnliches wie ein Buswartehäuschen.

Norbert eilte zielstrebig darauf zu. Es sah nicht aus, als habe hier jemals ein Bus gehalten. Vielleicht früher, als die Welt noch in Ordnung war. Doreen trat neben ihn. Er stand wie festgeklebt auf der Stelle und betrachtete das Holzhäuschen. Im Umkreis lungerten leere Bierbüchsen, zerdrückte Zigarettenschachteln, weggeworfene Taschentücher und zwei alte Pappen herum. Auf die linke Bretterwand hatte jemand mit schwarzer Farbe obszöne Symbole gesprüht. An der Rückseite befand sich eine zerkratzte Sitzbank, die Doreen an ein Plumpsklo erinnerte, auf dem mehrere Leute nebeneinander sitzen konnten. Rechts stand in dreißig Zentimeter großen, nach links geneigten Buchstaben »Verena ich liebe dich.« Dahinter drei Ausrufezeichen und ein Herz.

»Sieht mir nach einem Treff von Jugendlichen aus, die keine Freizeitbeschäftigung haben.« Norberts Stimme klang heiser. »Wahrscheinlich versammeln sie sich hier abends, trinken irgendwas und rauchen Hasch. Vielleicht waren sie auch am Sonntagnachmittag hier.« Er räusperte sich. »Ich schätze, während der Woche kommen sie nur nachmittags, oder abends.«

»Und du glaubst, sie könnten etwas beobachtet haben?« Der Gedanke erschien Doreen abwegig.

»Vielleicht. Man kann nie wissen. Ich werde heute gegen Abend noch einmal hier aufkreuzen. Du hast ja dann etwas anderes vor.« Lauernd sahen seine wasserblauen Murmeln sie an. Sie zog es vor, nicht zu antworten und mit einem kurzen Schnaufen gab er auf. »Dann erforschen wir jetzt mal die Gartensiedlung.« Schnellen Schrittes verließ Norbert das Bus-häuschen am Ende der Welt.

Links und rechts des Eingangs zur Gartensiedlung warteten zwei betagte Bänke müde auf nie erscheinende Gäste, das rissige, graubraune Holz von schmierig grünem Belag bedeckt. Das Schloss des rostigen Eisentors am Eingang zu den Schrebergärten schien schon seit Jahrzehnten nicht mehr benutzt worden zu sein. Braunrot bröckelte es vor sich hin. Die Tür kreischte entrüstet, als Norbert kräftig dagegen drückte und gab dann unwillig nach.

Sie betraten den unebenen, holprigen Weg. Vorsichtig setzte Doreen ihre Schritte, um nicht auf dem feuchten Lehm auszurutschen.

Für einen Moment trugen die schwarzen Äste der Sträucher und Bäume zartgrüne, frische Blätter, duftete die Luft berauschend nach Flieder und Veilchen, summten und brummten Bienen und Hummeln, lärmten entfernt Kinder, stieg der Rauch von gegrillten Würstchen kerzengerade in die Luft. Dann verflog die Illusion, wie sie gekommen war.

Lebensunlustig ließen die Wacholderhecken ihre Nadeln über die fahle Umzäunung mit der abblätternden Farbe hängen, in der Ferne zerzauste der Wind die Wipfel der Fichten. Norbert brubbelte etwas Unverständliches vor sich hin und Doreen beeilte sich, zu ihm aufzuschließen.

»Eine deprimierende Gegend. Glaubst du wirklich, dass das Mädchen hier lang geradelt ist?«

»Es ist eine Abkürzung. Wer fährt schon gern freiwillig einen Umweg?« Er versuchte ein verkniffenes Lächeln. Ein scheußlicher Tag. »Mir stellt sich die Frage, wo der Entführer Josephine aufgegabelt haben könnte. Ich glaube nicht, dass er ihr tagelang nachspioniert hat. Meiner Meinung nach war es eine Zufallsbegegnung, eine günstige Gelegenheit.«

»Es muss eine Stelle sein, an der kaum Zeugen zu erwarten sind, so wie hier.« Doreen hob ihren Arm und beschrieb einen Kreis. »Weit und breit keine Menschenseele in Sicht.«

Norbert blieb stehen, holte seine Zigarettenschachtel und das Feuerzeug aus der Jackentasche und zündete sich eine an, bevor er weiter sprach. »Denkbar ist es. Ich neige aber eher zu der Ansicht, dass er sie an einem der Eingänge bemerkt und mitgenommen hat. Das ist aber nur ein Gefühl. Lass uns weitergehen. Und erinnere mich daran, dass ich Sarah danach frage, ob Josephine den Weg durch die Gartensiedlung oder lieber außen herum bevorzugte.«

»Alles klar. Ich versuche dran zu denken.« Sie setzten sich wieder in Bewegung. In einem der Gärten miaute eine unsichtbare Katze.

Sie schritten rasch voran. Norbert schien genau zu wissen, wo es langging. Wie Doreen ihn kannte, hatte er sich vorher den Wegeplan genau eingeprägt. In den Gärten warteten die Obstbäume auf einen noch Jahrhunderte entfernten Frühling. Es roch nach modrigem Laub. Tote Gegend.

Tote Pflanzen.

Totes Kind.

29

Sie verließen die Gartensiedlung. Hundert Meter entfernt duckte sich ein kleines Haus hinter zwei Trauerweiden. Das musste die Wohnung von Josephines Schulfreundin sein. Heftige Angst schnitt sich durchs Doreens Eingeweide, als Norbert unvermittelt mit einem verblüfften Gesichtsausdruck stehen blieb und sich mit der Rechten ans Herz griff.

Sie sah, wie er sich krümmte und in sich zusammenfiel, sah ihn qualvoll nach Luft schnappen, sah wie er sich am Boden liegend ächzend hin- und her wand, sah zuerst seine Lippen und dann sein Gesicht bläulich anlaufen. Ein Herzanfall. Zu viele Zigaretten, zu viel ungesunde Kost, zu wenig Sport. Das Herz hatte im Sommer einen Stromschlag verkraftet und sie waren davon ausgegangen, es habe sich wieder vollständig erholt. Ein tödlicher Irrtum.

Nichts von all dem geschah. Norberts rechte Hand fuhr stattdessen seitlich zwischen die Knöpfe und tastete im Innern des Mantels herum, um mit dem Handy wieder hervorzukommen.

Doreen war wütend. Er musste das Mobiltelefon auf Vibrationsalarm eingestellt haben, so dass es nicht klingelte. Und sie stand tausend Ängste aus, weil sich dieser Blödmann plötzlich ans Herz griff. Sie machte einen Schritt auf ihn zu, immer noch aufgebracht. *Ihr* Herz raste. Der ›Todeskandidat‹ hatte von ihrer Aufregung nichts mitbekommen, hörte mit zerknirschtem Gesichtsausdruck der Stimme am anderen Ende zu, gab nur ab und an ein lapidares ›ja‹ oder ›kann sein‹ von sich.

Für einen Moment befürchtete Doreen, der Anrufer könne Hartmut Röthig sein, der ihre Verabredung für den heutigen Abend absagen wollte. Das würde den grimmigen Gesichtsausdruck ihres Kompagnons erklären. Andererseits – hätte dieser dann nicht den Hörer schon längst an sie weitergereicht? Den Kinobesuch – *neunzehn Uhr vor dem Kino, wir gehen zuerst eine Kleinigkeit essen, die Vorstellung beginnt zwanzig Uhr fünfzehn* – hatte sie in eine dunkle Ecke ihres Bewusstseins verbannt. Jetzt kam das Bild hervor gekrochen und rollte sich vor ihr wie eine Leinwand ab. Ein bulliger, starker Mann mit Schaufelhänden und eine schlanke Frau mit dunklen, längeren Haaren, die fast gleich groß war. Ein interessantes Paar.

Norbert legte auf und Doreen ließ die Leinwand schnell wieder hoch schnappen. Manchmal konnte er ihre Gedanken sehen. Diese hier waren nicht für ihn bestimmt.

»Wer war das?« Sie legte den Kopf schief.

»Alfred.« Norbert hatte immer noch seinen hilflosen Gesichtsausdruck. »Er war sehr ärgerlich und findet unser Vorgehen nicht in Ordnung. Wir hätten keine Ahnung von Entführungsfällen, das sei drei Nummern zu groß für uns. Was wir uns anmaßen würden.«

»Was wir uns anmaßen? Wie darf ich das verstehen?« Jetzt wurde auch Doreen ärgerlich. Was maßte sich dieser Halbgott aus Bayern an, in so einem Ton mit ihnen zu sprechen?

»Alfred sagt, wir hätten auf jeden Fall die Polizei von dem Schreiben des Entführers informieren müssen, ob die Eltern das nun wollen, oder nicht. Wir behindern die Ermittlungen. Jede Stunde, die verstreicht, ist vertane Zeit. Wenn das Kind noch lebt – *wenn*, wohl gemerkt, kommt es darauf an, sie so schnell wie möglich zu finden.« Er blickte sie wie ein Berner Sennhund mit entzündeten Augen an. Doreen schwieg.

»Und was das Schlimmste ist – « Norbert schniefte, »ich glaube, er hat irgendwie Recht.«

Er setzte sich wieder in Bewegung. Doreen suchte nach einer Erwiderung, einem Trost oder Widerspruch zu dem, was der ›Profiler‹ gesagt hatte, fand jedoch nichts. Hilflos zog sie es vor, zu schweigen und betrachtete im Näherkommen das kleine Häuschen.

Es hatte etwas von einer Illustration in einem Märchenbuch. Abblätternder Putz, kleine, durch zwei Holzstreben geteilte Fenster. Es wirkte, als hocke es schon Jahrhunderte da, hinter dem müden betagten Holzzaun, hinter den blattlosen Trauerweiden und Beerensträuchern, am Rande einer großen Stadt und doch so verlassen, als befinde es sich am Ende der Welt, wartete es stumm auf die sich nähernden Besucher. Das Häuschen hatte schon viele kommen und wieder gehen sehen.

Was, wenn Alfred mit seiner Kritik an ihnen Recht hatte, was, wenn es an ihnen lag, dass die Kleine zu spät gefunden wurde? Schuldbewusstsein kniff in Doreens Eingeweide. Es würde alles verändern. Und es gab keine Rechtfertigung für das, was sie taten. Ein schrecklicher Gedanke. Sie stierte auf den unebenen Weg, sah die kantigen Steinchen. Alfred hatte Recht. Sie waren zwei provinzielle Stümper, die keine Ahnung mit Entführungsfällen hatten. Sie verschmähten die effiziente Hilfe eines mächtigen Apparates. Wie selbstgefällig!

Norbert blieb am Tor zum Grundstück stehen und rieb sich mehrmals fest über die geschlossenen Augen. Dann seufzte er. Es hatte den Anschein, als ob ihn die gleichen beängstigenden Vorahnungen plagten wie sie. Sein rechter Zeigefinger streckte sich in Richtung Klingel.

Doreen beschloss, noch heute, gleich, nachdem sie hier fertig waren, die Polizei von dem Entführerschreiben zu informieren. Sie konnte anonym anrufen. Die Eltern würden nicht wissen, wer den Tipp gegeben hatte. Die Polizei musste wissen, was hier vorging. Sie würde es sich nie verzeihen, wenn durch ihre Schuld das Leben des kleinen Mädchens gefährdet würde.

Falls sie noch lebte.

Unwirsch verscheuchte Doreen den Gedanken daran, das Kind könne bereits tot sein. Er tauchte immer wieder auf, wie ein Menetekel. Sie wollte genauso fest wie die Mutter der Kleinen glauben, glauben, dass Josephine wohl behalten und gesund war, eingesperrt zwar, aber lebend und unversehrt. Man glaubte unerschütterlich daran und es wurde wahr.

Die Haustür öffnete sich einen Spalt breit. Ein schmales Kindergesicht lugte um die Ecke. Große braune Augen, die ebenholzfarbenen Haare zu Zöpfen geflochten, deren Enden bogenförmige Schlaufen bildeten. Affenschaukeln. So etwas hatte Doreen seit ihrer eigenen Kindheit nicht mehr gesehen.

Altmodisch war der passende Ausdruck, das war sie, die altmodische kleine Sarah.

»Was wollen Sie?« Misstrauische Stimme.

»Wir möchten mit dir über Josephine reden.« Norbert bemühte sich, trotz der Entfernung zwischen Gartentor und Eingangstür, leise und vertrauensvoll zu sprechen.

Sarah blickte über ihre Schulter nach hinten. Die Tür öffnete sich etwas weiter und eine zierliche dunkelhaarige Frau tauchte im dämmrigen Flur hinter dem Mädchen auf. Fröstelnd schlang sie ihre Unterarme um den Körper.

»Guten Tag! Bitte entschuldigen Sie.«

Doreen ließ Norbert reden. Er erklärte, wer sie waren, dass sie im Auftrag von Josephines Eltern kamen, bei der Suche nach dem vermissten Mädchen halfen und einige Fragen an sie hätten. Ob sie hereinkommen dürften, es dauere auch nicht lang.

Die frierende Frau nickte militärisch. Das Zimmer der altmodischen kleinen Sarah war sehr aufgeräumt. Mutter und Tochter saßen nebeneinander auf dem Kastenbett, das tagsüber ein mit einer rosa Häkeldecke verziertes Sofa war. Beide warteten auf die Fragen der Detektive, die Beine gerade nebeneinander, die Hände im Schoß gefaltet, das Mädchen eine kleine Kopie seiner Mutter.

Es kam Norbert wie ein klassisches Verhör vor. Doreen und er am Tisch, vor sich verschiedene Papiere, den Rücken gerade auf den harten Holzstühlen, den Kugelschreiber in der Rechten bereit zum Notieren der Aussagen und gegenüber die Frau und das Kind, die aufmerksam zu ihnen schauten.

Norbert erklärte ihnen alles genau, ohne den Brief des Entführers zu erwähnen. Er gab sich Mühe, der kleinen Sarah mit den furchtsamen Augen keine zusätzliche Angst einzujagen.

Er sagte, dass sie den Eltern bei der Suche nach Josephine halfen und hofften, die Freundin bald zu finden. Josephine sei doch vergangenen Sonntag auf dem Weg zu Sarah gewesen sein.

Die Mutter legte beschützend einen Arm um ihre Tochter. Er hatte den Eindruck, das Kind verstand mehr, als ihm lieb war.

»Wir haben der Polizei schon alles erzählt.« Der klassische Satz.

»Das wissen wir.« Doreen sprach mit sanfter Stimme und lächelte Sarah zu. Das Mädchen lächelte nicht zurück, die Mutter machte wenigstens einen gequälten Versuch. »Bitte versuchen Sie trotzdem, so genau wie möglich auf unsere Fragen zu antworten. Vielleicht ist Ihnen in der Zwischenzeit noch etwas eingefallen.« Norbert schaute einen Moment auf seinen Zettel und begann dann, seine Fragen abzuspulen.

»Hattest du dich vorher mit Josephine für Sonntag verabredet?«

Die Kleine nickte zweimal, sagte aber nichts. Norbert versuchte es noch einmal anders.

»Wann habt ihr das denn ausgemacht?«

Sarah blickte zuerst kurz zur Mutter hoch und wartete deren besänftigendes Nicken ab, ehe sie mit leiser Stimme antwortete. »Am Freitag, in der Schule.«

»Und ihr wollt gemeinsam Hausaufgaben machen?« Wieder nickte das Mädchen und Norbert haderte mit sich selbst, dass ihm schon wieder eine Frage herausgerutscht war, bei der man nur den Kopf zu bewegen brauchte.

»Was waren denn das für Hausaufgaben?« Vor Doreens innerem Auge war ein Bild aufgetaucht, wie sie mit Norbert in Josephines Zimmer den unzeitgemäßen, ledernen Schulranzen durchgesehen hatten. In Josephines Hausaufgabenheft hatte nichts gestanden, weder für Montag noch für den Rest der Woche.

»Wir sollten Rechnen üben.«

»Rechnen, ach so.« Norbert bemühte sich um einen wissenden Tonfall. Man merkte, dass er selten mit Kindern in dem Alter zu tun hatte. Was zum Teufel rechneten die eigentlich in der dritten Klasse? Er hatte keinen blassen Schimmer.

»Die Kinder üben oft zusammen.« Sarahs Mutter schaltete sich in das Gespräch ein. »Josephine ist sehr eifrig und will immer alles ganz genau machen. Ich bin froh darüber, dass Sarah – « sie blickte aufmunternd zu ihrer Tochter »mit ihr befreundet ist. Ein ernsthaftes, fleißiges Mädchen, das ist sie. Und das Üben tut meiner Sarah gut.« Ein fürsorgliches Klopfen auf den Oberarm des Kindes unterstützte das Gesagte. Die altmodische kleine Sarah taute ein bisschen auf.

»Josephine will ihrer Mutti immer nur Freude machen.«

Wie rührend! Doreen spürte einen bitteren Schmerz im Hals. Konnte das Schicksal nicht mal irgend so ein unerzogenes Gör treffen, einen rotznasigen Lümmel, der kleine Tiere quälte und frech zu Erwachsenen war, einen, der Steine auf Autos schmiss und Briefkastenschlösser mit Sekundenkleber zuschmierte? Stattdessen nahm es sich ein braves kleines Mädchen, ein ernsthaftes Kind, das seiner ›Mutti nur Freude machen wollte‹. Es war nicht fair.

»Ihr habt euch also am Freitag in der Schule für Sonntagnachmittag verabredet.« Norbert schaute auf seine Notizen und Sarah wartete geduldig, bis er fortsetzte. »Lernt ihr oft am Wochenende zusammen?«

»Manchmal.« Die Kleine zuckte mit den Schultern. Was war ›oft‹? »Josephine bringt immer ihre Hefte mit, und dann üben wir, was uns die Lehrerin aufgibt. Wenn wir fertig sind, fährt sie wieder nach Hause. Ihre Mutti möchte, dass sie pünktlich ist.«

»Kommt Josephine immer mit dem Fahrrad?«

»Ja …« Das Kind schob die Lippen vor. »Nein …« Ihre Augenbrauen zogen sich unsicher nach unten. »Nicht immer.«

»Manchmal kommt sie auch zu Fuß?« Doreen ließ ein Lächeln hervorblitzen.

»Ihr Fahrrad wurde gestohlen, weil sie es nicht abgeschlossen hatte.« Sarah sprudelte jetzt die Sätze hervor. »Da musste sie dann immer laufen. Ihre Mutti war sehr böse deswegen.«

»Das kann ich mir lebhaft vorstellen.« Norbert lächelte auch. »Und dann hat sie es wiedergefunden?«

»Nein. Es war weg. Für immer.« Das Kind schüttelte heftig den Kopf. Der grauhaarige Mann schien nicht besonders schlau zu sein. Seit wann fand man denn ein geklautes Fahrrad einfach so wieder? »Ihr Vati hat ihr dann zu Weihnachten ein neues geschenkt.« Sie berichtigte sich. »Ihr Stiefvati.«

»Aha. Weißt du, ob sie immer den gleichen Weg fährt oder läuft?«

»Durch die Gärten ist es kürzer.« Das war keine Antwort auf Norberts Frage. Aber es war ein Kind und kein Erwachsener, das ihnen antwortete. Vielleicht wusste es die kleine Sarah nicht genau.

»Übt ihr manchmal auch bei Josephine?«

»Nein. Sie kommt immer hierher.« Die Mutter, die die ganze Zeit zugehört hatte, schaltete sich in das Gespräch ein. »Ich weiß eigentlich gar nicht warum. Von mir aus kann Sarah auch zu ihr gehen.«

»Sie sagt, sie kommt lieber zu mir, hier ist es schöner.« Eifrig nickte der kleine Kopf. Die Affenschaukeln wippten.

»Nun gut.« Norbert erhob sich. Das war nicht sehr ergiebig gewesen. Er dachte an Alfred und seine Kritik dessen, was sie hier taten. Und was sie *nicht* taten. Vielleicht war es wirklich besser, die Polizei zu informieren, bevor es zu spät war. Heute noch, gleich nachher. Ein anonymer Tipp. Vom Postboten vielleicht, oder von einem der Hausbewohner, der den Erhalt des Erpresserbriefes beobachtet hatte. Er sah zur Uhr. Kurz vor vier. Sie würden jetzt durch die schlaftrunkenen Gärten in den Findeisenweg zurücklaufen.

Ein Hausbewohner, der sie beobachtet hatte. Die dicke Frau mit dem Damenbart unter der Hakennase und der bunt geblümten Küchenschürze materialisierte sich vor seinem inneren Auge. Der Hausspion. ›Frau Wagner‹ hatte Josephines Stiefvater sie genannt.

Frau Wagner könnte der Polizei den Hinweis geben. Blöd nur, dass Frau Wagner eine Männerstimme besaß. Norbert musste sich etwas einfallen lassen. Vielleicht war es wirklich am besten, mit offenen Karten zu spielen und selbst mit den Beamten zu reden. Das war zwar die schwerste, aber gleichzeitig auch die ehrlichste Variante. Er würde darüber nachdenken und sich später entscheiden. Und mit dem bärtigen Dragoner würde er auch reden, wenn sie zu Hause war, heute noch, solche Leute sahen und wussten alles.

An der Eingangstür blieb er stehen. Doreen wickelte sich den Schal fest um den Hals. Die altmodische kleine Sarah stellte sich vor die beiden Besucher und versperrte ihnen den Weg. »Josephine hat ein Tagebuch!« Eifrig sprudelten die Worte hervor. »Da schreibt sie immer alles auf, was so passiert ist.« Nun, wo sie gerade gehen wollten, taute die Kleine auf. Die braunen Augen leuchteten. Ein Tagebuch war etwas sehr Geheimnisvolles.

»Hast du es mal gesehen?« Doreen verstand das Mädchen. Sie hatte als Kind auch ein Tagebuch besessen. Es *war* geheimnisvoll. Und es stand viel unbedeutender Blödsinn darin.

»Es ist aus rotem Samt, so groß ungefähr.« Das Mädchen zeigte mit beiden Händen die Spanne eines halben Din-A4-Blattes. »Josephine sagt, sie schreibt jeden Tag etwas hinein. Ihr Stiefvati hat es ihr geschenkt.« Sarah lächelte selbstvergessen. Was hätte sie darum gegeben, auch ein geheimes Tagebuch zu besitzen. Ihre erhobenen Arme sanken nach unten. »Vielleicht hat sie dort etwas aufgeschrieben. Wo sie jetzt ist.« Das Kind lächelte unschuldig.

»Weißt du, wo sie es aufbewahrt?« Norberts nüchterne Stimme schaltete sich in das Gespräch ein.

»Zu Hause. Sie versteckt es, damit die Erwachsenen es nicht lesen. Aber wo, weiß ich nicht.«

»Nun, vielen Dank, trotzdem. Es ist ganz toll, dass dir das noch eingefallen ist.« Norbert streichelte der Kleinen linkisch über den Kopf. Dann reichte er Sarahs Mutter die Hand. »Vielen Dank für Ihre Hilfe.«

Die Frau erwiderte den Druck und sah ihm in die Augen. »Hoffen wir das Beste.«

Die drei Erwachsenen wussten, was sie damit meinte.

30

Doreens Schritte wurden immer langsamer, je näher sie dem ›Astoria‹ kam. War sie etwa zu früh dran? Neunzehn Uhr vor dem Kino, hatte er gesagt.

Sie wendete ihren Blick nach rechts und betrachtete die Auslage des Kunstgewerbegeschäftes. Die meiste ›Kunst‹ war Kitsch. Wer kaufte eigentlich all die bunt bemalten Schüsselchen, Tässchen, Nippes-Figuren, die schmiedeeisernen Leuchter, die geschnitzten Männlein? Agnes Möllers Wohnzimmer mit den fein aufgereihten, putzigen verspielten Häschen, Entchen und Hündchen aus Porzellan fiel ihr wieder ein. Jede Woche vom Staub befreit von der perfekten Hausfrau. Es gab *doch* Kunden für diese Erzeugnisse. Josephines Mutter. Das Telefongespräch von vorhin drängte sich in Doreens Erinnerung. Aus einer Telefonzelle, wie verschwörerisch! Ihr Handy hatte sie nicht verwenden wollen. Auf der Abrechnung waren die angerufenen Nummern aufgelistet.

Zuerst hatte sie das Problem gehabt, die zuständige ›Service Hotline‹, *hieß das eigentlich so?*, herauszufinden, dann wollte der Beamte am anderen Ende unbedingt ihren Namen wissen. Das Unbehagen hatte ihr die Kehle eng gemacht und dumpf von innen gegen den Brustkorb gedrückt. Konnte man den Anrufer identifizieren? Sie tat ja nichts Verbotenes, im Gegenteil, es war eine ›sachdienliche Information‹. Sie hatte etwas bemerkt. Es könnte im Fall (fast hätte sie am Telefon Entführungsfall gesagt) der vermissten Josephine von Bedeutung sein.

Schnell hatte sie ihre vorher zurecht gelegten Worte abgespult. Ein seltsamer Brief sei heute Vormittag bei den Eltern des Mädchens angekommen, es hätte ausgesehen, wie ein Erpresserbrief oder wie eine Lösegeldforderung. Ob die Polizei davon wisse?

Der Beamte am anderen Ende sächselte in den Hörer, darüber könne er keine Auskunft geben. Man nehme den Hinweis zur Kenntnis und man werde dem Hinweis auf jeden Fall nachgehen. Vielen Dank.

Noch ehe Doreen ihr ›Auf Wiederhören‹ zu Ende gestammelt hatte, legte er auf. Verblüfft hatte sie den schwarzen Plastikhörer in ihrer Hand betrachtet. ›Vielen Dank‹? Wirklich sehr nett.

Die Erleichterung hatte ihre Beine für einen Augenblick weich gemacht. Jetzt war es heraus.

Sie hatte Luft in die tiefsten Verästelungen der Lunge gesaugt. Ein flaues Gefühl war von unten herauf durch den Magen und die Speiseröhre nach oben gekrochen und hatte sich in die Schleimhaut gebrannt. Hoffentlich war es nicht zu spät. Das hätte schon gestern, als der Entführer angerufen hatte erledigt werden müssen.

Irgendwie musste sie diese furchtbaren Gedanken verdrängen. Es gab auch noch ein Leben außerhalb des Bannkreises um vermisste Kinder und Lösegeld, es gab einen netten Mann, der sie ins Kino und zum Essen eingeladen hatte, es gab auch noch einen Frühling nach diesem eisigen Winter. Die Sonne schien hinter all den Wolken, auch wenn man sie nicht sehen konnte.

Doreen wollte jetzt an ein reichliches Abendbrot und einen seichten, nicht zu aufregenden Film, denken. Gläserklirren im Kerzenschein, leise Klaviermusik im Hintergrund, warme, von Essensdüften durchzogene Luft und belangloses Geplauder. Trockener französischer Rotwein, der leicht nach Beeren roch. Danach würde sie nach Hause fahren, in ihr Bett fallen und tief und traumlos schlafen.

»Guten Abend. Gefallen dir Porzellanfiguren?« Doreens Kopfhaut zog sich zusammen. Sie starrte noch einen winzigen Moment lang blicklos auf die Auslage von ›Kunst und Kitsch‹ und drehte sich dann langsam um. Bloß nicht zu eifrig wirken! Da stand er, ihr Verehrer. Das ›Date‹. ›Azurauge‹. Ihr Herz machte einen Hopser. Ganz gelassen wartete er auf ihre Antwort, als sei dies hier ein Allerweltsereignis, die linke Hand in der Jackentasche, die rechte locker herabhängend. Er war nicht ›konventionell‹ angezogen. Ausgeblichene Jeans und braune Halbstiefel, ein dunkelblauer Anorak mit grauem Wollschal. Doreen glaubte nicht, dass er unter der gefütterten Daunenjacke ein Jackett und einen Schlips trug. Vorhin, unter der Dusche, hatte sie darüber nachgedacht, was Mann und Frau bei einem ersten ›offiziellen‹ Treffen trugen. Wie sollte die Frau sich anziehen? Sie durfte nicht zu aufgedonnert erscheinen, nicht leicht verfügbar, aber auch nicht zu zugeknöpft, schließlich war das auch kein ›Arbeitsessen‹.

Letztendlich fiel ihre Wahl auf schwarze Hosen und einen dunkelroten Pullover. Es war nicht die Jahreszeit für tiefe Ausschnitte und verführerische Einblicke. Rot stand ihr gut, Rot war aufregend. Der Rollkragen sorgte dafür, dass ein sich rötender Hals verborgen blieb. Zum Ausgleich hatte sie ein schweres, süßes Parfüm gewählt. Wenn schon nicht die Kleidung, so durfte wenigstens der Duft berückend sein. Und nicht zu viel Schminke.

»Nein, ich finde Kitsch lächerlich.« Doreen zauberte das, was sie für ein kokettes Lächeln hielt, hervor.

Hartmut Röthig streifte seinen Handschuh ab und reichte ihr eine warme, raue Hand. »Gut. Gleich um die Ecke in der Bosestraße ist ein nettes kleines Restaurant. Gehen wir zuerst eine Kleinigkeit essen.«

Das ›zuerst‹ ließ Doreen ein bisschen frösteln. ›Zuerst‹. Und dann, was kam nach ›zuerst‹? Was war das hier eigentlich? *Weg mit euch altjüngferlichen Gedanken!* Sie wollten ins Kino und vorher etwas essen, alles ganz normal. Der Mann neben ihr hatte inzwischen weiter gesprochen.

»Die Vorstellung geht um zwanzig Uhr fünfzehn los, die Karten habe ich schon.« Seine behandschuhte Linke klopfte auf die rechte Brustseite. »Wollen wir?« Er wartete ihr Nicken ab und tat mit ihr zugleich den ersten Schritt. Während sie schweigend, eilig, wegen der schneidenden Kälte nebeneinander herliefen, dachte Doreen darüber nach, welchen Film sie eigentlich sehen würden. Hatte er es ihr gesagt? Sie fand keine Antwort in den Untiefen ihres Bewusstseins. Es konnte doch nicht ernsthaft ›Käpt'n Blaubär‹ sein. Aber das lief sicher gar nicht im Abendprogramm.

Im Vorübergehen versuchte sie, unauffällig auf die Filmplakate am Eingang des Kinos zu schielen. Das Einzige, was sie erkennen konnte, war ein fetter signalroter Schriftzug: ›Born 2 die‹, Actionthriller. Was für ein schrecklicher Titel! Hoffentlich waren die Karten nicht für diesen Film. Obwohl – wenn sie es sich recht überlegte, wäre das ein eindeutiges Zeichen. Wenn der Typ so unsensibel war, bei seiner ersten Verabredung mit einer attraktiven Frau.

Doreen grinste vorsichtig in sich hinein.

Beim ersten Date also, einen martialischen, hirnlosen Actionreißer auszusuchen, dann war er es nicht wert, dann hätte er keine Chance auf ein zweites Treffen. Sie ließ das kleine freche Lächeln verblassen und folgte dem breitschultrigen Mann, der ihr galant die Eingangstür aufhielt, in die Gaststätte. Dass sie gleich nebenan wohnte, brauchte er nicht zu wissen. Nicht, dass er nachher noch mitkommen wollte.

Gelächter und Stimmengewirr brandeten heran und warme Luft streichelte ihre Gesichter. Das ›Levante‹ war gut besucht. Das sprach für die Qualität des Lokals. Heute war ein ganz normaler Wochentag und viele Leute gingen höchstens am Wochenende zum Essen aus. Zielstrebig eilte Hartmut Röthig voran, bis in den hinteren Bereich der Gaststätte, wo er an einem Tisch für zwei stehen blieb. Doreen verhedderte sich in den Ärmeln ihres Mantels, während der Mann ihr gegenüber, seinen Anorak in der Rechten, geduldig darauf wartete, dass sie ihre Handschuhe in den Taschen verstaute.

Sie nahm mit dem Rücken zur Wand Platz und schaute sich um. Über den Rand der Speisekarte hinweg taxierte sie vorsichtig ihr Gegenüber. Er schien ganz gelassen, so, als treffe er sich jede Woche mit einer Frau in einem Restaurant, mit anschließendem Kinobesuch. Er würde seine Begleiterin nach Hause bringen, sich an der Haustür brav verabschieden und aus ihrem Leben verschwinden. In der darauf folgenden Woche träfe er dann die nächste Frau, die ihn zufällig angemacht hatte. Es war nichts Besonderes.

Die Speisekarte bot ein buntes Allerlei verschiedener exotischer Speisen. Die Bezeichnungen klangen griechisch/türkisch. In Doreens Magen begann es zu rumoren, klopfte und drückte an die Innenseiten, bis ihr einfiel, dass sie seit dem Mittag nichts mehr zu sich genommen hatte. Der kleine Appetit verwandelte sich in Hunger. Sie würde eine größere Portion vertragen, zuerst einen Salat, dann etwas mit Fleisch. Ein großes, dickes Steak. Der Kellner eilte herbei und wartete mit gezücktem Stift auf ihre Bestellung.

»Was möchtest du trinken?« Hartmut Röthigs Azuraugen leuchteten fast ultramarin. In den großen, dunklen Pupillen widerspiegelte sich die flackernde Kerzenflamme. Doreen ließ seine vertrauliche Anrede kurz in sich nachschwingen und fand keinen Widerstand.

»Ich nehme ein Bier.« Er nickte dem Kellner zu.

Bier, Bier. Wie profan. Sie war enttäuscht. Möglich, dass ›echte Männer‹ gern Bier tranken. Sie fand das kleinstädtisch. Kultivierte Menschen tranken Wein, bevorzugt trockenen

Rotwein. Bei ›kleinstädtisch‹ fiel ihr das Detektivbüro ein. Vorurteile über Vorurteile. So konnte das nie etwas werden. Doreen beschloss, heute Abend nicht mehr zu urteilen. Einen Sekundenbruchteil lang tauchte Norberts Gesicht auf ihrer inneren Leinwand auf.

Es konnte natürlich passieren, dass Hartmut Röthig ganz zufällig über diesen Abend sprach. Schließlich beschatteten sie seinen Angestellten. Vielleicht sollte sie ihn bitten, mit Norbert nicht darüber zu reden? Andererseits – das wäre ja noch schöner. Die Männer waren keine Kinder, die sich gegenseitig ein Spielzeug wegnahmen. Der ›Chefdetektiv‹ musste sich daran gewöhnen, dass er keinen Anspruch auf sie hatte. Sie war seine Kollegin und seine Freundin, wenn man das so nennen konnte, nicht seine Geliebte.

Doreen bestellte sich einen Schoppen Dornfelder, einen kleinen Salat mit Schafskäse – *Thunfisch passte noch besser, führte aber leider zu Mundgeruch* – und danach ein Rumpsteak, nicht durchgebraten und schenkte dann ihrem Gegenüber ein unverbindliches Lächeln.

Bloß nicht aus Aufregung zu viel trinken. Das konnte böse enden, sie hatte Erfahrung damit.

Hartmut Röthig schien überrascht über ihre Wahl. Mann und Frau saßen sich schweigend gegenüber. Was konnte man bei der ersten Verabredung Unverfängliches plaudern? Doreen schielte zu den Händen. Es waren noch immer die gleichen Pranken wie am Vortag. Und noch immer wirkten diese Tatzen aufregend animalisch. Sie hätte zu gern gewusst, ob der Firmenchef sich dessen bewusst war.

Die Getränke kamen.

Synchron setzten sie die Gläser wieder ab.

»Ihr habt ja schon umfassende Ergebnisse beim Observieren meines ›kranken‹ Angestellten erzielt.« Er ließ seine Zähne aufblitzen.

Da hatte sie ihr unverfängliches Thema. Eine Gelegenheit für Doreen, die Beschattung und die erzielten Erfolge ausgiebig zu schildern. Sie redete noch, als der Salat kam. Ihr Gegenüber bekam eine Suppe.

Doreen piekste und stocherte mit der Gabel in ihrem Salat herum und registrierte gleichzeitig, wie Hartmut Röthig aß. Tropfte es vielleicht vom Löffel, schmatzte er, schaufelte der Esser die Speisen unmäßig schnell in sich hinein? Aber Hartmut Röthig aß manierlich. Sie war zufrieden. Suppenteller und Salatschüssel wurden entfernt. Die Gespräche und das Gelächter von den Nachbartischen fluteten wellenartig anschwellend heran und wurden wieder leiser, so, als drehe jemand am Lautstärkeregler.

»Wie hat es geschmeckt?« Er lächelte breit und unverfänglich.

»Nicht schlecht.« Doreen gab das Lächeln in gleicher Intensität zurück.

»Habt Ihr eigentlich noch andere Fälle außer meinem?« Er richtete das Bierglas exakt auf dem Deckel aus. Genau so, wie es vorher dort gestanden hatte.

»Wir ermitteln im Fall eines vermissten Kindes.« Sie dachte kurz nach. Nicht zu viel Insiderwissen preisgeben.

»Das Mädchen, das seit ein paar Tagen gesucht wird?« Aus seinen Augenwinkeln verschwanden die Lachfältchen.

»Ja.« Doreen zögerte die Antwort absichtlich einen Augenblick hinaus. »Ich möchte jetzt nicht darüber sprechen.«

»Das ist vollkommen in Ordnung.« Jetzt lächelte er wieder. Was für ein verständnisvoller Mann! »Wenn ihr dafür mehr Zeit braucht – von mir aus kann die Beobachtung von Herrn Bäumer beendet werden. Ich habe, glaube ich, genug Beweise. Was denkst du? Oder willst du das erst mit deinem Kollegen besprechen?«

Mit dem Kollegen besprechen, na, ganz toll. Doreen stierte angestrengt in das rubinrote Funkeln des Weins. Die Flüssigkeit im Glas zitterte ein bisschen. Das hieße, sie müsste Norbert zuerst einmal erklären, wann sie mit Thomas Bäumers Chef gesprochen hatte und er würde sofort Lunte riechen. Sie umfasste den schmalen Stiel des Glases und drehte es hin und her. »Ich weiß auch nicht.«

Norbert hatte vorhin, bei ihrer Verabschiedung gesagt, dass sie sich am nächsten Morgen zur gleichen Zeit im Büro treffen wollten, um Bäumer erneut zu beschatten, genau wie am Vortag.

Doreen müsste ihm dann mitteilen, dass Hartmut Röthig der Meinung war, die Ergebnisse seien ausreichend und dass es sinnvoller sei, sie kümmerten sich ausschließlich um das vermisste Kind. Das würde sie gleich als Erstes sagen müssen, damit sie gar nicht erst zu Bäumers Wohnung losfahren bräuchten.

Sie atmete zweimal tief durch und hob dann den Blick. »Das wäre nicht schlecht. Wir haben zwar für morgen früh vereinbart, deinen Angestellten erneut zu observieren, aber ich kann auch mit Norbert sprechen und ihm erklären, was wir vereinbart haben.«

›Mit Norbert sprechen ... was wir vereinbart haben ...‹

Die Satzfetzen schwebten durch die Gaststätte wie schillernde Seifenblasen, kamen zurück und tanzten neckisch um Doreens Kopf herum. Sie stach hinein und die zartwandigen Glitzerkugeln zerplatzen lautlos. *Natürlich* würde sie morgen früh mit Norbert sprechen, gar kein Problem. Sie probierte ein breites Lächeln. Es fühlte sich echt an. Er grinste zurück. »Dann machen wir das so. Ihr ruft mich morgen im Laufe des Tages an und wir legen einen Termin fest, um die Auswertung zu besprechen.« Er winkte dem Kellner.

Doreen bestand darauf, ihre Rechnung selbst zu begleichen. Und auch das Geld für die Kinokarte würde sie ihm zurückgeben. Sie diskutierten eine Weile, bis er nachgab.

Vor der Gaststätte war die Welt kalt und dunkel. Die Straßenlampen warfen krank aussehende Lichtinseln auf die Pflastersteine. In der Ferne hupte ein Auto. Frierend schob Doreen ihre behandschuhten Hände tief in die Manteltaschen. Sie begann den Winter aus tiefster Seele zu hassen. Wo mochte Norbert jetzt sein?

31

Die Zigarette schmeckte nach nichts. In hohem Bogen warf Norbert den Stummel vor sich auf den gepflasterten Weg, machte vier große Schritte und trat die Glut aus. Bei Nacht wirkte das Ende der Neubausiedlung unheimlich. Die Einmündung in die Sackgasse gähnte wie ein offener Rachen. Von dem leeren Parkplatz an deren Ende waren nur diffuse Schatten zu erahnen. Das Licht der wenigen Straßenlaternen wurde schon nach wenigen Metern von hin- und herwogenden, eisigen Nebelwolken verschluckt. Sie ließen die Geräusche der hinter Norbert liegenden Straße weit entfernt erscheinen und legten sich wie ein feuchtkalter Film auf die nackte Gesichtshaut.

Wie viel gemütlicher wäre es jetzt zu Hause gewesen, im warmen Wohnzimmer mit dem freundlich gelben Schein der Stehlampe, die Beine hochgelegt, ein kühles Bier neben sich, die Fernbedienung in der Hand, bei einem nichtssagenden Abendprogramm.

Stattdessen tappte er hier in der Kälte herum, irrte durch diese deprimierende Wohnsiedlung in der Hoffnung, ein paar nichtsnutzige Jugendliche zu finden, die vielleicht etwas über ein verschwundenes kleines Mädchen wussten. Norbert befühlte das kompakte Buch in seiner Manteltasche. Es war weich und samtig.

Josephines Tagebuch.

Sarahs letzte Sätze hatte ihm keine Ruhe gelassen. Wenn die kleine Josephine ein Tagebuch besaß – und aus welchem Grund sollte ihre Freundin sich so etwas ausdenken? – musste es irgendwo in der Wohnung versteckt sein.

Doreen und er waren zu seinem Auto in den Findeisenweg zurück gelaufen. Sie hatte sich in einer ihm seltsam erscheinenden Hast verabschiedet. Sie würde die Straßenbahn nehmen, hatte noch ›Besorgungen‹ zu erledigen. Er war im Wagen sitzen geblieben, hatte gegrübelt und eine Zigarette nach der anderen geraucht. Den Film abgespult, als sie Josephines Zimmer durchsucht hatten. Wo würde ein kleines Mädchen sein Tagebuch vor den Eltern verstecken?

Im Korb der Reispapierlampe? Zu klein. Wenn das Tagebuch in etwa die Größe eines Taschenbuchs hatte, passte es nicht hinein und die Mutter würde es beim Staubwischen irgendwann entdecken. Außerdem konnte er sich nicht vorstellen, dass die Kleine jeden Tag auf die Leiter kletterte, um es dort hervorzuholen. Nein, da nicht.

Dann war da der vorbildlich aufgeräumte Kleiderschrank. Man konnte ein Buch zwischen die sauber gestapelten Pullover. schieben, so dass es von außen nicht zu sehen war. Wenn aber die Mutter die Sweatshirts zusammenlegte und einsortierte, würde ihr der Fremdkörper dazwischen sicher auffallen. Das war als Versteck ungeeignet, zu offensichtlich. Dort also auch nicht.

Norbert hatte in Gedanken seine geschlossenen Augen über die lädierte Anbauwand gleiten lassen, noch einmal alle Türen geöffnet und den Inhalt der Fächer betrachtet. Säuberlich geordnete Kinderbücher. Er kniff die Lider fester zusammen, versuchte sich zu erinnern. Inmitten der Bücher war sicher auch kein ausreichend ›geheimer‹ Ort. Er wusste einfach zu wenig über kleine Mädchen und ihre bevorzugten Verstecke. Und seine Kollegin, die sich mit so was auskannte, war nicht da. Hatte ›Besorgungen‹ zu erledigen. Norbert schnaufte verächtlich. Wer weiß, was tatsächlich dahinter steckte. Der Motor hatte im Leerlauf vor sich getuckert, als die Erinnerung den Weg ins Bewusstsein erklomm. Noch einmal sah Norbert sich selbst vor dem altersschwachen Schreibtisch, Schubladen herausziehend, den Inhalt der Fächer lakonisch kommentierend. Auch hier herrschte eine außergewöhnliche Ordnung.

Aber der oberste Kasten hatte im Gegensatz zu den darunter liegenden geklemmt. Er ließ sich nicht richtig zuschieben. Was, wenn an der Unterseite ein Buch befestigt war? Ein ideales Versteck. Norbert war ausgestiegen und hatte noch einmal bei Möller geklingelt.

Ralf Beesenstedt hatte ihm geöffnet. Agnes war mal wieder unterwegs, spazieren, um sich abzulenken. Das musste Vorhersehung sein. Er hatte im Fahrstuhl gegrübelt, welchen Grund er der Mutter für seinen erneuten Besuch nennen konnte. Was, wenn er das Tagebuch zwar fand, sie es ihm aber nicht mitgeben wollte? Sie wisse nichts davon, hatte die altmodische kleine Sarah gesagt. Dieses Problem war aus der Welt, Josephines Mutter war gar nicht anwesend, der Detektiv hatte freie Bahn.

Er habe etwas vergessen, hatte Norbert dem Stiefvater erklärt. Ob er noch einmal in Josephines Zimmer dürfe. Er durfte. Ralf Beesenstedt ließ ihn allein in dem verwaisten Kinderzimmer.

Samtrot hatte das Büchlein an der Unterseite der obersten Schublade geleuchtet. Das ›Tesa-Band‹, mit dem es festgeklebt war, glänzte. Norbert hatte es rasch abgerissen und tief in seine große Manteltasche gestopft. Anschließend war er zum Schulranzen gegangen und hatte das Hausaufgabenheft herausgenommen. Er präsentierte es als Alibi dem Stiefvater und erklärte, sie bräuchten es bei ihrem Besuch in der Schule am nächsten Tag, weil der Stundenplan und die Lehrer der einzelnen Fächer fein säuberlich vorn aufgelistet waren.

Seine fadenscheinigen Angaben wurden ohne Misstrauen akzeptiert.

Norbert näherte sich dem stillgelegten Buswartehäuschen, beschleunigte seine Schritte und strengte seine Augen an, um ein scharfes Bild vom Eingang der halbverfallenen Holzhütte zu bekommen.

Im Innern flackerte Kerzenlicht. Fetzen einer wütenden Musik quollen stoßweise heraus.

Also war seine Vermutung richtig gewesen. Hier trafen sich abends Jugendliche. Sie trotzten der Kälte in der ungeheizten Baracke. Norbert überlegte kurz, wie er sie ansprechen solle und entschied sich dann, nichts zu planen, sondern seiner Intuition zu folgen.

»Hallo?« Er trat vorsichtig, die Hände in den Taschen, an den Eingang heran. Im Innern schien man ihn nicht gehört zu haben. Die Musik wummerte in dumpfen Schlägen. Norbert neigte sich nach vorn, ohne die Schwelle zu übertreten. Irgendetwas in ihm sträubte sich dagegen, einfach so in das Buswartehäuschen einzudringen.

»Hallo?« Ein bisschen lauter jetzt. Er beugte sich noch ein paar Zentimeter vor und spähte hinein. Die Musik endete abrupt.

»Was willst du?« Ein hagerer Milchbubi mit drohendem Blick. Das Pickelgesicht erhob sich von der hölzernen Bank, kam auf Norbert zu und pumpte seine knochige Gestalt auf wie ein Boxer vor dem Kampf. Er kniff seine Augen zusammen. »Was du willst, habe ich gefragt.«

Es war lächerlich. Der zu schnell gewachsene Junge hatte den Stimmbruch sicher erst seit einem Jahr hinter sich, aber jetzt markierte er hier den dicken Max. Norbert hütete sich vor einem Lächeln. Der Rudelführer wollte ernst genommen werden, also nahm er ihn ernst.

»Ich brauche vielleicht eure Hilfe.« Erst jetzt sah Norbert die anderen drei Jugendlichen, die bewegungslos sitzengeblieben waren, an. Ein weiterer ›Jüngling‹, ein mopsgesichtiges Bübchen, das ganze Gegenteil von dem mageren Burschen, der zwei Meter vor ihm stand und darüber nachdachte, welche Hilfe der dicke alte Mann von ihnen erwarten könnte.

Und zwei Mädchen, beide mit kräftig schwarz umrandeten Augen, beide von Kopf bis Fuß dunkel gekleidet. Die eine hatte lange, glatte, im Kerzenlicht bläulich schimmernde Haare und große, ruhige Nachtaugen. Sie schien von innen heraus zu leuchten und erinnerte Norbert ein bisschen an Doreen. Das andere Mädchen verblasste neben ihr zu einer schemenhaften Gestalt.

Der Chef der Viererbande schwieg, wartete auf zusätzliche Worte und Norbert erklärte ihm, wer er war. Er hatte das Gefühl, die Jugendlichen fanden ›Privatdetektiv‹ interessant, ohne es zu zeigen. Mit versteinerten Gesichtern hörten sie seinen Sätzen zu. Noch immer stand er einen halben Meter vor dem Häuschen.

Sie würden ihn hereinbitten, wenn seine Erklärungen sie überzeugt hatten. Man durfte nicht einfach in ihr Territorium eindringen, das hätten sie als Provokation empfunden und sich wie Muscheln fest verschlossen. Norbert hielt inne und tastete in seiner linken Tasche nach den Pall Mall. Die rote Schachtel war ganz zerdrückt. Er klopfte ein paar Zigaretten heraus und streckte den Arm in Richtung des Rudelführers aus.

Drei Sekunden lang war er sich nicht sicher, ob dieser ihm die Schachtel aus der Hand schlagen würde, dann machte der Teenager zwei Schritte auf ihn zu und griff danach. Er zog vier Zigaretten heraus, verteilte sie an seine Gefährten und gab ihnen nacheinander Feuer, der dunkeläugigen Holden zuerst. Alle vier rauchten schweigend ein paar schnelle Züge. Es kam Norbert so vor, als hielten sie eine telepathische Konferenz ab, um ihm einzuschätzen. Endlose Sekunden verstrichen, dann machte der Anführer eine knappe Geste mit der rechten Hand und setzte sich dicht neben ›Schneewittchen‹.

Norbert nahm rechts von ihnen Platz, direkt unter der an die Wand gesprühten Inschrift ›Verena ich liebe dich‹ mit den drei Ausrufezeichen und dem Herz dahinter. Er stellte sich vor, ›Schneewittchen‹ sei Verena und die Liebeserklärung stamme vom Pickelgesicht.

»Was wollen Sie wissen?«

Vier Augenpaare fixierten den dicken bärtigen Mann, während dieser Josephines vermutlichen Weg mit dem Fahrrad durch die Gartensiedlung schilderte und seine Hoffnung äußerte, sie könnten etwas Ungewöhnliches bemerkt haben. Ob sie vergangenen Sonntag überhaupt da gewesen seien?

»Wir waren hier.« Pickelgesicht ließ den Blick über seine Gefährten schweifen. »Und zwar etwa ab vierzehn Uhr.« ›Schneewittchen‹ nickte. Ihre blasse Freundin wippte synchron mit dem Kopf.

»Es könnte auch schon dreiviertel zwei gewesen sein.« ›Mopsgesicht‹ fuhr gedankenverloren mit der linken Hand über das schwarze Plastikgehäuse des billigen Rekorders und schloss die Augen. »War da nicht ein Fahrrad am Zaun angelehnt?« Er öffnete die Lider wieder und suchte in den Gesichtern seiner Freunde nach Bestätigung.

»Ich habe kein Fahrrad gesehen. Du?« Die Blasse tippte die Dunkle an.

»Keine Ahnung. Manchmal waren da Fahrräder, manchmal nicht.«

»Doch, es war am Sonntag.« Der untersetzte Junge sprach jetzt nachdrücklicher. Noch einmal klappten seine

Lider zu. Die Augäpfel hinter ihnen rollten von links nach rechts, bevor sie sich wieder öffneten. »Ein rotes Kinderrad. Ich habe es bemerkt, weil die Farbe so auffällig war. Könnte das das Rad der Kleinen gewesen sein?« Er schaute Beifall heischend zu dem dicken Privatdetektiv, der sich für einige Sekunden an gar nichts mehr erinnern konnte, nicht an Josephines Rad, nicht an ihre Kleidung, nicht an ihr Aussehen.

»Es könnte sein. Ich bin mir nicht sicher.« Norbert beugte sich nach rechts, langte nach seiner Schachtel Pall Mall, die der Anführer neben sich auf die Bank gelegt hatte, und schüttelte fünf Zigaretten heraus. »Habt Ihr jemandem davon erzählt?«

»Nein. Es ist mir gerade wieder eingefallen.« ›Mopsgesicht‹ machte ein Fischmaul und versuchte coole Rauchringe herauskommen zu lassen. Es misslang.

»Ist denn das wichtig?« Der ›Chef‹ der Viererbande schaltete sich wieder ein. Er hatte hier das letzte Wort.

»Ich denke schon. Josephine verschwand auf dem Weg zu ihrer Freundin und sie fuhr höchstwahrscheinlich mit dem Rad durch diese Gartensiedlung. Es ist ein rotes Kinderfahrrad, genau, wie du es gesehen hast.« Norbert nickte dem pausbäckigen Jungen am anderen Ende der Bank zu. Feiner Flaum färbte die Haut über seiner Oberlippe dunkel.

»Sie ist ein niedliches kleines Mädchen. Lange blonde Haare. Ein richtiger kleiner Engel.« Er konnte sehen, dass das die Teenager nicht sonderlich interessierte. Keiner hier war ein Engel oder konnte sich vorstellen, jemals als solcher bezeichnet worden zu sein. Und wenn schon – was ging sie ein fremdes Kind an? Nach unten starrend, rauchten sie stumm. Sie hatten ihre eigenen Probleme.

Die Kälte kroch Zentimeter für Zentimeter Norberts Rückgrat nach oben. Die vier Jugendlichen saßen auf einer Decke, die sie vermutlich mitgebracht hatten. Norberts Hinterteil saß auf der harten, feuchten, schmutzigen Holzbank. Er startete noch einen Versuch.

»Sie könnte entführt worden sein. Habt ihr noch etwas anderes bemerkt? Ein Auto auf dem Parkplatz dahinten vielleicht, andere Leute?«

Die vier Gesichter wandten sich gleichzeitig zu ihm. Man konnte sehen, dass dies die Jugendlichen mehr interessierte. Es war ein bisschen wie im Film. ›Ungeklärte Fälle des FBI‹ oder ähnliches und sie waren die Hauptzeugen. Man käme ins Fernsehen und würde für ein paar Minuten berühmt sein. Die Kumpels würden anerkennend mit dem Daumen nach oben zeigen. Die vier, die den Entführungsfall aufgeklärt hatten. War gar eine Belohnung ausgesetzt?

»Ich habe Patrick und David gesehen. Das war aber vorher.« Das farblose Mädchen materialisierte sich. Norbert betrachtete sie zum ersten Mal genauer. Sie wirkte durchscheinend. Glanzlose, strubbelige Locken hingen ihr wirr um den Kopf, sie hatte eine nicht zu identifizierende Augenfarbe zwischen grau und braun und die Brauen waren bis auf einen bleistiftdünnen Strich ausgezupft. Aus den abgeschnittenen Spitzen der schwarzen Wollhandschuhe schauten bläuliche Fingerkuppen hervor. Das Kinn steckte tief im ebenfalls schwarzen Schal. Nur ihre schmalen Lippen bewegten sich beim Sprechen.

»Wer sind Patrick und David?« Norbert warf den Zigarettenstummel zu all seinen Kollegen auf den schmutzig grauen Betonfußboden und fixierte das unscheinbare Mädchen.

Pickelgesicht antwortete ihm.

»Zwei Typen. Gehören zu einer Gang. Sie kiffen, klauen alles, was ihnen unter die Finger kommt, brechen Autos auf, stehlen Sachen aus Briefkästen, quälen Tiere.«

»Du glaubst doch nicht im Ernst, dass *die* das Kind entführt haben?« Der Mops sprach mit unmodulierter, leiser Stimme.

»Nein, das ist nicht ihr Ding. Autoradios entwenden, Portemonnaies aus den Handtaschen alter Omas klauen, im Supermarkt Zigaretten hochziehen, O.K. Was sollten sie mit einem kleinen Mädchen anfangen? Nein.« Der hagere Junge schüttelte mit Nachdruck den Kopf.

Norbert war ebenfalls nicht der Ansicht, dass ›Patrick und David‹ Josephine entführt hatten.

»Vielleicht ist ihnen aber etwas *aufgefallen*. Ich würde sie gern einmal befragen.«

»Glaube kaum, dass die mit Ihnen reden wollen.« ›Mopsgesicht‹ entblößte kleine, spitze Zähne.

»Ich möchte es wenigstens versuchen. Wisst ihr, wo sie wohnen, oder wenigstens ihre Nachnamen?«

Alle vier schüttelten einhellig den Kopf. Von Jugendlichen, die nicht zur eigenen Clique gehörten, kannte man in diesen Ghettos höchstens noch die Spitznamen.

»Könnt ihr sie wenigstens beschreiben?«

Mit klammen Fingern blätterte Norbert in seinem Notizbuch, bis er zu einer leeren Seite kam. Der Kugelschreiber stellte sich tot und musste erst durch mehrmaliges Anhauchen zum Leben erweckt werden. Dann notierte er brav, was ihm die vier, sich gegenseitig ins Wort fallend, berichteten. Sie waren jetzt eifrig bei der Sache, nachdem der Detektiv ihnen versprechen musste, nicht zu verraten, von wem er seine Informationen bekommen hatte.

Norbert ließ sich noch die möglichen Aufenthaltsorte nennen, klappte dann das Notizbuch wieder zu und ließ seinen Blick von einem zum anderen gleiten.

Eigentlich waren diese unfertigen Erwachsenen arm dran. Es gab so viele Möglichkeiten sinnvoller Freizeitbeschäftigungen, bei denen Jugendliche zielgerichtet gefordert wurden und spielerisch ihre Kräfte messen konnten. Stattdessen hockten sie Abend für Abend in diesem vergammelten Buswartehäuschen, hörten aggressive Musik, rauchten und tranken billigen Wein. Was für eine Vergeudung! Er verbarg sein Mitleid hinter einer nüchternen Fassade.

Sie erhoben sich. Norbert ließ seine fast leere Schachtel Pall Mall noch einmal herumgehen und versuchte sich zu erinnern, ob er noch eine zweite im Handschuhfach hatte. Die vier waren nur widerwillig mit ihren eigenen Namen und Adressen herausgerückt. Das schien ihnen ein bisschen zu viel der Hilfsbereitschaft. Letztendlich hatten sie jedoch nachgegeben.

›Schneewittchen‹ hieß tatsächlich Verena. Pickelgesicht trug den klangvollen Namen Marius und ›Mopsgesicht‹ hatte einen der beliebten Doppelnamen, Mike-Stefan, abbekommen. Das farblose Mädchen besaß auch einen farblosen Namen – Kerstin.

Leiser werdend grollte die wütende Musik hinter ihm her. Wo mochte Doreen jetzt sein, seine heitere Kollegin mit den unergründlichen Augen? Norbert malte sich aus, wie sie daheim vor dem Fernseher saß, einen Film über zwei Menschen ansah, die sich unendlich liebten und dabei mehrere Taschentücher verbrauchte. Dann lächelte er über seine eigene Sentimentalität. Doreen mochte Liebesfilme in Wahrheit nicht besonders. Ihm jedoch war die Vorstellung, sie sei zu Hause, allein vor dem Fernseher, angenehmer als andere Möglichkeiten, über die er jetzt lieber nicht nachdenken wollte. Norbert forcierte sein Schritttempo.

Es war schon spät. Vielleicht würde er noch ein bisschen in dem kleinen roten Büchlein lesen.

32

Liebes Tagebuch!
Heute war es in der Schule schön. Sarah und ich haben in der Hofpause mit den anderen gespielt. Frau Rötel hat eine müntliche Kontrole durchgeführt und Luise Richter war dran. Sie hat eine Drei bekommen.

Norbert tastete, ohne hinzusehen, nach der Schachtel Pall Mall. Die kleine Josephine hatte fein säuberlich die für sie wichtigen Ereignisse aufgelistet. Er hielt das Feuerzeug an die Spitze der Zigarette, inhalierte, rückte dann mit dem Stuhl dichter an den Küchentisch heran und beugte sich wieder über das Buch.

Im Sport mussten wir draußen mit den Jungs Fölkerball spielen. Es war sehr heiß und alle haben sehr geschwizt.

Sie hatte ein paar Wörter falsch geschrieben. ›Geschwizt‹ mit nur einem ›t‹. Norbert lächelte. Aber die Kleine ging ja auch erst in dritte Klasse. Da war man noch nicht perfekt in Rechtschreibung und Grammatik.

Nach der Schule bin ich gleich nach Hause gerant. Ralf wollte mit mir baden fahren, aber Mama hat gesagt, ich muss erst mein Zimmer aufräumen.

›Ralf wollte mit mir baden fahren‹. Josephine nannte ihren Stiefvater ›Ralf‹. Norbert blickte auf und dachte darüber nach, ob er sich noch ein Bier gönnen sollte, entschied sich aber dagegen. Es war spät und er musste morgen früh wieder zeitig raus. War das ungewöhnlich, seinen Stiefvater mit dem Vornamen anzureden? Andererseits – wie hätte das Kind ihn sonst nennen sollen – Stiefvati? Das klang beknackt. Vater?

Wenn der Mann nicht der wirkliche Vater war, schickte sich das nach Norberts Empfinden nicht, aber was wusste ein alter, übergewichtiger Privatdetektiv schon davon, wie Kinder in ›Patchwork-Familien‹ ihre neu hinzugekommenen ›Eltern‹ nannten. Norbert dachte an seinen Sohn. Nils sagte immer ›Vati‹ zu ihm, aber das bedeutete gar nichts. Es war nur ein Wort, dahinter steckte keinerlei Gefühl.

Außerdem es war ja auch nicht gesagt, dass Josephine ihn im wahren Leben auch so ansprach wie hier im Tagebuch. Er streifte den Aschekegel ab und kniff die Augen zusammen, um weiter zu lesen.

Als ich fertig mit den aufräumen war, war es leider zu späd zum losfahren. Aber Ralf hat gesagt, wir machen das dann morgen oder am Wochenende. Schade.

Neben dem ›Schade‹ befand sich eine kleine Zeichnung. Ein Mädchen mit Zöpfen, daneben ein großer Mann mit dünnen Armen und Beinen. Der Mann hielt etwas in der Hand, das aussah wie ein Schwimmring. Norbert lächelte und erinnerte sich an die Sommer an dem kleinen Waldsee seiner Kindheit, den harzigen Duft der Kiefern, das laute Platschen, wenn einer von ihnen ins Wasser sprang, die sanfte Berührung des warmen Wassers auf der erhitzten Kinderhaut.

Balt gibt es Giftzettel. Hoffendlich ist Mama wegen der Zwei in Mathe nicht böse.

Norbert drückte den Stummel im Aschenbecher aus und gähnte. ›Giftzettel‹? Was mochte die Kleine damit meinen? Eine Zwei in Mathe. Entweder war ›Giftzettel‹ eine Klassenarbeit oder Josephine meinte die Zeugnisse. Er blätterte um und schaute nach dem Datum. Dritter Juni. Wahrscheinlich war das Zeugnis gemeint.

Es klang alles ganz normal. Da war nichts, was auf einen möglichen Entführer hindeutete. Norbert trank den Rest Bier und erhob sich. Es war spät und er war müde.

33

»Guten Morgen!« Norberts prüfender Gesichtsausdruck widersprach seiner fröhlich klingenden Stimme. »Du siehst müde aus.« Er machte eine Pause und wartete, ob der Fisch den Köder schluckte.

»Findest du?« Doreen hatte nicht die Absicht, ihm den Gefallen zu tun. Es würde schon schwierig genug werden, ihm beizubringen, dass sie Thomas Bäumer heute nicht zu beschatten brauchten. Sie sah zur Wanduhr. Zehn vor sechs. Es roch nach frisch gebrühtem Kaffee. Die Maschine zischte gerade abschließend und war dann ruhig. Neben dem Waschbecken stand das Geschirr von gestern, gespült und abgetrocknet. Norbert musste schon mindestens eine Viertelstunde hier sein. Er wirkte nie müde, auch wenn es noch so früh am Morgen war. Doreen verdächtigte ihn, gar keinen Schlaf zu brauchen. Sie dagegen würde sich nie an das zeitige Aufstehen gewöhnen. Eine Tasse starker, heißer Kaffee könnte vielleicht den Motor ein bisschen auf Touren bringen. Das Gesicht zur Wand, mit ihrer Tasse beschäftigt, begann sie zu sprechen.

»Herr Röthig ist der Ansicht, wir bräuchten Thomas Bäumer nicht länger zu beschatten. Ihm reichen die bisher erzielten Ergebnisse.« Sie verspürte ein störrisches Bestreben, mehr zu erklären, wollte die lapidaren Tatsachen begründen, die Fakten ausschmücken, beließ es aber bei diesen beiden Sätzen.

Hinter ihr herrschte verdächtige Stille. Doreen stierte auf das blau karierte Geschirrtuch und wagte es nicht, sich umzudrehen. Hörbar tickten die Sekunden dahin. Der Kippschalter der Kaffeemaschine funkelte grimmig rot. Sie knickte vier kleine Becher Kaffeesahne von dem Zehnerpack ab, griff nach dem Henkel der Kanne und wandte sich vorsichtig um.

Norbert saß hinter seinem Schreibtisch und lauerte, beide Hände flach auf der Platte. Er beobachtete mit hölzernem Gesicht, wie sie sich dem Tisch näherte, nicht einmal seine Augenlider bewegten sich. Er würde es ihr nicht so leicht machen und Fragen stellen. Eigentlich wollte er gar nicht wissen, woher sie die Nachricht hatte. Sollte sie sich doch, geplagt vom schlechten Gewissen, winden.

Doreen goss Kaffee ein, bevor sie sich ihm gegenüber hinsetzte und schob seine Tasse zu ihm hinüber. Das Bedauern, sich nicht im Vorfeld schon eine Strategie zurechtgelegt zu haben, kam zu spät. Andererseits – jeder Schlachtplan war hier zwecklos. Sie nahm einen Schluck von dem kochend heißen Gebräu und fühlte, wie ihre Zunge taub wurde. Die Wanduhr tackerte hörbar. Kurz vor sechs an einem finsteren Wintermorgen, am letzten Tag im Januar. Es wurde Zeit, zu erklären.

»Ich war gestern Abend mit ihm essen. Und im Kino.«, fügte sie schnell noch hinzu.

War doch egal. Zwei Sätze nur. Schon erledigt, hat auch gar nicht wehgetan. Sie blickte von den milchigen Schlieren ihrer Tasse auf und sah Norbert sanft den Kopf schütteln. Er sprach noch immer nicht. Das war seine Taktik, stumm abwarten. Der ›Angeklagte‹ würde von allein das Bedürfnis haben, sich zu rechtfertigen, und erklären und erklären und erklären.

Dumm nur, dass Doreen seine Tricks nur zu gut kannte. Schweigen konnte sie auch.

Wortlos tranken sie ihren Kaffee. Draußen röhrte ein Moped vorbei. Ein seltenes Geräusch im Winter. Die Neonröhre an der Decke flackerte kurz und brannte dann ruhig weiter. Frischer, grüner Duft von Norberts After Shave kroch zu ihr hinüber.

Doreen sah die grellbunten Plakate im Foyer des Kinos wieder vor sich. Hartmut Röthig hatte ihr vorher nicht verraten, für welchen Film die Karten waren. Auch eine Masche, den Abend spannend zu gestalten. Ein englischer Titel war ihr aufgefallen. »How to lose a guy in 10 days.« Hatten die das extra für Doreen Graichen gedreht?

»Wie werde ich ihn los – in zehn Tagen« – wie passend! Man könnte ein paar Ideen mitnehmen, die man noch nicht kannte. Sie verkniff sich ein Grinsen. Es war absurd, sich vorzustellen, ›Azurauge‹ könne gerade diesen Film ausgewählt haben. Es wäre eine sehr eigenwillige Art von Humor.

Es war nicht dieser Film. Es war auch nicht Käpt'n Blaubär, es war ein weitschweifiger, epischer Film über die Probleme einer französischen Haushälterin mit ihrem Lebensentwurf.

Einerseits hatte Doreen Erleichterung verspürt, dass keine Liebesszenen darin vorkamen. Es wäre zu peinlich gewesen, den Darstellern beim Küssen zuzuschauen, neben sich den starr nach vorn blickenden, unbekannten Mann, dessen Hitzestrahlen sie an ihrer linken Seite fühlen konnte, vor sich die schnell atmenden Verliebten.

Andererseits war sie enttäuscht über seine Wahl. Wieso gerade dieses ›Kunstwerk‹? Dachte er, alle modernen Frauen mochten langweilige französische Filme? Nun – sie gehörte nicht zu ihnen. Vielleicht hatten auch einfach nicht die passenden Filme zur Auswahl gestanden.

Nach einer halben Stunde hatte sie begonnen, alle zehn Minuten heimlich auf die Uhr zu schielen und war heilfroh gewesen, als auf der Leinwand endlich das Wort ›Ende‹ erschien.

Auf dem Heimweg hatten sie nicht so recht gewusst, was sie reden sollten und waren, die Hände in den Taschen, stumm nebeneinander hergestapft bis zu ihrer Haustür. Doreens Angst, er könne versuchen, sie zum Abschied zu küssen, erwies sich als unbegründet. Vor dem Einschlafen hatte Doreen noch ein paar Minuten darüber nachgegrübelt, ob sie Lust hatte, das Treffen zu wiederholen und die Auswertung des Abends schließlich auf den nächsten Tag verschoben.

Zehn Schweigeminuten später sah Norbert ein, dass seine Kollegin nicht vorhatte, ihm mehr zu erzählen. Er würde fragen müssen, um Einzelheiten aus ihr herauszulocken. »Ihr wart also zusammen essen.« Sie biss nicht an. »Und danach noch im Kino.«

Doreen nickte. Vollkommen richtig, Papagei. Essen und im Kino, in genau dieser Reihenfolge.

»Wann habt ihr euch verabredet?« Die erste echte Frage.

»Er hat mich gefragt.« Das war zwar nicht die Antwort, aber auch nicht falsch. Sie überlegte kurz, wann das gewesen war. Am Montag. Als sie ihren Schal abgeholt hatte. Davon wusste Norbert nichts und sie hatte nicht vor, es ihm zu sagen.

»Aha. Und, wie war es im Kino?« Doreen konnte hören, dass er sich bemühte, mit gelassener Stimme zu sprechen, so, als sei sein Interesse ganz nebensächlich und trotzdem klang er grimmig. Wie ein Vater, der wütend über die verspätete Heimkehr seiner minderjährigen Tochter war. Doreen beschloss, der Farce ein Ende zu bereiten.

»Es war nett. Danach hat sich jeder nach Hause begeben. Und das war's dann.« Dass der Firmenchef sie noch bis zu ihrer Haustür begleitet hatte, verschwieg sie. Doreen fiel der eigentliche Grund ein, warum sie das Gefühl hatte, sich an diesem kalten Wintermorgen rechtfertigen zu müssen und sie setzte noch eine Erklärung hinzu. »Wir haben beim Essen über die Observation von Bäumer geredet und dass die

Beweise eigentlich vollkommen ausreichen. Wir sollen ihn heute im Laufe des Vormittags anrufen und einen Termin ausmachen, um die Auswertung zu besprechen.«

»Aha.« Noch einmal ›aha‹. Norbert blieb kurz angebunden. »Und wie kommt er auf einmal darauf, dass die Beweise ausreichen?«

»Er hat mich nach weiteren Fällen gefragt, die wir bearbeiten und ich habe Josephine erwähnt.«

»Ich hoffe sehr, du hast keine Einzelheiten ausgeplaudert.«

»Norbert.« Allmählich wurde Doreen auch unmutig. »Du müsstest eigentlich wissen, dass diese Frage überflüssig ist. Aber zu deiner Beruhigung – nein, ich habe nicht über die Details ›geplaudert‹. Und nun würde ich gern über etwas anderes sprechen.« Sie nahm einen Schluck Kaffee. Er war mittlerweile lau und schmeckte fad.

»Dann müssen wir für heute neu planen.« Norbert zwang sich, die Bilder von Doreen und Hartmut Röthig beim gemeinsamen Abendessen und Schulter an Schulter in einem dämmrigen Kino beiseite zu schieben. »Ich war gestern, nachdem du gegangen bist, bei der Polizei.« Er ließ den Satz einen Moment im Raum stehen, bevor er fortsetzte. »Es hat mir keine Ruhe gelassen. Alfreds Vorwürfe sind berechtigt. Ich habe lange darüber nachgedacht. Wir sind blutige Anfänger. Ich möchte nicht schuld sein, wenn etwas schief geht.« Er schwieg kurz. »Ich habe von dem Brief des Entführers berichtet und dass ein zweites Schreiben folgen soll, in dem die Einzelheiten zur Geldübergabe stehen.« Seine Hand rieb abwesend über den Oberschenkel. »Das müsste ja dann heute ankommen. Ich hoffe irgendwie immer noch, dass es noch nicht zu spät ist.«

»Was haben die bei der Polizei gesagt?« Doreen bewunderte Norberts Mut. Dorthin zu gehen, alles zu beichten, von Angesicht zu Angesicht, das hätte *sie* nie im Leben fertig gebracht. *Sie* war die feige Unbekannte, die ihr Gewissen damit beruhigte, dass sie anonym bei den Bullen anrief und etwas von einem Entführer ins Telefon stammelte. Doreen beschloss, Norbert nichts von ihrem Anruf zu erzählen.

Sein Bericht über das Gespräch mit der Polizei war knapp. Ihr Dilettantismus gefährde das Leben des Kindes. Es sei egal, was die Eltern wünschten. Es könnte sein, dass sie sich wegen Behinderung der Ermittlungen verantworten mussten. Letztendlich hatte er gehen dürfen, nachdem alle Einzelheiten ausführlich zu Protokoll gegeben worden waren. »Ich nehme an, die Beamten sind danach sofort zu den Eltern gefahren.«

Doreen stellte sich die hysterische Reaktion von Agnes Möller vor, wenn sie erfuhr, dass die Polizei von den Forderungen des Entführers Kenntnis hatte. Vielleicht war hysterisch nicht der richtige Ausdruck, aber ihr fiel kein besserer ein. Die Mutter hatte verzweifelte Angst um das Leben ihres Kindes.

»Danach war ich noch bei dem Bushäuschen am Ende der Neubausiedlung. Ich habe dort ein paar Jugendliche getroffen.« Norbert schilderte seine Begegnung mit den vier Teenagern und deren Beobachtungen.

»Was nützt uns das jetzt noch? Ich hätte angenommen, dass wir aus dem Fall raus sind?«

»Das sehe ich auch so. Ich werde die Beobachtung mit dem roten Kinderrad der Polizei mitteilen. Mehr fällt mir momentan auch nicht dazu ein.« Er hob die Schultern.

Da saßen sie nun in ihrem gut geheizten Büro. Früh um halb sieben. Der Meisterdetektiv und seine Gehilfin. Und wussten nicht weiter.

»Ach, fast hätte ich vergessen ...« Norbert beugte sich zur Seite und wühlte in seiner Tasche. Mit rotem Gesicht richtete er sich wieder auf und hielt ein rotes Büchlein hoch.

»Was ist das?« Doreen rollte mit ihrem Stuhl dichter an den Schreibtisch heran und betrachtete den Samteinband.

»Josephines Tagebuch.«

»Das, von dem ihre Schulfreundin gestern sprach?« Ihre Augenbrauen waren nach oben gewandert. Wie zum Teufel war Norbert da rangekommen?

»Genau das. Nachdem du dich verabschiedet hattest«, Norberts Augen wurden eine Idee dunkler, als ihm einfiel, welche ›Besorgungen‹ Doreen zu erledigen gehabt hatte, »habe ich noch einmal bei den Eltern geklingelt. Frau Möller war nicht da, aber Josephines Stiefvater hat mich in ihr Zimmer gelassen. Es war unter einer Schreibtischschublade festgeklebt.«

Norbert legte das Buch in Doreens ausgestreckte Hand und sie befühlte den weichen Einband, während er weitererzählte, wie er alle erdenklichen Versteckmöglichkeiten durchgegangen war und sich schließlich an die klemmende Schublade erinnert hatte.

Auf der Vorderseite des Büchleins war ein goldenes Herz umgeben von einer verschnörkelten Girlande stilisierter Rosen eingeprägt.

Vorsichtig schlug Doreen die erste Seite auf. Elfenbeinfarbenes Papier mit dünnen zartblauen Linien. Josephine hatte die vorgedruckten Zeilen fein säuberlich ausgefüllt. Name, Vorname, Adresse in runden, leicht nach links geneigten Buchstaben. Ein wenig linkisch noch, aber sie ging ja auch erst in die dritte Klasse.

Auf der nächsten Seite begannen die Eintragungen. Sie ähnelten einem Brief. Das Kind hatte geschrieben: »Liebes Tagebuch!« Daneben Ort und Datum. Die erste Eintragung war fast anderthalb Jahre her. Kurze Sätze in der ungelenken Schrift eines Schulanfängers.

Doreen überflog den ersten Absatz. Kinderkram, nichts Bemerkenswertes. Sie blätterte weiter nach hinten und schloss es dann behutsam. Das Buch war fast voll.

»Ich glaube nicht, dass wir etwas Wichtiges darin entdecken. Ich habe gestern Abend noch ein bisschen darin geblättert, aber nichts von Bedeutung gefunden.« Norbert nahm einen Schluck kalten Kaffee und verzog das Gesicht.

Doreen spürte einen starken Widerwillen, die Aufzeichnungen des kleinen Mädchens zu lesen. »Es kommt mir vor wie Voyeurismus. Ich hatte früher selber so ein Tagebuch und es stand auch nur belangloser Kleinmädchenquatsch drin. Und ich hätte mich in Grund und Boden geschämt, wenn das jemand anderes zu Gesicht bekommen hätte.«

»Das kann ich nachvollziehen.« Norbert lächelte versunken bei der Vorstellung einer kleinen, bezopften Doreen, die mit herausgestreckter Zungenspitze ›wichtige Dinge‹ in ihr Tagebuch schrieb.

Und doch hatte er das Buch gestern Abend den Beamten vorenthalten, hatte es in seiner Manteltasche behalten und mit nach Hause genommen. Er war sicher, dass in dem Buch keine relevanten Informationen standen, also hätte es der Polizei sowieso nichts genützt.

Norbert nickte sich selber Mut zu und langte über den Tisch nach dem roten Samtbüchlein »Dann werde ich heute im Laufe des Tages noch einmal reinschauen. Wenn ich etwas Auffälliges finde, gebe ich es dir zum Lesen. In Ordnung?«

Doreen nickte auch. Das war ein guter Vorschlag. Sie erhob sich und sammelte das Kaffeegeschirr ein. Heute würde sie es *gleich* abwaschen. Norbert blieb in seinem lädierten Armlehnensessel sitzen, die Ellenbogen auf der Schreibtischplatte, das Gesicht in die Handflächen gestützt und rührte sich nicht.

Das Telefon schrillte.

Eine Tasse rutschte aus Doreens Händen und zerbrach klagend im Waschbecken.

Norbert presste den Hörer an sein linkes Ohr und setzte sich aufrecht hin. Er hörte mit einem undefinierbaren Gesichtsausdruck, ohne zustimmende oder ablehnende Gesten zwei Minuten lang zu.

Doreen bemühte sich, die Scherben geräuschlos aus dem Waschbecken aufzusammeln. Für einen Moment hatte *sie* gedacht, am anderen Ende sei Hartmut Röthig, der einen Termin zur Übergabe der gesammelten Beweise ausmachen wollte, was Norberts eingefrorene Mimik erklären würde, sich dann aber berichtigt. Er hatte gestern Abend gesagt, sie sollten *ihn* anrufen, im Laufe des Vormittags. Und außerdem gab es keinen Grund dafür, dass der Firmenchef fünf Minuten ohne Punkt und Komma redete. Sie stapelte das Geschirr ins Regal und säuberte abschließend das Waschbecken. Fertig.

Norbert hörte noch immer regungslos zu, dann gestatte er sich einen unmerklichen Seufzer und begann in unvollständigen Sätzen zu sprechen.

»Es tut mir sehr Leid ...« Er holte tief Luft. »Ja, ich weiß.« Ein flüchtiger Blick zu Doreen, die inzwischen ihm gegenüber Platz genommen hatte. »Das ist mir klar.« Er zuckte resigniert mit den Schultern. »Ich verstehe Sie.«

Ein Rätsel. Doreen ließ die Klienten und Bekannten Revue passieren, fand jedoch keinen, der zu diesem Telefonat gepasst hätte. Norbert rollte jetzt mit den Augen und sprach etwas lauter.

»Ich kann nur noch einmal betonen, wie sehr mir das Leid tut. Trotzdem glaube ich –« Wieder wurde er unterbrochen. Seine Augenbrauen rutschten nach oben. »Ja, natürlich. Das könnte sein ...« Trotz seines Bemühens, es sich nicht anmerken zu lassen, konnte sie an seiner Tonhöhe hören, dass er sich zunehmend aufregte. »Vielleicht war es auch richtig so. Bitte versuchen Sie, uns zu verstehen.« Jetzt seufzte er hörbar.

Ein Bild von Agnes Möller in schwarz und weiß tauchte, von einem grell weißen Magnesiumblitz beleuchtet, für

Millisekunden vor Doreen auf und verblasste dann im Zeitlupentempo.

Norbert drückte auf den Knopf des Telefons, legte es zurück und rieb sich mit schmerzhaft verzerrtem Gesicht das linke Ohr.

»Das war Josephines Mutter, nicht wahr?« Doreen hatte ein bisschen Mitleid mit ihm. Immer erwischte er die unangenehmen Gesprächspartner. Norbert nickte mit herabhängenden Schultern wie ein geprügelter Hund. »Ja. Sie war sehr wütend.« Er schabte mit den Fingern der Rechten seitlich über den Hals. »Oder nein, wütend ist nicht der richtige Ausdruck. Aufgebracht, entrüstet ... Nein, eher hysterisch. Ich weiß keinen richtigen Begriff dafür.«

»Ich verstehe schon.« Doreen schickte ihm ein aufmunterndes Nicken. »Die Polizei war bei ihr, stimmt's?«. Wegen des Briefes mit der Lösegeldforderung.«

»Gestern Abend, gleich nachdem ich bei denen war. Und natürlich hat Frau Möller prompt erfahren, von wem sie die Information hatten. Ist auch egal.«

»Was können wir tun?«

»Gar nichts. Sie will uns nicht mehr sehen. Wenn etwas schief geht, sind wir schuld, hat sie gesagt.« Er stand auf und tigerte durchs Zimmer. Ein Gutes hatte der Anruf gehabt. Sein Groll über Doreens Treffen mit ›Azurauge‹ Röthig war wie weggeblasen. Vorerst zumindest.

»Und nun?« Doreen hatte nicht die Absicht, ihn daran zu erinnern, dass sie Bäumer nicht mehr zu beschatten brauchten. Wenn man es recht betrachtete, hatten sie jetzt gar nichts mehr zu tun. »Können wir noch irgendetwas in der Sache unternehmen?«

»Ich überlege gerade.« Norbert schritt bis zum Fenster, starrte eine Minute in die Finsternis und drehte sich dann um. »Vielleicht rufe ich Alfred noch einmal an.« Alfred. Noch einer, der verärgert über ihre dilettantische Arbeit war, allerdings aus genau den gegenteiligen Gründen als Josephines Mutter.

Doreen erinnerte sich an das sonnige Bild des zarten blonden Mädchens. Bei all dem Stress hatte sie das Kind fast vollständig vergessen, oder besser gesagt, sie hatte es verdrängt.

Josephine schwebte im flatternden Sommerkleidchen schemenhaft durch ihr Unterbewusstsein und pochte ab und zu an die Pforte zum Bewusstsein. Wo mochte die Kleine jetzt sein? Eingesperrt in einem finsteren Hinterzimmer mit vernagelten Fenstern, in einem nachtschwarzen, muffigen, nach schimmligem Obst riechenden Keller, verängstigt in eine Ecke verkrochen? Oder lag ihr Körper steif gefroren irgendwo im Gestrüpp der umliegenden Wälder und kleine Tiere mit spitzen Zähnen versuchten, Teile davon abzunagen? Schmerzhaft richteten sich die Härchen auf Doreens Unterarmen auf und sie erhob sich schnell und gesellte sich zu Norbert an das dunkle Fenster.

Draußen wartete die kalte Welt auf den Auftritt der Sonne. Doreen blickte nach oben. Die Sonne würde heute gar nicht auftreten. Sie würde lediglich mit ein paar müden Strahlen durch die Wolkenschichten zeigen, sich auf den zeitigen Feierabend freuen und in der Zwischenzeit träge über den Himmel rollen. Die Feuchtigkeit ihres Atems schlug sich am Glas nieder. Unten auf der Straße eilten verkleidete Menschen zur Arbeit. Bei manchen war nicht zu erkennen, ob es Frauen oder Männer waren.

Norbert stand neben ihr und blickte ebenfalls auf die Straße. Von seinem massigen Körper gingen Wärmestrahlen wie von einem Ofen aus. Er dachte angestrengt darüber nach, ob es überhaupt noch sinnvoll war, Ermittlungen im Fall des entführten Kindes anzustellen oder ob sie sich damit begnügen sollten, die Suche der Polizei zu überlassen. Die Bullen hatten ihm gestern deutlich zu verstehen gegeben, dass sie keine weitere Einmischung von seiner Seite dulden würden. Er habe mit seinem Alleingang schon genug Schaden angerichtet. Es konnte sein, dass ihn sogar eine Anzeige erwartete.

Andererseits – seit wann hielten ihn solche Verbote auf? Er drehte sich zur Seite.

»Ich rufe jetzt Alfred an.«

»In Ordnung. Und ich gehe zum Bäcker. Du hast doch heute noch gar nicht deine tägliche Droge eingenommen.«

Sie würde auch für sich Kuchen mitnehmen, etwas Süßes konnte die angeschlagene Psyche besänftigen. Immer nur Joghurt, Müsli, Körnerbrot, fettarmer Käse und Salat, davon musste ein Mensch ja irgendwann trübsinnig werden. Kohlenhydrate machten fröhlich und genau das brauchte sie jetzt. Kein Wunder, dass Norbert fast immer gut gelaunt war. Bei der Menge an Kohlenhydraten, die er täglich zu sich nahm.

Doreen drückte die summende Bürotür mit der Schulter auf und streifte im Hineingehen die Handschuhe von den Fingern. Norbert wartete ungeduldig auf seine süße Bescherung. Sie arrangierte die Streuselschnecken – sie hatte gleich drei genommen – und ihren Kokoskuchen auf je einem Teller und setzte sich ihm gegenüber hin.

»Alfred ist immer noch grimmig, aber er hat mir zugestimmt, dass es richtig war, die Bullen zu informieren.«

»Und was meint er? Sollen oder können wir noch etwas unternehmen?«

»Eigentlich müssten wir uns da raushalten, hat er gesagt.« Sie sah an Norberts eifrigem Gesichtsausdruck, dass noch etwas nachkommen würde.

»Aber, da Alfred mich kennt, ist er sich sicher, dass wir seinem Rat nicht folgen werden. Mit dem zweiten Entführerbrief, der vermutlich heute ankommen wird, und der Geld-übergabe haben wir nichts mehr zu tun. Alfred hat inzwischen die Fakten zum Fall studiert. Entführungen mit

Lösegeldforderung sind außerordentlich selten. Die Mutter und der Stiefvater sind weder begütert noch prominent und deshalb ist Alfred der Ansicht, dass die Entführung nur vorgetäuscht ist.« Zwischen Norberts Augenbrauen erschienen zwei senkrechte Falten.

»Er ist sich ziemlich sicher, dass jemand aus dem Umfeld das Mädchen entführt hat. Jemand, der die Kleine kannte. Um die Ermittlungen in die Irre zu leiten, hat derjenige den Brief mit der Geldforderung geschickt. Was können also zwei Provinzdetektive zur Aufklärung unternehmen, ohne der Polizei ins Handwerk zu pfuschen?« Er wartete nicht darauf, dass Doreen ihm auf diese rhetorische Frage antwortete, sondern fuhr selbst fort. »Eben dieses Umfeld muss befragt werden. Da richten wir keinen Schaden an, hat Alfred gesagt ...«

Doreen hörte einen verletzten Unterton in Norberts leiser gewordenen Stimme. Sie nickte ihm aufmunternd zu. »Und – wollen wir das machen? Das Umfeld befragen?«

Auch Norbert nickte. »Ich habe das Für und Wider abgewogen und denke, wir sollten es tun. Die Observation des krankgeschriebenen Herrn Bäumer – , seine Augen flackerten einen Moment »ist ja abgeschlossen. Wir haben keinen anderen aktuellen Fall.«

Er sprach langsamer. »Und, ich möchte nicht einfach so aufgeben. Es geht um ein vermisstes Kind. Wahrscheinlich ist sie tot.«

Kurze Pause.

»Vielleicht lebt sie aber auch noch. Ich weiß nicht, was ich denken soll. In jedem Fall gibt es einen Täter, der gefunden werden muss. Mein Gewissen würde mir keine Ruhe lassen, wenn wir einfach so aufgeben.«

»Ist in Ordnung. Ich bin ganz deiner Meinung.« Doreen drehte sich um und hielt im Regal neben dem Waschbecken nach Mineralwasser Ausschau. Der Kuchen hatte sie durstig gemacht.

»Wohin begeben wir uns zuerst?« Sie erhob sich, um die letzte volle Flasche zu holen und notierte sich im Geist ›Wasser‹ auf ihrem Einkaufszettel.

»Wir befragen zuerst die Hausbewohner. Da war so eine neugierige ›Krähe‹, als ich mit Ralf Beesenstedt am Briefkasten war, eine Art Hauspolizei. Die weiß bestimmt *alles* über *jeden*. Zweitens ...«

Doreen stand mit dem Rücken zu ihm am Regal und verbiss sich ein Grinsen. Erstens zweitens drittens. Norbert sprach inzwischen weiter.

«... würde ich es bei den Eltern von Ralf Beesenstedt versuchen, die wohnen hier in der Stadt.« Er wühlte in seinen Papieren und murmelte vor sich hin. »Viele Bekannte hatten die ja nicht gerade ... Eigentlich müsste man auch mit Agnes Möllers Eltern sprechen.«

Doreen kam zum Tisch zurück. »Wohnen die nicht am Ammerseesee? Das ist ja auch der nächste Weg.«

»Ich weiß. Deshalb versuchen wir es zuerst einmal hier, dann sehen wir weiter.« Er tippte auf seine Zettel. »Machen wir uns auf in den Findeisenweg. Die Frau ›Hauspolizistin‹ ist garantiert schon wach.«

34

Doreen streckte den Zeigefinger in Richtung Klingelbrett und zog ihn dann wieder zurück, ohne es zu berühren. Ihr war schwindelig. Was, wenn gerade jetzt Josephines Mutter oder der Stiefvater aus dem Haus kamen und sie hier sahen? Norbert hatte ihr den Zorn und die Verzweiflung der Mutter ausführlich beschrieben. Sie sollten sich ja nicht wieder blicken lassen, hatte sie wörtlich gesagt. Auch eventuell anwesende Polizisten wären garantiert nicht erfreut über das Auftauchen der zwei dilettantischen Tölpel im Haus der Eltern. Ihr Kollege schien genauso wenig Eifer zu verspüren wie sie, denn auch er stand wie angewurzelt vor der schmierigen Glastür. Vielleicht war es besser, sie verschwanden ungesehen.

Schließlich machte Norbert einen seitlichen Ausfallschritt in ihre Richtung und schubste seine Kollegin an der Schulter. »Hilft alles nichts, Doreen, lass es uns wenigstens versuchen.«

Norbert hatte sich nach langem Sinnieren an den Namen der dicken Frau in der bunt geblümten Kittelschürze erinnert, die ihn und Ralf Beesenstedt dabei beobachtete hatte, als sie das Schreiben des Entführers aus dem Briefkasten holten. Gleich einem feisten Marabu war sie um ihn herumgetänzelt, die Vogelaugen jedes Detail registrierend und ihr Damenbart hatte voller Neugierde gezuckt. Der Stiefvater hatte ihm später erklärt, dass Ursel Wagner alles und jeden bespitzele. Wer, wenn nicht sie, könnte etwas wissen? Deshalb hatten Doreen und er beschlossen, zuerst diese Person zu befragen.

»Wer ist da?«

»Guten Tag, Frau Wagner. Ich heiße Löwe.« Norbert war überzeugt davon, dass sich die Frau aufgrund ihrer Begegnung an den Briefkästen an ihn erinnern würde.

»Was wollen Sie?« Das Kreischen erreichte schwindelerregende Höhen.

»Ich bin Privatdetektiv und ermittle im Fall der vermissten Josephine Möller.« Das war nicht direkt gelogen. Eine Legitimation besaßen sie allerdings nicht mehr. »Meine Kollegin und ich würden Sie gern befragen.«

Der Lautsprecher blieb stumm. Doreen wusste, dass die ›Hauspolizistin‹ sie nach einer Kunstpause einlassen würde. Solche Leute wollten immer alles genau wissen, die Neugierde hätte sie sonst umgebracht. Sie zierte sich zuerst nur ein bisschen. Die Wechselsprechanlage knisterte.

Norbert holte tief Luft. »Wir kennen uns. Sie waren gestern Vormittag am Briefkasten.«

»Der dicke Mann!« Noch während des schrillen Aufschreis konnte Norbert hören, wie die Frau die Hand vor den Mund schlug. Gleichzeitig sah er, dass Doreen versuchte, ein Grinsen zu verbergen.

»Genau, der dicke Mann.« Es klang resigniert.

»Fahren Sie bitte in den sechsten Stock.«

Erschöpft rasselte sich der Fahrstuhl von Etage zu Etage und hielt mit einem Zittern. Eine hakennasige Frau mit wild gemusterter Nylonschürze spähte in den halbdunklen Flur. Sie stemmte die Hände in die Seiten und erwartete huldvoll das Herannahen der Besucher.

»Herr Löwe.« Eine Klaue wurde in seine Richtung ausgestreckt. Dann war Doreen dran. Die Handfläche von Ursel Wagner war papiertrocken.

»Kommen Sie herein.« Die dicke Frau drehte sich um und watschelte in ihre Wohnung zurück. Über die Schulter hinweg befahl sie ihnen, die Schuhe vor der Tür stehen zu lassen.

Im Flur erhielten sie Hauspantoffeln aus grauem Wollfilz und durften ihre Jacken, Schals und Handschuhe an einer schmiedeisernen Garderobe ordentlich aufhängen.

Die Hausbeauftragte für Klatsch und Tratsch wartete, scheinbar schläfrig, bis alles seine Ordnung hatte. Unter den herabgesunkenen Lidern zuckten ihre Augen hin und her und röntgten den Detektiv und die Frau von oben bis unten. Doreen hatte das Gefühl, durchsichtig zu sein.

»Bitte sehr!« Ursel Wagner wies in Richtung Küche. Der Grundriss ihrer Wohnung glich dem von Agnes Möller. Wahrscheinlich waren die Wohnungen alle gleich.

Doreen und Norbert hatten sich auf der Fahrt nach Neuplanitz überlegt, wie man am besten an die Sache herangehen konnte. Eigentlich hatten sie kein Recht, hier zu sein und Fragen zu stellen, aber das brauchte man ja den Befragten nicht unbedingt auf die Nase zu binden. »Wir sind auf der Suche nach der vermissten Josephine.« Soweit entsprach das vollständig den Tatsachen.

Der Marabu nickte und versuchte, seine Erregung zu verbergen.

»Wir sind Privatdetektive«, Norbert machte eine kurze Geste zu seiner Kollegin und fuhr fort, »und wollen der Polizei keinesfalls ins Handwerk pfuschen.« Das stimmte auch.

Ursel Wagner kam nicht auf die Idee, zu fragen, was sie dann überhaupt hier zu suchen hatten.

Sie hatte gestern den Stiefvater – und natürlich wusste sie, dass Ralf Beesenstedt nicht Josephines richtiger Vater war – mit Herrn Löwe an den Briefkästen gesehen. Das war Legitimation genug.

Und jetzt hatte sie ein Recht darauf, zu erfahren, was das für ein Brief gewesen war, den die beiden Männer in Empfang genommen hatten. Sie legte los.

»Die arme Kleine, so ein zartes Dingelchen. Immer so schüchtern und wohl erzogen. Was man ja heutzutage nur selten erlebt.« Ursel Wagners Stimme nahm mit jedem Satz an Lautstärke zu und Doreen gab sich die größte Mühe, ihren Unmut über den schrillen Tonfall zu verbergen. Diese Frau war in der Lage, Gläser zerspringen zu lassen, wenn sie sich nur richtig anstrengte.

»Die Polizei war hier und hat mich befragt, ob ich etwas bemerkt hätte, etwas Ungewöhnliches, zum Beispiel fremde Leute. Das war am ... Moment ...« Sie kratzte sich mit einem spitzen Fingernagel am Haaransatz und Schuppen rieselten auf die blau-weißen Karos der Tischdecke. Mit einem Quietschen schob die ›Hauspolizistin‹ ihren Stuhl nach hinten, erhob sich erstaunlich schnell, wackelte zum Küchenschrank und blinzelte durch ihre Lesebrille auf den dort hängenden Kalender.

Angewidert betrachtete Doreen die Ekel erregenden weißen Pünktchen auf dem Tisch. Die ganze Person war abstoßend. Ein schneller Blick zu Norbert. Er dachte genauso.

»Am Montag, genau.« Ein Triumphschrei. Die gläsernen Schiebetüren des Küchenschranks erzitterten. Ein paar Dezibel mehr, und sie hätten Risse bekommen. Der Marabu watschelte zurück und ließ sich mit einem befriedigten Seufzen auf den Stuhl plumpsen.

»Und, *haben* Sie etwas bemerkt?« Norbert nickte der Frau enthusiastisch zu und gab ihr damit das Gefühl, ungeheuer wichtig zu sein. Er konnte seine Abneigung perfekt verbergen.

»Nichts von Bedeutung. Jedenfalls fanden das die beiden Polizisten, die mich befragt haben.« Sie schien enttäuscht zu sein. Lauernd sprangen die hinter den Fettwülsten verborgenen kleinen Augen von dem dicken Mann zu seiner Kollegin und wieder zurück. »Und die arme Kleine wird immer noch vermisst?«

Norbert nickte bedächtig. Ihm fielen keine Fragen ein, die er der Frau stellen könnte. Sein Mund war trocken, aber er brachte es nicht über sich, nach einem Glas Wasser zu fragen.

»Furchtbar. Einfach furcht – bar!« Ursel Wagner schüttelte vehement den Kopf. Weitere weiße Flöckchen tänzelten in Richtung Tischdecke. Sie kniff ihre Augen kurz zu und riss sie gleich darauf auf. Listig blickte sie über den Rand der Brille zu Norbert. »Was war das eigentlich für ein Brief gestern?« Sie hatte deutlich gesehen, dass der dicke Detektiv Handschuhe getragen hatte. Und warum hatte er den Umschlag hinter dem Rücken versteckt? Ihr fiel wieder ein, dass sie eigentlich deswegen die Polizei hatte anrufen wollen. Irgendwie war das dann jedoch bei all den wichtigen Tätigkeiten im Laufe des Tages in Vergessenheit geraten.

Norbert schluckte, ehe er antwortete. »Das müssen Sie aber absolut für sich behalten, Frau Wagner.«

Doreen starrte auf die gewebten Karos. Er hatte sich also entschieden, der ›Hauspolizistin‹ von dem Entführer zu erzählen. Keine gute Idee. Es war mit Sicherheit ein Irrtum, zu glauben, die Frau würde das auch nur eine Stunde für sich behalten. Doreen sah ihre Nasenflügel beben, während Norbert weiter sprach.

»Das war ein Entführerbrief mit einer Lösegeldforderung. Josephine wurde gekidnappt.«

»Nein!« Ein ehrfürchtiges Flüstern. Hypnotisiert hing Ursel Wagner an den Lippen des Detektivs. Eine Entführung! Sen – sa – tio – nell! Ihre Handflächen rieben schabend aneinander und ihr Mund klappte zu einer nächsten Frage auf. Doreen beschloss, der Farce ein Ende zu bereiten. Diese Frau horchte *sie* aus und nicht umgekehrt und Norbert ließ sich von der *Krähe* einwickeln.

»Erzählen Sie uns doch einfach ein bisschen über die Familie.«

»Wozu das denn?« Ein giftiger Blick traf die Gehilfin des Detektivs. Hatte die hier auch was zu melden?

»Nun vielleicht hilft uns das weiter.« Schön lapidar, Doreen. Keine wichtige Information preisgegeben und doch geantwortet. Das werden wir ja sehen, wer hier wen aushorcht.

Norbert sprang ihr bei. »Das wäre toll, Frau Wagner. Sie wissen doch bestimmt Bescheid.«

Jetzt schien auch der fette Marabu überzeugt. Eilfertig begann die Frau in der Kittelschürze zu schwafeln.

»Die Mutter von der armen Kleinen ist eine hochnäsige Ziege. An manchen Tagen grüßt sie nicht einmal. Der Stiefvater ... na ja.« Ursel Wagner zuckte resigniert mit den Schultern. »Ein bedauernswerter Tropf. Er steht voll unter dem Pantoffel. Sie ordnet an und er befolgt. Aber er bemüht sich wenigstens, nett zu den anderen Hausbewohnern zu sein, was man von ihr nicht sagen kann.« Die Schuppen rieselten wieder, als die ›Hauspolizistin‹ ihren Kopf vehement schüttelte. »In der Wohnung hat vorher eine Familie mit vier Kindern gewohnt, richtige Assis. Laute Musik bis in die frühen Morgenstunden, Saufereien und Gegröle. Wir waren alle froh, als die weg waren und haben gehofft, dass danach ordentliche Leute einziehen. Obwohl ...« Sie kratzte sich am Scheitel. Das Schneegestöber nahm zu. »Ordentlich sind sie. Da kann man wirklich nichts sagen.«

»Wann ist die Familie denn eingezogen?« Norbert zwang sich, den Blick von den widerwärtigen Schuppen auf der Tischdecke abzuwenden und wischte sich die Schweißperlen von der Stirn. Die Küche verwandelte sich in die Wüste Gobi. Wenn diese Frau nicht von selbst auf die Idee kam, ihnen etwas zu trinken anzubieten, würde er fragen müssen. Seine Zunge fühlte sich wie trockenes Leder an.

»Äh ... warten Sie ...« Ursel Wagner brubbelte Jahreszahlen vor sich hin und berührte mit dem rechten Zeigefinger nacheinander die Finger ihrer Linken. »Vor drei Jahren. Genau.« Erneutes Nicken. Erneuter Schneefall.

»Das weiß ich sicher. Da hatte ich mir nämlich den Arm gebrochen. Bin beim Fensterputzen von der Leiter gestürzt. Und als die Neuen hier eingezogen sind, hatte die arme Kleine auch den Arm in Gips. Deshalb weiß ich das noch so genau. Wir haben sie alle bedauert. So ein zartes kleines Dingelchen, ruhig und brav. Und bricht sich doch kurz vor dem Umzug den Arm. Trotzdem hat sie sich sogar noch Mühe gegeben, mitzuhelfen und wollte Sachen hoch tragen. Stellen Sie sich das mal vor! Mit einem Gipsarm!« Die Stimme war von Satz zu Satz lauter geworden. Jetzt kreischte sie wieder. »Die Mutter musste erst ein Machtwort sprechen, ehe sie es sein ließ.«

»Wissen Sie, wo Familie Möller vorher gewohnt hat?« Doreen schaute nach draußen. Es schneite auch dort.

»Frau Möller und Herr Beesenstedt?« Die allwissende Frau Wagner musste sie zuerst korrigieren, bevor sie antwortete, schließlich waren die beiden nicht miteinander verheiratet. Und außerdem war Ralf Beesenstedt nicht Josephines richtiger Vater. Und deshalb war es auch keine richtige Familie. Norbert nickte nur und so fuhr sie fort.

»Irgendwo in Bayern. Ganz genau wissen wir es nicht.«

Ständig dieses ›wir‹. Doreen fragte sich, ob die Frau im Namen aller anderen Hausbewohner sprach und ob diese davon wussten. Die ›Hauspolizistin‹ setzte inzwischen ihre atemlose Rede fort.

»Als die hier eingezogen waren, bin ich gleich am nächsten Tag hoch zu ihnen. Mit einem selbst gebackenen Kuchen. Ich wollte mich vorstellen und eine gute Nachbarschaft wünschen.«

Wahrscheinlich wolltest du herumspionieren. Doreen sprach den Satz nicht aus.

»Stellen Sie sich vor, Frau Möller hat mich an der Tür abgewimmelt! Den Kuchen wollte sie auch nicht!« Ursel Wagners Unterlippe zitterte. Sie war nach drei Jahren immer noch empört.

Norbert beschloss, dem Gespräch eine andere Richtung zu geben. Bis jetzt hatten sie nichts Außergewöhnliches erfahren.

»Bekommen Frau Möller und Herr Beesenstedt oft Besuch von der Familie, von Bekannten oder Freunden?«

»Nie!« Der Kopf des Marabu ruckte nach vorn. *Das* wusste sie genau. »Es kommt nie Besuch!«

»Sind Sie sicher? Es könnte doch passiert sein, als Sie nicht da waren.« Für diese ungehörige Äußerung bekam Doreen einen tödlichen Blick zugeworfen.

»Ich bin *immer* da und es gibt keinen Besuch. Nicht mal die Großeltern kommen hierher. Ihre Eltern sind ja wohl auch in Bayern, an irgend so einem See. *Seine* Eltern, was ja nicht die richtigen Großeltern sind ...« die Lesebrille rutschte auf Halbmast und sie schielte darüber hinweg. Verstanden die beiden Wichtigtuer, was sie ihnen mitteilen wollte? »– seine Eltern also, wohnen zwar hier in der Stadt, haben sich aber bis heute nicht einmal blicken lassen. Sonntags fährt *er* immer mit dem Auto zu ihnen. Allein.«

Doreen verzichtete auf die Frage, woher die Frau das alles wusste. Es stimmte alles, aber es war nichts Neues.

»Haben Sie den Eindruck, dass der Stiefvater gut mit Josephine zurechtkommt?« Man konnte Norberts Stimme die ausgetrockneten Schleimhäute anhören.

»Der ist *immer* nett zu ihr. Josephinchen hier und Josephinchen da. Er geht mit ihr auf den Spielplatz und kauft ihr Eis. Wenn sie etwas falsch gemacht hat, tröstet er sie. *Er* grüßt mich auch immer. Im Gegensatz zu seiner« sie überlegt kurz, wie sich ausdrücken sollte, »zu seiner Lebensgefährtin.«

»Nun gut, Frau Wagner.« Norbert schob seinen Stuhl nach hinten. »Vielen Dank.« Auch Doreen erhob sich.

Die Hauspolizei schien enttäuscht, dass sie schon gehen wollten. Was war jetzt mit all den sen – sa – tio – nellen Enthüllungen über den Entführer? »Möchten Sie vielleicht noch etwas trinken? Einen Kaffee?«

Jetzt fiel ihr plötzlich ein, dass sie den Besuchern etwas hätte anbieten können.

»Nein danke, wir müssen weiter.« Um nichts in der Welt hätte Norbert sich noch einmal hingesetzt. Er öffnete die Tür des Saharazimmers und machte drei große Schritte bis zur Flurgarderobe.

»Wie viel Lösegeld wollte denn der Entführer? Wird er *noch einen* Brief schreiben? Und wann ist die Übergabe?« Hastig bombardierte Ursel Wagner den Rücken des dicken Mannes mit weiteren Fragen, während dieser sich eilig anzog.

»Dazu können wir ihnen nichts sagen, tut uns Leid.« Doreen wechselte einen schnellen Nichts-wie-weg-von-hier-Blick mit Norbert. Er zurrte seinen Schal fest und griff nach der Klinke der Wohnungstür.

»Ich komme noch mit nach unten.« Mit grimmigem Gesichtsausdruck wechselte der Marabu seine Filzpantoffeln gegen ein Paar hellgrüne Kunstlederschlappen, zog den Wohnungsschlüssel von der Innenseite ab und watschelte schnell hinter den beiden her. Die würden ihr nicht so ohne weiteres entwischen. Nicht Ursel Wagner!

Der Aufzug kam herangerumpelt. Schweigend starrten Doreen und Norbert auf das rubinrot flackernde Lämpchen.

»Glauben Sie, dass die arme Kleine noch lebt?« Das aufgeregte Flüstern ließ sich nicht ausblenden.

»Das wissen wir nicht. Frau Wagner, bitte!« Norbert sprach mit strengem Tonfall, während er sich an ihr vorbei in den Fahrstuhl drängelte. Sie wich nur unwillig beiseite und schob sich sofort neben die Gehilfin des dicken Detektivs. Ihr penetranter Schweißgeruch folterte Doreens Nase. Quälend langsam ratterte der Aufzug von Stockwerk zu Stockwerk.

Fünf.
Vier.
Drei.
Zwei.
Eins.

E wie Erdgeschoss.
Die Fahrstuhltüren öffneten sich und sie standen Ralf Beesenstedt gegenüber.

35

Keiner bewegte sich. Das eingefrorene Bild mutete an, wie ein ›Show down‹ im klassischen Western.

Norbert machte den ersten Schritt. »Herr Beesenstedt.« Er streckte die Hand aus. Der Arm seines Gegenübers zuckte kurz und hing dann wieder schlaff nach unten. »Es tut mir Leid. Wir wollten Ihnen keinen Schaden zufügen.«

Doreen ließ ihre Augen vorsichtig nach rechts wandern. Ursel Wagners Mund stand ein wenig offen, die Augen glitzerten, der mächtige Busen bebte. Die neugierige Krähe saugte jeden Buchstaben in sich hinein.

»Ich weiß.« Ralf Beesenstedt sprach leise und resigniert. »Es ist alles so sinnlos. Wir wissen auch nicht mehr, was wir tun sollen. Agnes sitzt entweder stumm auf dem Sofa oder wandert in der Wohnung umher. Sie will nicht essen, sie schläft kaum.« Er wandte sich ab.

»Gibt es denn irgendwelche Neuigkeiten?« Norbert fischte im Trüben. Es kam ihm so vor, als sei der Stiefvater nicht so erzürnt über ihren ›Verrat‹, wie die Mutter. Vielleicht konnte man noch etwas aus ihm herauslocken.

»Nichts, in dem Brief gestern«. Ralf Beesenstedt erwiderte kurz den Blick des Detektivs und senkte die Augen dann sofort wieder. »Den haben Sie ja auch gelesen. Da stand, dass genaue Instruktionen heute folgen.« Der Stiefvater fixierte die Reihe von grau gestrichenen Briefkästen an der ockerfarbenen Wand.

Doreen erinnerte sich an die sorgfältig aufgeklebten Buchstaben.

Geldübergabe morgen
zweiter Brief folgt

Da hatte aber auch gestanden: *es geht ihr gut.* Vielleicht gab es noch Hoffnung. Die Geldübergabe würde stattfinden und Josephine zurückkommen.

Der Türen des Fahrstuhls klapperten kurz und Doreen bemerkte, dass sie sich noch immer neben der alten Krähe im Innern des schmierigen Kastens befand. Schnell verließ sie den Aufzug, ihre Bewacherin im Schlepptau.

Die ›Krähe‹ war entzückt über die Ereignisse, ihre Nasenspitze zuckte.

Sie witterte *Sen – sa – tio – nen.* Sie würde sich hier keinen Schritt wegbewegen. Nicht, ehe sie nicht alles durchschaut hatte.

Ralf Beesenstedt stand mit dem Rücken zu ihnen und spähte in das Schneetreiben hinaus. Auf was mochte er warten? Für den Postboten war es mit Sicherheit noch zu früh. Norbert öffnete den Mund, um etwas zu sagen und schloss ihn gleich wieder.

Die fleckige Glastür öffnete sich schwungvoll, und einen Schwall feuchtkalter Luft vor sich herschiebend, kam ein grimmig wirkender Mann mit zackigem Schritt hereinmarschiert. Er trug einen schwarzen Lederkoffer in der Rechten und musterte die Versammlung im Hausflur misstrauisch. Obwohl er keine Uniform trug, konnte man ihm seinen Beruf schon von weitem ansehen. Ohne die Versammlung zu beachten, bellte der stoppelhaarige Mann in Richtung des Stiefvaters: »Herr Beesenstedt! Begeben wir uns nach oben!«, wartete nicht auf den Angesprochenen, sondern marschierte zum Fahrstuhl, der sich inzwischen geschlossen hatte und drückte mit einer schneidigen Bewegung auf den Knopf. Die Schiebetüren ratterten auseinander. Ralf Beesenstedt drehte sich um und folgte dem Beamten mit gebeugtem Rücken. Der Aufzug schloss sich und rumpelte davon.

Die letzte Zeile des Entführerschreibens tauchte in roten Lettern vor Doreens innerem Auge auf.

keine Polizei sonst stirbt Josephine

Sie wedelte heftig vor ihrem inneren Auge hin und her, um die Lettern zu entfernen, aber die Worte schienen sich unauslöschlich eingeätzt zu haben.

keine Polizei sonst stirbt Josephine keine Polizei sonst stirbt Josephine keine Polizei sonst stirbt Josephine

»War das die Polizei?« Ursel Wagner hatte ihre Kreissägen-Stimme angeworfen. Genug geschwiegen, es war an der Zeit, ein paar Fragen loszuwerden. Sie hüpfte um Norbert herum und baute sich vor ihm auf. »Denken Sie nicht auch, dass das die Polizei war, Herr Löwe?« Ihre Nasenspitze wackelte noch immer aufgeregt. »Herr Löwe?« Die Säge hatte jetzt die Lautstärke eines startenden Düsenjets erreicht. »Hören Sie mich?« Sie fuchtelte mit ihren Armen vor seinem Gesicht herum.

»Kann sein, kann auch nicht sein.« Norbert drehte sich zu Doreen. »Gehen wir.«

Die Hauspolizistin war nicht gewillt, ihre Opfer so einfach gehen zu lassen und bemühte sich, schneller als die beiden Detektive zur Eingangstür zu watscheln. Mit einem empörten Schnaufer hielt sie die Klinke fest und stemmte ihre Füße gegen den Betonboden. »Was glauben Sie? Lebt die arme Kleine noch?« Speichelbläschen sammelten sich in ihren Mundwinkeln.

»Frau Wagner, bitte.«

Doreen bewunderte Norberts unerschütterliche Ruhe. Wie der sprichwörtliche Fels in der Brandung stand er vor der Alten und wartete nachsichtig, bis sie sich zur Seite bequemen würde. Es dauerte endlose Sekunden, dann gab die Frau nach und machte einen winzigen Schritt nach links, so dass die beiden sich dicht an ihr vorbeizwängen mussten. Eilig entfernten sie sich von der zudringlichen Person.

Ein letzter Satz wehte ihnen hinterher und verfing sich an den herabtaumelnden Schneeflocken. »Oder denken Sie nicht auch, dass die arme Kleine längst tot ist?«

Die Haustür krachte ins Schloss.

längst tot ist

tot ist

tot tot tot tot tot tot tot

Das Wort wurde durchsichtig und verlor seine Bedeutung. Es bestand nur noch aus drei Buchstaben. T und o und noch einmal t. Nur drei Buchstaben.

Kleine Glitzersterne setzten sich auf Doreens Wangen und Nasenspitze und schmolzen zu winzigen Tränen. Gnädig deckte der weiße Teppich das triste Grau mit einer weichen Decke zu.

Das Schloss der Fahrertür von Norberts Klapperkiste war schon wieder eingefroren und natürlich lag das Enteiserspray im Handschuhfach.

Aber ein Mann von Welt wusste sich in solch einem Fall mit dem Feuerzeug zu helfen. Zumindest hatte Norbert das einmal irgendwo gelesen. Schlüssel kurz erwärmen und Zack – schon ließ sich das Schloss öffnen. Er schielte aus den Augenwinkeln zu seiner Kollegin. Bemerkte sie seinen Erfindergeist überhaupt? Doreen hatte die Arme um sich geschlungen und stierte vor sich. Auf ihren dunklen Haaren funkelten kleine Wassertröpfchen.

Die Dichtgummis klebten am Rahmen. Er riss an der Fahrertür und verfluchte die Scheißkälte. Im Innern des Eisbunkers beschlugen sofort die Scheiben. Norbert fingerte seine Zigaretten hervor und drehte gleichzeitig den Zündschlüssel nach rechts. Hustend sprang der Motor an. Doreen plumpste neben ihm auf den Sitz, warf einen resignierten Blick auf die Hand mit dem Glimmstängel und schnallte sich wortlos an. Das Gebläse begann wütend zu fauchen und der Scheibenwischer kratzte über die festgebackene Schneeschicht.

Norbert beschloss, im Innern des Wagens zu warten, bis die Frontscheibe aufgetaut war. Er würde nicht noch einmal aussteigen und den Wagen abkehren und Doreen würde das gewiss auch nicht für ihn erledigen.

»Ich schlage vor, wir fahren jetzt zu den Eltern von Ralf Beesenstedt. Ich habe zwar keine Ahnung, ob sie vormittags zu Hause sind, aber vielleicht haben wir ja wenigstens einmal Glück.« Er streifte den Aschekegel von der Zigarette.

»Mit welcher Geschichte willst du auftreten?«

»Ich erzähle das Gleiche wie eben. Es war schließlich nicht gelogen.«

»Na ja,«, Doreen wackelte mit dem Kopf, »aber auch nicht ganz ehrlich.« An der Innenfläche der Frontscheibe erschienen im unteren Teil zwei kegelförmige, durchsichtige Stellen, die langsam größer wurden.

»Alfred hat gesagt, er ist sich ziemlich sicher, dass der Täter im Umfeld des Mädchens zu suchen ist, dass er die Kleine kannte. Den Brief mit der Geldforderung sieht er nur als eine Finte, um die Ermittlungen in die Irre zu führen. Also befragen wir das Umfeld.«

»Die allwissende Frau Wagner konnte uns ja nicht viel weiterhelfen.« Doreen stellte sich ein kuscheliges Schaffell als Sitzbezug vor. Es kam ihr vor, als sei die Luft, die aus den Düsen zischte, schon ein bisschen wärmer als vorhin, aber es konnte auch Wunschdenken sein.

»Hat sie dich auch an einen überfressenen Pinguin erinnert?« Norbert grinste beim Sprechen und drückte seine Zigarette aus.

»Eher an eine Aaskrähe. Aber Vogel passt auf jeden Fall.« Doreen grinste zurück.

»Und nun lass uns losfahren.« Norbert ließ die beiden Wischerarme noch einmal über die Scheibe schrappen. Sie war fast eisfrei. Vorsichtig ließ er die Kupplung kommen und schlingerte aus der Parklücke.

36

Ein Reihenhaus in Zwickau Auerbach, eingezwängt zwischen ähnlichen Reihenhäusern. Es hätte einen neuen Farbanstrich nötig gehabt. Doreen und Norbert durchquerten den winzigen Vorgarten und blieben vor dem Klingelbrett stehen.

Beesenstedt.

Wieder ein runder, eisiger Metallknopf, wieder eine Wechselsprechanlage, wieder zögerte Doreens Finger einen Zentimeter vor der glatten Oberfläche. Wieder ein Déjà vu.

Die Frauenstimme, die diesmal aus dem Lautsprecher kam, war jedoch nicht schrill, sondern angenehm ruhig. Norbert stellte sich dazu eine ältere Frau mit weißen Korkenzieherlöckchen vor, eine gutmütige, sanfte Oma. Er sagte sein Sprüchlein auf und der Türöffner summte.

Ralf Beesenstedts Mutter kam ihnen ein paar Stufen entgegen. Sie war zierlich, nicht besonders groß und trug einen praktischen Kurzhaarschnitt. Energisch schüttelte die Frau ihnen die Hände und bat sie in die Wohnung.

»Lassen Sie die Schuhe ruhig an.« Mit einem kurzen Lächeln wartete sie darauf, dass die Besucher ihre Mäntel ablegten und ging anschließend voran in die Küche.

Norbert erklärte. Die gleichen Halbwahrheiten, wie bei dem ›Pinguin‹ vorhin.

Ralf Beesenstedts Mutter hörte aufmerksam zu, ohne ihn zu unterbrechen, nickte von Zeit zu Zeit und rührte in der Kanne. Doreen betrachtete das zerknitterte Gesicht. Diese Frau ließ sich so leicht nichts vormachen. Sie wirkte streng.

Die Geschichte ihres Kollegen näherte sich dem vorläufigen Ende. »Ich nehme an, Sie sind über alles informiert.« Norberts letzter Satz klang eher nach einer Frage, als nach einer Feststellung. Er wartete geduldig und auch Doreen schwieg. Wenn sie nicht übermäßig abgebrüht waren, verspürten die Angesprochenen fast immer einen starken Zwang, das Schweigen zu beenden, und begannen zu erzählen. Man stellte keine Fragen, sondern ließ sie zuerst einmal reden. Dann konnte man das Gespräch mit behutsamen Einwürfen steuern. Auch Ralf Beesenstedts Mutter erlag diesem Drang und begann zu sprechen.

»Ralf hat uns gleich am Sonntag angerufen, als er zurückgekehrt war. Er kommt ja sonntags immer zu uns, wissen Sie.« Sie schaute den beiden Zuhörern in die Augen. Sie wussten.

Norbert notierte sich in Gedanken die Frage nach der genauen Uhrzeit, ließ die Frau aber erst einmal weiter sprechen.

»Ralf hat überall herumtelefoniert, in der Hoffnung, dass Josephine vielleicht dort ist. Aber natürlich war das Kind nicht bei uns.« Wie mit kleinen Widerhaken krallte sich die Formulierung in Doreens Gedächtnis *natürlich war das Kind nicht bei uns.* Wieso ›natürlich‹? Aber sie schwieg und hörte weiter zu.

»Am Montag haben wir dann das Fernsehinterview gesehen. Wir hatten keine Ahnung, dass Agnes öffentlich auftreten und an den Entführer appellieren würde.«

Glaubten die Eltern des Stiefvaters überhaupt an einen Entführer? Noch eine Frage auf Norberts unsichtbarer Liste.

»Die Polizei war auch am Montag hier und hat uns befragt.« Frau Beesenstedt rührte weiter gedankenverloren in der bauchigen Kanne, fischte dann mit dem Löffel die Teebeutel heraus und goss ein. Aus den Augenwinkeln sah Doreen, wie Norbert sich vier gehäufte Teelöffel Zucker in die Tasse schaufelte.

»Am Dienstag hat mein Mann dann bei Agnes angerufen und Hilfe angeboten. Sie wollte nicht mit uns reden. Wir können ja auch nichts tun,« Frau Beesenstedt hob die Schultern, »aber wir wollten wenigstens der Form halber unseren Beistand anbieten. Ralf hat am Telefon gesagt, Agnes möchte in Ruhe gelassen werden und dass sie daran glaubt, dass Josephine wiederkommt, heil und unversehrt.« Die Schultern sackten wieder nach unten. Sie rührte schweigend. Der Redestrom schien fürs erste versiegt.

Norbert wartete noch ein paar Sekunden, ob sie weitersprechen würde und begann, als dies nicht geschah, mit seinen Fragen.

»Wissen Sie von dem Lösegeld?«

Die Frau nickte und seufzte, bevor sie sprach. »Ralf hat es mir erzählt. Gestern Abend am Telefon. Er hat uns heimlich angerufen. Agnes wollte nicht, dass es überhaupt jemand erfährt.« Sie schüttelte energisch den Kopf.

»Was hat Ihr Sohn genau erzählt?«

»Dass ein Brief des Entführers mit der Post angekommen sei. Sie sollten Lösegeld besorgen und wenn sie die Polizei informieren, stirbt Josephine.« Frau Beesenstedt rang nach Luft. »Wir haben ihm sofort Geld angeboten, aber er meinte, sie hätten das schon erledigt. Ich habe keine Ahnung, woher sie das Geld haben, aber eines weiß ich, Agnes hätte unser Geld sowieso nicht genommen.« Wieder schüttelte sie den Kopf. »Ralf hat gesagt, inzwischen weiß die Polizei Bescheid.« Sie hielt kurz inne und trank einen Schluck Tee. »Das kommt mir alles vor, wie ein Horrorfilm. Ich kann gar nicht glauben, dass das wirklich passiert. Die ganze Zeit denke ich, ich müsste gleich aus dem Traum erwachen und alles ist wie vorher. Mein Mann ist der Meinung, die Entführung ist nur vorgetäuscht.«

»Wo ist Ihr Mann jetzt?«

»Auf Arbeit. Wenn Sie ihn sprechen wollen, er kommt gegen vier heim.«

»Mal sehen, vielleicht kommen wir dann noch einmal vorbei.« Norbert wusste es selbst noch nicht. »Glauben *Sie* auch, dass die Entführung nur vorgetäuscht ist?«

»Wenn man es mit dem Verstand betrachtet, ja. Vom Gefühl her hoffe ich, nicht. Man soll die Hoffnung nie aufgeben.« Sie machte ihren Blick an Doreen fest. »Wer sollte denn gerade dieses Kind entführen? Zumal Ralf und Agnes kein großes Vermögen haben. Das ist unlogisch.« Jetzt wanderten ihre Augen zu Norbert. Er war der nüchtern denkende Mann hier. »Dann stellt sich mir allerdings die Frage, was *tatsächlich* passiert ist.« Sie rieb ihre Stirn. »Ich will es eigentlich gar nicht wissen.«

Doreen schloss kurz die Augen und nippte an ihrem Tee. Die aufsteigenden Dämpfe legten sich feuchtheiß auf ihre Lider. Es schmeckte nach Waldbeeren und Sommersüße. Norberts Stimme drang ruhig brummend an ihre Ohren. Sie öffnete die Augen wieder und sah gerade noch, wie Ralf Beesenstedts Mutter bei Norberts letztem Wort zusammenzuckte.

»Hatten Sie viel Kontakt zu ihrer Schwiegertochter?«

»Nein. Und ›Schwiegertochter‹ ist nicht der richtige Ausdruck, wirklich nicht.«

Norbert wartete geduldig. Da würde noch mehr kommen.

»Er hat sie ja erst vor knapp drei Jahren kennen gelernt. Wir sind nie richtig warm mit ihr geworden. Ich finde es heute noch schade, dass Ralf seine vorherige Freundin wegen Agnes verlassen hat, Mirjam war so ein liebes Ding. Er lässt sie mir nichts dir nichts sitzen, von heute auf morgen und verliebt sich in diese zugeknöpfte Person.« Die Mutter von Ralf Beesenstedt redete sich zunehmend in Rage und Norbert hütete sich, sie zu unterbrechen. Vielleicht kam doch noch etwas Interessantes zum Vorschein.

»Anfangs haben wir noch versucht, uns regelmäßig mit

ihnen zu treffen, haben sie am Wochenende zum Essen eingeladen aber es war Agnes nicht recht. Und nicht ein einziges Mal hat sie uns von sich aus eingeladen. Wenn sie hier waren, brachen sie nach kurzer Zeit wieder auf. Man konnte ihr nichts recht machen. Mein Essen schmeckte ihr nicht, unsere Geschenke für die Kleine waren nicht die richtigen. Zu teuer, pädagogisch nicht wertvoll, sinnloser Spielkram. Ich hatte immer das Gefühl, Agnes wollte am liebsten nichts mit uns zu tun haben.«

Kurze Pause.

Norbert nickte ihr aufmunternd zu. Hier sprach eine zutiefst enttäuschte Mutter.

»Mein Mann ist der Meinung, wir sollen uns nicht aufdrängen und sie in Ruhe lassen. Letztendlich kommt Ralf nun allein zu uns, immer am Sonntagnachmittag. Es tut mir Leid wegen Josephine, ich mag das Kind. Sie ist ausgesprochen wohlerzogen, ruhig, nicht so vorlaut, wie andere Kinder in dem Alter. Sie kommt mir manchmal vor, wie eine kleine Erwachsene. Na ja. Ich hoffe wirklich sehr, dass sie lebt und ihr nichts geschehen ist.« Noch einmal seufzte die Frau.

Die Frage nach Freunden und Bekannten von Ralf und Agnes hatte sich damit wohl erübrigt. Doreen glaubte inzwischen auch nicht mehr daran, dass Ralf und Agnes überhaupt Freunde hatten. Die kleine Familie schien sich selbst genug zu sein. Sie leerte die Tasse und sah zu Norbert, der ihr unmerklich zunickte und sich seitlich rutschend von der Sitzbank schob.

»Wie lange war Ihr Sohn am Sonntag hier?«

»Bis drei, kann auch halb vier gewesen sein. Genau weiß ich es nicht mehr.« Sie hob flüchtig die Schultern. »Ist das wichtig?«

»Nein.« Doreen erhob sich und folgte Norbert. Es konnte von Bedeutung sein, wenn man den Sohn in Verdacht hatte, etwas mit der Entführung zu tun zu haben. Aber das würden sie seiner Mutter bestimmt nicht auf die Nase binden. Wichtiger wäre, in Erfahrung zu bringen, wann Ralf Beesenstedt wieder im Findeisenweg angekommen war. Sie hätten sich bei ihm selbst erkundigen können. Die Frage war nur, ob seine Angaben der Wahrheit entsprachen. Doreen beschloss, im Auto ein bisschen darüber nachzudenken.

37

»Was hältst du von der Idee, erst einmal einen kleinen Snack einzunehmen? So etwas richtig Ungesundes, mit vielen Kohlenhydraten und vor Fett triefend? Ein bis mehrere Hamburger zum Beispiel?«

Doreen hatte den Mund schon zu einer scharfen Erwiderung geöffnet, machte ihn aber sofort wieder zu, als sie Norberts respektloses Grienen bemerkte. Er besaß tatsächlich die Frechheit, sie mit seiner Vorliebe für ungesundes Fast-Food zu necken. »Wenn *du* möchtest. Ich bin noch nicht hungrig.« Sie hatte zum Frühstück lediglich einen Joghurt gegessen. Das reichliche Abendbrot von gestern lag ihr noch schwer im Magen. Vielleicht lag ihr auch der Kinobesuch mit ›Azurauge‹ Röthig schwer im Magen.

Doreen stellte das Gebläse auf ›Fußraum‹ und streckte ihre Beine aus, damit sie ein bisschen warme Luft abbekamen. Ralf Beesenstedt kam ihr wieder in den Sinn. Er schien integer. Ein wenig schüchtern, zurückhaltend, ein Weichei, das unter dem Pantoffel stand. Und er hatte kooperiert. Natürlich trugen solche Typen kein Kainsmal auf der Stirn, aber Doreen vertraute ihren Instinkten. Und bei Josephines Stiefvater klingelten die Glöckchen nicht.

Norbert bremste sacht und bog rechts ab in Richtung Mac Donalds, zum Drive-in. Das Geplänkel vorhin war also nur zur Hälfte Neckerei gewesen. Seine Schwäche für vitaminlose und ballaststoffarme Speisen würde wahrscheinlich zeitlebens erhalten bleiben.

Das Auto hielt am Schalter. Er drehte den Kopf nach rechts und sah sie an. »Willst du wenigstens einen Salat?«

Sie nickte gottergeben und freute sich schon vor ihrem nächsten Satz über den Gesichtsausdruck, der gleich erscheinen würde. »Und einen Hamburger.« Wenn schon denn schon.

Norberts Unterkiefer klappte nach unten und es dauerte einige Sekunden, bis er der Stimme des Angestellten, die aus dem Lautsprecher plärrte, antwortete. Nach dem Erhalt ihrer Papiertüten fuhr er auf den Parkplatz, schachtelte sich zwischen zwei VW-Golf, fummelte seinen ersten – natürlich hatte er zwei – Hamburger aus der Tüte und begann verzückt zu mümmeln.

Doreen fand wie immer das Brötchen viel zu weich und das ›Fleisch‹, oder was immer das sein mochte, undefinierbar. Das Alibi-Salatblatt war durchweicht. Man musste gar nicht kauen. Nur mit der Zunge zerdrücken und runterschlucken, fertig war die Laube. Eigentlich die ideale Nahrung für zahnlose Opas. Man brauchte sich keine Sorgen um schmerzhafte Zahnarztbesuche zu machen, wenn einem im Alter die Zähne ausfielen. Es gab ja immer noch Mac Donalds, den Retter der Gebisslosen! Norbert war fertig, zerknüllte seine Tüte und warf sie schwungvoll auf den Rücksitz. »Ich werde Alfred noch einmal anrufen und fragen, was er von der Idee hält, die Großeltern von Agnes zu besuchen. Ob das überhaupt was bringen würde.«

»Wir müssten nach Bayern fahren.«

»Genau. Und deshalb möchte ich im Vorfeld erkunden, ob sich der Aufwand lohnt. Vielleicht hat Alfred noch Hinweise für uns.«

Es hörte sich für Doreen so an, als habe Norbert den Glauben an eine Rückkehr der kleinen Josephine endgültig verloren und wolle die Sache nur der Form halber zu Ende bringen. Ihr stümperhaftes Detektivspiel war von Anfang an sinnlos gewesen. Sein nächster Satz bestätigte ihre Annahme. »Ich weiß ehrlich gesagt, nicht mehr, was wir noch unternehmen können.«

Doreen betrachtete die halb volle Wasserflasche im Dosenhalter. Obwohl sie seit einer halben Stunde der zunehmend wärmer werdenden Luft im Innern des Autos ausgesetzt war, tummelten sich immer noch kleine Eisstückchen im Mineralwasser. Schluckte man sie hinunter, glitten sie im Zeitlupentempo die Speiseröhre hinunter. Mit Frostfingern berührten die durchsichtigen Eiswürfel die warme Schleimhaut. Man wusste immer genau, wo sich das Stück gerade befand. Sie trank einen Schluck und reichte die Flasche ihrem Kollegen, dem ratlosen Meisterdetektiv.

»Vielleicht sollten wir Josephines Schule aufsuchen und Lehrer und Mitschüler ausfragen.«

Norbert hob als Antwort auf ihren Vorschlag nur die Schultern und schnaufte kurz. Schon das Gespräch mit der altmodischen kleinen Sarah hätten sie sich eigentlich sparen können. Was sollte bei einer Befragung der Mitschüler oder der Lehrer noch Neues herauskommen?

»Wir können es versuchen.« Er zuckte noch einmal die Schultern. Das war nur noch Stückwerk, nur, um das Gewissen zu beruhigen. Was hatte er sich auch in diesen Fall einmischen müssen, das ging ihn doch alles gar nichts an. »Fahren wir zuerst mal ins Büro zurück. Ich rufe Alfred an, dann können wir immer noch in die Schule fahren.« Er schnallte sich an und überlegte dabei, wo seine Liste war.

Doreen schüttete noch einen Schluck Eiswasser in sich hinein und sah nach draußen. Noch immer tänzelten kleine Flöckchen spielerisch nach unten, als sei die Welt im Lot. Es hätte ein wunderbarer Wintertag sein können.

Im Büro blinkte der Anrufbeantworter. Zwei neue Nachrichten. Hartmut Röthig brummelte aus dem Lautsprecher.

Der Firmenchef bat um einen Termin zur Auswertung. Der zweite Anrufer war Ralf Beesenstedt. Er sprach leise und hektisch.

Erst als der Piepton das Ende der Nachricht signalisierte, bewegte sich Doreen, ging ganz langsam zum Tisch und berührte Norberts Arm. »Spiel das bitte noch einmal ab.«

Er erwachte aus seiner Erstarrung und drückte auf den Knopf.

38

Der Anrufbeantworter sagte noch einmal stockend die Uhrzeit. Zehn – Uhr – fünf – und – dreißig. Erneut wisperte Ralf Beesenstedt hastig seine Nachricht.

Doreen hatte das Bild eines Gejagten vor Augen, den Telefonhörer in der schweißnassen Hand, der sich in einer Telefonzelle nervös nach seinen Verfolgern umsah.

Es waren nur wenige Sätze, dann piepste der Anrufbeantworter sein Signal, dass die Nachricht zu Ende sei und schaltete sich mit einem Klicken ab.

Norbert sprach als Erster. »Eigentlich ist das doch genau das, was wir alle erwartet haben, oder?«

Doreen dachte an den ersten Entführerbrief. Sie hatte das Wissen um den Inhalt verdrängt, aber die Satzfetzen waren noch da und tauchten wie auf Befehl wieder aus der Versenkung auf.

Geldübergabe morgen
zweiter Brief folgt
keine Polizei sonst stirbt Josephine

Zweiter Brief folgt. Der zweite Brief war nun also angekommen. Alles schien genau nach den Vorstellungen des Entführers abzulaufen.

Josephines Stiefvater hatte auf das Band geflüstert, er wolle ihnen wenigstens Bescheid sagen, auch wenn sie nichts tun könnten. Der besagte Brief sei vorhin im Briefkasten gewesen und das Lösegeld solle heute Nachmittag – um fünfzehn Uhr genau – durch Agnes auf der Autobahn A 72 am Rastplatz Vogtland Nord in einer Mülltonne deponiert werden. Josephines Mutter werde momentan von der Polizei instruiert, damit bei der Geldübergabe alles nach Plan ablaufe. Sein letzter Satz klang wie ein geflüstertes Mantra.

»Ich hoffe so sehr, dass alles gut geht, so sehr.« Dann war Schluss.

Norbert hätte zu gern den Brief gesehen, ihn in den Händen gehalten, das Papier befühlt, die aufgeklebten Buchstaben betrachtet. Eine gläserne Knospe schob sich aus dem dunklen Boden seiner ruhelosen Gedanken. Vielleicht gab es doch noch Hoffnung. Er setzte sich auf seinen knarrenden Stuhl, faltete die Hände und dachte nach. Für Doreen sah es aus, als wolle er beten. Sie ließ ihn ein paar Minuten in Ruhe und beschäftigte sich damit, das Kaffeegeschirr wegzuräumen. Die Post von gestern und heute lag auch noch ungeöffnet auf ihrem Schreibtisch.

»Mensch, Mensch, Mensch. Das Lösegeld soll heute übergeben werden. Und wir können nichts tun. Herr Beesenstedt hat auch nichts davon gesagt, ob die Summe, die sie beschafft haben, reicht, oder ob das nur die erste Rate sein soll. Was könnte man denn jetzt noch unternehmen ...« Norbert angelte sich die Aschenbecher-Untertasse und brannte sich eine Pall Mall an. »Hältst du es für sinnvoll, wenn ich Alfred noch einmal belästige?«

Dies war keine rhetorische Frage. Es musste schon eine erstaunliche Ratlosigkeit in ihm herrschen, dass er seine Kollegin um Rat fragte, was zu tun sei.

»Schaden kann das nichts. Mach es ruhig.« So hatte er wenigstens das Gefühl etwas zu unternehmen und vielleicht wusste der Freund Rat.

»Heute früh hat er gesagt, wir sollen das Umfeld befragen. Ich könnte ihm von unserem Besuch bei der Hauspolizistin erzählen und von dem Gespräch mit Ralf Beesenstedts Mutter.« Er schien noch immer unsicher. Bläulich weiße Spiralen aus Zigarettenrauch kringelten sich zur Decke. »Und ich könnte ihn fragen, ob es sinnvoll ist, die Eltern von Agnes Möller in Bayern aufzusuchen.« Er griff zum Telefon.

Norbert hatte das Gespräch beendet und hielt den Hörer abwägend in der Hand. »Na ja. Nun bin ich auch nicht viel schlauer, als vorher. Alfred hat gesagt, wir sollen es bleiben lassen. Vielleicht hat er Recht.«

»Wir könnten uns noch Josephines Schule vornehmen.« Doreen fand auch, dass Alfred Recht hatte. Aber es fühlte sich auch nicht richtig an, einfach so aufzuhören. *Aufzugeben*, war wohl eher der richtige Ausdruck. Mittendrin aufzugeben.

Und was würde geschehen, wenn sie nichts mehr unternahmen? Der Nachmittag käme herangeschlichen. Sie würden alle fünf Minuten zur Uhr schauen. Doreen konnte die Zeiger bildlich vor sich sehen. Der kleine zwischen zwei und drei, der große schlich von Zahl zu Zahl, der zwölf entgegen. Hin und her schwang das Pendel.

TICK

TACK

Josephines Mutter mit dem Lösegeld auf dem Weg zu der Autobahnraststätte. Sie war zu früh da. Agnes Möller in ihrem Auto, an den Nägeln kauend. Würde ihr Kind zurückkehren? Unversehrt? Doreen wischte das Bild der verzweifelten Mutter beiseite. Genau so würde es ihr und Norbert heute Nachmittag zumute sein, ihre Gedanken würden die ganze Zeit um die Geldübergabe und mögliche Konsequenzen kreisen. Die Befragung von Lehrern und Mitschülern könnte sie beide ein wenig ablenken. Und schon deshalb war sie dafür, Josephines Schule zu besuchen.

»Ach, ich weiß nicht.« Norbert seufzte noch einmal. »Das kommt mir alles irgendwie sinnlos vor.«

»Es wäre ein Abschluss.« Sie sah in seine wasserblauen Augen. »Wir fahren zur Schule, sprechen mit Lehrern und

Mitschülern und ziehen dann einen Schlussstrich, in Ordnung?«

»Meinetwegen.« Er nickte wie ein bejahrter Eisbär. Doreen nickte auch. Schneller als ihr Kollege. Sie schaute zur Kaffeekanne. Das Wasser war durchgelaufen. Sie würden jetzt erst einmal Kaffee trinken. Sie tranken zu viel Kaffee. Das war nicht gesund. Egal. Sie erhob sich und holte das Geschirr.

Das Gebräu schmeckte bitter. »Wollen wir uns telefonisch in der Schule ankündigen?« Er blickte hoch.

»Wäre sicher nicht schlecht. Mach du das.« Norbert würde darauf achten, was er sagte und keine Insiderinformationen ausplaudern. Hartmut Röthig fiel ihr wieder ein, der Mann mit den Schaufelhänden. Sie konzentrierte sich für einen Moment auf Norberts Worte. Er sprach sachliche, kurze Sätze mit seiner Dienststimme.

Dann drifteten ihre Gedanken wieder ab. Sie musste ›Bärentatze‹ nachher heimlich anrufen. Doreen überlegte kurz. Heimlich war nicht das richtige Wort. Es klang verrucht.

Anrufen, ohne, dass Norbert zuhörte. Das war besser. Vielleicht hatte der Mann mit den azurnen Augen Lust, heute Abend wieder mit ihr essen zu gehen. Diesmal würde *sie* zum Angriff übergehen. So viel war sicher. Doreen betrachtete ihre dunklen Augen im Spiegel über dem Waschbecken und zwinkerte sich mit dem rechten Auge zu.

»Wir können jetzt gleich hinfahren. Ich habe mit der stellvertretenden Schulleiterin gesprochen.« Doreen sah Norbert im Spiegel näher kommen. »Eine sehr nette Frau.« Er drängelte sich neben sie, schob seine Uhr nach oben und wusch sich die Hände, während er weiterredete. »Es ist jetzt zehn vor eins. Wir müssen uns beeilen, damit wir es zur nächsten Pause schaffen. Da sind die meisten Lehrer noch anwesend.«

Doreen trocknete sich die Hände ab und reichte das Handtuch an ihn weiter. »Willst du auch die Mitschüler befragen?«

»Nicht unbedingt. Wir waren ja schon bei Josephines Freundin, Sarah und das hat nichts gebracht.« Er schnaufte und erinnerte sich an Doreens Worte von vorhin.

»Wir fahren zur Schule, sprechen mit Lehrern und Mitschülern und ziehen dann einen Schlussstrich.«

Genau das war es, ein sinnloses Unterfangen, Beschäftigungstherapie, um das Gedankenkarussell abzulenken. Danach konnte er sich einreden, alles Menschenmögliche getan zu haben und das Gewissen war ruhig. Oder auch nicht. Norbert nahm Mantel und Schal vom Garderobenhaken und wickelte sich ein.

39

Das schrille Kreischen einer Herde wild gewordener Kinder hallte von den Wänden der Neubauschule wider. Sie hasteten und tobten zu den Ausgängen, ohne auf die beiden Fremden Acht zu geben. Sie eilten davon, um Zwängen und Disziplin zu entfliehen. Es hatte geschneit und man konnte so viele aufregende Dinge mit dem frisch gefallenen Schnee anstellen.

Norbert ging dicht an der bis in Augenhöhe fettig oliv gestrichenen Wand entlang. Doreen hielt sich direkt hinter ihm. »Da.« Er zeigte nach rechts. »Das Sekretariat.« Direkt über der zitronengelb gestrichenen Tür tickte eine große Bahnhofsuhr vor sich hin. Es war zehn nach eins.

Norbert klopfte und wartete, das Ohr dicht an der Tür, um die Aufforderung hereinzukommen, nicht zu überhören. Als nichts geschah, polterte er noch einmal an die Sperrholzplatte und öffnete dann die Tür. Drei Schritte hinter dem Eingang befand sich ein mannshoher Tresen, an dem eventuelle Bittsteller, Schüler oder deren Eltern warten mussten, bis man sich ihnen zuwandte. Der Zerberus dahinter saß an einem Computer, die Brille auf Halbmast, und hämmerte in die Tasten, als handele es sich um eine mechanische Schreibmaschine. Die Frau erinnerte an Ursel Wagner. Die Sekretärin ließ die Besucher einen Moment warten. Schließlich konnte eine viel beschäftigte Person wie sie sich nicht von jedem Dahergelaufenen ablenken lassen. Norbert geduldete sich, bis sie sich auf ihrem ergonomischen Drehstuhl halb zu ihnen wendete und den dicken

Mann und seine hübsche Begleiterin über die Brille hinweg musterte. Er erklärte ihr, dass er vor einer halben Stunde angerufen und mit der stellvertretenden Schulleiterin einen Termin vereinbart habe.

Doreen amüsierte sich im Stillen über seine gestelzte Sprechweise.

Der Zerberus schien geblendet, telefonierte kurz ins Nachbarzimmer – sie hätte auch aufstehen und rübergehen können, dachte Doreen, aber das hier wirkte bedeutsamer – und deutete dann hoheitsvoll nach rechts auf die Tür.

Die stellvertretende Schulleiterin, eine nette, mütterlich wirkende Dame mittleren Alters, hörte sich Norberts Erklärungen an, ohne ihn zu unterbrechen und nickte nur ab und zu knapp. Die Darlegungen schienen ihr einzuleuchten. Sie wirkte nicht übermäßig neugierig. Die Polizei war Anfang der Woche in der Schule gewesen und da der Schulleiter erkrankt sei, habe *sie* sich um alles gekümmert. Sie verfolge den Fall, soweit es ihr möglich sei. Die Mitschüler von Josephine seien natürlich besonders betroffen und deshalb hoffe sie sehr, dass sich der Fall schnell aufkläre. Ob man schon Näheres wüsste? Sie hob fragend die Augenbrauen.

Norbert druckste ein paar Floskeln heraus und verschwieg die beiden Entführerbriefe. Sie begnügte sich mit seinen lapidaren Äußerungen.

Selbst konnte sie ihnen nicht viel zu Josephine sagen, an der Schule seien mehr als sechshundert Kinder und wenn man nicht in den Klassen unterrichte, kenne man die Schüler nicht näher. Sie hatte aber schon einen Stundenplan der Klasse 3b herausgesucht und die entsprechenden Lehrer aufgeschrieben. Norbert hatte sich aus den Eintragungen in Josephines Hausaufgabenheft eine Liste angelegt und machte nun hinter den Namen der Lehrer, die noch anwesend waren, ein Sternchen.

Die Klassenlehrerin hieß Frau Rötel. Sie sei im Lehrerzimmer und warte auf die beiden Detektive. Die aufmerksame Stellvertreterin hatte die Besucher bereits angekündigt und die Kollegin gebeten, zu warten. Eine umsichtige Person, dachte Doreen.

Ein Mann öffnete die Tür des Lehrerzimmers, musterte sie kritisch und ließ sich erklären, was sie wollten. Dann schloss er die Tür mit einem lapidaren »Moment« wieder. Frau Rötel erschien gleich darauf. Obwohl sie klein und sehr hellhäutig war, erinnerte sie Doreen an ihre Mutter. Vielleicht waren es die knappen, beherrschten Gesten, vielleicht der Gesichtsausdruck. Sie war sich nicht sicher. *Ich müsste sie mal wieder anrufen.* Im täglichen Einerlei verschob sie solche Routinegespräche gern von einem Tag zum nächsten.

Josephines Klassenleiterin bat die beiden in ihr Vorbereitungszimmer, einen kleinen, spartanisch eingerichteten Raum. Sie setzten sich im Dreieck an einen zerkratzten Tisch und Norbert begann routiniert, seine Geschichte abzuspulen.

Da sie, wie so oft, selbst keine Uhr trug, versuchte Doreen, unauffällig auf seine Armbanduhr zu schielen. Wenn er nur nicht ständig gestikulieren würde! Seine linke Hand fuhr auf und ab, vollführte komplizierte Drehbewegungen und wackelte abwägend. Schließlich erhaschte sie einen Blick. Halb zwei.

Ob Josephines Mutter schon losgefahren war? Eineinhalb Stunden vor der Geldübergabe? Doreen fuhr in Gedanken die Strecke von Neuplanitz bis zur A 72. Es waren ungefähr 15 Kilometer. Etwa 10 Ampelkreuzungen bis zur Autobahn-Auffahrt. Um diese Zeit war noch nicht mit Stau zu rechnen. Dreißig Minuten Fahrzeit, dann noch zwanzig Minuten bis zum Rastplatz Vogtland Nord. Agnes Möller musste kurz nach zwei losfahren, wenn sie nicht zu spät kommen wollte. In einer halben Stunde. Doreen fröstelte, obwohl der Raum gut geheizt war.

Sicher würde die Mutter schon eher aufbrechen. Sie sah die blonde Frau am Steuer irgendeines Kleinwagens, die Hände um das Lenkrad gekrampft, die Augen zusammengekniffen. Es musste eine entsetzliche Fahrerei sein.

Das Risiko, sich zu verspäten, würde sie mit Sicherheit nicht eingehen. Ob sie verkabelt war? Doreen stellte mit leisem Bedauern fest, dass ihre Kenntnisse von Lösegeldübergaben einzig aus Fernsehkrimis stammten und mit Sicherheit nicht der Realität entsprachen. Sie hatte, ehrlich gesagt, keine Ahnung, wie so was ablief. Und jetzt wollte sie auch gar nicht mehr darüber nachgrübeln. Sie konnte nichts dabei tun, außer zu hoffen.

Norbert unterhielt sich mit der Klassenlehrerin über Josephine. Seine Hände ruhten beide auf der Tischplatte. Es gab nichts aufzuschreiben, es gab nichts Ungewöhnliches, was der Klassenlehrerin aufgefallen wäre. Die Frau sprach leise, aber bestimmt.

»Josephine ist ein ruhiges Mädchen, immer sehr fleißig und vergisst selten etwas. Und wenn«, Norbert beobachtete, wie ihre grauen Augen aufleuchteten, »dann ist sie sehr zerknirscht, holt es unaufgefordert nach und zeigt es mir in der nächsten Stunde. Wenn doch nur alle so wären!« Frau Rötel atmete tief ein, ehe sie weiter sprach.

»Ein liebes kleines Mädchen, unsere Josephine, nur etwas zu still vielleicht. Sie hat nur eine Freundin in der Klasse, Sarah.« Doreen nickte ihr zu. Das wussten sie schon. »Die Jungs ärgern die beiden manchmal. Nichts von Belang. Wie Jungs in dem Alter eben so sind.« Ein entschuldigendes Lächeln. »Leider ist Josephine oft krank. Ich kann nachsehen ...«

Norbert rückte zur Seite, damit die Frau vorbeikonnte und beobachtete, wie sie ein großes Notizbuch aus dem Bücherregal nahm, an den Tisch zurückkehrte und darin blätterte.

»Ich habe die Fehltage vom ersten Halbjahr schon aufgerechnet.« Sie hatte die Seite gefunden und fuhr mit dem Finger die Zeilen bis zum »M.«

»Hier. Fünfunddreißig. Das ist sehr viel für ein halbes Schuljahr.« Frau Rötel schien selbst erschrocken über die hohe Zahl.

Doreen rechnete nach. Das waren insgesamt 7 Wochen. In einem halben Jahr. Dazwischen lagen ja auch noch Ferienzeiten. *Wirklich* viel. Sie schaute kurz zu Norbert und erwiderte seinen Blick. »Haben Sie auch aufgeschrieben, woran Josephine erkrankt war?«

»Nun, eigentlich sind die Eltern nicht verpflichtet, in ihrem Entschuldigungsschreiben den Grund der Krankheit zu nennen. Wenn *Sie* einen Krankenschein vom Arzt bekommen, erfährt ihr Arbeitgeber die Diagnose ja auch nicht, oder?«

Doreens ›Arbeitgeber‹ grinste für eine Millisekunde. Seine Kollegin brauchte nicht unbedingt einen Krankenschein. Trotzdem nickte er. Die Klassenlehrerin fuhr fort.

»Manche Eltern schreiben, das Kind hat Grippe oder Fieber oder Bauchschmerzen, manche nicht.« Sie schaute noch einmal in ihrem Notizbuch nach. »Es waren auch keine zusammenhängenden Zeiten, immer mal ein paar Tage und es gab immer eine schriftliche Entschuldigung. Einmal hatte Josephine sich den rechten Arm geprellt, daran erinnere ich mich. Sie kam schon nach einer Woche wieder in die Schule, damit sie nicht zu viel versäumte. Sarah hat dann für sie mitgeschrieben.«

»Haben Sie die Entschuldigungsschreiben aufgehoben?« Norbert hätte zu gern einen Blick darauf geworfen, aber die Klassenlehrerin schüttelte den Kopf. »Leider nein. Ich notiere, dass der Schüler entschuldigt ist und dann werfe ich sie weg. Der Papierkram nimmt sonst überhand. Ich hätte mir aber gemerkt, wenn etwas Ungewöhnliches dabei gewesen wäre. Es gibt Kinder, die schnell mal eine Grippe aufschnappen, Josephine gehört dazu.« Sie klappte das Buch zu und hielt einen Moment inne, ehe sie weiter sprach.

»Frau Möller kommt auch immer zu den Elternabenden. Manchmal ist sogar ihr Lebensgefährte mit dabei. Beim ersten Mal habe ich ihn mit ›Herr Möller‹ angesprochen.«

Das Kichern der Frau störte Doreen. Die Klassenlehrerin merkte davon nichts, sondern setzte ihren Monolog fort.

»Er sagt nie etwas und steht immer einen halben Meter hinter Josephines Mutter. Sie dagegen fragt mich bei jedem Elternabend nach den Zensuren und ob ihre Tochter sich ordentlich verhält. Na ja. Mehr kann ich Ihnen auch nicht sagen.«

Für Frau Rötel schien das Gespräch damit beendet. Ihr war nichts Besonderes aufgefallen und sie wollte nach Hause.

»Familiäre Probleme sind Ihnen also nicht bekannt?« Norbert hakte noch einmal nach. Alfred hatte gesagt, es sei am wahrscheinlichsten, dass es jemand aus dem Umfeld des Kindes gewesen sei.

»Nein.« Josephines Klassenlehrerin erhob sich und stellte das Notizbuch ins Regal zurück. »Nicht, dass ich wüsste. Eher kümmert sich Frau Möller zu viel. Es gibt Eltern in der 3b, die waren noch nicht ein einziges Mal in der Schule.« Sie blieb neben dem Tisch stehen und faltete die Hände. Zeit für den Feierabend.

Doreen und Norbert erhoben sich auch. Hier war nichts mehr zu holen. Norbert sah auf seine Liste. »Können Sie bitte im Lehrerzimmer nachschauen, wer von Josephines Lehrern noch da ist?«

»Gern, kommen Sie.« Die Klassenlehrerin griff sich Jacke und Tasche, schloss das Zimmer hinter ihnen ab und marschierte voran. Wieder mussten sie vor der Tür des Lehrerzimmers wie zwei ungebetene Bittsteller warten. Was mochten die Lehrer da drin Geheimes verbergen? Vielleicht wollten sie auch nur in Ruhe Kaffee trinken. Einen Kaffee hätte Doreen jetzt auch gern gehabt.

Die Tür schwang nach außen. Frau Rötel kam gestiefelt und gespornt, bereit zum Abflug, heraus. Hinter ihr erschien eine kleine, drahtige Frau mit Pferdeschwanz, die Norbert ihre Hand entgegenstreckte.

»Guten Tag, Ich bin die Sportlehrerin, Agathe Seidel.« Sie drückte kurz und kräftig zu.

Die Stimme passte zu dem durchtrainierten Körper mit den breiten Schultern. Sie war es gewöhnt, Kommandos zu geben, welche sofort, ohne zu murren ausgeführt wurden.

»Kommen Sie.« Agathe Seidel trabte voran. Es gab also doch Lehrer, die Fremde ins Allerheiligste hereinließen. Ihr kleiner, fester Hintern wackelte hin und her, der Zopf wippte bei jedem Schritt. Von hinten wirkte die Frau wie ein Teenager.

Norbert sah sich um. Quadratische Vierertische mit ungemütlichen Bürostühlen, an den Wänden Korktapete, über und über mit Aushängen, Plakaten oder Zetteln gespickt, auf den Tischen stapelten sich Berge von Büchern, Heftern und Akten. Hier müsste mal gründlich aufgeräumt werden. Es waren keine anderen Lehrer anwesend. Vielleicht war das der Grund, dass sie überhaupt hier drin sein durften.

»Bitte.« Agathe Seidel wies auf einen Tisch am Fenster. »Setzen Sie sich.« Sie nahmen Platz.

»Sie sind Privatdetektive, sagte mir Kollegin Rötel. Was kann ich für Sie tun?« Die Sportlehrerin sprach ein bisschen abgehackt.

Norbert warf sein Endlos-Erklärungs-Band an und gab sich Mühe, das hundertmal Wiederholte nicht langweilig klingen zu lassen. Doreen betrachtete währenddessen die Frau. Von vorn sah sie zwanzig Jahre älter aus. Tiefe Falten hatten sich in die von zuviel UV- Strahlung gegerbte Haut eingekerbt, das Gesicht war ledrig. Es fiel ihr schwer, das Alter der Frau zu schätzen. Der Körper war fünfunddreißig, das Gesicht fünfundvierzig und die Hände mit den knorrigen Fingern sechzig.

»Gut, Herr Löwe.« Agathe Seidels Blick wanderte zu der Kollegin des Detektivs. Untrainierter Körper, schlank zwar, aber verweichlicht. Sie wandte sich wieder an Norbert.

»Viel kann ich Ihnen auch nicht sagen. Josephine ist ruhig und diszipliniert, aber sportlich hat sie nicht viel auf dem Kasten. Keine Ausdauer, keine Kraft, kein Gefühl für Mannschaftsspiele.« Die Lehrerin ließ sich weiter aus und Doreen spürte, wie sie wütend wurde. *In deinen Augen ist sie scheinbar nichts wert.* Für diese engstirnige Ziege galt nur körperliche Leistung. Was die Kinder im Kopf hatten, ob sie klug oder musikalisch waren, war nicht von Belang. Sie versuchte ihren Zorn zu dämpfen. Jeder schätzt nur das, was er selbst besitzt.

Wer kein funktionierendes Gehirn hat – *Doreen grinste kurz* – kann es auch bei anderen nicht würdigen.

»Josephine ist oft krank.« Das wussten sie ja nun schon. Doreens Zorn kam schon wieder aus seiner Höhle gekrochen.

»Sie ist insgesamt ein empfindliches Kind. Sie stößt sich oft und hat dauernd blaue Flecken an Armen und Beinen. Dann hatte sie sich vor einiger Zeit den Arm geprellt. Ist vom Rad gefallen, hat sie gesagt. Josephine konnte sechs Wochen nicht am Sportunterricht teilnehmen und ich hatte zu tun, ihre Zensuren zusammenzukriegen.«

»Das kann ich mir vorstellen.« Norbert nickte der Frau verständnisvoll zu. Nie merkte man ihm irgendwelche Antipathien an und Doreen bewunderte ihn auch dafür.

»Mehr weiß ich auch nicht. Ich habe die Klasse erst letztes Jahr übernommen.« Agathe Seidel zupfte an ihrem Pferdeschwanz und schwieg.

»Vielen Dank, Frau Seidel.« Doreen und Norbert erhoben sich gleichzeitig mit der Sportlehrerin. Wieder eilte sie im Stechschritt voran. Die große Uhr in dem Kasten über der Tür zum Lehrerzimmer machte einmal TACK und dann begann die Schulklingel zu schrillen.

Doreen sah, dass es schon fünf nach zwei war und blieb stehen. Ihre Gänsehaut kam zurück.

Jetzt würde Josephines Mutter losfahren.

40

Agnes sah die schief aufgeklebten Buchstaben auf dem weißen Blatt hin und her wackeln.

Übergabe heute 15 Uhr

Grün blinkten die Leuchtziffern: 14:05 Uhr.

Die Ampel vor ihr schaltete auf Rot. Es war kalt im Auto. Agnes schwitzte.

14:06 Uhr.

Sie zwang ihren Blick vom hämisch funkelnden Ampelauge weg zu dem weißen Beutel auf dem Beifahrersitz.

kleine Scheine in einer Plastiktüte

Der Beutel sah so harmlos aus, eine alltägliche Einkaufstüte, weiß und unschuldig.

14:07 Uhr.

Sie wischte sich mit dem Ärmel über die Stirn. Noch immer fuhren die Autos auf der anderen Seite.

Übergabe heute 15 Uhr

Ihr über dem Pedal angewinkelter Gasfuß schmerzte.

Alles war vorbereitet, es waren keine Staus im Radio erwähnt worden. Die Straßen waren vom frisch gefallenen Schnee geräumt.

Grün.

Agnes trat hastig das Gaspedal durch und der Wagen machte einen Satz nach vorn. Im Rückspiegel sah sie, wie sich der Fahrer hinter ihr mit der Handfläche an die Stirn schlug. Sollte er sich aufregen. Was wusste dieser Schnösel schon. Sie hetzte davon.

Autobahnraststätte Vogtland Nord letzte Parkbucht

Der Geldübergabeort war gut ausgewählt. *Letzte Parkbucht.*

Agnes sah die letzte Parkbucht vor sich. Sie hatten schon mehrmals auf dem Rastplatz Vogtland Nord Halt gemacht. Kaum waren sie losgefahren, musste Josephine auch schon auf die Toilette. Es schien ein Reflex zu sein. Agnes bestand darauf, nur an Raststätten, und nicht auf irgendwelchen Parkplätzen anzuhalten. Nur hier konnte man sicher sein, dass die hygienischen Zustände wenigstens einigermaßen akzeptabel waren.

Vogtland Nord war verwinkelt. Die Tankstelle, dann das Rasthaus, mehrere kleine Straßen, Einmündungen, Abzweigungen. Das Ganze umgeben von Wald. Am hintersten Ende des Rastplatzes, dort, wo selten jemand parkte, sollte sie halten.

Legen Sie Tüte in Mülltonne

Das würde sie tun. Den Plastikbeutel mit den kleinen Scheinen in die Mülltonne legen. Deckel auf, Tüte hinein, Deckel zu.

Im zweiten Entführerschreiben hatte nichts davon gestanden, wie und wo Josephine wieder auftauchen würde, nur die Einzelheiten zur Geldübergabe. Normalerweise musste ein Entführer ja erst einmal prüfen, ob die geforderte Summe auch enthalten war. Er musste das Geld abholen und die Scheine zählen.

Die Polizeibeamten hatten versucht, Agnes darauf vorzubereiten, dass es auch anders enden konnte. Die Psychologin hatte etwas davon geschwafelt, dass man sich gedanklich auch damit befassen müsse, dass die Entführung nur fingiert und Josephine nicht mehr am Leben sei. Ralf schienen die Thesen nicht zu überraschen. Es hatte für Agnes den Anschein gehabt, als sei er zu dem gleichen Ergebnis wie die Beamten gekommen. Sie schnaufte verächtlich.

›Fingierte Entführung‹! Als ob ihr das nicht bewusst

war! Aber momentan wollte sie keinen Gedanken daran verschwenden. Jetzt kam es erst einmal darauf an, die Geldübergabe genau nach Plan durchzuführen.

Zwickau West.

14:25 Uhr.

Agnes gab Gas und versuchte, einen Laster zu überholen. Die alte Kiste zog nicht richtig. Wenn jetzt nichts dazwischenkam, wäre sie in zwanzig Minuten da. Zu zeitig.

Übergabe heute 15 Uhr

Die Beamten hatten gesagt, sie solle die Tüte nicht sofort in die Mülltonne werfen, sondern bis zum angegebenen Zeitpunkt warten. Der Entführer, *wenn es tatsächlich einen Entführer gab,*

würde ganz sicher nicht vor fünfzehn Uhr aufkreuzen, um es sich zu holen.

Vielleicht wartete er auch schon auf dem Rastplatz. So etwas schien Agnes eher wahrscheinlich. So ein Entführer ging doch kein Risiko ein. Im Brief hatte gestanden: *Nur Josephines Mutter, keine andere Person.*

Auf einem Autobahnrastplatz herrschte ein ständiges Kommen und Gehen. Autos hielten, Leute liefen umher, Fahrzeuge kamen an und fuhren ab. Keiner hielt sich länger als nötig auf. Man ging zur Toilette, rauchte eine Zigarette, streckte die Beine und setzte die Fahrt fort. Es würde nicht auffallen, wenn einer da zwei oder drei Stunden in seinem Auto saß und in der Gegend umherschaute.

Der gesamte Parkplatz Vogtland Nord wurde überwacht. Mehr wusste sie auch nicht; weder, wo die Polizisten sich aufhielten, noch wie viele von ihnen dort im Einsatz waren, nicht seit wann und nicht wie lange. Sie würden sie sehen, hatten die gesagt, falls sich eine Nachricht an der Mülltonne befand. Falls sie weiterfahren musste, irgendwo anders hin. Ein Handy war im Handschuhfach, die Nummer eingespeichert.

Sie solle losfahren und dann anrufen, aber nicht gleich vom Parkplatz aus. Der Entführer könne sonst vielleicht sehen, dass sie jemanden anrufe.

Losfahren und anrufen, die Nachricht durchgeben. Man war auf alles vorbereitet.

Die konnten sie sehen, aber Agnes würde die Beamten nicht erblicken. Sie wollte sie auch gar nicht sehen. Es wäre fatal, wenn man die Polizei sehen könnte.

keine Polizei, sonst stirbt Josephine

Wie würde ein Kidnapper reagieren, der bereits wusste, dass die Bullen von seinen Briefen informiert worden waren? Von diesem ›Scheiß-Detektiv‹, dem ›fetten Walross‹. Was hatte der Arsch sich einmischen müssen! Die Beamten gingen doch seit gestern Abend bei ihnen ein und aus. Tag und Nacht lungerte mindestens einer in der Wohnung herum. Das Telefon wurde abgehört. Der Entführer hatte nicht noch einmal angerufen. Er hätte bloß ihren Hauseingang beobachten müssen.

Sie war von Anfang an dagegen gewesen, dass der Detektiv und seine schweigsame, viel zu attraktive Gespielin überhaupt etwas erfuhren. Aber der sentimentale Ralf hatte gedacht, sie könnten ihnen helfen. Lächerlich das Ganze. Stattdessen hatte dieser hirnlose Provinzdetektiv die Bullen von dem Schreiben informiert.

keine Polizei, sonst stirbt Josephine

Der glatte Asphalt verschwamm vor ihren Augen. Agnes zwinkerte heftig, blinkte rechts und bremste.

41

»Weißt du, mir geht eins nicht aus dem Kopf.« Norbert kurbelte die Scheibe ein paar Zentimeter herunter und schnippte die Zigarettenasche hinaus.

»Josephine war oft krank, sieben Wochen in einem Schulhalbjahr. Sie hatte blaue Flecken. Sie hatte beim Einzug den rechten Arm gebrochen, dann war er geprellt. Sie war ernst und zurückhaltend, ängstlich darauf bedacht, keine, Fehler zu machen und hatte wenig Kontakte mit Gleichaltrigen. Ralf Beesensteds Mutter hat gesagt, sie komme ihr manchmal wie eine kleine Erwachsene vor. Hört sich das für dich nach einer normalen Zehnjährigen an?«

»Nicht so ganz.« Doreen dachte über die Definition einer ›normalen‹ Zehnjährigen nach. »Du hast Recht. Aber es lässt sich schwer in Worte fassen.« Ihr Blick schweifte nach draußen. Es hatte wieder zu schneien begonnen. Kalte Kristalle tänzelten durch die neblige Luft. »Ich möchte mal wissen, ob sie schon immer so war.«

»Das würde mich auch interessieren. Aber wie finden wir das heraus?« Norbert wollte seinen Zigarettenstummel auf den Schulparkplatz hinauswerfen, entschied sich aber dann, ihn im Aschenbecher seines Autos auszudrücken. Das Fenster ließ sich nur mühsam hochkurbeln. Der Frost machte auch dem Auto zu schaffen. »Wer könnte das wissen ...« Norberts Augen waren geschlossen. Er sprach mit sich selbst.

»Josephines Großeltern?« Bei Doreens Worten klappten seine Lider nach oben. Die Murmelaugen begannen zu leuchten. »Die Großeltern, aber natürlich.« Er runzelte die

Stirn. »Da hätte ich auch selber drauf kommen können!« Die Stirnfalten glätteten sich gleich wieder. »Lass uns ins Büro fahren und einen Plan machen!« Er schnallte sich an. Die Möglichkeiten waren noch nicht ausgeschöpft. Sie konnten noch etwas tun.

Doreens Lächeln, das wie auf ein Kommando bei dem Wort ›Plan‹ erschienen war, verschwand sofort wieder, als ihr Blick auf seine Armbanduhr fiel.

Fünf vor drei.

Die Gänsehaut drückte schmerzhaft an die Innenseiten ihres Pullovers.

Jetzt übergab Agnes Möller das Lösegeld. Doreen konnte zu der Situation kein Bild sehen. Ralf Beesenstedt hatte auf dem Anrufbeantworter im Büro nur die Nachricht hinterlassen, dass Agnes das Geld in einer Mülltonne deponieren solle. Fünfzehn Uhr, Raststätte Vogtland Nord. Mehr wussten sie nicht.

Graue Nebelschwaden, die über einen Hügel zogen, drängten sich in Doreens Bewusstsein. Schwarz gefiederte Vögel, die unheilvoll krächzten, ein Galgen. Unwirsch verscheuchte sie die Vorstellung. Jetzt reichte es, das war kein Horrorfilm. Und es konnte immer noch gut enden. Die Mutter hinterlegte das Geld und das Kind wurde freigelassen.

Im Moment konnten sie nichts tun und erfahren würden sie vorerst auch nichts. Sie musste auf andere Gedanken kommen. Etwas Schönes, Aufregendes.

›Bärentatze‹. Er wartete sicher auf ihren Anruf. Es gelang ihr nicht, die genaue Farbe seiner Augen heraufzubeschwören, ständig drängelte sich Norberts Wasserblau dazwischen. Das war ja noch schöner. Sie konnte sich nicht mal richtig daran erinnern, wie Hartmut Röthig aussah.

Man könnte sich für heute Abend erneut verabreden. Es musste nicht schon wieder das Kino sein, nur ein harmloses gemeinsames Essen. Doreen nickte sich selber Mut zu. Sie würde ihn anrufen, nachher gleich, wenn Norbert nicht im Zimmer war.

»Super!« Norbert bremste vorsichtig und deutete auf die Parklücke direkt neben der Schlecker-Drogerie. Voller Elan schwang er seine Beine aus dem Auto und knallte die Fahrertür zu. Doreen hatte Mühe, ihm auf dem glatten Gehweg zu folgen, so schnell schritt er aus. Die Lethargie war wie von Zauberhand verschwunden, er musste einen Plan machen und sich beeilen. Doreen folgte ihrem Kollegen, der wie ein Zwanzigjähriger die Treppen hoch spurtete und holte ihn an der Eingangstür zum Büro ein. Schwer atmend suchte er nach dem Schlüssel und sie betraten ihr gut geheiztes Büro.

»Ich schaue jetzt erst einmal nach der günstigsten Route nach Bayern. Herrsching hieß der Ort, glaube ich.« Norbert warf seinen Mantel und den Schal achtlos über den Garderobenhaken, marschierte zu seinem Schreibtisch und warf den Computer an. Er hatte es eilig.

Doreen wartete darauf, dass er den Atlas hervorholen würde, aber er starrte nur auf den Bildschirm und murmelte unmutig vor sich hin, weil es so lange dauerte. Das Modem quietschte und winselte unwirsch. Sie holte sich ein Mineralwasser und setzte sich ihm gegenüber. »Was machst du da?«

Norbert löste sich kurz vom Monitor und blickte sie an. »Den Routenplaner befragen.«

»Soll ich für dich Zigaretten holen?!«

»Würdest du das tun?« Er freute sich so offensichtlich, dass Doreen ein schlechtes Gewissen bekam. In Wirklichkeit hatte sie nach einem Vorwand gesucht, Hartmut Röthig anzurufen, ohne dass er es mitbekam.

Im Hinausgehen sah sie zur Uhr. Die Freude über die gelungene Scharade verflog schlagartig. Es war genau halb vier.

Wo mochte Agnes Möller jetzt sein? Und wo Josephine?

42

Fünf nach drei. An einem eisigen einunddreißigsten Januar. Agnes zwang sich, noch ein bisschen zu warten.

Die Sekunden flossen wie zäher Honig. Ihr Blick verließ die flackernden Ziffern der Autouhr und schweifte hinaus.

Der Schneeberg auf dem Deckel der Mülltonne war mit einem dumpfen Geräusch heruntergefallen, als sie die Tüte mit dem Geld hineingeworfen hatte. Die Tonne war vollkommen leer und sauber gewesen. So, als sei sie vorher gereinigt worden.

Sie war zu zeitig in der angegebenen Parkbucht angekommen.

Agnes war trotzdem nicht im Auto sitzen geblieben. Es kam nicht auf zehn Minuten an.

Sie hatte den Beutel fest mit der behandschuhten Hand umklammert. Nur nicht fallen lassen. Die Tüte war zentnerschwer. Hohnlachend fauchte der Eiswind in ihr Gesicht, als sie mit steifen Knien ausstieg.

Auf dem Rastplatz parkten nur wenige Autos, direkt vor der Raststätte. Im Vorüberfahren hatte Agnes sie gemustert und den flüchtigen Eindruck gehabt, in einem oder zwei von ihnen sitze jemand. Sie konnte sich auch täuschen. Die Polizei war nirgends zu sehen.

keine Polizei, sonst stirbt Josephine

An der Mülltonne war keine Nachricht gewesen. Sie war nicht überrascht.

Nach ihrer Vorstellung musste ein Entführer zuerst feststellen, ob die Summe stimmte und er nicht verfolgt wurde.

So war es in Filmen und Büchern und andere Vergleichsmöglichkeiten hatte sie nicht. Der Schnee auf den Rasenflächen ringsumher schien unberührt, keine Fußstapfen führten zur Mülltonne, keine Spuren in Richtung des nahe gelegenen Waldstücks.

Agnes fühlte Blicke in ihrem Rücken. Sie bohrten und stachen in die verkrampfte Muskulatur von Nacken und Schultern. Die Beamten hatten gesagt, sie seien da und beobachteten alles, auch wenn, sie nicht zu sehen waren.

Noch einmal war sie um die Mülltonne herumgelaufen, hatte sich dann wieder in ihr Auto gesetzt und den Motor angelassen. Die warme Heizungsluft erreichte ihr Inneres nicht.

Die Zahlen der Uhr höhnten.

Fünfzehn Uhr sechs. Kein Auto fuhr vorbei. Der Motor tuckerte leise vor sich hin. Sie stierte blicklos nach draußen. Die Situation schien ausweglos.

Was konnte eine Mutter jetzt noch tun? Sollte sie losfahren? Noch warten?

Agnes versuchte, logisch darüber nachzudenken, aber es war nicht leicht. Ihre Gedanken galoppierten wie wild gewordene Pferde umher und ließen sich nicht bändigen. Sie hatte den Anweisungen des Entführerbriefes Folge geleistet und das Geld mitsamt der Tüte in die Mülltonne geworfen, pünktlich um drei.

keine Polizei, sonst stirbt Josephine

Josephines Mutter knirschte mit den Zähnen. Das ließ sich nun nicht mehr ändern. Sie würde jetzt losfahren. Im Handschuhfach wartete das Handy darauf, dass sie die eingespeicherte Nummer wählte und Bericht erstattete. Sie würde also jetzt losfahren, anrufen und Bericht erstatten. Der Motor tuckerte. Die Heizung fächelte warme Luft auf Hals und Gesicht.

Agnes merkte nichts davon. Ohne etwas zu sehen, starrte sie auf das Armaturenbrett und stellte sich vor, wie es wäre, wenn Josephine plötzlich aus dem Waldstück rechts von ihr herausgelaufen käme, mit ausgebreiteten Armen auf das Auto der Mutter zulaufen würde, jubelnd, endlich frei zu sein, unversehrt. Ein wenig matt und erschöpft zwar, aber gesund. Die Müdigkeit würde sich geben. Alles wäre wie früher ...

Agnes Möller schüttelte den Kopf. Nonsens. Natürlich war Josephine nicht hier. Wie auch. Das wäre dumm von einem Entführer. Vielleicht würden sie bis morgen warten müssen.

Sie schaute zur Uhr. Fünfzehn Uhr elf. Es wurde Zeit, aufzubrechen. Auf der Fahrt konnte sie darüber nachdenken, wie es weitergehen würde.

Hoffnungslosigkeit schmerzte in der Kehle, drückte ihr den Hals zu, so dass sie kaum Luft bekam. Josephines Mutter schnallte sich an und fuhr los, mit der rechten Hand nach dem Mobiltelefon tastend.

Die Tränen, die über ihr Gesicht liefen, spürte Agnes Möller nicht.

43

»Hier, damit du die Bude noch mehr verräuchern kannst.«

»Vielen Dank.« Mit einem breiten Lächeln hielt er einen Ausdruck hoch. »Die Fahrtroute nach Herrsching. Es liegt am Ammersee, ganz idyllisch. Ich habe auch die Telefonnummer von Josephines Großeltern herausgesucht und angerufen.«

»Was hast du vereinbart?« Doreen schob die Untertasse näher an seine rechte Hand. Sie mussten sich endlich einen ordentlichen Aschenbecher zulegen. Den Glauben daran, dass Norbert bald wieder damit aufhören würde, im Büro zu rauchen, konnten sie sich beide abschminken.

»Es ist so.« Er holte tief Luft. »Das sind fünfhundert Kilometer bis da runter. Wir fahren also mindestens fünf bis sechs Stunden. Wenn wir schon einmal in dem Ort sind, wo Agnes Möller früher gelebt hat, will ich auch gleich noch ein paar Nachbarn befragen und das dauert seine Zeit. Deshalb müssten wir morgen gleich früh beginnen und gegen Abend zurückfahren.«

»Ist in Ordnung.« Doreen verstand nicht, wo das Problem war.

»Nun, ich will damit sagen«, er nahm noch einen tiefen Zug und fuhr fort »dass wir am besten gleich nachher losfahren. Ich habe mich schon um eine Übernachtung gekümmert.«

»Wir fahren nachher gleich los?« Doreen hatte Mühe, den Sinn seiner Sätze zu begreifen. Er wollte heute noch nach Bayern? Das war unmöglich. Hatte sie nicht eben, vor zehn

Minuten, mit dem Mann ihrer geheimen Wunschträume, dem Mann mit den Azuraugen telefoniert und hatte sich mit ihm für den Abend verabredet? Um neunzehn Uhr wollte er sie zu Hause abholen. Sie konnte nicht mit nach Bayern fahren, nicht heute Abend.

»Ist das sehr schlimm?« Der Ausdruck in Norberts Augen hatte sich zu dem eines ängstlichen Hundes gewandelt.

»Mensch Norbert. Du hättest mich wenigstens vorher fragen können.« Sie schüttelte ungläubig den Kopf. Manchmal war es wie verhext. »Du kannst doch nicht einfach über meine Freizeit verfügen, wie es dir beliebt. Ich habe auch noch ein Leben außerhalb des Detektivbüros.«

»Aber, ich ...«

»Nein, lass mich erst ausreden.« Sie machte eine missmutige Geste. Es half alles nichts, das musste er sich jetzt anhören. Danach würde sie ihm sagen, dass sie mitfuhr. Das Date mit ›Azurauge‹ musste verschoben werden. Er würde sie für launenhaft halten.

Doreen ließ sich, um die Form zu wahren, noch ein bisschen darüber aus, dass er über ihren Kopf hinweg entschieden hatte und erhob sich, um ein Mineralwasser zu holen. Er sollte ruhig noch einen Augenblick zappeln.

»Ich wusste nicht, dass du etwas vorhast.« Kleinlaut sprach er mit ihrem sehr geraden Rücken.

»Du hättest einfach fragen können.« Doreen suchte den Öffner. »Aber das ist nun auch egal. Ich werde mitfahren.« Sie konnte hören, wie er pfeifend Luft entweichen ließ. »Aber vorher müssen wir noch bei mir zu Hause vorbeifahren und ein paar Sachen holen.«

Norbert würde im Auto warten, während sie ihre Tasche packte und ›Azurauge‹ anrief. Das Schicksal war derzeit gegen eine Verabredung. »Morgen Abend sind wir zurück?«

»Auf jeden Fall, da kannst du dich drauf verlassen. Versprochen.« Norbert redete hastig. Das war ja gerade noch einmal gut gegangen. Hoffentlich überlegte sie es sich nicht noch einmal anders. Dass er vorhin auch Alfred noch angerufen, ihre Fahrt angekündigt und ein Treffen ausgemacht hatte, konnte er ihr unterwegs sagen.

»Ich wollte nur noch ein bisschen warten, ob jemand anruft.«

»Welchen Anruf erwartest du?« Sie hatte die absurde Vorstellung, Hartmut Röthig riefe an, um ihm mitzuteilen, dass er mit seiner Kollegin ein zweites Mal ausgehen wollte.

»Um drei war doch die Geldübergabe.« Er schaute mit gerunzelter Stirn auf seine Armbanduhr. Zehn nach vier. »Und es könnte ja sein, dass Josephine inzwischen wieder aufgetaucht ist.« Norbert glaubte selbst nicht daran.

»Denkst du, die würden uns gleich davon informieren?«

»Herr Beesenstedt vielleicht. Er hat doch auch angerufen, um uns das mit dem Lösegeld zu erzählen. Ich dachte einfach ...« Norbert winkte ab. »Fahren wir. Er hat meine Handynummer. Wir können im Auto die Nachrichten hören. Wenn die Kleine wirklich zurück ist, bringen sie das als Topnachricht.« Er schob seinen Stuhl nach hinten.

»Wo hast du eigentlich das Tagebuch?« Doreen bückte sich nach ihrem Schal, der aus dem Mantelärmel gefallen war.

»Habe *ich* das?« Norbert war schneller und reichte ihr das Kleidungsstück.

»Du hast gesagt, du willst reinschauen, und es mir dann zum Lesen geben. Ich glaube, es ist in deiner Tasche.« Sie zeigte in Richtung Schreibtisch und Norbert setzte sich, vor sich hin murmelnd, in Bewegung. »Da ist es!« Er hielt das rote Samtbüchlein hoch. »Nehmen wir es mit, du kannst es während der Fahrt durchblättern.«

Während er seine imaginäre Checkliste zum Verlassen des Büros durchging, befühlte Doreen das kleine, flaumige Buch. Sie hatte ein wenig Angst davor, hineinzuschauen, so, als öffne sich beim Aufschlagen der Seiten die Büchse der Pandora. Dann schalt sie sich eine Närrin. Dies war das Tagebuch eines kleinen Mädchens und hundertprozentig standen genau die gleichen Belanglosigkeiten darin wie in *ihrem* Kleinmädchen-Tagebuch.

»Fertig!« Norbert war soweit.

Vorsichtig ließ Doreen das Büchlein in ihre Handtasche rutschen und wandte sich zur Tür.

44

»Suchst du mal Radio Zwickau, bitte?« Norbert schnallte sich an. »Zehn vor halb kommen Kurznachrichten.« Er wartete auf das Röcheln des Motors. Es war immer wieder erstaunlich, wie die alte Kiste trotz der tiefen Temperaturen und der vielen Stadtfahrten doch zuverlässig ansprang. Doreen zog den linken Handschuh aus, drückte lustlos die Knöpfe und packte in Gedanken schon ihre Tasche. Währenddessen würde sie schnell Hartmut Röthig anzurufen. Und sie durfte nicht vergessen, die Pille einzunehmen. Ihr wurde heiß.

Norbert hielt in der Bosestraße und hatte schon eine Zigarette im Mundwinkel hängen, noch ehe sie ganz ausgestiegen war.

Die Haustür knarrte widerwillig und Doreen lief hinaus. Griesgrämig hatte der Himmel die grauschwarzen Gardinen zugezogen. Erst dreiviertel fünf und schon dunkel. Es wurde Zeit, dass der Frühling kam. Den Februar würden sie auch noch irgendwie überstehen. Sie warf ihre Tasche in den Kofferraum neben Norberts Trolley. Er hatte immer das Nötigste dabei, falls eine Observation ihn an einen anderen Ort führte und er nicht zu Hause übernachten konnte.

Im Innern des Wagens stank es nach kaltem Rauch. Doreen warf Mantel, Schal und Handschuhe auf den Rücksitz und schnallte sich an.

»War nichts im Radio.« Norbert lenkte lässig mit der linken, die rechte Hand lag entspannt auf dem Schaltknauf. »Keine Informationen über die Entführung oder die Geldübergabe. Hören wir um fünf wieder rein.« Er stellte die Musik lauter und gab Gas. »Staus haben sie auch keine gemeldet. Wenn alles glatt geht, sind wir spätestens zweiundzwanzig Uhr in Herrsching.«

Er warf einen kurzen Blick zu Doreen. Sie lehnte entspannt in ihrem Sitz und wirkte nachdenklich.

Norbert dachte darüber nach, was sie heute Abend vorgehabt haben könnte. Es musste doch eine Ursache geben, warum sie so ärgerlich gewesen war. Natürlich hatte er über ihren Kopf hinweg entschieden, aber es war nicht das erste Mal gewesen und sie hatte bisher immer Verständnis gehabt. Ein einsamer Fernsehabend zu Hause konnte nicht der Grund für ihren Unmut sein. Ihre gestrige Verabredung mit Hartmut Röthig fiel ihm ein. War es möglich, dass sie sich heute schon wieder mit dem Firmenchef hatte treffen wollen? Ein kleiner Schmerz begann hinter Norberts Stirn zu bohren und er beschloss, nicht länger darüber nachzudenken, mit wem Doreen sich traf, wenn er nicht anwesend war und was sie dabei alles erleben mochte. Ihm fiel ein, dass sie etwas vergessen hatten. Oder vielleicht hatten sie es auch nicht vergessen, das würde er gleich herausfinden.

»Sollten wir nicht heute im Laufe des Tages Herrn Röthig anrufen, um ein abschließendes Treffen zu vereinbaren?« Obwohl sein Blick auf die Straße gerichtet blieb, konnte Norbert aus dem Augenwinkel sehen, wie Doreen zusammenzuckte. Der kleine Schmerz hinter seiner Stirn hämmerte stärker.

»Das habe ich ganz verschwitzt, dir zu sagen.« Doreen bemühte sich, ruhig zu sitzen. Ihre Hände hielten einander im Schoß ganz fest. »Ich habe ihn schon angerufen und Bescheid gesagt, dass wir bis morgen Abend unterwegs sind.«

»Du hast ihn schon angerufen und Bescheid gesagt.« Wie ein Papagei wiederholte Norbert ihren Satz. Er musste gar nicht fragen, wann sie telefoniert hatte. Beim Zigarettenholen hatte sie von der Reise noch nichts gewusst und vorhin im Büro war er die ganze Zeit dabei gewesen. Es kamen also nur die zehn Minuten eben in Frage, als sie in ihrer Wohnung die Tasche gepackt hatte. Er glaubte nicht daran, dass es bei dem Gespräch um einen Termin in Sachen Thomas Bäumer gegangen war. *Jetzt hatte er richtige Kopfschmerzen.*

Doreen schwieg und schielte unauffällig zu ihrem Kollegen. Norbert schaute unerbittlich geradeaus. Über der Schläfe war ein Muskelstrang hervorgetreten und sein Unterkiefer war nach vorn geschoben. Er fuhr siebzig statt der erlaubten fünfzig.

Sie beschloss, ihn in Ruhe zu lassen. Er würde sich wieder beruhigen. Die Fahrt dauerte fünf Stunden, genug Zeit, um auf andere Gedanken zu kommen.

Sie schraken beide zusammen, als das Handy klingelte. Hektisch angelte Doreen auf dem Rücksitz nach ihrer Tasche und schüttete den Inhalt kurz entschlossen auf ihren Schoß. Norbert bremste und hielt nach einer Möglichkeit anzuhalten Ausschau.

Doreen drückte auf den Kopf. Die Stimme am anderen Ende kannte sie nicht. Irgendein Marius. Ob er den Detektiv Löwe sprechen könne. Sie blickte zu Norbert, formte mit den Lippen den Namen des Anrufers und beeilte sich, diesem zu versichern, dass er auch mit ihr über alles reden könne.

Marius erklärte, er wolle nur Bescheid sagen, dass man das rote Fahrrad gefunden habe, besser gesagt, man habe die Diebe gefunden. Patrick und David. Genau, wie sie es vermutet hatten. Also, eigentlich seien die Bullen denen auf die Schliche gekommen, er und seine Freunde hätten nur den Tipp gegeben.

»Und Patrick und David haben Josephines Fahrrad gestohlen?« Doreen meinte sich undeutlich an die Namen zu erinnern. Norbert hatte etwas in der Richtung nach seinem abendlichen Besuch bei den Jugendlichen im Buswartehäuschen erzählt.

So sei es, erklärte Marius. Norbert fuhr im Schneckentempo und spitzte die Ohren.

Sie hätten das gleich vermutet. Nachdem der Detektiv mit ihnen gesprochen hatte, waren sie den Sonntag noch einmal gemeinsam durchgegangen und seinem Kumpel war dann eingefallen, dass er Patrick und David gesehen hatte und dass nur diese beiden für den Diebstahl in Frage gekommen wären. Und da wären sie sich dann einig gewesen, dass sie die Polizei informieren müssten. »Tja, und dann haben wir das gemacht.« Marius schwieg und wartete auf ein Lob.

»Und *war* es Josephines Fahrrad?«

»Aber klar doch. Das Rad von der Kleinen, die entführt wurde. Wir haben beobachtet, wie die Bullen die Garage ausgeräumt haben, in der die Bande ihr ganzes Zeug versteckt. Der Oberbulle hat sich sogar bei uns bedankt.«

»Weißt du, ob die beiden etwas mit der Entführung zu tun haben?« Doreen atmete schnell.

»So viel wir mitbekommen haben, nein. Die haben wohl nur das Rad geklaut aber das Kind war nicht in der Nähe.« Marius sprach kurz mit jemandem und setzte dann fort. »Das ist ziemlich sicher, sagt Verena. Sie hat den Oberbullen persönlich danach gefragt. Das können Sie ihrem Kollegen so sagen.« Er wartete auf Doreens Reaktion.

»Ich werde ihm das mitteilen. Und danke, dass du uns angerufen hast.«

Doreen glaubte dem Jungen und seiner Freundin Verena. Marius verabschiedete sich. Sie drückte auf das Knöpfchen, legte das Handy zurück in die Handtasche und fasste das Gespräch zusammen.

Norbert schüttelte den Kopf. »So eine Scheiße.« Er gab Gas. »Ich meine nicht, dass das Fahrrad gefunden worden ist.« Doreen wusste, was er meinte.

»Ich frage mich, wo zum Teufel Josephine war, als diese Idioten das Rad gestohlen haben. In der Gartensiedlung?

Wieso zu Fuß? Und warum hat sie das Rad überhaupt dort abgestellt? Das muss doch einen Grund gehabt haben.«

»Wenn wir das wüssten ...« Doreen beendete den Satz nicht. Sie ahnten beide, was sie hatte sagen wollen. Norbert bog auf die Autobahn ab und dachte darüber nach, ob es sinnvoll war, zurückzufahren. Er entschied sich dagegen. Es gab nichts Neues zu tun dort für die beiden Provinzdetektive.

»Stört es dich beim Fahren, wenn ich das Licht anmache? Ich würde gern einen Blick in Josephines Tagebuch werfen.« Doreen sah ihn jetzt direkt an. Seine Zähne waren fest zusammengebissen. Er tat ihr ein bisschen Leid.

»Von mir aus.« Es klang resigniert.

Weich schmiegte sich das Buch in ihre Handfläche. Der dunkelrote Samt wirkte im schwachen Licht der Autobeleuchtung fast schwarz, das eingeprägte Goldherz schimmerte metallisch.

Bevor sie sich in den Inhalt vertiefte, blätterte Doreen die Seiten zögernd von vorn nach hinten durch, unschlüssig, ob sie tatsächlich alles der Reihe nach lesen wollte.

Josephine hatte jede Seite ordentlich beschriftet. Die Eintragungen begannen immer mit der Anrede »Liebes Tagebuch!« Daneben standen Ort und Datum. In der ersten Hälfte des Buches war die Schrift linkisch, ungelenk, gegen Ende wurde sie flüssiger. Runde, leicht nach links geneigte Buchstaben. Doreen konnte das Mädchen vor sich sehen, wie sie mit herausgestreckter Zungenspitze die wichtigen Ereignisse eines Kindertages säuberlich Buchstaben für Buchstaben in ihr Büchlein malte. Sie blätterte weiter. Auf manchen Seiten hatte Josephine Bilder gezeichnet. Flüchtig erfasste Doreen eine Sonnenblume, ein Haus mit Gartenzaun, mehrere Personen, kleinere und größere. Ob die Zeichnungen die Erlebnisse illustrierten oder nur schmückendes Beiwerk waren, würde sich zeigen, wenn sie den Text dazu las.

Doreen zwinkerte. Die Tinte auf dem elfenbeinfarbenen

Papier verschwamm, ihre Augen brannten und sie klappte das Buch zu.

Es war im Auto viel zu dunkel, um zu lesen. Vielleicht würde sie heute Abend im Bett noch ein wenig darin blättern, im Bett in einem Hotel am Ammersee. Ihr Blick schweifte nach draußen. Tiefblau leuchteten die Hinweisschilder an der Autobahn, wenn der Scheinwerfer sie anstrahlte.

»Gib mir bitte meine Zigaretten aus dem Handschuhfach.« Norbert reduzierte die Geschwindigkeit auf die vorgeschriebenen hundertdreißig Kilometer pro Stunde und streckte seine rechte Hand wartend in Richtung Beifahrersitz. Doreen fingerte eine Zigarette heraus und legte sie in seine Handfläche. Die Schachtel von heute Nachmittag war schon wieder halb leer.

»Danke.« Das Feuerzeug wanderte in die Plastikmulde unter der Handbremse, dann sah er seine Kollegin kurz an. »Gleich halb sechs. Hören wir mal, was die Nachrichten sagen.«

Atmosphärisch rauschte der Radiosender. Bald würde man gar nichts anderes außer diesem Knistern mehr hören können, sie waren schon zu weit entfernt. Die körperlose Stimme begann rasselnd zu sprechen. Wetter und Verkehr. Keine Schneefälle, kein Sturm, keine Staus. Sie würden ihren Zeitplan einhalten können.

Norberts Zigarettenstummel fiel aus dem Mundwinkel und Doreen sah, wie das glühende Ende in Zeitlupe auf die Fußmatte segelte. Das Auto schlingerte auf die linke Spur, bis er es wieder einfing. Sie versuchte, zu atmen, bekam aber keine Luft.

Im Fall der vermissten Josephine ist eine Lösegeldübergabe heute Nachmittag gescheitert.

Die leidenschaftslose Stimme klang jetzt aufgeregt und verstummte für eine Millisekunde, um gleich darauf, unterbrochen von Rauschen und Prasseln fortzufahren.

Wie erst jetzt bekannt wurde ...
... Entführer in einem Brief für die Freilassung des Kindes eine bestimmte Geldsumme gefordert. Die verlangte Summe wurde heute Nachmittag von ... Mutter des Mädchens ... an einer im Entführerschreiben genannten Stelle deponiert.
Im Anschluss daran fanden die Beamten ... jedoch ...
Die Polizei ...
Stille. Radio Zwickau war endgültig verstummt.

45

»Was zum ... Hast *du* das verstanden?« Norberts Stimme klang piepsig. Er räusperte sich.

»Nein. Die Geldübergabe ist gescheitert, das habe ich *sicher* gehört. Und dass die Mutter das Geld wie vorgegeben deponiert hat. Zum Schluss hat der Sprecher noch gesagt: Im Anschluss daran fand die Polizei jedoch ...« Doreen schüttelte den Kopf. »Was glaubst du, was sie gefunden haben?« Sie wandte sich zu Norbert. Seine Hände waren fest um das Lenkrad geklammert, die Knöchel traten weiß hervor.

»Ich will das gar nicht wissen. Nein, Doreen, das will ich *wirklich* nicht wissen.« Sein Kopf wippte auf und nieder, widerlegte seine Worte.

»Was machen wir denn jetzt?« Sie war ratlos. Ihr Gehirn weigerte sich, den Rest des Satzes, der im Rauschen des verblassenden Senders untergegangen war, zu ergänzen, es weigerte sich, überhaupt einen klaren Gedanken zuzulassen.

»Auf dem nächsten Parkplatz anhalten.« Norberts Kopf wippte noch immer. »Ich versuche jemanden anzurufen. Ob Ralf Beesenstedt uns Auskunft gibt?« Eifrig spähte er nach Hinweisschildern auf den nächsten Parkplatz. »Oder vielleicht seine Eltern ...«

Doreen ließ ihn reden, ohne zu antworten. Es war kein Gespräch. Er sprach mit sich selbst, um Klarheit in seine Gedanken zu bringen. Wie gerufen, tauchte ein blau leuchtendes Schild mit Parkplatzsymbol aus der Schwärze auf und Norbert fuhr langsamer.

Es war ein kleiner Rastplatz. Dunkel und unheimlich. Genau wie die Nachricht, die sie befürchteten.

Norbert stieg aus und begann sofort zu frieren. Sein rechter Arm verheddterte sich im Ärmel. Weißer Qualm quoll stoßweise aus seinem Mund und kräuselte sich durch die Finsternis, während er leise vor sich hin fluchte. Sein Bedürfnis, sich zu bewegen, war übermächtig und so trampelte er, mit dem Mantel kämpfend, von einem Fuß auf den anderen. Doreen ging um das Auto herum, seine Liste mit den Telefonnummern und das Mobiltelefon in der Hand.

»Wen rufst du an?«

Endlich hatte sich der störrische Mantel ergeben und Norbert zurrte seinen Schal fest. Sie hängte sich Schutz suchend bei ihm ein. »Agnes Möller oder Ralf Beesenstedt. Je nachdem, wer von beiden rangeht.« Seine Finger zitterten so stark, dass sie die Tasten des Telefons nicht trafen. Er versuchte es ein zweites Mal.

Doreen sah sich um. Dunkelheit.

»Herr Beesenstedt?« Er sprach hastig, jedes seiner abgehackten Worte war von einer kleinen Nebelwolke begleitet. Es sah aus, als trieben die kurzen Sätze davon und lösten sich allmählich auf. Sie wurden von der Schwärze aufgesogen und verschwanden.

»Hier ist Norbert Löwe. Wir haben eben im Radio ... Nein ... Ja. Entschuldigen Sie ... Aufgelegt.«

Sein Arm sank kraftlos nach unten. »Er hat gesagt, wir sollen sie gefälligst in Ruhe lassen und zwar ein für alle mal.«

»Was ist mit Josephine?« Doreen lehnte sich dichter an ihn. Ihre Bronchien waren wie zugeschnürt.

»Hat er mir nicht gesagt.« Norbert hielt kurz inne. »Er hat mir nur mitgeteilt, es reiche jetzt und ich solle nicht mehr anrufen.« Er schob den Unterkiefer vor. »Ich brauche eine Zigarette. Und dann rufe ich die Mutter von Herrn Beesenstedt an. Wenn die uns auch nichts sagen will, probiere ich es bei der Hauspolizistin, Ursel Wagner. Irgendjemand wird uns sagen, was schief gegangen ist.«

Doreen kam mit der Schachtel Pall Mall zurück. »Du könntest auch beim Sender anrufen und nach dem genauen Wortlaut der Nachricht fragen.«

»Das ist eine sehr gute Idee, Doreen. Darauf wäre ich gar nicht gekommen.« Er tätschelte ihre Schulter. »Du bist eine gute Detektivin. Ich rufe gleich die Auskunft an und frage nach der Nummer von Radio Zwickau.«

»Und ich muss mal, komme gleich wieder.« Doreen sah sich um.

Das mobile Toilettenhäuschen wirkte nicht sehr Vertrauen erweckend. Sie ging darauf zu, öffnete die blaue Tür und schloss sie gleich wieder. Für kein Geld der Welt würde sie sich in dieses stinkende, vollgeschmierte Plastikkabuff begeben. Ihr Blick wanderte zum Waldrand. Stumm und geduldig warteten die Bäume.

Doreen drehte sich nach Norbert um. Er hatte den Hörer unter das Ohr geklemmt, gestikulierte wild, Stift und Zettel in der Rechten.

Es ging einen kleinen Abhang hinauf. Der gefrorene Boden federte unter den Füßen. Ein trockener Ast streifte Doreens Gesicht. Mit jedem Schritt nahm die Finsternis zu.

Obwohl sie ihre Augen weit aufriss, hatte sie das Gefühl, blind zu sein. Doreen haderte mit sich selbst. Aber bis zum nächsten Rastplatz wäre es nicht auszuhalten gewesen.

Sie drehte sich in Richtung Parkplatz um, zog ihre Hosenbeine hoch, damit sie die Erde nicht berührten, öffnete den Reißverschluss und hockte sich breitbeinig hin. Satzfetzen wehten heran und zerstoben in der Nacht.

Doreen konnte Norbert in einer Lücke zwischen den Stämmen sehen. Er ging auf und ab und fuchtelte mit den Armen, seine Zigarette glühte wie das rot funkelnde Auge eines nachtaktiven Tieres. Die Dunkelheit machte das Bild unscharf.

Sie wurstelte ihre Hose wieder nach oben, ließ mit ein paar schlackernden Bewegungen die Beinröhren herunterrutschen und stolperte in Richtung Parkplatz. Fernsehsendungen über wahre Verbrechen kamen ihr in den Sinn, Wanderer, die im Wald unvermittelt auf eine halb vergrabene Leiche stießen, Menschen, die im Dunkeln über einen verwesenden Torso stolperten. Ein Zweig versetzte ihr einen Schlag ins Gesicht. Hektisch setzte sie die Füße voreinander wie ein Storch, um nicht an etwas Entsetzlichem hängen zu bleiben.

Norbert stand am Rand des Parkplatzes und spähte mit zusammengekniffenen Augen in die Schwärze. Zu seinen Füßen lagen drei halbgerauchte Zigarettenstummel.

»Da bist du ja.« Er schien erleichtert, sie wohlbehalten wieder zu sehen und fuhr, ohne Luft zu holen fort. »Josephine ist noch immer verschwunden, ich habe beim Radiosender nachgefragt, aber viel wussten sie auch nicht. Der Wortlaut der Nachricht wurde von der Polizei vorgegeben, Spekulationen sind nicht erwünscht. Demnach ist die Geldübergabe gescheitert. Die Mutter war an Ort und Stelle und hat das Geld, wie im Brief verlangt, hinterlegt.« Er machte eine Pause, um Luft zu holen. »In einer Mülltonne an der vom Entführer genannten Stelle.«

Doreen sah sich nach Mülltonnen um. Lediglich drei überquellende Papierkörbe waren in regelmäßigen Abständen aufgestellt.

»Das Geld wurde jedoch nicht abgeholt. Als die Polizei danach alles absuchte, fand sie ein weiteres Schreiben des Entführers.« Norbert sprach jetzt kurzatmiger. »Darin stand sinngemäß, er wisse jetzt, dass Agnes Möller entgegen seinen Anweisungen die Polizei eingeschaltet habe. Er habe sie jedoch eindringlich davor gewarnt. Das war alles.« Norbert atmete rasselnd ein und nahm sich eine weitere Zigarette, bevor er weiter sprach. »Der Entführer muss das Schreiben schon lange vor der Geldübergabe dort deponiert haben. Ich bin sicher, die Beamten haben den Rastplatz die ganze Zeit im Visier gehabt.«

»Was passiert denn nun?« Doreen wollte gar nicht grübeln. Keine Gedanken, leerer Kopf.

Norbert sah sie an. Ihre Augen waren genauso schwarz wie die sternenlose Winternacht.

»Die Polizei geht davon aus, dass Josephine längst tot ist. Das war ein inoffizieller Zusatz des Radiomoderators.«

Sie nickte nur. Aber natürlich, ganz gewiss. Das hatten sie doch schon längst geahnt, befürchtet, gewusst.

»Was nun?« Ihr Mund war trocken.

»Wir fahren trotzdem weiter. Josephine ist immer noch verschwunden, der Täter nicht bekannt. Vielleicht finden wir bei den Großeltern etwas heraus und wenn wir es zeitlich schaffen, treffen wir uns morgen vor der Rückfahrt noch mit Alfred. Ich habe ihn vorhin angerufen.« Norberts Zigarette glühte hell auf. Er wartete auf ihre Reaktion. ›Vorhin‹ war diffus. Es hätte auch gerade eben gewesen sein können.

Doreen spürte keine Entrüstung. »Ist gut. Fahren wir.«

46

Irgendwo schrillte ein Telefon. Es wurde lauter und drängender. Doreen driftete aus den Tiefen eines traumlosen Schlafes heran, sah sich den Hörer abnehmen und hineinsprechen, aber das Klingeln hielt an. Mühsam öffnete sie erst das eine und dann das andere Auge und sah sich um. Ein unbekanntes Zimmer mit einer scheußlichen Blumentapete, ein unbekanntes Bett. Auf dem unbekannten Nachttisch neben ihr bimmelte aufdringlich ein altmodisches Telefon.

Doreen nahm den Hörer ab und im selben Augenblick, als die munter zwitschernde Stimme ihr einen guten Morgen wünschte, fiel es ihr wieder ein.

Herrsching am Ammersee, die Pension.

Sie waren gestern Abend nach zweiundzwanzig Uhr hier angekommen. Die Wirtin, eine ältere Dame mit fröhlich wippenden lila Löckchen hatte noch ein spätes Abendbrot angeboten. Sie erschien Doreen wie eine Reinkarnation von Miss Marple. Weder sie noch Norbert hatten großen Hunger verspürt. Sie hatten eine Kleinigkeit gegessen und waren mit der Bitte, um halb sieben geweckt zu werden, auf ihre Zimmer verschwunden.

Die heitere Stimme von Miss Marple zwitscherte inzwischen weiter. Sie teilte mit, dass der Kollege schon unten sei und Kaffee trinke.

Norbert war also schon wach. Wie immer. Doreen ließ sich in die Kissen zurückfallen.

Auf dem Nachttisch lag ihre Bettlektüre, Josephines rotsamtenes Tagebuch. Nach ein paar Seiten waren ihr die

Augen zugefallen. Sie hatte es lustlos durchgeblättert und vor allem die sporadisch auftauchenden Zeichnungen betrachtet. Das Mädchen hatte Talent zum Malen.

Eine Mama mit einem Baby auf dem Arm, die Mama sah groß und stark aus, das Baby klein und rundlich. Sein Mund war zu einem großen runden ›O‹ geformt. So, als wolle es trinken, oder war erstaunt. Ein paar Seiten weiter lag das Baby in einer Wiege mit rosa Decke und hatte die Augen geschlossen.

Doreen hatte es nicht genau erkennen können, aber es hatte ausgesehen, als schlafe es. Ein niedliches kleines Ding. Es war sehr sorgfältig gezeichnet. Vielleicht das Geschwisterkind einer Freundin? Mädchen in Josephines Alter waren oft von Babys fasziniert. Der daneben stehende Text bezog sich nicht direkt auf die Zeichnungen.

Dann fand sie eine Skizze von Josephine selbst, mit Mutter und Stiefvater. Jedenfalls nahm Doreen an, dass die drei Personen, die da nebeneinander standen, Josephine, Agnes Möller und Ralf Beesenstedt waren. Das Mädchen hatte sogar den Schnurrbart des Stiefvaters naturgetreu gezeichnet. Die Mutter war ein bisschen größer als ihr Mann. Sie trug Absatzschuhe. Das Kind hatte gelbe Zöpfchen und trug ein Blumenkleid, es schaute ernst. Der Stiefvater lächelte ein wenig. Er und das Kind hielten sich bei den Händen. Ein anrührendes Bild.

Die Eintragungen dagegen waren belanglos. Schule, Zensuren, Wochenenderlebnisse, eine ausführliche Beschreibung, wie Josephine versucht hatte, selbst das Mittagessen für die Familie zuzubereiten. Es war nicht ganz gelungen, aber sie hatte sich sehr bemüht. Dass es Ärger wegen einer schlechten Zensur gegeben hatte, wie das Wetter war.

Keine Hinweise auf mögliche Entführer oder seltsames Benehmen von Verwandten. Ein einziges Mal hatte Josephine die Eltern ihres Stiefvaters erwähnt. Ralf Beesenstedt selbst kam gut weg. Er hatte dem Mädchen ab und zu kleine Geschenke mitgebracht und es getröstet, wenn es Krach mit der Mutter gab.

Insgesamt war es eine eher langweilige Lektüre. Als ihr auffiel, dass sie den gleichen Satz zum dritten Mal las, hatte Doreen Schluss gemacht. Morgen war auch noch ein Tag und die Nacht war kurz genug. Sie richtete sich auf, schwang die Beine aus dem Bett und nahm das weiche Büchlein in die Hand. Sie würde heute weiter lesen.

Mit glänzendem Gesicht und nach Rasierwasser duftend saß Norbert allein an einem der Tische. Seine Augen leuchteten, als Doreen die Treppe herunterkam. Er war wie ein Stehaufmännchen, immer nur kurze Zeit bekümmert, dann gewann sein fröhliches Naturell wieder die Oberhand. Seine Depressionen hielten nie länger als ein paar Stunden an.

Berge von Krümeln auf seinem Teller deuteten darauf hin, dass er schon reichlich gefrühstückt hatte. Doreen nahm Platz, und schon eilte die Dame mit den fliederfarbenen Korkenzieherlocken heran, eine chromglänzende Thermoskanne in der Hand.

»Eigentlich bin ich schon satt. Aber zur Gesellschaft esse ich noch ein Croissant mit.« Norbert griff nach dem Flechtkorb und hielt ihn Doreen hin. »Bitte schön. Hast du gut geschlafen?«

Sie war noch nicht in Stimmung, eine muntere Frühstücksplauderei mit ihm zu führen und nickte nur. Zuerst eine Tasse Kaffee, Treibstoff für ihren Motor, dann eins von den Croissants, dazu ein Frühstücksei. Danach würde sie sehen, ob ihr nach Reden zumute war.

Der Kaffee war stark, heiß und weckte die Lebensgeister.

»Stört es dich, wenn ich schon eine rauche?«

»Nein, ich bin fast fertig.« Das Essen schmeckte nach nichts.

Doreen goss Kaffee nach, während Norbert seine Pläne für den Vormittag erläuterte.

Zuerst würden sie die Eltern von Agnes Möller aufsuchen. Er hatte ihren Besuch bei seinem gestrigen Telefonat angekündigt. Danach könnte man noch das Umfeld sondieren und ein paar Nachbarn ausfragen. Für dreizehn Uhr waren sie mit Alfred verabredet. Der ›Profiler‹ hatte vorgeschlagen, sich an der Autobahn zu treffen, damit sie keinen Umweg fahren mussten. Anschließend würden sie sich auf den Heimweg machen.

»Alles klar.« Doreen zerdrückte die halbe Eierschale im Becher zu lauter kleinen Bröseln. »Siehst du eine Möglichkeit, vorher herauszufinden, ob es Neuigkeiten von Josephine gibt?«

»Ich könnte es noch mal bei Ralf Beesenstedt versuchen. Allerdings glaube ich nicht, dass er mit mir spricht. Wen könnte man noch anrufen?«

»Wir können doch nachher die Großeltern fragen. Sie werden mit Sicherheit auf dem neuesten Stand sein.«

»Gute Idee, Doreen!«

»Ist mir auch eben erst eingefallen. Für wann hast du uns angekündigt?« Sie schob ihren Stuhl nach hinten.

»Für neun Uhr. Halb fahren wir los.« Auch Norbert rutschte vom Tisch weg und erhob sich zugleich mit seiner Kollegin. Miss Marple eilte herbei, ein Geschirrtuch über dem Arm. Ihr ganzes Gesicht strahlte. Sie stellte sich ihnen in den Weg und vergewisserte sich, ob es auch wirklich geschmeckt habe, während ihre beiden Gäste sich Schritt für Schritt in Richtung Treppe zurückzogen.

Doreen sah sich in dem Zimmer mit der aufdringlichen Blümchentapete um. Den Kleiderschrank hatte sie gar nicht benutzt. Ein abschließender Blick ins Bad. Auch hier lag nichts mehr herum. Sie nahm Josephines Tagebuch vom Nachttisch, schob es in ihre Handtasche, legte Mantel und Schal über den Arm und verließ ihr Zimmer.

Norbert stand im ›Foyer‹, sortierte Geldscheine und ließ sich eine Quittung ausschreiben.

Während er sich den Weg zu der Straße erklären ließ, in

der die Eltern von Agnes Möller wohnten, wickelte Doreen sich warm ein und sah aus dem Fenster. Wer weiß, ob sie jemals wieder hierher kommen würde. Vom Ammersee hatte sie bis jetzt nicht mal einen Zipfel gesehen. Wahrscheinlich war er zugefroren und verbarg sich im Nebel. Im Sommer war das hier bestimmt eine idyllische Gegend. Norbert war fertig und sah auf die Uhr.

In der Nacht hatte es ein bisschen geschneit und der Schnee lag wie eine feine Schicht Puderzucker auf dem Auto. Irgendwo da oben, hinter all den schweren, depressiven Wolken war vor einer Stunde die Sonne aufgegangen, aber wenn man es nicht wusste, merkte man davon nicht viel. Trüb und grau lungerte der Tag vor sich hin und wartete lustlos auf den Feierabend.

Die Straße war glatt und Norbert fuhr sehr vorsichtig. Obwohl das Gebläse auf Hochtouren röchelte und keuchte, beschlug die Frontscheibe immer wieder von innen.

Sie brauchten nur zehn Minuten bis zu der Straße, in der Agnes Möllers Eltern wohnten. Es waren große Grundstücke mit Gärten, die Gegend wirkte dörflich. Norbert hielt direkt vor dem Eingangstor und machte den Motor aus. Sein Herz schlug schnell und unregelmäßig. So, als wisse es mehr, als er, als geschehe gleich etwas Bedeutendes, eine Vorahnung kommenden Unheils. Vielleicht waren es auch Herzrhythmusstörungen. Zu viele Zigaretten, zu wenig Bewegung.

Norbert versuchte, sich selber Mut zuzusprechen. Überraschungen waren hier nicht zu erwarten, sie befanden sich weit weg vom eigentlichen Ort des Geschehens und dies war ein Routinebesuch. Die Großeltern hatten nur am Rande mit der Entführung von Josephine zu tun, sie würden kaum zur Erhellung der Geschehnisse beitragen können.

Doreen wartete schweigend auf sein Zeichen. Er holte tief Luft und öffnete die Fahrertür.

»Dann mal los.«

Eine kleine Frau mit kurzen Haaren öffnete die Haustür und musterte die beiden Besucher am Tor mit ernstem Gesicht. Lange. »Herr Löwe?«

Norbert nickte. Die Stimme von Agnes Möllers Mutter war leise und durchdrang dennoch mühelos die Entfernung bis zu ihnen. Ein Brummen ertönte und er drückte das schmiedeiserne Tor auf.

Im Flur des Einfamilienhauses schälten sie sich aus ihren Hüllen. Hausschuhe gab es nicht. Norbert schielte auf seine schwarzen Socken, konnte jedoch zu seiner Zufriedenheit keine Löcher erkennen.

Mit einem knappen ›Bitte‹ marschierte Frau Möller voran. Ihr Mann saß im Wohnzimmer auf einem mächtigen alten Sofa und wartete geduldig auf die Ereignisse dieses Vormittags.

Sie nahmen Platz und bekamen unaufgefordert ein Glas Tee vorgesetzt. Hier schien ein strenges Regime zu herrschen.

Doreen versuchte, sich unauffällig umzusehen. Noch eine Wohnung, in der man vergessen hatte, die Weihnachtsdekoration zu entfernen. Englein, Pyramiden, ein geschnitztes Krippenspiel, dazu zwei zusätzliche Marien mit Jesuskindlein – als hätte *eine* Muttergottes im Stall zu Bethlehem nicht gereicht – Adventsgestecke, mit Goldglitter beklebte Kerzen. Räumte man nicht die ganze Dekoration nach dem sechsten Januar weg? Es schien Menschen zu geben, die sich schlecht von all dem heimeligen Kitsch trennen konnten. Es war ein Ersatz für echte Gefühle.

Norberts Worte glitten an ihr vorbei und Doreen dachte einen Augenblick lang darüber nach, wie oft er diese Geschichte jetzt schon erzählt hatte. Das Ende seiner Darlegungen war jedoch neu. Sie konzentrierte sich auf die Großeltern, während ihr Kollege zum Schluss kam.

»Wir haben gestern im Autoradio gehört, dass die Geldübergabe gescheitert ist und ich habe daraufhin Herrn Beesenstedt angerufen. Leider gab es bis gestern Abend keine Spur Ihrer Enkelin.«

Doreen bewunderte Norberts Raffinesse. In seinem Bericht hörte es sich tatsächlich so an, als habe *Ralf Beesenstedt* ihm am Telefon gesagt, dass Josephine noch immer verschwunden war. Bei der Erwähnung des Lebensgefährten ihrer Tochter hatten sich die Augen von Frau Möller kurz zusammengezogen, bevor sie wieder zu ihrem neutralen Gesichtsausdruck zurückkehrte. Ihr Mann saß wie ein Ölgötze auf dem Sofa, nicht ein Muskel regte sich in seinem Gesicht. Es schien, als interessiere ihn das alles nicht sonderlich, aber vielleicht verbarg er seine Gefühle auch nur hinter einer undurchdringlichen Maske, um sie nicht jedem zu zeigen. Männer mussten stark sein, jeder Situation gewachsen und immer wissen, was zu tun war. Vielleicht war er so einer.

Doreen wusste es nicht. Ein bisschen Besorgnis um das Schicksal seiner Enkelin hätte er sich, ohne das Gesicht zu verlieren, erlauben können.

Seltsame Leute. Josephines Großmutter wirkte kalt und unnahbar. Tiefe Kerben in ihrem Gesicht zeugten von jahrelanger Verdrießlichkeit, ihre Mundwinkel hingen frustriert nach unten. Ihr Mann, auch nicht viel größer als sie, schien fügsam und devot, ein Duckmäuser, genauso wie der Mann, den ihre Tochter sich ausgesucht hatte. Wie die Eltern so die Kinder.

»Gibt es denn inzwischen neue Nachrichten von Ihrer Enkelin?« Norberts Stimme klang dünn. Es war eine Formfrage. Solche Neuigkeiten hätten die Großeltern doch sicher als Erstes erzählt.

»Nein, nichts Neues.« Josephines Oma schüttelte energisch den Kopf. Sie war nicht zu einem ausgiebigen Gespräch aufgelegt.

»Sehen Sie ihre Enkelin oft?«

»Ganz selten. Vielleicht einmal im halben Jahr, seit sie weggezogen sind. Es ist zu weit weg und die Fahrt ist teuer.«

Teuer für wen? Doreen betrachtete die antiken Möbel. In der Auffahrt hatte ein Mercedes gestanden. Wenn sie sich richtig erinnerte, waren beide Eltern Rentner. Agnes Möller hatte keine Geschwister und ihre Eltern nagten nicht am Hungertuch. Es wäre ein Leichtes gewesen, Tochter und Enkelin von Zeit zu Zeit zu besuchen. *Wenn man das wollte.*

›Einmal im halben Jahr.‹ Es war nicht anzunehmen, dass sie viel über das jetzige Leben ihrer Tochter wussten.

»Und, als Ihre Tochter noch hier wohnte?« Norbert gab einfach nicht auf.

»Da haben wir uns auch nicht oft getroffen. Sie wollte ihr eigenes Leben führen.«

»Hatte sie Freunde hier im Ort, Leute, mit denen sie sich in der Freizeit traf?«

»Nein, Agnes ist sehr eigenständig. Sie mochte es nicht, wenn sich andere in ihre privaten Dinge einmischten.«

Doreen spürte, wie sie zornig wurde. Es war, als seien die Großeltern unbeteiligte Fremde und sähen sich einen spannenden Film an. Norbert blieb dagegen ganz der Fels in der Brandung, nichts schien ihn von seinem Fragenkatalog abzubringen. »Wo wohnte Ihre Tochter hier im Ort genau?«

»Zehn Minuten von hier.« Die Mutter zögerte einen Moment, dachte darüber nach, ob es nötig sei, die Straße zu nennen. Entschied dann, dass es gleichgültig war. »In der Hermannstraße sieben hat sie gewohnt.« Ihr Mund schloss sich, die Lippen wurden fest aufeinander gepresst. Das musste genügen, genug geredet.

»Tja, dann ...« Nun war auch Norbert mit seiner Kunst am Ende. Doreen schaltete sich in das ›Gespräch‹ ein. Er hatte etwas vergessen. »Wo lebt eigentlich Josephines Vater?«

Diesmal antwortete Herr Möller auf ihre Frage.

»Das wissen wir nicht. Wir kennen den Vater nicht, denn Agnes hat uns nicht darüber informiert. Sie war nicht verheiratet.« Er hatte eine überraschend tiefe Stimme. Die Großmutter presste ihre Lippen noch fester zusammen, so dass sie gar nicht mehr zu sehen waren. Doreen vermutete, dass es ihr peinlich war, peinlich zuzugeben, dass ihre Tochter ein uneheliches Kind hatte. Hier, in dieser ländlichen Gegend, wo man jeden Sonntag in die Kirche ging, galt es bei vielen noch immer als Schande, wenn eine junge Frau ein Kind bekam, ohne verheiratet zu sein.

Sie sah, wie Norbert auf dem Sessel nach vorn rutschte. »Dann werden wir jetzt gehen.« Er stand auf und griff nach einer Visitenkarte. »Rufen Sie uns bitte gleich an, wenn es etwas Neues gibt, die Handynummer steht unten links.«

Widerwillig streckte Agnes Möllers Mutter ihre Hand nach dem Kärtchen aus und nickte militärisch. Sie würde diesen nervtötenden Detektiv bestimmt nicht anrufen.

Die Haustür fiel ins Schloss. Kopfschüttelnd blieb Norbert auf dem Bürgersteig stehen und brannte sich eine Zigarette an. Sie hatten beide keine Lust, zu reden. Schweigend standen sie am Zaun, die Hände in den Taschen.

Sie waren an einem toten Punkt angelangt und diesmal endgültig. Ihr Können und ihre Intuition waren hier zu Ende. Weder Doreen noch Norbert hatten eine Idee, was sie noch hätten unternehmen können. Sie würden sich abschließend mit Alfred treffen und dann frustriert nach Hause zurückfahren.

Und weder Doreen noch Norbert hatten auch nur die Spur einer Vorahnung davon, dass sich die Ereignisse in wenigen Stunden überstürzen würden.

47

»Wir haben noch Zeit, lass uns ein paar Schritte gehen.« Norbert sprach leise.

»Ist gut.« Doreen hängte sich bei ihm ein. Vielleicht fegte die klare Frostluft ihre Köpfe rein.

»Warte mal bitte.«

Verblüfft verfolgte Doreen, wie Norbert den Fuß hob, um seine Zigarettenkippe an der Schuhsohle auszudrücken, diese anschließend in ein Tempotaschentuch einwickelte und in die Manteltasche steckte. Dann setzte er sich langsam wieder in Bewegung und zog sie mit sich.

»Wir werden beobachtet.« Er flüsterte und machte eine unmerkliche Bewegung mit dem Ellenbogen in Richtung des Hauses, an dem sie gerade vorbeigingen. »Ich möchte doch nicht in Schwierigkeiten kommen, weil ich den Fußweg verunreinige.«

Doreen sah die Gardine im ersten Stock wackeln. Es schien überall neugierige ›Ursel-Wagner-Typen‹ zu geben.

Das Fenster mit der wackelnden Gardine öffnete sich einen Spalt und eine Frau mit Spitzmausnase spähte heraus. »Hallo, Sie da!« Das ›Mausgesicht‹ zischelte heiser. »Warten Sie mal einen Moment!« Es war wie in einem billigen Agentenfilm.

Norbert war stehen geblieben. Er sah, wie das Fenster langsam geschlossen wurde und blickte Doreen mit hochgezogenen Augenbrauen an. »Kommt die Dame jetzt heraus, oder wie habe ich ›Warten Sie mal einen Moment‹ zu verstehen?«

Doreen zuckte als Antwort mit den Schultern und versuchte, über die Hecke aus mannshohen Lebensbäumen in den Vorgarten zu schauen. »Das werden wir bestimmt gleich merken.«

Zwei Meter neben ihnen quietschte ein ungeöltes Gartentor. Die ›Spitzmaus‹ entpuppte sich als große, magere Frau. Norbert musste zu ihr aufsehen.

Sie krümmte einen knochigen Zeigefinger wie die Hexe in Hänsel und Gretel, um die beiden Spaziergänger heranzuwinken. »Ich habe gesehen, dass Sie bei Möllers waren. Sind Sie von der Polizei?«

Doreen ließ ihren Arm aus Norberts Ellenbeuge gleiten und machte einen Schritt nach vorn.

»Wie kommen Sie denn darauf?«

»Nur so eine Ahnung.« Das ›Mausgesicht‹ kicherte geheimnisvoll, schob das Gartentor weiter auf und dirigierte ihre beiden ›Besucher‹ in den Sichtschutz der Hecke. Erneutes Kichern. »Muss ja nicht gleich jeder sehen, dass ich mit Ihnen spreche.« Sie deutete unauffällig in Richtung ihrer Nachbarn. »Waren Sie wegen dem Mädchen bei Möllers? Wegen ihrer Enkelin?« Ihre spitze Nase zuckte aufgeregt.

»Woraus schließen Sie das?« Norbert hatte keine Lust, ausgefragt zu werden. Wenn schon, dann stellte er hier die Fragen. Ihre stillschweigende Annahme, sie seien von der Polizei, dementierte er nicht.

»Nun, ich lese Zeitung und ich schaue Nachrichten. Ich habe Agnes sofort erkannt, als sie im Fernsehen zum Entführer gesprochen hat, auch wenn sie schon ein paar Jahre nicht mehr hier im Ort wohnt. Manche Menschen vergisst man nie.«

Der Frost kroch Zentimeter für Zentimeter an Doreens Beinen nach oben. Von den Knöcheln über die Knie in Richtung Oberschenkel. Schneidende, eisige Kälte. Sie trat von einem Fuß auf den anderen. Das hier war eindeutig eine merkwürdige Situation. Und eine merkwürdige Frau.

»Warum erinnern Sie sich so gut an Josephines Mutter?«
Norbert wirkte nicht mehr schläfrig. Seine Neugier war erwacht.

»Sie war nicht wie alle anderen. Kalt wie ein Fisch, hochmütig, hat nie gegrüßt, dachte, sie wäre etwas Besseres. Mit uns wollte sie nichts zu tun haben. Nicht mal, als ihr Baby gestorben ist. Alle haben sie bedauert und wollten ihr beistehen, sie unterstützen. Aber ...«

»Stopp, stopp ...« Norbert wedelte mit der Handfläche vor ihrem Gesicht herum, um ihren Redefluss zu unterbrechen. »Langsam bitte. Ihr Baby ist gestorben? Das Baby von Agnes Möller?«

»Von wem denn sonst? Ich dachte, wir reden hier über diese Person, oder?« Die Nachbarin wurde zunehmend verdrießlicher.

»Wann war das?« Doreen mischte sich in das Gespräch ein.

»Wann war das ..., warten Sie ...« Während sie nachdachte, griff Norbert nach den Zigaretten. Er konnte es nicht begründen

noch nicht

aber seine Instinkte klingelten und lärmten, dass es eine Pracht war.

»Vor vier Jahren ungefähr. Ja, das könnte hinkommen.« Sie nickte zweimal und schüttelte gleich darauf den Kopf. »Haben Möllers denn nichts davon erzählt?«

»Woran ist das Baby gestorben?«

»Es hieß, am plötzlichen Kindstod. Es hätte einfach aufgehört, zu atmen, mitten in der Nacht, das arme kleine Ding. Wenn Sie mich fragen, ist es an mangelnder Liebe zugrunde gegangen.« Sie schnappte nach Luft. Norbert nutzte die Gelegenheit, seine nächste Frage auf sie abzufeuern. »Wie alt war das Baby?«

»Wie alt war das Baby ... Tja ...«

Doreen hasste es, wenn Leute die Frage wiederholten. Als ob sie zu einfältig waren, den Sinn beim einmaligen Hören zu erfassen.

»Ein halbes Jahr ungefähr ... Ja, das könnte hinkommen. Genau weiß ich es nicht.« Sie schaute auf Norbert herab. Er ließ sie weiterreden, vielleicht kamen noch mehr Dinge zum Vorschein.

»Das muss doch fürch – ter – lich für eine Mutter sein, ihr Baby zu verlieren! So ein süßes Dingelchen! Gut,« sie machte eine abwertende Handbewegung, »die Kleine hat viel geschrieen. Ganz anders, als ihr Schwesterchen damals. Die hat immer nur in ihrem Wagen gelegen und mit großen Augen in die Gegend geschaut. Wie eine Puppe. Aber deswegen musste man sie doch nicht weniger lieb haben. Mein Peter hatte als kleines Kind auch immer Koliken. Was glauben Sie, was der in den ersten Lebensmonaten geheult hat. Ich habe keine Nacht durchgeschlafen und trotzdem ist ein großer starker Mann aus ihm geworden.« Doreen sah sie in der Erinnerung an den Sohn lächeln. Das ›Mausgesicht‹ wurde dabei weicher und bekam etwas Attraktives.

»*Diese* Frau aber«, das Lächeln verschwand, als wäre es nie da gewesen »diese Frau hat nicht eine Träne vergossen, nicht einmal auf dem Friedhof. Wir Nachbarn sind selbstverständlich zur Trauerfeier mitgegangen. Alle haben geweint, als der Herr Pfarrer gepredigt hat: ›Lasset die Kindlein zu mir kommen‹ . Und dass unser Herrgott das kleine Ding zu sich geholt hat, weil er es so lieb hat. Die kleine Josephine, die hat sich *die* Augen aus dem Kopf geheult und der Großvater auch. Aber Agnes – nichts. Genau wie ihre Mutter. Stark wollen sie immer sein, perfekt, bloß keine Gefühle zeigen.«

Sie dachte kurz nach.

»Und jetzt hat es sie zum zweiten Mal getroffen! Ist das nicht eigenartig?« Ihr Blick wanderte zu der dunkelhaarigen

Frau. Doreen nickte ihr zu. Es *war* eigenartig und das war noch vorsichtig ausgedrückt.

»Na, jedenfalls wollte ich Sie bloß fragen«, mit Verschwörermiene sah sie zum Nachbargrundstück, »ob Sie denken, dass der Entführer die kleine Josephine wieder freilassen wird.« Mit aufgerissenen Augen ließ sie ihre Blicke von dem Mann zur Frau und wieder zurück wandern.

»Dazu können wir aus ermittlungstaktischen Gründen leider nichts sagen.« Norbert verwendete absichtlich den Polizeijargon. Schließlich glaubte diese Frau, sie seien Ermittler.

»Schade. Aber na ja.« Sie schien sich schnell mit ihrem Schicksal abzufinden.

»Ich werde die Berichte weiter verfolgen, vielleicht sehe ich Sie ja mal im Fernsehen.« Ihr linkes Auge zwinkerte Norbert verschwörerisch zu. Doreen spürte ein Lachen heraufgluckern und unterdrückte es schnell.

»Möglich ist alles. Und danke für ihre Informationen.« Norbert nahm noch einen letzten Zug und drehte sich zum Fußweg um. Hinter ihnen schloss sich quietschend das Gartentor.

»Ins Auto, los.« Norbert rammte den Schlüssel ins Schloss, zerrte die Tür auf und schwang sich auf den Fahrersitz. Er ließ den Motor an, lehnte sich zurück und drehte den Kopf zu Doreen. »Ich muss erst darüber nachdenken. Was hältst du von der ganzen Sache?«

»Ich finde es reichlich seltsam. Warum haben Möllers uns nichts davon erzählt?«

»Vielleicht, weil es nichts mit der Entführung zu tun hatte?« Norbert schüttelte die vorletzte Pall Mall aus der Schachtel. Sein Zigarettenkonsum war entschieden zu hoch. Es war ihm egal.

»Ich weiß auch nicht. Kann sein, sie haben es verdrängt.« Er schnallte sich wieder ab. »Ich klingele noch mal bei ihnen und frage danach. Kommst du mit?«

Doreen schüttelte den Kopf. Sie fühlte sich müde und ausgelaugt, in ihrem Schädel war durchsichtige Leere. Sie verfolgte matt, wie Norbert ausstieg, auf die Eingangstür der Großeltern zumarschierte und energisch den Klingelknopf drückte und kurbelte dann unlustig ihre Scheibe einen Spalt herunter. Kalte Luft strömte herein. Norbert trat von einem Bein aufs andere, klingelte noch einmal, ging zwei Schritte nach links und zwei nach rechts, drückte die Kippe am Schuh aus.

Es rührte sich nichts. Aus dem Augenwinkel konnte sie sehen, wie die Gardine im Nachbarhaus erneut wackelte. Die ›Riesen-Spitzmaus‹ verfolgte aufmerksam das Geschehen.

Norbert sah auf die Uhr, dann kam er zum Auto zurück und schachtelte sich hinter das Lenkrad. Kalter Zigarettengestank kam mit ihm herein. »Sind ausgeflogen, die Vögel.«

»Hätten wir das nicht sehen müssen?« Doreen betrachtete die Kerben auf seiner Stirn. »Ich glaube eher, sie *wollen* uns nicht aufmachen.«

»Das kann auch sein, aber das nützt alles nichts. Hier werden wir nichts mehr erfahren, Doreen.« Er deutete auf seine Armbanduhr. »Es ist jetzt kurz nach neun und gegen elf wollen wir Alfred an der Autobahn treffen. Fahren wir lieber los, hier gibt es nichts mehr zu tun.« Sie nickte schicksalsergeben, wurstelte sich aus ihren Hüllen und schnallte sich an.

Das Ganze ergab keinen Sinn. Noch ein totes Kind. Sie berichtigte sich rasch. Ein totes Kind und ein entführtes Kind. Warum gerade diese Frau? Es schien zwecklos, darüber nachzugrübeln. Sie sollten besser nach Hause zurückfahren und sich wieder ihren Provinzklienten und dem täglichen Trott zuwenden. Man konnte mit ›Azurauge‹ essen gehen, Wein trinken und das alles vergessen. Er könnte sie anschließend nach Hause begleiten, auf einen letzten Kaffee oder noch ein Glas Wein oder zwei. Er konnte bei ihr übernachten, wenn er wollte oder wieder verschwinden. Alles war richtig, solange es diese furchtbare Woche vergessen machte. Sie würde ihn anrufen, wenn sie zurück waren. Vorausgesetzt, es war nicht zu spät. Dann konnten sie sich verabreden und *diesmal* würde sie dafür sorgen, dass nichts dazwischen kam.

Doreen machte die Augen wieder auf und betrachtete ihren Kollegen. Voller Eifer saß er hinter dem Steuer, die Augen auf die Straße gerichtet. Man konnte es nicht sehen, aber hinter seiner Stirn wurden Ideen sortiert und geordnet, Pläne gemacht und wieder verworfen.

48

Doreen hatte vergessen, wie klein der ›Profiler‹ eigentlich war. Am Telefon täuschte seine tiefe Bassstimme einen großen breitschultrigen Mann vor.

Alfred umarmte sie beide zur Begrüßung. Norbert schlug er aufmunternd auf den Rücken, sie bekam nur ein vorsichtiges Tätscheln ab. Alfreds Rückenmuskeln bewegten sich unter dem Tweedjackett. »Schön, euch zu sehen.« Beim Lächeln blitzte sein ebenmäßiges Gebiss hervor. »Auch wenn der Anlass nicht so schön ist.« Er zeigte auf den hinteren Bereich der Autobahnraststätte und ging voran. Doreen sah sich um. Es war wenig Betrieb. Alfred führte sie in einen durch Kübelpflanzen abgegrenzten Bereich und sie nahmen Platz.

»Wollt ihr etwas essen oder trinken? Der Kaffee hier ist genießbar. Ich habe schon eine Tasse probiert.«

»Gern.«

»Also gut, hört zu, ich habe leider nicht viel Zeit. In einer halben Stunde muss ich zurück nach München. Ein dringender Termin. Trotzdem möchte ich euch gern unterstützen, wenn ich kann. Wir haben ja die Woche schon mehrmals wegen diesem Fall telefoniert.« Alfreds Gesicht verdüsterte sich einen Moment lang, als ihm das unprofessionelle Vorgehen seiner Freunde einfiel.

»Mein Vorschlag ist folgender: Zuerst möchte ich noch einmal die gesamte Chronologie des Falles hören, du hast doch sicher alles systematisch geordnet.« Alfred nahm einen Schluck Kaffee und deutete auf die Papiere vor Norbert. »Danach beschreibt ihr mir die beteiligten Personen. Lasst alle persönlichen Urteile und Schlussfolgerungen weg.«

Norbert nickte. Der ›Profiler‹ wollte sich zuerst selbst ein Bild machen.

»Wenn wir dann noch Zeit haben, können wir diskutieren, falls nicht, gehe ich die Informationen heute Nachmittag oder gegen Abend noch einmal durch und rufe euch dann an.«

»Alles klar. Geht sofort los.«

Gebannt hörte Doreen zu. Norbert sprach druckreif, ohne seine Notizen zu Rate zu ziehen. Sein Bericht begann am vergangenen Sonntagnachmittag mit dem Verschwinden der kleinen Josephine und setzte mit dem Appell der Mutter an den Entführer am nächsten Tag fort. Am Dienstag hatte der Kidnapper bei der Mutter zu Hause angerufen und den Brief mit der Lösegeldforderung angekündigt. Am Mittwoch war das erste Schreiben in der Post gewesen, Donnerstagvormittag das zweite.

Gestern. Das war erst gestern gewesen.

Am gleichen Tag hatte die Polizei das gestohlene Fahrrad gefunden. Die Diebe hatten aller Wahrscheinlichkeit nach nichts mit der Entführung zu tun.

Donnerstagnachmittag dann die gescheiterte Geldübergabe und die Mitteilung des Kidnappers, dass er über den Polizeieinsatz im Bilde war. Danach war Funkstille gewesen.

Norbert hatte vorhin auf der Fahrt zur Autobahn noch einmal beim Radiosender angerufen. Es gab keine Neuigkeiten, Josephine war noch immer verschwunden und der Entführer hatte sich nicht noch einmal gemeldet. Sie befürchteten das Schlimmste.

Das befürchtete Norbert mittlerweile auch. Die Hoffnung, das Kind könne nach der Lösegeldzahlung unversehrt wieder auftauchen, war längst verflogen. Vielleicht hatte es diese Möglichkeit nie gegeben, vielleicht hatte sich Norbert die ganze Zeit etwas vorgemacht. Sein Verstand weigerte sich, länger darüber nachzudenken.

Alfred kritzelte in einer für Doreen unleserlichen Schrift Notizen in ein kleines Buch. Er stellte keine Zwischenfragen, hörte nur aufmerksam zu.

Norbert hustete asthmatisch und hielt inne. »Das war die Abfolge der Ereignisse. Habe ich etwas vergessen?« Er schaute zu Doreen, kramte nach den Pall Mall und erinnerte sich dann daran, dass keine mehr da waren.

»Nicht, dass ich wüsste.«

»Am Montag ist außer dem Fernsehinterview nichts weiter passiert?« Alfred betrachtete sein Geschreibsel.

»Nein, nichts.«

»Nun, gut. Jetzt zu den beteiligten Personen. Beschreibe sie möglichst ohne subjektives Urteil.«

Während Norberts Darlegungen zogen die handelnden Personen wie in einem Film an Doreen vorbei. Am Ende des Berichtes ließ sich Alfred den Erpresserbrief, Buchstabe für Buchstabe zitieren, dann sah er zur Uhr. Die halbe Stunde war um.

»Ich kann noch nichts Genaues sagen, aber die Prognose ist schon jetzt nicht erfreulich.« Der ›Profiler‹ klappte sein Notizbuch zu. Sein Schnurrbart hing traurig herab.

»Macht euch also auf den Rückweg. Ich hoffe, ich finde am Nachmittag die Zeit, mich mit dem Material zu befassen. Wenn ich noch Fragen habe, rufe ich sofort an, wenn ich etwas herausgefunden habe, natürlich auch.« Er erhob sich. »Und ich hoffe, wir sehen uns bald mal wieder, einfach so, zum Quatschen. Kommt doch mal für ein Wochenende nach München.« Alfreds Zähne blitzten. Doreen umarmte die kratzigen Tweedschultern und wünschte sich, sie könne gleich mit ihm mitfahren, verschwinden und all die Probleme und das wahrscheinlich längst tote Kind einfach hinter sich lassen.

Der Profiler wickelte sich in seinen Mantel und eilte davon.

»Halt, Alfred, warte!« Die Leute im vorderen Bereich drehten sich nach ihrem Tisch um. In ihrer Aufregung hatte Doreen viel zu laut gerufen. Alfred kam zurück und sie ging ihm ein paar Schritte entgegen. »Hier, das hätte ich fast vergessen. Schick es mit der Post zurück.« Josephines blutrotes Tagebuch wechselte den Besitzer.

49

Norbert quälte den Wagen. Er neigte sonst nicht zum Rasen. Doreen fand, dass er heute wie ein unreifer Achtzehnjähriger fuhr. Es gab keinen Grund, so dahinzupreschen, *überhaupt* keinen Grund. Nichts eilte. Kein Kind ersehnte seine Befreiung aus einem finstern Verlies in irgendeinem abgelegenen Keller, niemand erwartete daheim sehnsüchtig ihre Rückkehr. Zuerst hatte das Autoradio fröhliche Musik gedudelt und neueste Nachrichten aus dem Freistaat Bayern verkündet, bis sie das aufgeräumte Geschwätz nicht mehr ertragen hatten. Jetzt hörte man nur noch das Klingeln und Brummeln des schwer arbeitenden Motors und die Fahrtgeräusche und jeder hing seinen Gedanken nach.

Doreen ließ ihren Blick in die Ferne schweifen und betrachtete die idyllische Winterlandschaft. Die Sonne versuchte, die Wolkentürme mit ein paar zaghaften Lichtstrahlen zu durchbohren und entfachte hier und da diamantenes Feuer auf den Schneemützen der Fichten. Eine märchenhafte Szenerie. Im Auto war es warm, die Maschine summte.

Langsam fielen ihr die Augen zu. Im Traumfilm kam Hartmut Röthig mit Skiern herangebraust, winkte ihr mit leuchtenden Azuraugen beschwingt mit seiner Handschuhpranke zu, bremste kurz vor Doreen und wirbelte eine Staubwolke Pulverschnee auf. Dann beugte er sich zu ihr herüber. Sie erwartete gelassen die sanfte Berührung seiner Lippen.

Ein heftiger Ruck schleuderte Doreen nach vorn. Der Gurt zerrte an ihrer rechten Schulter.

Noch ehe sie die Augen geöffnet hatte, hörte sie Norberts Fluchen. Laut beschimpfte er einen Laster und dessen Fahrer mit unfeinen Ausdrücken.

»So ein Idiot! Ich komme gar nicht darüber hinweg!« Sein Unterkiefer war nach vorn geschoben. »Fährt einfach links rüber, ohne in den Rückspiegel zu schauen! Die denken, sie können sich alles erlauben!« Er beruhigte sich nur langsam wieder.

»Wie spät ist es?« Doreen fand sich nur mühsam wieder in die Wirklichkeit zurück.

»Halb sechs. Die nächste Ausfahrt ist unsere.« Norbert blickte kurz nach rechts. »Du hast tief und fest geschlafen.« Er grinste. »Und geschnarcht.«

»Ich schnarche nicht.«

»Nun, diesmal hast du es getan. Aber es war ganz leise.« Verblüfft beobachtete Doreen, wie er dem Lasterfahrer beim Überholen den rechten Mittelfinger zeigte, um sich anschließend wieder rechts einzuordnen. Die Dämmerung hatte sich wie ein nasses Federbett auf die Landschaft gelegt. Ein nachtblaues Schild kündigte die Ausfahrt Zwickau West an.

Das Handy klingelte im gleichen Augenblick, als Norbert zu blinken begann. Doreen schaute auf das Display. Das musste Alfred sein. Ihre Hände begannen zu zittern.

»Graichen?«

»Doreen, bist du das? Hier ist Alfred. Die Verbindung ist schlecht. Seid ihr noch unterwegs?«

»Hallo Alfred. Ich höre dich laut und deutlich. Wir fahren gerade von der Autobahn ab.« Sie hätte am liebsten wieder aufgelegt, wollte gar nicht hören, was der Freund zu sagen hatte. Was auch immer herausgefunden hatte, es konnte nichts Gutes sein.

»Ich wollte euch nur einen kurzen Zwischenbescheid geben.« Brummend tönte die Stimme des Profilers aus dem Hörer. Doreen schaute starr geradeaus. ›Zwischenbescheid‹

hatte er gesagt, nur eine Nachricht zwischendurch, nichts von Belang. Ihr Mund war trocken. Norbert schaute abwechselnd zu ihr herüber und auf die dunkle Landstraße.

»Leg los.« Doreen wünschte, Norbert würde sich auf die Straße konzentrieren, statt auf das Telefongespräch. Er konnte nicht mithören und versuchte nun ihren Gesichtsausdruck zu entschlüsseln. Alfred sprach indessen weiter.

»Leider hatte ich bis eben zu tun und konnte das Material noch nicht gründlich auswerten.« Er schwieg einen Moment. Doreen spürte, wie ihre Erschöpfung sich in Zorn verwandelte. Sie fragte sich, warum er überhaupt anrief, wenn es noch nichts zu berichten gab.

Norbert bremste und bog in einen nachtschwarzen Waldweg ein. Die beiden Scheinwerfer bohrten gelblich leuchtende Röhren in die Dunkelheit. Das Auto hielt. Er fummelte nach Zigaretten. Doreen hörte wortlos zu. Auch Norberts Hände zitterten.

»Ich habe aber die ganze Zeit darüber nachgedacht. Und an der Sache ist etwas faul, da bin ich ziemlich sicher. Jetzt ist hier Feierabend und ich werde die Einzelheiten in Ruhe durchgehen, vor allem möchte ich mir dieses Tagebuch noch einmal vornehmen.«

»In Ordnung.«

Der Zigarettenrauch kringelte sich weiß durch das Innere des Wagens. Sanft brummelte der Motor im Leerlauf. »Ich rufe nachher wieder an, vielleicht sind dann konkrete Aussagen möglich.« Doreen presste den Hörer fester ans Ohr und lauschte den unheilvollen Worten. Alfred schien etwas zu wissen, wollte sich aber noch nicht dazu äußern. Sie schloss die Augen.

»In ein, zwei Stunden etwa. Seid ihr im Büro?«

»Sind wir dann im Büro? Warte, ich reiche dich weiter.« Doreen öffnete die Lider und sah zu Norbert. Er hatte die Rechte schon fordernd nach dem Hörer ausgestreckt.

Sie öffnete die Beifahrertür, stieg aus und sah sich um. Ihre Muskeln waren vom langen Sitzen verhärtet und schmerzten wie bei einer Sechzigjährigen. Und so fühlte sie sich auch. Die Luft roch unbarmherzig kalt nach Winter und Schnee. Es war eine tote Jahreszeit, tot und deprimierend. Ereignisse und Begriffe tanzten vor Doreens Augen Ringelreihen, schwebten auf und ab, traten ins Scheinwerferlicht und verschwanden wieder. Warme Atemwölkchen beeilten sich, hinterher zuwehen. Es war nicht völlig dunkel. Allmählich tauchten rechterhand nacktarmige Sträucher auf, schälten sich die Umrisse von Nadelbäumen aus der Finsternis. Am Wegesrand türmten sich unförmige Gebilde.

Vielleicht waren es Reisighaufen. Direkt neben Doreen lag ein kleineres Bündel. Es hatte die Form eines Babys. Eines toten Babys.

Immer dann, wenn sie genauer hinsah, verschwand der Gegenstand und erschien erst wieder im Augenwinkel, wenn der Blick abschweifte. Ein totes Baby. Lösegeld.

Allmählich wurde es auch kalt. Doreen beschloss, ins Auto zurückzukehren. Norbert telefonierte noch immer. Sollten andere das Rätsel lösen, sie konnte und wollte es nicht.

50

»Eine Kälte hier drin!« Norbert schaltete das Licht an und marschierte zur Heizung. »Habe *ich* die auf Null gestellt?« Er schüttelte den Kopf. »Das müssen erste Anzeichen von Alzheimer sein. Bei den Außentemperaturen! Idiotisch.«

»Es wird bestimmt gleich warm.« Doreen beschloss, ihren Mantel anzubehalten. »Was machen wir jetzt?« Es war Freitagabend. Wenn keine aktuellen Aufträge anstanden, gehörte das Wochenende jedem von ihnen allein. Gelegentlich gingen sie sonnabends oder sonntags gemeinsam ins Kino oder essen, dann wieder verbrachte jeder die zwei Tage für sich.

Doreen sah zur Uhr. Kurz vor sieben. Heute war kein ›normaler‹ Freitag. Etwas würde geschehen, was auch immer das sein mochte. Es war fast zu Ende.

Die Härchen an ihren Armen stellten sich auf. Sie fror trotz der schützenden Hüllen.

»Wir könnten uns etwas zu essen bestellen, eine Pizza zum Beispiel. Wir haben noch genug Zeit, bis Alfred wieder anruft.« Norbert lief langsam zur Garderobe und nestelte dabei an seinen Knöpfen.

»Seit heute früh habe ich nicht Richtiges gegessen.« Manchmal verstand Doreen seine stoische Ruhe nicht. Wie konnte man in jeder Situation an Essen denken? Sie wussten nicht, was Alfred herausfinden würde.

Er würde ihnen bestimmt sagen, dass das Mädchen tot war.

Es war nutzlos, zu spekulieren. Man musste abwarten und man musste sicherlich ab und zu etwas essen. Dann würde man weitersehen.

»Also gut, von mir aus, ruf den Pizzadienst an.« Sie zog ihren Mantel aus, hängte ihn neben Norberts, ging zur Heizung und lehnte sich mit dem Rücken dagegen. Heiße Luft stieg nach oben und krabbelte unter ihren Pullover. Sie erreichte Doreens Inneres nicht.

»Was möchtest du?« Norbert saß nach vorn gebeugt in seinen Großvaterstuhl und studierte die Angebote. Er sah erschöpft aus, erschöpft und hungrig.

»Ich habe keinen Hunger.« Sie sah ihn aufblicken.

»Eine Kleinigkeit nur, nimm einen Salat oder ein Omelett. Etwas Leichtes.« Norbert versuchte ein aufmunterndes Lächeln.

Schon bei der Vorstellung eines fettigen, lauwarmen, zu scharf gewürzten Eierkuchens spürte Doreen Brechreiz. »Norbert, bitte. Ich würde jetzt wirklich nichts runterbringen.«

»Na gut.« Er gab auf, griff zum Telefon, bestellte für sich eine Lasagne und musterte dann seine Kollegin, die immer noch wie ein Häufchen Unglück an der Heizung lehnte. »Es wird etwas dauern. Freitagabend gehen viele Bestellungen ein. Wir könnten inzwischen einen schönen heißen Grog trinken, dann wird dir wärmer.« Das aufmunternde Lächeln wurde breiter.

»Haben wir denn Weinbrand da?«

»Aber sicher doch. Wir haben Weinbrand, wir haben heißes Wasser, wir haben Zucker. Alles vorhanden.« Norbert schob seinen Thron nach hinten und erhob sich. Doreen schluckte den sauren Geschmack in ihrem Mund hinunter und sah in die Schwärze hinaus. Es hatte wieder zu schneien begonnen. Lautlos schwebten die kleinen Flöckchen am Fenster vorbei durch die Finsternis, legten sich sanft auf die entseelte Welt und bedeckten alles mit einem eisigen Leichentuch.

Der Geruch nach schwarzem Tee und heißem Kognak durchzog in warmen Schwaden den Raum, näherte sich der Frau am Fenster und kitzelte ihre Nase. Müde drehte sie sich um. Norbert rührte gedankenverloren die goldbraune Flüssigkeit in der Glaskanne um. Dampfwölkchen stiegen nach oben. Er verwendete immer Tee statt Wasser für den Grog, so schmeckte es aromatischer. Erst jetzt spürte Doreen die schmerzhafte Hitze des Heizkörpers in ihrem Rücken und löste sich davon.

Zehn nach sieben. Wenn Alfred die versprochenen zwei Stunden einhielt, würde er in einer halben Stunde anrufen. Er würde anrufen und seine Erkenntnisse verkünden. ›Die Prognose ist nicht erfreulich‹, hatte er gesagt. Doreen ging langsam zu ihrer Schreibtischhälfte und setzte sich auf die Stuhlkante. Sie stützte die Ellenbogen auf die Tischplatte und vergrub das Gesicht in den Handflächen.

Ein Kind wurde entführt. Der Kidnapper forderte Lösegeld. Die Übergabe scheiterte. Entgegen seinen Anweisungen hatten die Eltern die Polizei informiert. Seit der gescheiterten Geldübergabe hatte man nichts mehr von ihm gehört, keine neue Nachricht, kein neuer Termin für eine erneute Geldübergabe, nichts von ihm, nichts von dem Kind.

Nichts, Nichts, Nichts. Und – einmal angenommen, die Lösegeldzahlung hätte reibungslos funktioniert – konnte es sich ein Kidnapper leisten, sein Opfer anschließend freizulassen?

Ein zehnjähriges Mädchen? Sie würde sich an irgendetwas erinnern, Geräusche, Gerüche, seine Stimme. Es konnte dauern, aber es würde geschehen.

Gab es überhaupt Entführungsfälle in Deutschland, in denen das Opfer unbeschadet wieder zurückgekehrt war? Doreen konnte sich an keinen einzigen erinnern.

Sie machte sich etwas vor und ihr Unterbewusstsein hatte es die ganze Zeit gewusst. Josephine lebte nicht mehr, war längst tot. Irgendjemand hatte das süße kleine Mädchen mit dem ernsten Gesicht und den blonden Zöpfen ermordet.

Alfred würde anrufen und diese Erkenntnis mitteilen. Sie musste sich wappnen. Doreen ließ ihre Hände sinken und zwinkerte die Tränen weg.

Norbert fixierte ihr Gesicht. Auf seinen Murmelaugen lag ein grauer Schleier. Er versuchte ein aufmunterndes Lächeln, aber es kam nur eine verzagte Grimasse heraus. Wortlos schob er die Tasse mit dem dampfenden Gebräu auf ihre Seite. Doreen hatte über die Wahrscheinlichkeit nachgedacht, dass das Kind noch lebte, *er* hatte indessen ohne Ergebnis über den Täter nachgegrübelt.

Doreen nahm einen Schluck und verzog das Gesicht. Es brannte im Rachen und ätzte hitzig in der Speiseröhre. Zu viel Weinbrand, zu wenig Tee. Norbert hatte es zu gut gemeint. Inzwischen hatte sich der Raum angenehm erwärmt. Die behagliche, innige Enklave ihres Büros gegen die froststarrende Welt da draußen.

Türklingel und Telefon schrillten gleichzeitig. Norbert stellte seine halb volle Tasse auf den Schreibtisch. Seine Finger zitterten. Doreen beobachtete versteinert, wie seine Rechte zuerst zum Hörer und dann zum Türöffner zuckte. Das Telefon kreischte.

Norbert entschied sich für den Pizzaboten, fingerte nach seinem Portemonnaie und machte ihr gleichzeitig mit aufgerissenen Augen Zeichen, sie solle das Gespräch annehmen. Während er aus dem Zimmer eilte, drückte Doreen den Hörer ans Ohr und vernahm Alfreds sonore Stimme.

51

»Also hör mir jetzt bitte genau zu, ich habe alles gründlich studiert und ausgewertet. Ich sage dir zuerst einmal, was mir aufgefallen ist.«

Doreen nickte verzweifelt. Konnte er nicht sagen, er wisse, wo das Kind sei und das Versteck mitteilen, so dass sie das Mädchen abholen konnten? Stattdessen setzte der Alfred seine ausführlichen Erklärungen fort. Es schien kein Grund zur Eile bestehen.

»Das Kind verschwindet am vergangenen Sonntag, irgendwann am Nachmittag. Schon am nächsten Morgen wissen Mutter und Stiefvater, dass es sich um eine Entführung handelt und die Mutter appelliert im Fernsehen an den Entführer.«

Norbert stieß die Tür mit dem Fuß so schwungvoll auf, dass sie an die Wand prallte und zurückschnellte. Er warf den Pizzakarton auf den Tisch, setzte sich und starrte Doreen an. Sie hob die Schultern und hörte Alfred weiter zu.

»Darüber hinaus ist am Montag Funkstille. Am Dienstagvormittag spricht der Kidnapper mit der Mutter am Telefon, Norbert ist dabei. Der erste Brief mit der Forderung nach Lösegeld kommt an. Die Eltern, ich sage der Einfachheit halber Eltern, besorgen Geld.«

Öltriefender Knoblauchgeruch breitete sich fettig im Raum aus. Doreen würgte lautlos, während Alfred weiter und weiter redete. Sie verstand seine Sätze, fand jedoch keinen Sinn darin. Wann würde er ihnen mitteilen, wo sie Josephine finden konnten?

»Am Mittwoch kommt dann der zweite Brief an, diesmal mit den Anweisungen zur Geldübergabe. Dann wird das gestohlene Fahrrad gefunden. Die Diebe, kriminelle Jugendliche, haben nichts mit der Entführung zu tun. Die Mutter fährt am Donnerstag weisungsgemäß zum Autobahnrastplatz und wirft die Tüte in die angegebene Mülltonne. Das Geld wird nicht abgeholt.«

Genau, es wurde nicht abgeholt. Doreen schaute auf Norbert, der sich weit nach vorn gebeugt hatte und so versuchte, ein paar Brocken von dem zu erhaschen, was der Freund Doreen mitteilte.

»Die Ermittler finden direkt unter dem Plastikbeutel mit den Scheinen eine Nachricht vom Entführer. Danach ist wieder Funkstille.« Jetzt schwieg Alfred kurz. »Fällt dir an dem Ablauf etwas auf?«

Doreen ließ sich die Sätze noch einmal durch den Kopf gehen. »Ich weiß nicht, ich kann gar nicht mehr klar denken.« Norbert neigte sich noch weiter nach vorn. Einer seiner Unterarme ruhte auf dem Pizzakarton, aber er bemerkte es nicht.

»Doreen, ich bin zu dem Schluss gekommen, dass es keinen Entführer gibt. Die Geschichte vom Kidnapper wurde erfunden, um etwas anderes zu vertuschen. Und ich sage dir auch, warum ich das denke.«

Die Worte torkelten durch Doreens Kopf und schlugen im Innern an die knöchernen Wände. Es waren leere Hülsen ohne Inhalt. Alfred sprach indessen weiter.

»Zuerst hätten wir da den zeitlichen Ablauf. Wieso waren Mutter und Stiefvater schon wenige Stunden nach dem Verschwinden des Kindes so sicher, dass es sich um eine Entführung handelte? So sicher, dass die Mutter gleich am nächsten Tag an den Entführer appellierte, ihr Kind freizulassen, obwohl sie nachweislich bis Dienstag noch gar keine Nachricht von ihm hatten?« Er holte Luft. Die Gedanken fuhren Karussell in Doreens hohlem Kopf.

»Und dann dieser Anruf. Gut, Norbert war zufällig anwesend, aber hat *er* mit dem Anrufer gesprochen? Es gibt nur die Aussage der Mutter, dass dies ein Gespräch mit dem Kidnapper gewesen sei.«

›Nur die Aussage der Mutter‹? Doreen runzelte die Stirn. Sie verstand rein gar nichts.

»Dann hätten wir diese beiden Briefe. *Jeder* kann sie zusammengeklebt und abgeschickt haben.«

Doreen hörte und hörte. Worte und Sätze, unbegreifliche Informationen.

»Am meisten gab mir jedoch die Geldübergabe zu denken. Doreen bist du noch dran?« Sie nickte apathisch. Ihre Antwort klang schläfrig. Norbert hatte auf seinem Stuhl zu zappeln begonnen. »Ich höre dir zu, rede weiter.«

»Die Polizei hat den Autobahnrastplatz den ganzen Tag beobachtet und die Mülltonne wurde vorher kontrolliert. Da bin ich mir sicher. Nachdem die Mutter die Tüte mit dem Geld eingeworfen hat, finden sie *darunter* einen weiteren Brief des angeblichen Erpressers. Außer der Mutter war aber *niemand* an der Mülltonne.« Norbert wackelte wie ein Aufziehmännchen hin und her. Er konnte nicht mehr sitzen, er wollte *auch* mit Alfred sprechen, hören, was Doreen hörte, wissen, was Doreen wusste.

»Und dann dieses Tagebuch. Es war nicht so sehr der Inhalt, das Kind hat sich sehr zurückgehalten mit seinen Schilderungen. Aber die Zeichnungen! Ein Paradebeispiel für den Psychologen. Die Mutter, riesengroß, übermächtig, die Tochter daneben klein und geduckt. Habt ihr bemerkt, dass auf einer der hinteren Seiten eine kleine Skizze ist mit einem Sarg, in dem ein Baby liegt?«

Doreen schüttelte den Kopf. Sie hatte das Tagebuch nicht bis zum Ende gelesen. *Diese* Zeichnung war ihr nicht aufgefallen.

Ein Sarg. Josephine war zur Beerdigung ihrer Schwester

mit auf den Friedhof gewesen. Es musste sie furchtbar entsetzt haben.

»Ihr habt mir erzählt, die Nachbarin hätte vom plötzlichen Kindstod geredet und dass das Baby viel geschrieen hat. Ich würde einmal *darüber* gründlich nachdenken und weitere Informationen einholen, aber das hat Zeit. Zurück zu Josephine.«

Norbert war aufgestanden und hatte sich hinter Doreen gestellt. Seine Spannung bildete ein elektromagnetisches Feld um ihn herum. Nicht mehr lange, und er würde ihr den Hörer aus der Hand reißen.

»Doreen, es gibt keinen Entführer. Ich kann nur eine Ferndiagnose stellen, aber ich bin mir ziemlich sicher. Und Josephine ist auch nicht mehr am Leben, auch dessen kann man fast sicher sein.« Norbert sah, wie seine Kollegin in ihrem Stuhl zusammensank, nur um sich sofort wieder aufzurichten. Ihre Augen waren weit geöffnet. Alfred sprach mit eindringlicher Stimme weiter. »Nach meiner Einschätzung war es die Mutter selbst. Sie hat die Entführung nur vorgetäuscht, um etwas anderes zu vertuschen.«

»Aber warum?« Doreen schrie in den Hörer. »*Warum* sollte sie so etwas tun?« Aus den Augenwinkeln sah sie, wie Norberts Unterkiefer herunter sank

warum sollte sie so etwas tun
sie
sie
sie

Doreen drückte ihm den schweißnassen Hörer in die Hand, während sie krampfhaft versuchte, mit dem widerspenstigen Bürostuhl nach hinten zu rollen. Dann stürzte sie davon und schaffte es gerade noch, drei Schritte in Richtung Waschbecken zu stolpern, bevor der Mageninhalt nach oben geschossen kam und die saure Flüssigkeit in einem Schwall herausgeschleudert wurde.

Die Hände auf die Knie gestützt, holte Doreen tief Luft. Das Würgen wurde schwächer. Sie suchte in ihren Hosentaschen nach einem Tempotaschentuch und richtete sich auf.

Norbert stand wie eine Wachsfigur neben dem Schreibtisch und stierte mit weit aufgerissenen Augen geradeaus, während er Alfreds abschließenden Worten zuhörte. Auch ihm war schlecht, aber die Übelkeit verwandelte sich zunehmend in kalten Zorn.

»Informiert bitte gleich die Polizei. Ich stehe als Referenz zur Verfügung, sie sollen mich anrufen. Und haltet mich auf dem Laufenden. Viel Glück! Bis dann.«

Norbert drückte auf den Knopf, ließ sich ächzend auf Doreens Stuhl sinken und sah sie an, dann ließ er das Telefon auf die Tischplatte fallen und schlug die Hände vors Gesicht.

52

Alles konnte noch glimpflich enden.

Die Mutter blickte auf den Küchentisch. Sie würde jetzt etwas essen, dann einen Spaziergang machen und anschließend weitersehen. Ihr verweichlichter ›Lebensgefährte‹ war mal wieder zu seinen Eltern geflüchtet. Wie typisch für ihn. Er würde nicht vor neun zurückkehren. Mama tröstete ihr verzärteltes Söhnchen und sprach ihm Mut zu. Als ob *er* unter dem Verschwinden eines Kindes, das nicht von ihm war, ernsthaft leiden würde. Seine Reaktionen hatten sie ohnehin überrascht. Sie hatte nicht damit gerechnet, dass er sich so vehement engagieren würde. Und dann sein ständiges nervtötendes Mitleids-Getue, einfach widerlich!

Die ganzen drei Jahre hatte er sich permanent in ihre Erziehung eingemischt. Sie sei zu streng, Josephine sei doch noch ein Kind, Kinder wären nun mal keine kleinen Erwachsenen und sie könnten noch nicht perfekt sein.

Bla bla bla ...

Seine Einwände, als das teure Fahrrad zum ersten Mal weg war, weil die Tochter mal wieder vergessen hatte, es anzuschließen. Sie solle nicht so unerbittlich sein, man könne ein Kind nicht zur Strafe das ganze Wochenende in seinem Zimmer einsperren und ihm nur Wasser und ein paar trockene Zwiebäcke geben.

Wie sonst sollte denn die Tochter lernen, beim nächsten Mal achtsamer zu sein? Die Verwarnung musste sich einprägen und das ging nicht mit Liebe und Zuspruch, nein, es musste schmerzhaft sein. Schließlich war es soweit gekommen, dass sie sich jegliche Einmischung in ihre Erziehungsmethoden seinerseits verbeten hatte.

Gut, ein einziges Mal war sie vielleicht ein wenig zu grob gewesen. Die Tochter war so unglücklich gefallen, dass sie sich dabei den Arm gebrochen hatte, aber das war Pech gewesen. Sie hatte schließlich nicht vorhersehen können, dass das dumme Ding gleich gegen den Schreibtisch stürzte, wenn man ihr einen leichten Schubs gab. Aber da war der Schwächling zum Glück nicht dabei gewesen und Josephine hatte sich gehütet, ihm zu erzählen, was wirklich passiert war.

Auch vergangenen Sonntag war er nicht dabei gewesen, hatte sich, wie jeden Sonntag, zu seinen Eltern verdrückt. Jede Woche das gleiche Spiel, nur dass es diesmal anders geendet hatte.

Zuerst wie immer das gemeinsame Mittagessen. Gleich danach war Ralf aufgebrochen.

Die Tochter spülte das Geschirr. Sie wusch *immer* ab, das war ihr bescheidener Beitrag zu den Mahlzeiten. Jedes Familienmitglied erledigte die ihm zustehenden Aufgaben. Zehn vor zwei war sie mit allem fertig gewesen.

Die Mutter legte die Hände über die Augen und rief sich die Szene in Erinnerung.

Ihre Tochter hatte sich in ihrem Zimmer umgezogen und stand nun in der Küche vor ihr, in ihrer braunen Cordhose, die rosa Bluse fein säuberlich in den Hosenbund gesteckt, die lila Strickjacke darüber. Um vier sollte sie zurück sein. Noch einmal hatte das Kind genickt, dann war sie losgezogen.

Eine gute Gelegenheit für ein kleines Schläfchen. Die Mutter hatte es sich auf dem Sofa bequem gemacht und war eingenickt. Und war hochgeschreckt, als ein Schlüssel verstohlen im Schloss klapperte.
Die Mutter drückte fest auf ihre Augenlider. Neonfarbene Spiralen und purpurrote Kreise blühten auf und tanzten.

Sie war erwacht und hatte zur Uhr gesehen, genau um drei. Verschlafen war sie in den Flur getaumelt und hatte einem verheulten Kind gegenübergestanden.

Diese unbelehrbare Idiotin hatte sich schon wieder das Fahrrad klauen lassen. Das neue, teure Rad, welches ihr der nachgiebige Stiefvater gekauft hatte. Heulend war das blöde Balg vor seiner Mutter her durch die Wohnung gelaufen und hatte stammelnd zu erklären versucht, wie das geschehen konnte.

Sie hätte doch ihr Fahrrad nur schnell bei der Gartensiedlung an den Zaun gelehnt, weil sie eine Katze gesehen hatte und diese streicheln wollte, aber das Tier war natürlich weg gelaufen.

Und ihre schwachsinnige Tochter hinterher. Als sie zurückkehrte, war das Rad weg. Sie hätte es noch gesucht, jammerte sie herum, aber es war nicht aufzufinden.

Wie denn auch. Die meisten Menschen dachten vorher nach und handelten dann. Und dann gab es ein paar Hirnlose, die machten es umgekehrt.

Die Mutter hatte es so satt. Ständige Ermahnungen, ständige Weisungen. Es brachte überhaupt nichts. Es waren sinnlose Erziehungsversuche. Es gab Kinder, die wollten einfach nicht begreifen.

Sie hatte Josephine zuerst nur ein paar leichte Ohrfeigen versetzt. Das Kind musste es endlich lernen, seiner Mutter zu gehorchen.

Die Tochter zeigte keine Einsicht.

Sie hatte ein bisschen stärker zugeschlagen, nur ein bisschen, damit das ungezogene Kind etwas spürte.

Es war wirklich nicht ihre Schuld gewesen, dass dieses dumme Ding auf den Küchenfliesen ausrutschte und mit dem Hinterkopf gegen die Tischkante knallte. Was tänzelte sie auch dauernd vor ihrer Mutter herum und versuchte, an ihr vorbei in den Flur zu entwischen.

Nicht ihre Schuld, ganz bestimmt nicht ihre Schuld.

Es hatte ein knackendes Geräusch gegeben, dann war Stille, friedvolle Ruhe.

Kein Jammern und Heulen und Zähneklappern mehr. Nur das Blut hatte beim Ausbreiten über die Fliesen ein leise flüsterndes Murmeln verursacht. Wie ein Flussdelta war die dunkelrote Flüssigkeit die Ritzen entlang in Richtung Tür geflossen.

Zum Glück ließ sich die Küche leicht sauber machen.

Sie hatte am Tisch Platz genommen und über die Situation nachgedacht. Nur nichts überstürzen, dazu war es jetzt sowieso zu spät. Man musste mit klarem Kopf über die Konsequenzen nachdenken und dann schnell und zielsicher handeln.

Ralf würde nicht vor halb fünf zurück sein. Er trank immer erst noch ausgiebig Kaffee mit seiner ›lieben Mama‹. Es war genug Zeit, sie konnte in aller Ruhe die Küche gründlich säubern

Handtücher saugen das Blut am besten auf

Wäsche waschen

Latexhandschuhe

sie benutzte sie zum Umtopfen der Pflanzen damit die Fingernägel nicht schmutzig wurden

den Müll wegbringen

morgen kommt die Müllabfuhr

sich eine Geschichte ausdenken, warum die Tochter von ihrem Besuch bei der Freundin nicht pünktlich wieder auftauchte

vielleicht war sie entführt worden

sprachen die Leute nicht von einem Vergewaltiger hier in der Gegend es könnte ja auch sein dass so ein Durchgeknallter Lösegeld von den Eltern haben wollte er würde einen Brief schicken, in dem die geforderte Summe stand mit aus der Zeitung ausgeschnittenen Buchstaben keiner würde die Schrift des Kidnappers erkennen

Zeit gewonnen alles gewonnen

Die Mutter hatte leise vor sich hin gesummt, während sie einen großen blauen Müllsack von der Rolle abriss.

Ihr Fernsehauftritt war ›Oskar-reif‹ gewesen. Eine zutiefst verzweifelte Mutter, die mit tränenerstickter Stimme den Entführer bat, ihr die Tochter wiederzugeben. Diese bedauernswerte Frau rührte an die Herzen der Mitmenschen. Der kummervolle Lebensgefährte – *er schien wirklich zu leiden* – wich nicht von ihrer Seite.

Den Montag hatte sie sich als Auszeit gegönnt. Es durften keine Denkfehler geschehen, schließlich hatte sie keine Lust, für das Ungeschick ihrer Tochter zu büßen.

Das dumme Geschwätz von Ralf war nervtötend gewesen. Erst bei ihrem Spaziergang durch die Gartenanlage,
*ob die Ausrede mit der Katze stimmte
und wer mochte das Fahrrad jetzt sein eigen nennen,*
war ihr Kopf wieder klar geworden und der Plan für den nächsten Tag vollkommen. Sie musste damit rechnen, dass ihr nur dieser Dienstag blieb, um alles zu organisieren, denn auch wenn sie noch so sehr darauf drängte, irgendwann würde jemand die Polizei davon informieren, dass sich ein Entführer gemeldet hatte. Und dann wurden Besucher, Telefongespräche, einsame Spaziergänge, Einkaufsfahrten und andere Aktivitäten rund um die Uhr erfasst.

Die beiden Briefe waren ihr wirklich gut gelungen.

Im Einkaufszentrum hatte sie zwei verschiedene Tageszeitungen mitgenommen,
man wusste ja nie wie viele Buchstaben man brauchte.
Das Aufkleben gestaltete sich schwieriger, als sie angenommen hatte, weil die kleinen Papierviereckchen am Gummi der dünnen Handschuhe kleben blieben, aber schließlich hatte sie es geschafft. Der Parkplatz war weiträumig und unbevölkert, kein Mensch kam auch nur in die Nähe ihres Autos.

Die Reste der Zeitungen hatte sie auf dem Weg zur Bank in einem großen Müllbehälter entsorgt, Schere, Handschuhe und Leimtube gleich mit.

Wenn sie die Briefmarken aus dem Automaten zog, würde sie ihre Lederhandschuhe tragen, schließlich war Winter, da trug man Handschuhe. Alles war durchdacht. Zum Glück lagen Bank und Postfiliale dicht beieinander. Sie konnte vor der Post parken. Direkt neben einer Telefonzelle.

Ein Brief ging Dienstag in die Post
und würde am Mittwoch wie angekündigt ankommen.

Der zweite kam in einen Briefkasten, der erst morgen wieder geleert wurde. Den erhielt die schmerzgebeugte Mutter dann einen Tag später.

Natürlich würde der Entführer zuerst einmal *anrufen*. Und zwar am Dienstag, damit die Eltern Bescheid wussten und sich schon mal um das Geld kümmern konnten.

Das war nicht einfach zu organisieren gewesen. Sie hatte einen Auftragsdienst herausfinden müssen, der seine Kunden zur vereinbarten Zeit unter der angegebenen Nummer anrief.

Im Nachhinein hätte sie statt halb zwölf gleich eine Stunde später vereinbaren sollen, aber es war nicht vorherzusehen gewesen, dass diese bürokratischen Zicken bei der Bank so lange brauchten, um ein paar Auskünfte über einen Kredit zu geben. Sie hatte sich ziemlich beeilen müssen, um rechtzeitig wieder zu Hause einzutreffen. Natürlich hätte Ralf mit dem Anruf nichts anfangen können, aber der Plan war, dass die Mutter ans Telefon ging und mit dem fiktiven Entführer sprach.

Dann schaffte sie es gerade noch rechtzeitig und dieser *hirnamputierte* Detektiv saß in ihrem Wohnzimmer und wollte ihr bei der Suche nach dem verschwundenen Kind helfen.

Das Schicksal war jedoch mit ihr gewesen. Zuerst hatte der Auftragsdienst zehn Minuten zu spät angerufen. Zehn

Minuten, in denen sie hektisch überlegte, wie sie diesen Typ möglichst schnell wieder loswerden könnte. Es hatte sich letztendlich sogar als nützlich erwiesen, dass das Walross anwesend war, denn ihrem stumpfsinnigen Lebensgefährten musste es ja gerade in jenen fünf Minuten in den Sinn kommen, zum Briefkasten zu gehen. So jedoch hatte sie einen unbeteiligten Zeugen gehabt.

Dass der Schwachkopf dann trotz ihrer Bitten, es nicht zu tun, am nächsten Tag die Polizei von dem Brief informiert hatte, war zwar ärgerlich, aber nicht wirklich bedrohlich gewesen. Sie hatte zu keiner Zeit vorgehabt, das Geld an der Autobahnraststätte wieder abzuholen.

Es gab nur noch eine Schwierigkeit. Die Mitteilung des Erpressers, dass das Kind nun leider doch sterben würde, weil die Familie entgegen seinen Anweisungen die Bullen informiert hatte, musste irgendwie überbracht werden.

Es war ihr nicht möglich, anonym bei irgendeinem Radiosender anzurufen. Sie konnte ihre Stimme zwar verstellen, aber man würde immer noch hören, dass es eine Frauenstimme war.

Und später noch einen Brief zu fabrizieren, wäre zu aufwendig gewesen. Sie stand mit Sicherheit unter ständiger Beobachtung und das Schreiben wäre auch erst am Freitag angekommen. Einen Kurierdienst wiederum musste man persönlich aufsuchen.

Die Lösung war schließlich so genial wie einfach gewesen. *Sie* war diejenige, die den Beutel mit dem Geld in die Mülltonne auf dem Rastplatz werfen würde. Man brauchte die Nachricht nur vorsichtig an der Seite der Tüte festzuhalten

schließlich war es Winter und sie trug ja ihre gefütterten Lederhandschuhe

dicht an den Körper gedrückt, ohne dass es von Weitem zu sehen war, und den Zettel dann vorsichtig auf den Boden des Abfallbehälters gleiten zu lassen, so dass er unter den Beutel zu liegen kam und es so aussah, als sei der Brief schon vorher in der Tonne gewesen.

Hervorragend. Sie war ein schlaues, schlaues Köpfchen.

Alles hatte bestens geklappt, niemand war ihr auf die Schliche gekommen.

Die trauernde Mutter würde nun noch eine ganze Weile weiter trauern.

Dann würde sie sich von ihrem Lebensgefährten trennen und in eine andere Stadt ziehen, weit weg. Man hatte sich auseinander gelebt und die Entführung hatte ihre Liebe getötet. Sie konnte ein neues Leben beginnen, sie war noch jung.

Und sie würde sich sterilisieren lassen. Sie hatte keine Lust, sich noch einmal Jahr für Jahr mit der Erziehung eines Kindes herumzuplagen, nur um am Ende feststellen zu müssen, dass es nicht erziehbar war.

Schon dieses ewig kreischende Baby hatte sie damals so genervt, dass sie es eines Tages nicht mehr ausgehalten hatte. Alle Schläge, alles Anschreien, alles Schütteln half nichts, das Balg hatte nur immer lauter und lauter gekreischt. Bis sie ihm ein Kissen auf den schreienden Mund drückte. Die Stille war beglückend gewesen. Niemand war damals auf die Idee gekommen, es könne kein natürlicher Tod sein. Plötzlicher Kindstod, das kam ab und zu vor.

Dieses ewige Gekreische hatte sie von Josephine vorher gar nicht gekannt. Die war schon als Neugeborenes im Krankenhaus ruhig und still gewesen, kein Geschrei, kein Gezeter. Der Ärger fing erst an, als sie sich den Erziehungsmaßnahmen ihrer Mutter zunehmend widersetzte.

Agnes sah zur Wanduhr.

Neunzehn Uhr dreißig.

Noch mehr als eine Stunde Zeit, bis der mitleidige Schwächling zurückkommen würde.

Leider hatte sie bisher keine Muße gehabt, sich um die endgültige Beseitigung der Leiche zu kümmern, aber auch das würde sie noch in Angriff nehmen. Dort, wo sie jetzt war, konnte sie nicht ewig bleiben. Leider war der Körper im Ganzen schlecht zu entsorgen.

Die Mutter betrachtete die wuchtigen Messer und das Fleischbeil in dem Steinguttopf neben dem Herd. Vielleicht sollte sie sich erst einmal stärken. Eine schöne Pizza mit viel Käse.

Sie öffnete die Kühltruhe und räumte mehrere Tüten mit Kotelett und Schnitzel, vier gefrorene Torten, zwei Beutel Brötchen, drei Kartons Möhren mit Erbsen und das ganze Fruchteis beiseite.

Da lag ja ihr kleines bleiches Engelein. Sie sah aus, als schliefe sie.

Es war am besten so. Josephine wäre nie eine pflichtbewusste Erwachsene geworden. Ihre Mutter hätte sich noch so viel Mühe mit ihr geben können, das Kind hätte es nie gelernt.

Bestürzt ließ die Frau den Deckel der Kühltruhe zufallen, als es an der Wohnungstür Sturm klingelte. Mehrere Leute standen da draußen und diskutierten lautstark. Die Mutter konnte ihre erregten Stimmen hören. Jetzt hämmerte auch noch einer mit der Faust an das Holz.

Die Mutter setzte ihren Was-nehmen-Sie-sich-heraus-ich-bin-empört-Gesichtsausdruck auf, öffnete und schaute in das schroffe Dienstgesicht eines Polizeibeamten.

»Frau Möller? Lassen Sie uns bitte in die Wohnung. Wir haben einen Durchsuchungsbefehl.« Der Uniformierte packte sie ruppig am Arm. Hinter ihm drängelten sich drei weitere Kollegen. Und der fette Detektiv mit seiner viel zu hübschen Betschwester. Ihr seniler Lebensgefährte war auch zu der Party erschienen. Wie aufmerksam von ihm!

Die Mutter nickte ihnen allen zu und ging voran.

»Dann kommen sie mal rein und spielen Ostern. Es ist am wärmsten, wo es am kältesten ist.« Ihr irres Kichern brach sich glitzernd an den Wänden.

ENDE

*Weitere Krimis finden Sie auf den
folgenden Seiten und im Internet:
www.gmeiner-verlag.de*

KRIMI IM GMEINER-VERLAG

Monika Buttler
Abendfrieden

*277 Seiten, 11 x 18 cm, Paperback.
ISBN 3-89977-657-7. € 9,90.*

Ein neuer Fall für Hauptkommissar Werner Danzik:
Die erfolgreiche Malerin Elisabeth Holthusen, 78-jährige Frau des Hamburger »Teekönigs« Henri Holthusen, wird in ihrer Wohnung in Hamburg-Winterhude vergiftet aufgefunden. Sofort fällt der Verdacht auf ihre Schwiegertochter, die von der Ermordeten seit Jahren tyrannisiert wurde. Aber diese hat ein Alibi und Danziks Ermittlungen fördern immer neue Verdächtige zu Tage.
Erst als sich ein zweiter Todesfall ereignet – wieder trifft es eine alte Frau, die mit Sohn und Schwiegertochter unter einem Dach lebte – begreift Kommissar Danzik allmählich die Hintergründe des Verbrechens …

Claudia Puhlfürst
Leichenstarre

*419 Seiten, 11 x 18 cm, Paperback.
ISBN 3-89977-639-9. € 9,90.*

Eine fünfzehnjährige Schülerin aus Zwickau wurde vergewaltigt und erwürgt. Ihr Vater – in dem festen Glauben, seine Tochter sei auch dieses Mal wieder bei Freunden untergetaucht – beauftragt Tage später um seine Frau zu beruhigen, die beiden Privatdetektive Doreen und Norbert mit der Suche.
Während diese im Umfeld des Mädchens ermitteln, gerät eine weitere Schülerin in das Blickfeld des soziopathischen Täters. Gleichzeitig fallen diesem die Recherchen der Detektive auf und als sie ihm immer näher kommen, beschließt er, den Nachforschungen ein Ende zu bereiten und einen »kleinen Unfall« zu inszenieren.

 GMEINER-VERLAG

www.gmeiner-verlag.de

KRIMI IM GMEINER-VERLAG

Sabine Klewe
Kinderspiel

*277 Seiten, 11 x 18 cm, Paperback.
ISBN 3-89977-653-4. €9,90.*

Fast zeitgleich werden in Düsseldorf zwei Leichen gefunden. Anwaltsgattin Claudia Heinrich beging offensichtlich Selbstmord und Bierbrauer Andreas Schäfer hatte einen tragischen Arbeitsunfall. Nichts deutet darauf hin, dass es zwischen den beiden Vorfällen einen Zusammenhang geben könnte. Dann aber stirbt noch jemand. Und diesmal ist es eindeutig Mord. Haben die drei Todesfälle womöglich doch etwas miteinander zu tun? Ist es bloß ein Zufall, dass alle drei Opfer erstickt sind oder treibt in Düsseldorf ein wahnsinniger Serienmörder sein Unwesen? Amateurdetektivin Katrin Sandmann begibt sich wieder auf Spurensuche, und ihre Ermittlungen führen sie zurück in das Jahr 1977 und zu einem grauenvollen Verbrechen, das nie gesühnt wurde ...

Maren Schwarz
Maienfrost

*277 Seiten, 11 x 18 cm, Paperback.
ISBN 3-89977-658-5. €9,90.*

Rügen im Sommer 2003. Die Insel wird von einer Serie rätselhafte Frauenmorde erschüttert. Die Besonderheiten der Morde weisen auf ei ähnlich gelagertes Verbrechen hin, m dem sich schon vor dreizehn Jahre der Rechtsmediziner Albert Pirell beschäftigte. Bis zu seinem Tod quält ihn die Frage, woran die Opfer – offensichtlich ein Liebespaar – starbe Pirells Enkelin Leona, die in die Fuß stapfen des Großvaters getreten is hat dessen Recherchen wieder aufgenommen. Der Versuch, Licht in d mysteriöse Dunkel zu bringen, füh die junge Rechtsmedizinerin auf d Insel Rügen und lässt sie dort die B kanntschaft des pensionierten Krim nalkommissars Henning Lüders m chen ...

KRIMI IM GMEINER-VERLAG

Hilgegunde Artmeier
Katzenhöhle

77 Seiten, 11 x 18 cm, Paperback.
ISBN 3-89977-641-0. € 9,90.

Ein neuer Fall für Kommissarin Lili Graf:

Die international gefeierte Balletttänzerin Mira Scheid wird in der Wohnung ihrer Zwillingsschwester Lena in Regensburg tot aufgefunden. War's Raubmord? Doch der einzige wertvolle Gegenstand, eine Statue, liegt neben der Leiche und entpuppt sich als Tatwerkzeug. Angeblich wusste niemand vom Rückzug der Primaballerina in die verträumte Stadt an der Donau, wo sie sich über ihr zukünftiges Leben klar werden wollte. Umso erstaunlicher, dass ausgerechnet jetzt der eine oder andere aus den renommierten Londoner Künstlerkreisen in Regensburg auftaucht – jeder mit einem Motiv, aber nicht jeder mit einem Alibi.

Sinje Beck
Einzelkämpfer

229 Seiten, 11 x 18 cm, Paperback.
ISBN 3-89977-654-2. € 9,90.

»NIMM MICH MIT! Für 7 Euro die Stunde oder Tagespauschale.« Der arbeits- aber nicht hoffnungslose Heiner aus Siegen hat sich selbstständig gemacht. Er steht mit seinem Schild in einer Einkaufspassage und wartet auf Kunden.
Damit beginnt für ihn eine Kette aberwitziger Verwicklungen. Ohne es zu ahnen gerät Heiner in die Fänge eines international tätigen Kunstfälscherrings. Als man ihn auf eine dubiose Reise nach Rotterdam schickt, wird dem agilen Jungunternehmer allmählich klar: Aus dieser »Nummer« muss er sich ganz allein herauskämpfen …

 GMEINER-VERLAG

www.gmeiner-verlag.de

KRIMI IM GMEINER-VERLAG

Ihre Meinung ist gefragt!

Mitmachen und gewinnen

Als der Spezialist für Themen-Krimis mit Lokalkolor möchten wir Ihnen immer beste Unterhaltung bieten. Sie können uns dabei unterstützen, indem Sie uns Ihre Meinung zu den Gmeiner-Krimis sagen!

Füllen Sie den Fragebogen auf www.gmeiner-verlag.de aus und nehmen Sie automatisch am großen Jahresgewinnspiel teil. Es warten »spannende« Buchpreise aus der Gmeiner-Krimi-Bibliothek auf Sie!

Die Gmeiner-Krimi-Bibliothek

KRIMI IM GMEINER-VERLAG

Das neue Krimijournal ist da!

**2 x jährlich das Neueste
aus der Gmeiner-Krimi-Bibliothek**

*ISBN 3-89977-950-9
kostenlos*

In jeder Ausgabe:

- Vorstellung der Neuerscheinungen
- Hintergrundinformationen zu den Themen der Krimis
- Interviews mit den Autoren und Porträts

Allgemeine Krimi-Infos (aktuelle Krimi-Trends, Krimi-Portale im Internet, Veranstaltungen etc.)
Die Gmeiner-Krimi-Bibliothek (Gesamtverzeichnis der Gmeiner-Krimis)
Großes Gewinnspiel mit »spannenden« Buchpreisen

Erhältlich in jeder Buchhandlung oder direkt beim:

Gmeiner-Verlag
Im Ehnried 5
88605 Meßkirch
Tel. 0 75 75/20 95-0
www.gmeiner-verlag.de

Die Gmeiner-Krimi-Bibliothek

Alle Gmeiner-Autoren und ihre Krimis auf einen Blick

Anthologien: Grenzfälle (2005) • Spekulatius • Streifschüsse (2003)
Artmeier, H.: Katzenhöhle (2005) • Schlangentanz • Drachenfrau (2004)
Baecker, H.-P.: Rachegelüste (2005)
Beck, S.: Einzelkämpfer (2005)
Bekker, A.: Münster-Wölfe (2005)
Bomm, M.: Mordloch • Trugschluss (2005) • Irrflug • Himmelsfelsen (2004)
Bosch van den, J.: Wassertod • Wintertod (2005)
Buttler, M.: Abendfrieden (2005) • Herzraub (2004)
Emme, P.: Schnitzelfarce • Pastetenlust (2005)
Franzinger, B.: Wolfsfalle • Dinotod (2005) • Ohnmacht (2004)
• Goldrausch (2004) • Pilzsaison (2003)
Gardener, E.: Lebenshunger (2005)
Gokeler, S.: Supergau (2003)
Graf, E.: Löwenriss • Nashornfieber (2005)
Haug, G.: Gössenjagd (2004) • Hüttenzauber (2003) • Finale (2002)
• Tauberschwarz (2002) • Höllenfahrt (2001) • Todesstoss (2001)
• Sturmwarnung (2000) • Riffhaie (1999) • Tiefenrausch (1998)
Heinzlmeier, A.: Todessturz (2005)
Klewe, S.: Kinderspiel • Schattenriss (2004)
Klugmann, N.: Schlüsselgewalt (2004) • Rebenblut (2003)
Koppitz, R. C.: Machtrausch (2005)
Kramer, V.: Rachesommer (2005)
Kronenberg, S.: Flammenpferd • Pferdemörder (2005)
Lebek, H.: Todesschläger (2005)
Leix, B.: Zuckerblut • Bucheckern (2005)
Mainka, M.: Satanszeichen (2005)
Matt, G. / Nimmerrichter, K.: Schmerzgrenze (2004) • Maiblut (2003)
Misko, M.: Winzertochter • Kindsblut (2005)
Nonnenmacher, H.: Scherlock (2003)
Puhlfürst, C.: Eiseskälte • Leichenstarre (2005)
Schmöe, F.: Kirchweihmord • Maskenspiel (2005)
Schröder, A.: Mordswut (2005) • Mordsliebe (2004)
Schwab, E.: Großeinsatz (2005)
Schwarz, M.: Maienfrost • Dämonenspiel (2005) • Grabeskälte (2004)
Stapf, C.: Wasserfälle (2002)
Wark, P.: Ballonglühen (2003) • Absturz (2003) • Versandet (2002)
• Machenschaften (2002) • Albtraum (2001)
Wilkenloh, W.: Hätschelkind (2005)